A E
& I

Muerte contrarreloj

Autores Españoles e Iberoamericanos

Jorge Zepeda Patterson

Muerte contrarreloj

Planeta

Diseño de portada: REVILOX / Oliver Barrón
Imágenes de portada: © Shutterstock
Fotografía del autor: © Sashenka Gutiérrez / EFE

© 2018, Editorial Planeta Mexicana, S.A. de C.V.
Bajo el sello editorial PLANETA M.R.
Avenida Presidente Masarik núm. 111, Piso 2
Colonia Polanco V Sección
Delegación Miguel Hidalgo
C.P. 11560, Ciudad de México
www.planetadelibros.com.mx

Primera edición en formato epub: mayo de 2018
ISBN: 978-607-07-4789-2

Primera edición impresa en México: mayo de 2018
ISBN: 978-607-07-4791-5

Impreso en los talleres de Litográfica Ingramex, S.A. de C.V.
Centeno núm. 162-1, colonia Granjas Esmeralda, Ciudad de México
Impreso y hecho en México - *Printed and made in Mexico*

A Susan

PRÓLOGO

El domingo, cuando la serpiente de colores pase por debajo del Arco del Triunfo y corone en París la travesía de veintiún días y tres mil quinientos kilómetros, yo podría estar en una gaveta de la morgue o enfundado en el *maillot* amarillo como campeón del Tour de Francia. Nunca he subido a un podio, nunca he ganado una etapa, pero ahora estoy a sólo pocos segundos de distancia del líder, Steve Panata, mi compañero de equipo y hermano desde hace once años: para vestir el *maillot* amarillo debo traicionarlo en la última jornada.

Con tal de ganar una etapa del Tour, hay ciclistas dispuestos a morir en descensos suicidas a más de noventa kilómetros por hora; ahora también sé que algunos están dispuestos a matar para conseguirlo. Hay un asesino entre nosotros y la policía me ha encomendado la tarea de descubrir quién es. Un criminal que ha diezmado a los líderes del pelotón y debe ser detenido antes de que aseste el siguiente golpe; yo mismo podría ser la próxima víctima. También sé que gracias a sus intervenciones podría convertirme en campeón del Tour de Francia.

2006

Todos lo odiaron desde que lo vieron, menos yo. Mascaba chicle incesantemente y cada tres segundos se acomodaba un mechón de pelo, como si fuera un bisoñé que temiera perder. Incluso sin esos tics habría despertado la animadversión de todo el grupo: llegó al campamento conduciendo una Land Rover de colección y descargó una bicicleta aerodinámica que los demás sólo le habíamos visto a los profesionales de élite. Tampoco ayudaba que fuera estadounidense, tuviera rostro de actor de Hollywood y ostentara la sonrisa del que siempre logra salirse con la suya.

Yo lo recibí con los brazos abiertos, el recién llegado era la única posibilidad de que los otros me dejaran en paz. Desde mi arribo al campo de entrenamiento dos semanas antes, los corredores me habían hecho víctima de las novatadas que la tradición y la frustración por los duros entrenamientos podían inspirar en un campamento donde sobraban la ansiedad y la testosterona; los ciclistas hicieron un purgatorio de mis primeras semanas como profesional —si es que el pago de cincuenta euros por semana me convertía en eso—, así que agradecí la posibilidad de no ser el único blanco del abuso de los demás.

Quizá eso fue lo que nos unió: nos tomamos con filosofía los tormentos a los que nos sometían y los atribuimos a algún ritual de iniciación en contra de los aprendices. O, mejor dicho, él se lo tomó con filosofía y yo terminé por imitarlo.

—No te comas la avena; creo que escupieron en ella —me dijo la primera vez que nos dirigimos la palabra, y me ofreció una barra de

11

proteína. Parecía más divertido que contrariado, como si el hecho de descubrirlos lo hiciera más listo que los demás.

Al pasar los días entendimos que no se trataba de un rito de iniciación: simplemente nos tenían miedo. De los cuarenta y seis corredores que arrancamos el campamento, la organización Ventoux retendría apenas a veintisiete y sólo los nueve mejores participarían en el primer equipo, el que es llevado a las pruebas que verdaderamente importan.

Un mes más tarde, cuando el entrenamiento se hizo más exigente y las jornadas se convirtieron en travesías de ciento sesenta kilómetros e incluyeron parajes escarpados, comprendimos que el miedo que inspirábamos estaba justificado: éramos mejores. Steve Panata rodaba con una cadencia natural y una elegancia como nunca antes había visto ni volví a ver; devoraba kilómetros sin esfuerzo aparente a una velocidad que a otros obligaba a doblarse sobre el manubrio. Yo lo compensaba con una anomalía fisiológica que en otras circunstancias me habría convertido en fenómeno de circo: el ADN de mi padre, un nativo de los Alpes franceses, y los genes colombianos de mi madre, de ancestros andinos, debieron habérsela pasado muy bien, porque terminaron por dotarme de un tercer pulmón. No es que lo tuviera, pero los niveles de oxigenación de mi sangre son tales que, para efectos prácticos, me permiten correr dopado.

Una vez en carretera, Steve y yo comenzamos a tomar venganza de las afrentas sufridas: lo hacíamos casi sin proponérnoslo, aunque sin ingenuidad. Él me sonreía malicioso veinte o treinta kilómetros antes de la meta fijada por los instructores y tras un gesto de complicidad acelerábamos el ritmo, sutilmente al principio, para que los otros no se dieran por vencidos y se exigieran un esfuerzo adicional; diez kilómetros más tarde, cuando percibíamos que el grupo se encontraba al límite, acelerábamos para dejarlos atrás. Pero no antes de que Steve diera la estocada final: comenzaba a relatar en tono tranquilo la última película que había visto, como quien conversa en un bar y no se encuentra subiendo una cuesta que le quita el resuello a todos los demás.

Al temor que inspirábamos se sumó el resentimiento. Alguna vez pensé que, encerrados en esos retiros de montaña en Cataluña, entre docenas de aspirantes cargados de encono y decididos a convertirse en profesionales a cualquier costo, nos exponíamos a una golpiza capaz de poner en riesgo nuestras propias carreras. Para todos esos chicos —yo incluido—, superar el corte que harían los entrenadores del Ventoux era lo único que los separaba de un trabajo mediocre y sufrido en una granja o una fábrica; un par de ellos francamente eran carne de presidio. No era el caso de Steve, para quien el ciclismo profesional era una opción más, entre otras, de un futuro necesariamente pródigo y holgado. Una razón más para odiarlo.

Y había otras: por ejemplo, que desplegara un encanto irresistible cuando se lo proponía, sobre todo entre mujeres, directivos e instructores. Un encanto que provocó más de una bataola con los parroquianos en las pocas ocasiones en que el grupo se escapó a algún bar de la zona, aunque fuese para tomar una cerveza de raíz; un flirteo descarado o un intercambio de servilletas con números de teléfono garabateados bastaban para desencadenar una reyerta con frecuencia zanjada a golpes.

Para alguien tan proclive a provocar la envidia y el resentimiento en los demás, Steve era notoriamente incapaz de defenderse a sí mismo. Toda la elegancia que exhibía sobre una bicicleta o en una pista de baile se convertía en torpeza al momento en que comenzaba el reparto de bofetadas: logramos salir más o menos indemnes una y otra vez gracias a mi entrenamiento de policía militar y mi experiencia en el ejército bregando con borrachos exaltados en bares de mala muerte.

Con el tiempo conseguimos neutralizar los ataques de nuestros malditos acosadores, aunque no antes de que tuviera que enfrentarme a golpes con el matón del grupo, un tipo de Bretaña duro y rudo, con muslos y cara de bulldog; pesaba diez o doce kilos más que yo, pero él no había crecido en un barrio marginal de Medellín ni pasado tres años en cuarteles de Perpiñán. Yo había desarrollado una estrategia de supervivencia que consistía básicamente en evitar todo tipo de conflicto, algo para lo cual mi temperamento se presta a las mil maravillas: una estrategia que funciona a condición de utilizar toda la violencia posible en las raras veces en que el conflicto resulta inevitable, como en esa ocasión en que tuve que salir en defensa de Steve.

Ivan, el bretón, dañaba una y otra vez las llantas de la bicicleta de mi amigo durante las noches, lo cual nos obligaba a emprender reparaciones frenéticas de último minuto para responder a tiempo al llamado de los instructores. Una mañana descubrimos que la bicicleta había desaparecido; la sonrisa burlona con que nos recibió Ivan dejaba en claro quién era el responsable de la ocurrencia. Asumió, supongo, que esta vez Steve por fin lo encararía: eso lo distrajo, nunca me vio venir. Impulsé mi antebrazo con toda la fuerza de que era capaz y asesté con el codo un golpe sobre su rostro; lo alcancé justo entre la mandíbula y la sien. El imbécil cayó de fea manera mientras sus secuaces contemplaban atónitos la inconcebible agresión. Tampoco se esperaban lo que siguió: agarré a patadas el cuerpo hecho ovillo del matón hasta que reveló el lugar donde había escondido la bicicleta. Tras ese incidente nos dejaron en paz.

Ayudaron también las maneras cortesanas que Steve comenzó a desplegar para con los otros corredores. Repartía con generosidad el contenido de los paquetes que recibía de Estados Unidos, cargados de discos con música, geles y barras de proteína, zapatos de deporte, camisetas; un sutil cohecho que pronto arrojó dividendos. Cuando terminó la temporada de entrenamiento nos trataban como si fuéramos los jodidos dueños de la carretera.

A veces me pregunto si la profunda amistad que terminaría definiendo nuestras vidas se selló con esa alianza inicial basada en la protección mutua; al menos en mi caso así fue. Incluso con lo que sucedió años después, sigo convencido de que había algo genuino y hondo en esa cofradía incondicional y de absoluta lealtad que forjamos desde el primer momento.

En realidad, los dos nos fascinamos mutuamente. Cuando nos conocimos él tenía veintiún años, yo veintitrés. Steve había crecido entre algodones como hijo único y mimado de una pareja de abogados prominentes de Santa Fe, Nuevo México. Sus padres consintieron y apoyaron su obsesión por la bicicleta y lo dotaron de instructores semiprofesionales cuando decidió participar en las competencias juveniles de su país: terminó arrasando en todas ellas, siempre rodeado y protegido por una pequeña *troupe* financiada primero por su familia y luego por los patrocinadores, atraídos por el potencial que exudaba este chico de oro.

Pero ahora, en el norte de España, por primera vez en su vida Steve se encontraba en territorio hostil; a su pesar, los suyos habían asumido que nunca llegaría a la cima del ciclismo de ruta sin pasar por el endurecimiento que ofrecían los equipos europeos y sus implacables entrenamientos. Quizá por ello parecía hipnotizado por mi capacidad para sobrevivir en escenarios que le resultaban exóticos y fascinantes, y para mí eran una mierda. Empujado por las circunstancias me convertí en lo que soy, como es el caso de los que no se llaman Panata; terminé siendo ciclista —como otros acaban de oficinistas o vendedores— porque ese fue el tronco al que pude aferrarme cuando simplemente intentaba mantenerme a flote en medio de la corriente. Steve, en cambio, formaba parte de los seres humanos cuyo futuro es consecuencia de un inevitable designio.

Él interpretaba como un derroche de libertad la casi orfandad en la que crecí. Mi padre, un militar francés agregado durante años a diversas embajadas en Latinoamérica, se había separado de mi madre, una bogotana de origen peruano y de familia venida a menos, cuando yo aún no cumplía los nueve. A partir de ese momento pasé los veranos en una cabaña de los Alpes adonde él decidió retirarse, y el resto del año en una casa de ladrillo rojo a las afueras de Medellín. Viví una infancia de abandono por los agotadores turnos de enfermera que cumplía mi madre en dos hospitales diferentes; con el tiempo entendí que simplemente buscaba un pretexto para mantenerse a distancia del hijo de un matrimonio precipitado por un embarazo no deseado. Más tarde, en la adolescencia, estuve convencido de que ella esperaba que un día yo no regresara de alguno de los viajes que emprendía cada verano a Francia, algo en lo que me habría encantado darle gusto si mi padre no hubiera estado igualmente urgido de deshacerse de mí cada vez que lo visitaba: pagar el viaje y recibirme durante cinco semanas era una obligación que el coronel Moreau cumplía con estricto rigor aunque sin ningún entusiasmo.

Es probable que hubiera terminado por ser reclutado por alguna de las bandas de adolescentes que aterrorizaban el barrio, de no haber llegado la bicicleta en mi rescate. Sin proponérselo, mi madre fue la responsable: los turnos extras y un aumento de salario le permitieron mudarnos de San Cristóbal, un pueblo de la periferia, a San Javier, un barrio popular de Medellín. Si bien fue un ascenso social, también fue un descenso orográfico que me condenó a recorrer a pie los casi siete kilómetros cuesta arriba que me separaban de la escuela, por lo que tenía que levantarme a las 4:30 para llegar a tiempo a la primera clase. En algún momento debió de apiadarse de mis desvelos, porque un día apareció con una bicicleta grande y pesada de segunda mano, seguramente robada; una bicicleta que llamábamos «de albañil», pero que cambió mi vida.

Paradójicamente, fue la holgazanería lo que me transformó en escalador. Mi nueva montura me permitió recorrer el despertador a las 5:30; más tarde comencé a cronometrar mis trayectos para prolongar el tiempo de sueño. Terminó convirtiéndose en una obsesión: cada semana intentaba recortar en uno o dos minutos la duración del camino a la escuela. Disminuí el peso de la mochila, aprendí a sacar provecho de cada curva, conté las ocasiones en que aplicaba el freno y las reduje al mínimo indispensable. Algunos de mis compañeros se burlaron de las viejas botas rotas que comencé a usar en la escuela, aunque no me importó: sus gruesas suelas me permitían alcanzar mejor los pedales y reducir en tres minutos el trayecto.

Una maestra se dio cuenta del violento frenado con el que llegaba cada día, seguido de una pausa para consultar la hora y apuntarla en mi libreta; me preguntó el motivo y luego leyó con curiosidad mi tabla de anotaciones. Una semana más tarde me habló de una carrera para ciclistas aficionados, ella era una de las organizadoras. Al principio me pareció absurda la posibilidad de competir, ridícula incluso: mis botas rotas y mi tosca bicicleta no empataban con las imágenes que había visto de los ídolos colombianos enfundados en coloridos atuendos, montados en máquinas aerodinámicas. Pero no había manera de decir que no; la mitad del salón, al menos la parte que ya había cumplido trece años, estaban enamorados de la maestra Carmen. Su entusiasmo infatigable, la sonrisa cálida, los ojos verdes, y sobre todo la manera en que trepidaba su falda al caminar, la convertían en la heroína de nuestros sueños húmedos.

Aun cuando todos los competidores calzaban mejor que yo, me consoló que hubiera otras bicicletas como la mía. Corrí decidido a impresionar a mi maestra: partí veloz desde la meta misma, sorprendido por la facilidad con que dejaba atrás a todos, y ni siquiera hice algo diferente a lo que acostumbraba cada día camino de la escuela. Pronto entendí la razón: los demás corrían para soportar los treinta y dos kilómetros que los separaban de la meta. Yo estaba fundido en el kilómetro diez; pronto comenzaron a rebasarme los primeros. Faltando cinco kilómetros para el final, era el último de la competencia. Fue mi primer contacto con el tormento de la carretera: las piernas convertidas en hilos, cada pedalazo soportado desde el abdomen, donde sentía que alguna víscera se desgarraba. Fue también mi primer contacto con el enemigo que todo ciclista lleva dentro y que le incita a renunciar al suplicio; me decía que ya había hecho lo suficiente, que era el más joven de la carrera, que mejor abandonar que llegar al final, pero me imaginé la decepción de Carmen y decidí que no desertaría y tampoco sería el último. Me concentré en la espalda del corredor que rodaba treinta metros adelante de mí y puse en cada pedal todo lo que tenía, lo alcancé y busqué la siguiente espalda. Pronto olvidé el cansancio. Cuando llegué a la meta vomité y me quedé doblado un rato por el dolor que acuchillaba un costado de mi cuerpo, aunque no me moví de allí: quería contar los corredores que llegaban después de mí. Fueron diez. Antes de retirarme, Carmen me abrazó y me dio un beso en la mejilla.

A partir de ese día dediqué las tardes a recorrer las colinas de los alrededores. Diseñé tramos más largos, medí y recorté el tiempo de traslado, leí todo lo que Carmen me dio sobre alimentación y técnicas de competencia, y traté de asimilar y poner en práctica lo que podía dentro de mis limitaciones. Mis piernas crecieron y jubilaron a las botas, aunque tardaría mucho tiempo en ganar una carrera. Me bastaba el entusiasmo de Carmen y darme cuenta de que, al terminar cada competencia y detenerme en la meta, cada vez era mayor el número de corredores que llegaban después de mí.

En aquellos largos entrenamientos por mi cuenta se forjó el corredor que ahora soy. El aprendizaje de las técnicas y las estrategias vendría después, pero allí construí la verdadera sustancia de la que está hecho un ciclista profesional: la capacidad para infligirse dolor, llevarse al límite y continuar. Me exprimía en pendientes imposibles con la convicción de que ese sufrimiento me acercaba a Carmen, me hacía merecedor de su atención y su cariño.

Empero, su desaparición dos años más tarde al ser promovida a una escuela privada de Bogotá sacudió mi pequeño universo y me sumió en la desesperación. Tras algunas semanas atormentadas, quedé convencido de que podría recuperarla por medio de la bicicleta:

mi fama como corredor llegaría hasta la capital y terminaría uniéndome a ella. Hice de la bicicleta mi instrumento de tortura y redoblé mis masoquistas sesiones de entrenamiento; el dolor se hizo mi mejor amigo.

Fue en esa época cuando desarrollé la otra manía con la que se me conocería: medir, cronometrar, contar y registrarlo todo. Años después, mis compañeros, comenzando por el propio Steve, se burlarían de mi obsesión con los números y más de uno me llamaría «el contador», con ganas de molestar. Sin embargo, tarde o temprano todos ellos me preguntarían cuántos kilómetros faltaban para llegar a la meta o el lugar que ocupaba en la clasificación un corredor que se desprendía del pelotón y se lanzaba a la fuga. Nunca me molestó ser su jodida Wikipedia en lugares donde nadie puede usar su celular.

También fue en las sierras de Medellín donde me di cuenta de que los demás no padecían la extraña relación que mantengo con mi propia transpiración: es una putada ser alérgico al sudor que produce tu cuerpo justo cuando vives de hacerlo sudar. El clima de mi tierra ya se había encargado de sacarme sarpullidos y ponerme a frecuentar polvos y ungüentos en busca de alivio, y no es que lo hubiese descubierto hasta el momento en que subí a una bicicleta, pero hasta entonces había sido una molestia confinada a los días de excesivo calor. Ahora la irritación se convertía en un tatuaje encarnado en zonas del cuerpo de las que un adolescente no debería sentirse avergonzado, o al menos no por esas razones.

Sudando y contando terminé por convertirme en una figura familiar en las carreras que se celebraban ciertos fines de semana en la región. En algún momento dejé de contar a los corredores que llegaban después de mí y comencé a hacerlo con los que arribaban a la meta antes que yo; me atormenté sobre los pedales hasta conseguir que cada vez fueran menos.

Y al fin llegaron los primeros podios. Aunque competía contra adultos, las pequeñas recompensas en metálico y las propinas de los apostadores me mantuvieron apartado de la violencia devoradora de la Colombia de aquellos años. No fue una etapa feliz; mi bicicleta pesaba más de veinte kilos y los inoportunos pinchazos a los que me condenaba el estado de las llantas me obligaban a abandonar la mitad de las carreras. Nunca más he sentido la rabia impotente que sufrí entonces, cuando contemplaba a la orilla del camino y con lágrimas en los ojos el paso de los ciclistas a los que había dejado atrás minutos antes.

El dinero del narco, del que venía huyendo, cambió todo. Uno de los compañeros de barrio reclutados por las bandas se aficionó a apostar en las carreras en las que yo participaba: tendría quizá dieciséis o diecisiete años y no sería más que un soldado raso en las filas del crimen organizado, pero el dinero que solía exhibir me parecía una fortuna. Un día en que terminé en tercer lugar me felicitó ruidosamente y lo festejó como un triunfo propio; probablemente estaba drogado, porque en su euforia tomó mi bicicleta y la tiró a un pequeño barranco junto al que nos encontrábamos. Antes de que tuviera oportunidad de lanzarme detrás de ella, me arrastró a una tienda y compró la mejor que encontramos. Durante meses viví con el temor de que en algún momento me cobrara el apoyo de una manera u otra; por suerte, se limitó a apostar a mi favor. Quiero pensar que recuperó con creces su inversión, porque a partir de ese momento comencé a ganar más carreras.

Poco después de cumplir diecisiete años me enteré del regreso de Carmen a Medellín, ahora en calidad de directora de mi vieja escuela. Mi primer impulso fue visitarla de inmediato y mostrarle el corredor en que me había convertido. Pero me contuve; juzgué que no tenía otra cosa que exhibir que medallas de competencias de aficionados, aun cuando en ellas corrieran bajo el agua premios y apuestas importantes. Decidí no presentarme hasta ganar una carrera profesional. Logré inscribirme a la Vuelta La Cordillera, que se celebraría tres meses más tarde: una competencia feroz en la que solían participar profesionales incipientes y veteranos en el ocaso de su carrera. Entrené obsesivamente hasta alcanzar registros que me convencieron de tener una verdadera oportunidad de ganar.

Dos semanas antes de la competencia me llamó un excompañero de la escuela para decirme que Carmen había muerto en una balacera cruzada entre bandas rivales; asistí al entierro a la distancia y lloré a mares el final de la adolescencia. No volví a subirme a la bicicleta que me regaló mi amigo el narco ni a ninguna otra.

Poco después, cuando cumplí dieciocho mi madre aceptó la propuesta matrimonial de un doctor de buen corazón y con halitosis galopante, un acto que tenía más de capitulación de parte de ella que de enamoramiento; algo en lo que, en cualquier caso, yo no tenía cabida. Dos semanas después dejé una nota en la cocina y tres días más tarde golpeé la puerta de mi padre sin previo aviso al otro lado del océano. Apenas pareció sorprenderse, me sirvió un plato de lentejas y me instaló en el cuarto que yo solía ocupar en las visitas de verano.

Los siguientes meses hice lo que pude para ganarme un lugar en su corazón. Si me pedía cortar leña, yo talaba el monte hasta desollarme las manos; aprendí a cocinar su guiso preferido y a conducir la vieja camioneta Ford para relevarlo de la compra semanal en el pueblo más cercano. Cuando llegaron las primeras nieves emprendí el aprendizaje del esquí con la misma intensidad que antes había dedicado a los pedales: él sólo respetaba los deportes de invierno y consideraba una necedad fatigarse encima de una bicicleta cuando una moto podía hacer el trabajo con una inconmensurable mayor eficiencia, o al menos eso me dijo el día en que quise hablarle de mis pequeñas hazañas sobre dos ruedas.

A fuerza de golpes y caídas, para fin de año había dejado de ser un esquiador vergonzante; estaba decidido a convertirme tarde o temprano en un guía de turismo invernal. Días más tarde me informó que había tomado la decisión de enlistarme en el ejército y que consiguió se me asignase a un regimiento afincado al pie de los Pirineos, cerca de Perpiñán, comandado por un viejo conocido suyo: dieciocho años antes exigió que yo naciera en suelo francés, aunque para ello mi madre tuvo que volar a Europa con ocho meses de embarazo y un certificado amañado por el médico de la embajada.

Me marché a los cuarteles convencido de que me esperaba una vida de trabajo en galeras, cavando trincheras y acometiendo largas expediciones al desierto del Sahara, y probablemente así habría sido si un giro inesperado no me hubiera sentado de nuevo en un asiento de bicicleta. El compañero de mi padre murió unos días después de mi arribo: lo sustituyó el coronel Bruno Lombard, un personaje mucho más interesado en el ciclismo y las competencias atléticas entre regimientos rivales que en la vida castrense o la teoría militar. Cuando se enteró de mis andanzas en las carreras juveniles en las montañas colombianas, me incorporó a su equipo.

—Cuídala como si fuera tuya —me dijo a los pocos días de su llegada al mostrarme una bicicleta de competencia, raspada y maltrecha. No sé cómo hizo para conseguir esa docena de máquinas de carrera ni qué tuvo que ofrecer a cambio: parecían el desecho de un equipo profesional de ligas inferiores pero definitivamente eran de competencia, así fueran de una década atrás.

Aunque técnicamente pertenecían al Estado francés, sentí que me habían regalado un Ferrari. En las siguientes semanas hice todo lo que estaba en mi poder para no bajarme de ella, a riesgo de terminar con el trasero encarnado y faltar a mis obligaciones de recluta.

Algún oficial debió quejarse de mi indolencia porque Lombard tomó una decisión radical, esa que hoy me tiene convertido en detective del Tour: me asignó a la pequeña unidad de la policía militar del regimiento, directamente bajo su mando. Eso me libró de la mayor parte de las aburridas rutinas de la tropa y me dejó en libertad para ponerme en las manos del instructor del equipo de ciclismo que Lombard había reclutado.

Don Rulo era un viejo cascarrabias, duro e intransigente; supongo que su carácter le impidió llegar a los equipos profesionales aunque le sobraran oficio y talento. Advirtió mi inclinación por la montaña y durante los siguientes meses llevó mi cuerpo al límite en las cumbres de las imponentes cimas de los alrededores.

A lo largo de los siguientes cuatro años nuestro regimiento ganó absolutamente todo: no sólo las competencias que nos enfrentaban a equipos de otras instituciones del Estado francés sino también los torneos regionales, para los cuales el buen Lombard encontraba siempre una justificación que le permitiera llevar a sus muchachos.

«Sus muchachos» básicamente éramos Julien y yo, además de una veintena de conscriptos que fueron rotando a lo largo de los años, con más entusiasmo por los descansos y pequeñas prebendas que Lombard ofrecía a los voluntarios que por su vocación o talento para la bicicleta. Julien era un buen corredor y con el tiempo pudo haberse convertido en un profesional dentro de algún equipo modesto si su pasado en las bandas marsellesas no lo hubiese reclamado al terminar el servicio militar; tenía buenos instintos para la carretera, una capacidad salvaje para soportar el dolor y exprimirse en una cuesta, y con eso bastaba. Era lo único que yo necesitaba para subir al podio, tanto y tantas veces, que dejó de ser divertido para todos salvo para Lombard.

A los veintidós me había convertido en una referencia para la prensa regional con el apodo de Aníbal: el chiste, cuyo significado se me escapaba al principio, tenía que ver con que el general púnico condujo a su ejército para atacar a la Antigua Roma a través de los Pirineos y los Alpes a lomos de elefante. Con el tiempo terminé tomándole cariño al sobrenombre, aunque pasé algunos meses receloso; no me hacía ninguna gracia la comparación con el paso paquidérmico del cartaginés. Decidí tatuarme en la nuca un pequeño dragón, el símbolo de nuestro regimiento, con la esperanza de que eso ahuyentara cualquier referencia a los malditos elefantes; Lombard, en cambio, festejó y me enjaretó el Aníbal como si fuese la consagración de una leyenda.

Al final de cuatro años el coronel debió dejarme ir, compungido pero orgulloso de su creación, aunque no antes de asegurarme un lugar en la firma belga Ventoux, legendario semillero de profesionales.

No sé en qué momento decidí dedicarme al ciclismo profesional; para entonces ya sabía que se trataba de un oficio atormentado por la disciplina y el dolor autoinfligido. Quizá fue la frase de mi padre cuando regresé a su refugio alpino al terminar el reclutamiento: «Ni siquiera para los cuarteles serviste», me dijo cuando toqué de nuevo a su puerta. Probablemente había creído que me convertiría en un oficial de alto rango como él, cuando se enteró de mi designación como cabo de la policía militar a las pocas semanas de mi arribo a Perpiñán. Sus palabras terminaron por decidirme: en ese momento me dije que algún día entraría a París enfundado en el *maillot* amarillo.

Años más tarde la prensa seguía llamándome «Aníbal» pese a no haber conseguido coronar alguna etapa en los Pirineos, no digamos un podio en alguna de las grandes vueltas.

EL TOUR, ETAPAS 1-6

—Y de sexo mejor ni hablamos —dijo Giraud, nuestro director técnico, al terminar la última charla de estrategia en el autobús que nos trasladaba a Utrecht, en suelo neerlandés, donde correríamos la primera etapa del Tour de Francia. Era una recomendación retórica, casi una broma: ninguno de nosotros pondría en riesgo con una noche de juerga una carrera para la que nos habíamos preparado durante meses; llegar a París tres semanas más tarde consistía esencialmente en saber administrar la fatiga. Cuando pierdes seis mil calorías por día, sin posibilidad de recuperarlas, el sexo es la última de tus urgencias.

La única que no parecía entenderlo era Stevlana. Las novias y esposas no son bienvenidas en el Tour, y ninguna es tan poco bienvenida como la pareja de Steve, una supermodelo casi tan famosa como él; la rusa había decidido detenerse en los Países Bajos en su paso hacia Londres con tal de sorprender y desear buena suerte a su caballero, para consternación de él.

Una horas antes, esa misma mañana, entró al celular una llamada de Steve: no respondió a mi saludo, sólo quería que oyera la voz de Stevlana. Entendí lo que pretendía y acudí en su rescate, sabiendo que aún se encontraban en la habitación. Toqué a la puerta y le dije en voz alta que habíamos sido seleccionados para el examen *antidoping* que se efectuaría en mi cuarto; ella abrió y yo fingí sorprenderme de encontrarla allí.

—Pero si acabo de llegar, Stevie —protestó—. Aníbal, no me hagas esto.

23

—Esto no tiene que ver contigo, Stevie —se defendió Steve en tono compungido. Así se llamaban uno al otro, lo cual era motivo de mofa entre los corredores, aunque creo que muchos lo hacían para esconder la envidia que provocaban las espectaculares tetas de la rusa.

Por lo general Stevlana creía que todo lo que sucedía tenía que ver con ella, incluso el *antidoping*, un incordio diseñado exclusivamente para arruinarle una sesión de sexo matutino con su amante; la blusa desabotonada dejaba pocas dudas de lo que mi llegada había interrumpido. Mientras Steve terminaba de vestirse, su novia se aseguró de asesinar al mensajero con un par de miradas envenenadas.

Nunca me había tragado. Y menos que a mí, a Fiona, mi pareja, supervisora de mecánicos de la Unión Ciclista Internacional. Las pocas veces que habíamos cenado los cuatro, el resultado había sido un velorio. Las dos mujeres no podían ser más distintas, algo que Stevlana se aseguraba de hacer evidente a los ojos de Steve: con el pretexto de darle consejos para mejorar su apariencia se burlaba de las formas bruscas de ella, de su melena desarreglada, de sus muslos duros y gruesos de corredora de cien metros planos —aunque no lo era—, de sus manos siempre callosas y manchadas de aceite.

La manera en que Fiona se había convertido en la directora de inspectores técnicos de la Unión de Ciclistas era en sí misma una historia extraña. Durante treinta años su padre, un irlandés de pura cepa, fue jefe de mecánicos de los mejores equipos del circuito profesional, una reputación legendaria en la que creían ciegamente los corredores. Huérfana de madre desde los diez, el padre la incorporó al cuerpo de asistentes; propios y extraños se acostumbraron a la pequeña pelirroja que se afanaba con las herramientas siempre al lado de su progenitor, cual enfermera asistiendo a un cirujano. Con el tiempo se convirtió ella misma en una extensión de la bicicleta: su oído y sus manos eran capaces de calibrar una rotación perfecta de la cadena o de percibir el roce casi imperceptible que podría significar la pérdida de milésimas de segundo por kilómetro. La pericia del viejo, motivo de poco menos que superstición en el circuito, se extendió a su heredera, particularmente cuando el irlandés optó por jubilarse al cumplir los setenta. Para entonces la chiquilla pelirroja se había convertido en una belleza explosiva, con todo y sus fuertes brazos y una espalda más ancha que la de la mayoría de los esmirriados corredores; una amazona de temperamento y de pocas palabras, deseada y temida por muchos compañeros y profesionales, sobre todo ahora que comandaba la legión de inspectores que aseguraban el cumplimiento de un complejo y a veces caprichoso entramado de regulaciones técnicas.

Fiona solía asentir distraída a la mayor parte de las puyas de Stevlana. Ocasionalmente, cuando la insistencia de la rusa se acentuaba, la miraba con la curiosidad que le podría haber despertado un alienígena. En el fondo, los esfuerzos que hacía la modelo para hacerse presente eran entendibles; los otros tres vivíamos por y para la bicicleta. Y aunque Steve y Fiona compartían algún pasado de aguas turbias y se toleraban a duras penas, al calor de esas sobremesas podíamos enzarzarnos en largas y apasionadas discusiones sobre las ventajas de un tipo de pedal o la mejor manera de ascender la cima del temido Tourmalet.

Claro que había razones para explicar por qué esos dos estaban juntos; la mujer era modelo de lencería, y él uno de los solteros más famosos del *jet set*. Pero yo tenía la sensación de que en ambos también pesaba la presión de la prensa, de los patrocinadores y sobre todo del público, que no esperaba otra pareja para su ídolo que una celebridad.

El alivio que mostró Steve tan pronto salimos de su habitación para ir a la mía confirmó una vez más esa sospecha. Era el día inaugural del Tour y afuera, en las calles de Utrecht, el mundo de la bicicleta hervía de excitación e impaciencia. Pasamos la mañana recluidos en mi cuarto, especulando sobre el trazado de la ruta y la posibilidad de que Steve vistiera el *maillot* amarillo de campeón cuando entrásemos a París tres semanas más tarde. Al mediodía, cuando por fin nos dijeron que Stevlana había regresado a Ámsterdam para tomar un avión, fuimos a almorzar con el resto del equipo, nos vestimos y partimos al autobús para seguir escuchando las amonestaciones de nuestro director técnico.

Para entonces, lo único que queríamos era que comenzara la maldita competencia: son muchos meses de preparación, de revisión de rutas, de dietas espartanas reñidas con el sabor. La tensión de la cuenta regresiva de las últimas horas sólo se libera cuando el ciclista toma la carretera y se encierra en la vorágine autista que impone la bicicleta.

Este año, como todos los anteriores, mi tarea esencialmente consistía en no ganar: estaba aquí para hacer triunfar a Steve. Soy un gregario; eso sí, el mejor del pelotón. Durante veintiún días tendría que protegerlo de los rivales, del viento cruzado, del hambre y la sed, de accidentes y tropiezos, y sobre todo de la alta montaña, donde sus enemigos podrían hacerlo trizas. Soy el trineo que permite a Steve llegar al último kilómetro antes de la cumbre con el mínimo esfuerzo posible, aunque para ello deba romperme y terminar la carrera en los últimos lugares. Hemos sido la mejor mancuerna del circuito en los últimos años, aun cuando sólo él suba al podio.

El Tour arrancó con una breve contrarreloj individual en la cual Steve no necesitó ayuda de nadie; es el campeón mundial de esa modalidad. Pero en los siguientes días todos los pronósticos comenzaron a hacerse trizas. Muy pronto nos dimos cuenta de que este año sería distinto a los anteriores, aunque aún no podíamos adivinar la causa.

Se supone que la primera semana es poco más que un calentamiento y una vitrina de presentación de equipos y contendientes: rutas largas en carreteras planas de Bélgica y el norte de Francia en las que el pelotón suele llegar completo a la meta, justo detrás de los esprínteres que se disputan los últimos metros. La verdadera batalla se deja para la segunda y la tercera semanas, cuando los terribles ascensos de los Pirineos y los Alpes diezman a los corredores y se imponen los mejores atletas.

Pero en esta ocasión las bajas comenzaron aun antes de arrancar la primera etapa: un par de accidentes y alguna tragedia habían dejado a varios contendientes importantes fuera del pelotón de ciento noventa y ocho corredores que participaron en el prólogo, ese primer día no oficial de competencia. Nadie se alarmó. Estamos acostumbrados a que el destino diga la última palabra sobre la carretera: un pinchazo inoportuno, un compañero que pierde el equilibrio y te arrastra en su caída, un aficionado que se atraviesa, una gripe que boicotea meses de preparación. Dábamos por sentado que cada tantos años existía un *annus horribilis*, una edición maldita del Tour de Francia; al terminar las primeras cuatro etapas comenzamos a sospechar que esta podría ser la peor de todas.

Empezó a reinar una tensión desacostumbrada. El inglés Peter Stark, el colombiano Óscar Cuadrado y mi compañero estadounidense, Steve Panata, eran los tres grandes aspirantes a coronarse en París; durante los últimos años habían intercambiado triunfos en las principales competencias y gracias a su enconada rivalidad el ciclismo despertaba la pasión de multitudes que seguían con fruición la disputa por la supremacía entre tres corredores que marcarían época. Stark, Cuadrado y Panata se habían propuesto hacer del Tour de este año la arena que por fin decidiera cuál de ellos era el mejor ciclista de su generación; periodistas, aficionados y patrocinadores calentaron el ambiente. Los organizadores esperaban una audiencia televisiva récord y actuaron en consecuencia, diseñando un recorrido endiablado. El *pavé* de la tercera etapa fue el infierno mismo, correr sobre adoquines a cincuenta kilómetros por hora te rompe las pelotas, literalmente; cada brinco es una puñalada a las piernas y un calambre a los brazos. No se trata de las losas de París, pulidas por el paso de miles de coches a lo largo del tiempo, sino de verdaderos chipotes de piedra en caminos rurales estrechos y escasamente transitados, y pocos tan terribles como los que sufrimos entre Scraing y Cambrai, mientras abandonábamos Bélgica. La lluvia que cayó implacable a lo largo de todo el día convirtió el recorrido en un campo minado.

La única manera de evitar ser arrastrado en una caída masiva es mantenerse en la punta del pelotón; colocar allí a Steve a cualquier costo fue mi tarea durante esa jornada. El problema es que en tales casos otros doscientos corredores pretenden hacer lo mismo, lo cual convierte a estos ceñidos caminos en verdaderos embudos. Intentar adelantar a otro corredor en esas condiciones termina por provocar caídas tumultuarias y las consiguientes clavículas rotas, brazos fracturados, conmociones cerebrales.

Los equipos de Steve, Cuadrado y Stark salimos indemnes de la carnicería porque, sin decírnoslo, actuamos en complicidad: los veintisiete corredores, nueve por equipo, tomamos la punta y taponamos la salida para evitar que el resto del pelotón molestara a nuestros líderes. En estas primeras etapas no competíamos entre nosotros, simplemente queríamos sobrevivir. Pero no pude mantenerme indiferente a lo que pasaba a mis espaldas: una y otra vez cerré el paso de algún compañero defendiendo la posición con los codos y los dientes y, Dios me ayude, condenándolo a ser triturado por el alud de bicicletas, piernas y brazos que volaban en cada caída.

Esa tercera etapa fue la peor, aunque no la única mala. Al final del sexto día, cincuenta y dos ciclistas habían abandonado: la peor cifra en la historia a esas alturas de la competencia. Con todo, la mayoría de nosotros seguía atribuyendo al destino la mala racha que nos había caído encima. Un día más tarde descubriría que los astros, o cualquier cosa que rigiera la fortuna en la carretera, no explicaban todas aquellas tragedias, a no ser que también el asesinato sea una de las vías que eligen los hados.

ETAPA 7

—Mi hijo cogió la bicicleta a los cuatro años —se ufanó Murat, el musculoso esprínter de Fonar, nuestro equipo.

—Pues ya debe ir muy lejos —bromeó Steve aunque nadie festejó el chiste, que por lo demás no era nuevo. El humor de mi compañero no suele ser el mejor para romper el hielo o, si a eso vamos, para romper cualquier otra cosa salvo labios y crismas ajenas.

Cenábamos en un pequeño hotel a las afueras de Rennes, agotados al término de la séptima etapa del Tour. Esta también había sido una jornada frustrante, lluviosa y plagada de accidentes. Había muy pocos ánimos para festejar, y tampoco es que reírse de Murat resultara conveniente para la salud; sus muslos y espalda son tan desproporcionados como sus temperamentales explosiones.

Pero Steve era así, inconsciente de los riesgos, ajeno a los sentimientos de los otros. Sólo yo sabía que su capacidad para lastimar era involuntaria. En el fondo no había maldad en él; podía afirmar que a su manera era un tipo generoso. Hay compañeros que extendieron sus carreras o sus contratos gracias a un elogio espontáneo difundido por Steve en su millonaria cuenta de Twitter, o durante algunas de las incontables entrevistas con que lo asediaba la prensa. He terminado por creer que su incapacidad para entender los miedos y la inseguridad que anidan en los demás se debe a que está convencido de que el resto del mundo se la pasa tan bien como él, una autonegación muy conveniente para asumir sin la menor culpa la vida privilegiada que ha llevado.

Con todo, el silencio que se impuso en la mesa y el ruido que hizo el tenedor que sostenía Murat al caer sobre el plato le hicieron

29

darse cuenta de que había roto alguna de las tantas convenciones no escritas que nunca se tomaba la molestia de asimilar. Como tantas otras veces en momentos de apuro, buscó mi mirada con la esperanza de encontrar alguna sonrisa que informara a todos que su comentario era una broma inocente y no una burla al hijo de Murat. Y como tantas veces en el pasado, hice mucho más que eso.

—Sí, va a llegar lejos el chaval; en los últimos entrenamientos nos siguió en un tramo y casi nos alcanza, ¿recuerdan? Por fin hay esperanzas de contar con un Murat guapo en el circuito —y ahora sí, algunos de la mesa rieron con gusto. La Bestia, el apodo con que se conocía al poderoso catalán, obedecía a partes iguales a un rostro descuadrado esculpido a puñetazos y a la ferocidad de sus embestidas en los cierres de meta, y Murat estaba orgulloso de su nombre de batalla.

Diez minutos más tarde el equipo se dispersó para perderse camino a las habitaciones. Más allá de la broma frustrada de mi amigo, el ambiente entre los corredores era de total abatimiento. Habíamos recorrido apenas un tercio de los tres mil trescientos cincuenta kilómetros que afrontaríamos en esta edición del Tour, pero en siete días el pelotón ya había tenido más bajas por accidentes y escándalos que las sufridas en las veintiún etapas del año anterior.

Esa mañana había sido eliminado el español Carlos Santamaría por una acusación de dopaje para sorpresa de todo el circuito, pues se le tenía por un cruzado de la limpieza y el honor en el ciclismo; el impacto fue terrible porque en ese momento Santamaría, líder del equipo Astana, ocupaba la tercera posición en la clasificación general.

Sólo Steve estaba de buenas. Algunos de sus principales rivales habían perdido fuerza; sus posibilidades de ganar el Tour mejoraron en los últimos días. Me invitó a conversar otro rato y a tomar una de las bebidas energéticas que llevaban su nombre: le aseguré que estaba hecho polvo y me encaminé al elevador. Percibí su frustración porque ambos nos habíamos habituado, desde las primeras competencias que corrimos juntos, a intercambiar opiniones sobre el saldo de la jornada y los desafíos del día siguiente. Cuando no lo hacíamos era porque Steve tenía algo mejor en mente: mujeres al principio de su carrera, y en los últimos años reuniones con su representante, siempre acompañado de un nuevo patrocinador. Decidí que hoy era yo quien tenía algo mejor que hacer, aunque sólo fuese desplomarme sobre la cama.

Él y yo éramos los únicos en el equipo que gozábamos el privilegio de tener una habitación propia; una cláusula contemplada en su contrato que generosamente había extendido a mi persona. Me siguió con la mirada unos segundos cuando le di la espalda para cruzar el *lobby* y luego, como hacía con todo lo que no coincidía con sus deseos, me borró de su mente. Supongo que no se percató de que nunca llegué a los ascensores.

—Señor Moreau, ¿me puede conceder unos minutos?

La interrupción me aceleró el pulso de una manera que no lo hacía una cuesta empinada o varias horas de pedaleo en la carretera. Y había motivos: nadie me llamaba por mi apellido. El atildado tipo que ahora tocaba apenas mi brazo como si intentara impedir mi fuga no lucía como un reportero que hubiera logrado colarse al hotel, y sí parecía, en cambio, la personificación de la peor de las pesadillas: su traje impecable y el bigote recortado hacían pensar en un funcionario de alguna institución y en las presentes circunstancias esa sólo podía ser la temida AMA, la Agencia Internacional Antidopaje.

Aunque estaba convencido de mantener mi organismo libre de sustancias prohibidas, sabía que los exámenes de orina de los días anteriores podían registrar sustancias ilegales absorbidas de manera involuntaria, o que tampoco podían descartarse errores por parte de los laboratorios; no sería yo el primero en verse expulsado de la competencia por una muestra contaminada. Pensé en Carlos Santamaría e imaginé mi nombre en los titulares del día siguiente.

—Diga —respondí a la defensiva y aparté el brazo de manera inconsciente, intentando tomar distancia de lo que se me venía encima.

—¿Podríamos conversar en el saloncito de la chimenea, sargento Moreau? No le quitaré mucho tiempo. —En realidad yo nunca había superado el grado de cabo, pero no estaba para contradecir a nadie. En efecto, a un lado del *lobby* principal había una pequeña sala alumbrada por una desfalleciente chimenea de luz artificial, aunque la temperatura era de veintiocho grados; los hoteles de la ruta no son precisamente un derroche de lujo y comodidad, tampoco de buen gusto.

Lo seguí a aquel rincón apartado con la sensación de entrar en una ratonera. La mención de mi pasado militar despertó mi curiosidad, aunque dejó intactos mis temores.

—Permítame presentarme, soy el comisario Favre —mientras lo decía me mostró fugazmente una ficha de identidad con la agilidad de un movimiento mil veces repetido—. Y, desde luego —continuó con una inclinación de cabeza—, un admirador de sus logros deportivos.

Sus palabras, pero sobre todo sus modos un tanto untuosos, provocaron que mi curiosidad comenzara a superar el miedo. No parecía alguien interesado en detenerme por dopaje, aunque no podía descartar que quisiera interrogarme respecto a la circulación de sustancias prohibidas en el circuito; lo que dijo a continuación me llevó a confirmarlo.

—Necesitamos de su colaboración, sargento. Por favor, siéntese, póngase cómodo.

Me tumbé sobre el pequeño sofá y experimenté la comodidad que puede tenerse en el sillón de un dentista. El comisario seguía empeñado en ascenderme en el escalafón militar; pensé que si estaba en un problema resultaría mejor ser sargento que cabo, así que acepté la promoción sin decir palabra.

—En cuestión de drogas no puedo ayudarlo. Estoy limpio; me he mantenido alejado de todo y de todos los que tienen que ver con esa mierda. Usted debería saberlo.

—No es esa mierda la que nos preocupa, sino otra mucho más nociva —hizo una pausa, acercó su rostro al mío, y casi en un murmullo agregó—: Hay un asesino entre ustedes —tras lo cual incorporó el torso y guardó distancia para tomar nota de mi reacción.

Seguramente debí decepcionarlo porque no experimenté ninguna. La frase era tan absurda que mi cerebro no encontró manera de procesarla; no inmediatamente, al menos. En lugar de eso percibí, a la luz de la falsa chimenea, el brillo de la cera en su fino bigote, esculpido encima de unos labios gruesos y húmedos. Un espectáculo, pensé, que algunas mujeres encontrarían seductor y otras repulsivo.

Decepcionado por mi silencio, procedió a explicarse. Lo hizo como si declamara un parte militar:

—Uno: Hugo Lampar, australiano y el mejor escalador del Loco-motiv, fue atropellado hace dos semanas en un camino solitario en un recorrido de práctica. No hubo testigos; fracturas múltiples y nin-guna posibilidad de participar en el Tour. Sin él, las opciones de Ser-guei Talancón son pocas si no es que nulas.

»Dos: Hankel fue asaltado a unos pasos de su hotel al caer la no-che, tres días antes del arranque de la competencia. Aunque afirma que no opuso resistencia y entregó su cartera de inmediato, uno de los ladrones se molestó por lo escaso del botín, lo tumbó de un bofe-tón y le machacó el tobillo hasta dejárselo inservible, al menos por un tiempo. No se le consideraba entre los principales aspirantes, pero su inesperado tercer lugar en el Giro de Italia con apenas veinticua-tro años llevaba a pensar a una parte de la prensa que si este año el Tour deparaba una sorpresa, provendría del alemán.

»Tres: el inglés Cunninham corrió la primera etapa intoxicado, inundado de antihistamínicos. Era el único que podía rivalizar en la contrarreloj con Steve Panata, su compañero, sargento; Cunninham terminó tres minutos más tarde, con lo cual dejó de ser una amena-za durante el resto del Tour. Los doctores no se explican cómo pudo enfermarse; comió lo mismo que el resto de su equipo y no padece alergias.

»Cuatro: hace unos días, en la etapa cinco, dos "aficionados" se cruzaron justo enfrente del equipo Movistar, fingiendo que sólo que-rían saludar a la cámara de la motocicleta que corre adelante del pelotón. Los gregarios de Cuadrado no tuvieron ninguna posibili-dad de reaccionar: hubo una caída masiva. Cuatro de ellos debieron abandonar la competencia, y el colombiano se ha quedado con la mitad del equipo y todo el Tour por delante. Los que los tumbaron resultaron ser *hooligans* radicales del Marsella y no se les conocía in-clinación alguna por el ciclismo. También están hospitalizados, aun-que hay un dato revelador: uno de ellos tenía ocho mil euros recién ingresados en su cuenta bancaria».

El comisario hizo una pausa y volvió a observarme mientras yo asimilaba la información. Ninguno de esos percances me resultaba nuevo, ni a mí ni al resto del mundo, aunque hasta ahora descono-ciera los detalles. Lo del Movistar era lo más inquietante: sin la mitad de su equipo, las posibilidades de Óscar Cuadrado se hacían trizas y eso cambiaba la perspectiva del Tour. Si lo que el comisario decía era cierto y no se trataba de un accidente, alguien había alterado la historia del ciclismo.

Y sin embargo no podía creer la tesis de un ataque en contra del torneo, y mucho menos en la intención de acabar físicamente con los aspirantes al podio. Todos los años el Tour cobraba una cuota de ciclistas a lo largo del viacrucis, muchas veces en condiciones trágicas; los profesionales habíamos terminado por asumir que unos años resultaban más siniestros que otros y este era uno de ellos.

—Un robo en circunstancias misteriosas y varios accidentes no necesariamente significan que exista un complot. En los diez años que he estado corriendo el Tour he visto eso y más; ¿no le parece un exceso hablar de un asesino entre nosotros?

—Es que no he terminado —se relamió el comisario e hizo una pausa larga, disfrutando el efecto—. Hace dos horas encontramos el cuerpo de Saul Fleming flotando en la bañera de su habitación con las muñecas abiertas; quien intentó hacerlo pasar como un suicidio hizo un trabajo muy chapucero. Eso nos motivó a hablar con usted.

En esta ocasión el comisario logró la reacción que había estado buscando. Mi rostro debió reflejar el espanto que me produjo la imagen del buen Saul ahogado en su propia sangre: nunca fuimos amigos pero nos respetábamos profundamente. Fleming era la mancuerna de Stark del mismo modo que yo era la de Steve. Habíamos sostenido innumerables batallas rueda contra rueda, defendiendo a nuestros respectivos campeones; sin confesárnoslo, en las etapas de montaña desarrollamos una competencia particular dentro de la propia competencia: ¿quién llegaría más lejos en la protección de su líder? Saber que el inglés nunca más estaría retándome en una escalada me provocó un escalofrío. Algo había cambiado para siempre.

Mi segunda reacción fue más reflexiva aunque no menos terrible. Sin Fleming, su compatriota, Stark, estaba perdido. Se encontraba en la quinta posición, a dieciséis segundos de distancia de Steve, pero hasta hoy había mantenido la confianza de descontar tiempo en las etapas de montaña, que estaban aún por llegar. Era mejor escalador que mi compañero, pero aun así necesitaría de un milagro para superarlo sin ese trineo de fuerza que era Fleming.

—Entenderá por qué necesitamos de usted, sargento.

—No, no lo entiendo —mi cerebro seguía atrapado en la imagen de una bañera demasiado corta para contener los largos y escuálidos brazos de mi rival.

—Hemos llegado a la conclusión de que el asesino o los asesinos pertenecen al circuito; han golpeado con precisión quirúrgica para maximizar el efecto en el resultado de la carrera.

—Eso lo puede hacer cualquiera —protesté. Me resultaba difícil creer que un miembro de nuestra cerrada comunidad pudiera atentar contra uno de los suyos; pese a la rivalidad, el pelotón era una familia y por extensión también los mecánicos, médicos, masajistas, directivos e instructores—. Todo aficionado al ciclismo identifica a los corredores favoritos y conoce sus fortalezas y debilidades.

—Vamos, sargento Moreau; usted sabe que ningún aficionado tiene acceso a las cocinas de cada equipo, a las bicicletas de los competidores o a la bañera de una organización tan hermética como el Batesman.

El comisario tenía razón en esto último. El equipo de Stark y de Fleming lo formaban exclusivamente corredores británicos y también lo eran todos sus asistentes; el resto de las escuadras eran pequeñas naciones con miembros reclutados en todos los continentes. No era el caso del Batesman; constituían una isla en sí mismos, casi una cofradía, no en balde los compañeros los habían apodado el Brexit.

—Habría que revisar a los apostadores, se juegan fortunas en estas cosas —resistí, aunque el argumento pareció menos convincente de lo que hubiera deseado; no obstante, insistí—: También hay patrocinadores que ponen en riesgo inversiones millonarias que pueden ser un fracaso o un *boom*, dependiendo del resultado.

—No descartamos ninguna de esas hipótesis y las estamos investigando. Pero incluso si el móvil es externo, es obvio que hay autores materiales, si no es que intelectuales, dentro de la casa rodante del circuito.

—¿Y por qué yo?

—Es obvio, sargento: en el fondo nunca se deja de pertenecer al ejército. Tiene instrucción como policía militar; yo mismo he revisado su expediente y sé que pasó por los talleres de técnicas de investigación adecuadas, e incluso resolvió algunos casos en su momento

—y al decirlo colocó sobre la mesita que nos separaba un fólder estampado con un sello oficial. Pedí su aprobación con la mirada, abrí la carpeta y pasé la vista por una docena de hojas, la mayor parte decoloradas por el paso del tiempo. Supongo que quería mostrarme que yo era algo más que un ciclista, que era un miembro del Estado francés y que ese expediente lo confirmaba: yo sólo registré el paso del tiempo por un rostro ligeramente moreno, de ojos azules y cabello quebrado, la imagen que con distintas versiones los documentos de identidad me devolvían de la existencia que había llevado antes de que la bicicleta lo devorara todo.

Recordé los seminarios de tres o cuatro días en París a los que asistí doce años antes entre gendarmes y policías de provincia, pero sólo pude rescatar algunas vagas nociones de balística y medicina forense en medio del humo de los cigarrillos. La visión me hizo pensar en Claude, la pequeña agente de Biarritz con quien acordé compensar los aburridos y burocráticos talleres con sesiones dedicadas a repasar por nuestra cuenta algunos temas de anatomía forense.

—¿Algo de esto le hizo gracia, sargento?

Mi gesto por el recuerdo agradecido no le pasó inadvertido al comisario. Me examinaba como un mecánico al hacer girar una rueda en su mesa de trabajo en busca de un daño casi imperceptible; supuse que no le hacía ninguna ilusión confiar en una persona ajena al cuerpo policiaco, y asumí que la idea de hacerlo no había sido suya. Probablemente buscaba argumentos para confirmar que, en efecto, involucrarme en el caso no me convenía.

—Nada, sólo una reacción de impotencia. No sé cómo podría ayudar, incluso si lo que usted sospecha es cierto. No sé cuánto sepa de ciclismo; los deberes dentro de un equipo que compite en el Tour son extenuantes, y no sólo físicos. Exigen una concentración absoluta: resulta imposible jugar al detective cuando uno sólo quiere llegar vivo a la siguiente etapa.

—«Llegar vivo a la siguiente etapa» —repitió el comisario—. Curiosa elección de palabras, sargento Moreau. Justamente eso es lo que nos preguntamos: quién de ustedes no seguirá vivo al día siguiente. Hasta ahora no ha habido víctimas dentro de su equipo, pero mientras no sepamos el origen de todo esto, usted y sus compañeros están en peligro.

Su argumento me provocó escalofríos. Si el asesino hubiese querido golpear a Steve en lugar de Stark, seguramente habría sido yo quien se hubiera desangrado en esa bañera. Intenté recordar mi posición en el pelotón cuando los falsos aficionados bloquearon el camino del Movistar dos días antes: nuestro equipo había tomado la punta y acabábamos de pasar por esa curva cuando escuchamos el choque de bicicletas justo a nuestras espaldas. Los *hooligans* del Marsella no habían ido por nosotros. Un mal presentimiento punzó algún punto de mi cerebro, luego fue interrumpido por la llegada de un hombre que tomó asiento frente al comisario, aunque fue a mí a quien se dirigió.

—Lo necesitamos, Aníbal; esto no puede seguir así —dijo Sam Jitrik, alguien que no requería presentación—. Espero que el comisario le haya explicado la gravedad del asunto. Hemos revisado los argumentos de la policía y nos hacen pensar que están en lo cierto: los accidentes han sido inducidos —dijo el jefe máximo del Tour de Francia, el santo patrón del circo, el hombre más importante del ciclismo mundial—. Si es así, se trata de la peor amenaza que ha enfrentado el Tour en toda su historia. Faltan dos semanas para concluir, pero las autoridades podrían cancelar la competencia si estos crímenes continúan, algo que nunca ha sucedido en más de cien años. —Sus frases graves y cavernosas eran apuntaladas por un largo dedo índice, cual batuta de director de orquesta. Su figura era imponente aun sentado y pese a sus setenta y dos años de edad; se trataba de un hombre al que, como los buenos afiches, el tiempo había beneficiado.

—Podrían reforzar la seguridad, limitar el acceso al público en la carretera, sellar los hoteles donde nos alojamos —respondí en un esfuerzo inconsciente por desarmarlo; era la primera vez que intercambiaba palabras con el gran faraón pese a una década de participación en la competencia.

—De nada serviría sellar lo de afuera si los responsables están dentro, ¿no cree?

—Y sólo usted puede ayudarnos, es un oficial del ejército francés y uno de los miembros más conocidos y respetados en el pelotón —secundó Favre—. No podríamos confiar en ninguna otra persona. Lo que acabamos de revelarle no puede ser compartido con nadie; pondría en guardia a los culpables.

—Por no hablar del festín que se daría la prensa, y el pánico consecuente. El propio torneo estaría en riesgo —dijo Jitrik, tras lo cual carraspeó, adoptó un tono solemne y volvió a levantar el índice—. El Tour de Francia es una de las grandes instituciones de nuestro país de cara al mundo, y para nosotros la principal; no podemos permitir que se convierta en un circo de sangre y escándalo. Protegerlo es una cuestión de Estado. Apelo a su conciencia como francés, como militar y, sobre todo, como profesional del ciclismo.

Jitrik terminó emocionado por sus propias palabras y probablemente yo también lo habría estado de no sentirme tan preocupado. Quería decirle que no era militar y ni siquiera un francés de pura cepa, que rehusaba admitir la posibilidad de que alguien en la extensa familia de la que formaba parte estuviera dispuesto a asesinar a un compañero para alterar el curso de la carrera, pero no dije nada y terminé asintiendo. Acordamos el procedimiento a seguir durante los próximos días y nos separamos minutos más tarde.

En condiciones normales no habría sido una mala noche; momentáneamente ocupaba el décimo puesto de la clasificación general, un lugar desacostumbrado para un gregario. Dormí poco a pesar de asegurar el pestillo de la puerta: la bañera desportillada y moteada de herrumbre mal disimulada que descubrí en mi cuarto fue la protagonista de los escasos sueños que visitaron mi lecho.

Clasificación general, etapa 7

1	Rick Sagal	26:40:51
2	Steve Panata	+ 12"
3	Serguei Talancón	+ 13"
4	Luis Durán	+ 26"
5	Peter Stark	+ 28"
6	Alessio Matosas	+ 34"
7	Pablo Medel	+ 36"
8	Milenko Paniuk	+ 52"
9	Óscar Cuadrado	+ 1' 01"
10	Marc Moreau	+ 1' 03"

ETAPA 8

—¿Te preocupa algo, Mojito? —saludó Fiona mientras me afanaba en la bicicleta fija, en la sesión de calentamiento previa a la etapa del día. Aunque había muchos motivos para querer a Fiona, sus conocimientos de geografía no eran uno de ellos: por alguna razón asumió que el mojito era una bebida colombiana y me endilgó el apelativo años atrás. En privado solía decirme Dragón, aunque en público prefería Mojito; le parecía más festivo. Por fortuna nadie la había secundado, y ni siquiera me gustaba el maldito trago.

—¿Por qué lo dices? —el tono agudo y a la defensiva me sorprendió a mí mismo.

—No has volteado a ver el potenciómetro desde que estoy mirándote. Así no sirve de nada tu calentamiento. —Fiona tenía razón: la rutina de preparación obliga a un escrupuloso método de pedaleo, diseñado para cada ciclista, consistente en alcanzar un número de watts de potencia cada tantos minutos; pedalear sin consultarlo equivale a tirar energías a la basura.

—Me distraje. No he visto a Fleming en toda la mañana; los del Brexit ya completaron dos sesiones de bicicleta fija pero él no aparece, y mi estrategia para el día depende de lo que él haga para meter a Stark a la punta. —No le mentí del todo; me había pasado la mañana esperando la aparición del inglés, deseando con ello que se reinstalara la normalidad pese a lo que había escuchado la noche anterior. Ver a Fleming significaría que la conversación con el comisario había sido una pesadilla, una broma pesada o algo que se le pareciera.

Fiona vaciló, algo inusual en ella. En su calidad de inspectora en jefe de equipos y regulaciones de la organización del Tour, pocas cosas escapaban a su conocimiento.

—Fleming no regresará —bajó la voz—. Probablemente al final de la jornada de hoy las autoridades difundirán un reporte; anoche lo llevaron al hospital en condiciones críticas. Es todo lo que sé.

Mi expresión debió alarmarla, porque contra su costumbre pasó la mano por mi espalda encorvada. Por lo general evitaba hacer en público cualquier gesto de intimidad, a pesar de que todo el circuito sabía que éramos amantes; o, tengo que aceptarlo, que me había elegido como amante.

—Pásate a la casa rodante por la noche y conversamos, Mojito, y no dejes que esto afecte tu plan de carrera —y esta vez su mano apretó suavemente mi cuello mientras dirigía la mirada al potenciómetro: en efecto, marcaba seiscientos ochenta watts, una cifra más propia de un *sprint* final que de un calentamiento progresivo.

Fiona sabía algo más. Aunque tampoco iba a decírmelo a unos minutos de arrancar el recorrido que hoy teníamos por delante: ciento ochenta y un kilómetros mayormente planos, aunque no exentos de riesgos. No se esperaban ataques de los líderes, quienes se reservarían para la montaña, pero jornadas como la de este día, en que el pelotón se mantiene unido hasta el final, son las más propicias para las caídas masivas.

Mi tarea consistiría en mantener al equipo cerca de la punta y neutralizar fugas de cualquiera de los quince primeros de la clasificación general; en tal caso la persecución sería implacable y la marcha podría convertirse en una pesadilla.

Sin embargo, la etapa transcurrió sin sobresaltos: media docena de escapadas de corredores de poca monta que a la postre fueron absorbidos por el pelotón. Los ciclistas barruntaban que algo no andaba bien; la velocidad de ese día, treinta y ocho kilómetros por hora en promedio, estuvo muy por debajo de los cuarenta y cuatro de las etapas anteriores. A lo largo de la ruta mis compañeros se preguntaban unos a otros si se sabía algo de Fleming y corrían rumores de todo tipo sobre las tragedias que comenzaban a acumularse. A pesar de eso, todos seguían atribuyendo al destino aquella extraña fase por la que pasábamos.

Las cinco horas de relativa calma y escasos retos me permitieron examinar a placer la información que me confiara el comisario. Antes del kilómetro cincuenta de la carrera ya había llegado a la conclusión de que los ataques contra el Tour sólo podían tener dos propósitos: uno, lastimar a la competencia, independientemente de quien resultase campeón. Si así fuera, se trataría de alguien interesado en golpearnos de manera arbitraria una y otra vez hasta obligar a suspender el torneo o al menos desacreditar a la institución; en tal caso, las embestidas nacían del resentimiento o de algún interés económico o deportivo contrario al Tour. Recordé equipos proscritos de la competencia en años pasados y a algunos corredores que despotricaron en contra de los organizadores por una razón u otra.

Inevitablemente observé a Viktor Radek, el iracundo corredor polaco que rodaba unos metros adelante de mi equipo. Tres años antes, una caída que atribuyó a una maniobra errónea de una de las motos oficiales le hizo perder cuatro minutos y con ello el quinto lugar de la clasificación general; las autoridades no quisieron compensarle el retraso sufrido y Radek prefirió abandonar la competencia, jurando que nunca más regresaría. Pero ahora, para sorpresa de todos, había vuelto a inscribirse bajo el escudo de Locus. Decidí colocarlo en el primer lugar de la lista de sospechosos.

Casi sin proponérmelo, unos kilómetros más adelante me sorprendí rodando a su lado. Cada uno de sus gestos parecía confirmar mis sospechas; si existía una imagen del villano, Radek la encarnaba. Pese a que el ritmo de la carrera era relajado comparado con otros días, su expresión parecía la de un felino en el acto de gruñir; la saliva seca y plomiza que descendía de las comisuras de su boca proyectaba una imagen insana, malévola. Me pregunté si ahora mismo estaría pensando en el siguiente zarpazo. Recordé la bañera oxidada de mi cuarto, disminuí las revoluciones en el pedaleo y volví a tomar distancia.

Veinte kilómetros más tarde me forcé a pensar como policía. Además del odio y el resentimiento, el otro gran móvil para cometer un crimen es la codicia, y tratándose de una competencia tan anhelada como el Tour de Francia, eso sólo significaba que los ataques tenían como propósito modificar el resultado de la carrera. Parecía absurdo, aunque no lo era: los corredores literalmente arriesgan la vida en descensos vertiginosos de hasta noventa kilómetros por hora, algunos apostaban al miedo de otros, y esos eran los momentos en que emprendían ataques poco menos que suicidas. Y si están dispuestos a morir, ¿por qué no estarían dispuestos a matar?

Esa línea de reflexión me llevó a revisar la lista de beneficiados por las tragedias de los últimos días. Ocho de los veintidós equipos que iniciaron seguían completamente ilesos, aunque de estos sólo tres eran contendientes; para efectos prácticos, Stark y Cuadrado estaban eliminados. La imagen que ambos ofrecían no dejaba dudas sobre su estado de ánimo: Stark pedaleaba con pundonor pero era claro que su cabeza estaba en la morgue, al lado del cuerpo de su amigo. En dos ocasiones sus compañeros de equipo tuvieron que remolcarlo desde el fondo del pelotón, adonde se había rezagado sin percibirlo. No me hubiera extrañado que abandonase la contienda antes de llegar a París.

Óscar Cuadrado mantenía mejor cara, pero todos sabíamos que en la montaña estaría solo con su alma. Era un gran escalador y no podíamos descartar incluso que ganara alguna etapa, sin embargo, nadie puede hacerlo un día tras otro sin gregarios que lo protejan en las grandes cuestas. Y esos, los gregarios, estaban en el hospital.

Así que el gran beneficiario era Steve. Lo cual me llevaba a una conclusión absurda: yo conocía todos y cada uno de sus defectos, aunque también sus virtudes, y mi amigo carecía de la crueldad o la ferocidad necesarias para prestarse a lesionar a un compañero, su soberbia misma le impediría buscar un triunfo por otra vía que no fuese mostrar su superioridad sobre los rivales.

Por lo demás, no estábamos ni a la mitad del Tour: nada aseguraba que Steve, yo mismo o cualquier miembro clave del equipo no fuese la siguiente víctima. La idea me reconcilió con Steve aun cuando sacudió mi espinazo como sólo puede hacerlo la sensación de saberse en peligro de muerte.

Giré la cabeza para asegurarme de que Steve estuviera donde se suponía: pedaleando tras mi rueda, procurando hacer el mínimo esfuerzo hasta el momento en que fuese requerido. Me sonrió con el gesto de complicidad y confianza con que solía reconocer mi sacrificio, un gesto genuino e íntimo, sin cálculo ni malicia; la confirmación del pacto que hacía de nosotros una pareja profesional que flotaba en un universo propio. Sentí vergüenza de las sospechas que pasaron por mi cabeza y me dije que haría lo imposible para que ni él ni yo nos convirtiésemos en un nombre más en la lista de víctimas.

Me pasé los siguientes setenta kilómetros intentando prever cualquier peligro; maniobré para mantenernos arropados dentro del pelotón, pero lo suficientemente alejados del centro para evitar ser arrastrados en caso de una caída colectiva. En el último tercio de la carrera me entretuve pensando en otros posibles sospechosos. Descartado Steve, quedaban al menos otros tres rivales con posibilidades de ascender al podio: uno era el italiano Alessio Matosas, un veterano ganador del Tour seis años antes. Dos semanas atrás simplemente aspiraba a entrar a París entre los diez primeros; hoy ocupaba el sexto lugar, y en caso de que Steve sufriera algún percance, se convertiría en uno de los principales aspirantes al cetro. Era un escalador aguerrido, con un olfato innato para leer las flaquezas del rival y atacar en el momento preciso.

Otro era el checo Milenko Paniuk. Como Matosas, era un buen escalador y confiaba en mejorar su posición en la tabla cuando llegáramos a la alta montaña. Ocupaba la octava posición, a poco menos de un minuto de Steve; su equipo, Rabonet, aún contaba con sus nueve integrantes, dos de ellos buenos escaladores.

Y finalmente estaba el español Pablo Medel, un tipo imprevisible en la escalada; imprevisible en muchas cosas, en realidad. Medel era el único ciclista que portaba tarjetas de presentación, como si fuera un vendedor de seguros. Alguna vez tuve una en mis manos. Debajo de su nombre había inscrito un título: CICLISTA PROFESIONAL DE RUTA, como si tuviera temor de ser confundido con un bailarín de ballet por los *maillots* de corredor que nunca se quitaba. Pero Medel no tenía nada de vendedor de seguros a la hora de subirse a una bicicleta. Era capaz de sostener más de 550 watts de potencia durante media hora, algo que traducido en una fuga en terreno escarpado significa cinco minutos de ventaja sobre un rival en los últimos kilómetros; una diferencia que podía encumbrarlo al podio en las etapas decisivas. Medel era uno de los principales campeones en las carreras cortas —de tres o cuatro días— que se celebraban el resto del año; para su desgracia, sus esfuerzos épicos solían pasarle factura en las competencias de semanas. Con todo, si su director técnico lograba dosificar sus esfuerzos y llegaba a la tercera semana dentro de las primeras diez posiciones, sería una amenaza real en las últimas jornadas, de alta montaña, que coronarían el Tour.

Cuando el pelotón llegó a meta sin mayores sobresaltos, mi lista se componía de cuatro nombres: Radek, el resentido; Matosas, el veterano; Paniuk y su poderoso equipo, Medel y sus ascensos legendarios. Conocía a los cuatro perfectamente, sobre todo a Medel, con quien practicaba mi español y jugaba dominó durante las competencias menos demandantes. Salvo el caso de Radek, en ningún momento consideré la posibilidad de que alguno de ellos fuese el criminal que buscábamos. Pero ser beneficiarios de las tragedias convertía a sus directivos, técnicos, médicos y masajistas en los sospechosos primarios.

Una vez que bajé de la bicicleta me di cuenta de que lo mismo podía decirse del propio Steve. Había una persona tanto o más interesada en el triunfo de mi amigo que él mismo: Robert Giraud, el director técnico del equipo, un tipo dispuesto a ganar a cualquier costo.

En suma, mi lista suponía cinco líneas de investigación. Tres de ellas constituían una amenaza personal: si querían ser campeones tendrían que deshacerse de Steve, de mí o de ambos; el resentimiento de Radek, en cambio, era una ruleta rusa que podría tumbar a quien fuera. El último de la lista, Giraud, era cabeza de Fonar y por lo mismo resultaba inofensivo para cualquier miembro de nuestro equipo. Y sin embargo, si tuviera que elegir un villano, preferiría que fuese uno de pantalón largo y no alguno de mis sufridos compañeros.

Esa noche no pude escabullirme de Steve ni del comisario. Cuando por fin concluimos la larga rutina de traslados, estiramientos, hidratación y masajes tras terminar la etapa del día, nos reunimos a cenar en una terraza rodeada de jardines y huertos a las afueras de Mûr-de-Bretagne. Me sentía más fatigado de lo usual, aunque es cierto que a lo largo del Tour cada noche se piensa exactamente lo mismo; al terminar la jornada uno está convencido de que esta vez sí se ha tocado fondo y no queda combustible en el cuerpo para arrancar al día siguiente. Repetir la rutina a lo largo de tres semanas es un desafío que termina siendo insuperable para casi un tercio de los corredores, que deben abandonar la competencia antes de término, y eso sin necesidad de asesinos o saboteadores.

Esa noche mi fatiga era de otra naturaleza: aun cuando el recorrido había sido sencillo y lo asumimos como una especie de tregua, sentía que había cruzado los Alpes. Atribuí aquel cansancio adicional a la misión encomendada por el comisario; imaginar complots, inventariar sospechosos, temer ser víctima de alguna puñalada trapera mientras recorres ciento ochenta y un kilómetros en cinco horas no es precisamente un paseo. Así que habría preferido perderme entre los arbustos y escabullirme inadvertido para desplomarme en la habitación que se me había asignado —un cuarto dotado de una regadera y no una bañera oxidada, por fortuna—, pero no podía dejar plantado a Steve una segunda noche; además, el comisario estaría acechándome para conversar como habíamos convenido y Fiona me esperaba en la casa rodante estacionada a unos metros de nuestro hotel.

Al llegar a la mesa del comedor, me bastó ver la cara de mis compañeros para entender que algo sucedía; al parecer, un boletín de prensa de parte del Tour había hecho público el suicidio de Fleming y todos los presentes, alrededor de quince personas entre ciclistas y técnicos, cuchicheaban en tríos o parejas. Escuché palabras de admiración y reconocimiento a la trayectoria del fallecido, aunque también maldiciones resignadas por las calamidades acumuladas; no faltó la protesta de Guido, el portugués, en contra de los organizadores, como si el suicidio de Fleming hubiese sido un acto de rebeldía motivado por las condiciones que se les imponían a los corredores.

El arribo de Giraud, el director técnico, impuso silencio. Dos pasos atrás, lo seguía Steve: supuse que habían hablado a solas antes de integrarse al grupo.

—Pocos de ustedes lo saben, pero fui el primer entrenador de Fleming —dijo al tomar asiento en la cabecera—: hace trece años, allá en Liverpool, cuando fui a dar unos seminarios y terminé dirigiendo unos meses a un equipo semiprofesional. Él era una escalador natural y le hice ver que tendría que salir de la isla para encontrar montañas del tamaño de su talento —hablaba como si lo hiciera consigo mismo, aunque lo conocía lo suficiente para saber que no era más que una puesta en escena; Giraud era alguien que hacía girar todo en torno a sí mismo, incluso la vida del pobre Fleming.

Miré el rostro angustiado de Steve y por primera vez desde que lo conocía me pareció advertir que una cuarteadura se abría paso por su optimismo inexpugnable; la barbilla clavada en el pecho, los ojos húmedos y un rictus en la boca me hicieron pensar, también por primera vez, en el parecido que tenía con su padre.

—Hoy perdimos a un grande —continuó Giraud regodeándose en las pausas, disfrutando de sí mismo—. Su palmarés no acumula podios ni récords aunque todo el circuito sabe que la batalla por la montaña nunca volverá a ser la misma. Fleming no conquistó etapas pero forjó a muchos conquistadores; nunca se puso el *maillot* amarillo, pero sin él, más de un inglés no lo habría portado en París. Y, sobre todo, se ganó el cariño y la admiración de todos los que tuvimos el honor de rodar a su lado. Respetemos las razones que tuvo para tomar tan terrible decisión, honrémoslo con un minuto de silencio y dediquémosle cada kilómetro que devoremos en la ruta de mañana.

Giraud consiguió conmover a toda la mesa, incluso a un par que tenían mala sangre con Fleming, un ciclista que no se andaba con sutilezas para bloquear un hueco inoportuno; Steve ahogó un amago de llanto y varios echaron mano de la servilleta para limpiarse las narices. Yo no me sentí tan tocado, quizá porque llevaba horas rumiando la muerte de Fleming o porque me resultaba chocante el sentimentalismo manipulador de nuestro director; descubrí que no sólo no estaba conmovido, también me sentía molesto y no tardé en entender el motivo. Lo que acababa de decir de Fleming era mi propio epitafio, dentro de tres días tal vez o en veinte años en un cementerio de Perpiñán, aunque las palabras serían las mismas: «Nunca portó el *maillot* amarillo, pero sin él...». Sentí un tirón en la nuca.

Terminamos de comer, repasamos las estrategias para el día siguiente y nos separamos en pequeños grupos. Steve me tomó del brazo y reclinó su cuerpo sobre el mío, como si estuviera a punto de desvanecerse.

—¿Estás bien? ¿Te sientes mal? —pregunté alarmado y traté de recordar si había algo en el pasado que lo relacionara íntimamente con Fleming pero no pude rescatar nada, siempre habíamos sido rivales enconados del inglés; parecía una reacción excesiva, por más que se tratase de la muerte de un compañero en condiciones trágicas e inesperadas. Pensé en la frase del comisario, «... un suicidio fingido de forma chapucera», y una espantosa idea cruzó por mi cabeza.

Todos los incidentes habían sido planeados a la perfección salvo este suicidio mal montado. Cabía la posibilidad de que los autores no hubieran deseado la muerte de Fleming sino simplemente lesionarlo para obligarlo a retirarse de la competencia; posiblemente el inglés reconoció a sus victimarios, intentó pedir auxilio y estos se vieron obligados a matarlo. ¿Sería eso lo que atormentaba a Steve, sentirse responsable directa o indirectamente de un asesinato? ¿Era esa la razón por la cual Giraud había tratado de tranquilizarlo a solas? ¿Estaban metidos los dos en eso?

—¿No te das cuenta, *brother*? —respondió un tanto exasperado; interrumpió mi paso y sujetó mis hombros—. ¡Tú podrías ser el siguiente!

—¿De qué hablas? —pregunté. Se suponía que sólo yo sabía de la presencia de un asesino entre nosotros; ¿con cuántos habría hablado el comisario?

—Giraud tiene orejas en la oficina de Jitrik. Se enteró de que la organización acudió a la policía; están convencidos que alguien intenta tumbar a los favoritos. Cuadrado se ha quedado sin equipo, y Stark sin Fleming. No han sido accidentes sino ataques premeditados; ahora vendrán por nosotros.

Cálmate, no pasará nada, todo eso son dimes y diretes, rumores del circuito. Es un Tour maldito y no es la primera vez que cobra vidas.

—En la carretera sí, nunca por las noches en corredores y habitaciones, *bro* —dijo mientras escrutaba las sombras a nuestro alrededor. Su mirada era de auténtico temor; a mi pesar, sentí un escalofrío y giré el cuerpo para regresar a la terraza de la que habíamos partido.

—Además, no tienes nada que temer, a ti te protegen —le recordé mientras buscaba a uno de los guardaespaldas que solían acompañarlo adonde fuese; un par de años antes, un contrato millonario de publicidad lo obligó a aceptar guardaespaldas por parte de una compañía de custodios profesionales que protegía a multimillonarios y a jeques árabes en sus visitas a Occidente.

—No soy yo el que está en peligro —protestó impaciente, como si yo no pudiese ver lo obvio—. No fueron contra Cuadrado ni contra Stark sino contra los que les ayudan a ganar. No vendrán por mí, vendrán por ti.

Estaba a punto de replicar cuando Giraud se acercó para llevarse a Steve; pretextó algo sobre un ajuste a los zapatos que lo habían molestado durante los últimos días. Tenía tal cantidad de patrocinios personales que no siempre podía correr con las marcas que hubiera preferido; el cuerpo y el cráneo de Steve habían sido escaneados en alta resolución y trasladados a un sofisticado maniquí sobre el que se diseñaban las piezas de su atuendo de carrera con materiales y tecnología de punta. Agradecí la interrupción y busqué la salida más expedita a la calle para encontrarme con Fiona; el comisario me interceptó en cuanto di el primer paso en la acera.

—Qué bueno que sale a mi encuentro, así podemos pasear un poco e intercambiar notas —dijo Favre, aunque me tomó de un brazo y me plantó debajo de un potente farol que iluminaba la acera. Agradecí el gesto porque los ciclistas no tomamos paseos entre una etapa y otra, limitamos al máximo cualquier desplazamiento, y cuando lo hacemos imitamos los movimientos de un anciano; es una rutina destinada a ahorrar las calorías que el cuerpo está en proceso de recuperar.

—¿Le importa si me siento? —dije mientras me agachaba y descansaba la espalda contra el poste del farol. El primer mandamiento de todo ciclista que corre una vuelta de tres semanas es la conservación de energía: «Si estás de pie, siéntate; si estás sentado, acuéstate, y huye de una escalera como de la peste».

Una brisa suave con aromas de mar comenzó a dispersar el denso calor que había caído a plomo a lo largo del día. Se acuclilló a mi lado, claramente incómodo con un arreglo tan poco ortodoxo; daba la impresión de que el comisario desempeñaba su oficio de acuerdo con un ideal de policía extraído de alguna serie de televisión, y estar sentados en el piso en plena calle no parecía formar parte de ningún guion cinematográfico.

—¿Alguna novedad? ¿Qué reacciones percibió en el pelotón cuando se anunció la muerte de Fleming? ¿Algo que llamara su atención, sargento?

—Las obvias: pesar, extrañeza, confusión. El impacto ha sido duro, aunque no veo alguna reacción fuera de lugar —y al decirlo no pude evitar el recuerdo de Steve y su arrebato unos instantes atrás; me pregunté si Favre nos habría observado desde los arbustos.

Me examinó detenidamente, como la noche anterior, y sólo entonces caí en cuenta de que se las había ingeniado para que la luz del farol cayera en pleno sobre mi rostro, dejando el suyo parcialmente oculto, algo similar a la disposición de nuestra primera conversación ante la chimenea; quizá, después de todo, la escena era mucho más ortodoxa de lo que había creído.

—Entiendo; supongo que durante el recorrido hubo pocas posibilidades de conversar con los demás —dijo, comprensivo—. ¿Pero qué comentaron en la reunión de Fonar? Tiene que haber sido el tema de conversación, ¿no? ¿Dijo algo su director?

Experimenté la sensación de estar sometido a un interrogatorio en toda la regla: mi rostro iluminado en contraste con el suyo me hizo pensar en la portada de una novela negra de los años cincuenta, sólo faltaba un sombrero de fieltro negro sobre la cabeza de Favre.

—Las condolencias acostumbradas —respondí de mala gana. El comisario percibió mi irritación y su cuerpo se distendió, al parecer con la intención de activar otra faceta de su personaje.

—¿Le importa si fumo? La brisa se llevará el humo —prometió, e hizo una pausa. Encendió un cigarrillo y aspiró intensamente, como si tomase una decisión delicada—. No quiero que estos encuentros sean un interrogatorio, sargento; no es su testimonio lo que me interesa sino su capacidad para observar, para investigar. Desearía que pudiésemos mantener una relación de compañeros.

—De acuerdo, comisario, que así sea; entiendo lo que está en juego y prometo hacer mi mejor esfuerzo. Pero yo ya tendría que estar descansando, de otra manera no podré seguir el ritmo del pelotón en las próximas jornadas. Cualquier día no alcanzo el corte mínimo y quedo eliminado; en tal caso seré de muy poca ayuda. Mejor le propongo lo siguiente: cuando me entere de algo que pueda ser útil, me pongo en contacto con usted. Si voy a ser su hombre en la sombra dentro del circuito, tampoco es conveniente que nos vean conversando. —Este último argumento me pareció tan irrefutable que asumí que el asunto quedaba zanjado de una vez por todas; él reaccionó como si no me hubiese oído.

—Rastreamos el dinero que recibieron los golpeadores de Marsella. Fue depositado en efectivo en un pequeño banco en Varsovia.

No pude evitar pensar en el polaco Radek y su inesperado regreso al Tour. El comisario continuó hablando, como si hiciera un resumen del caso ante sus colaboradores.

—En los circuitos de apuestas no hay movimientos desproporcionados o inusuales capaces de justificar ataques de esta naturaleza. Hemos revisado los contratos de los patrocinadores, para ver si alguna de las estrellas tiene una cláusula millonaria que lo obligue a ganar el Tour: no hay nada, las primas y los bonos son similares a los de cualquier otro año. Aunque no debería ser tan difícil descubrir quién o quiénes son los asesinos: uno de los que suban al podio en París muy seguramente es el culpable o está relacionado con él. El problema, sargento, es que tenemos que descubrirlo ahora, antes de que cobre otra víctima.

Sentí en las palabras del comisario una especie de reclamo personal, como si cada minuto que el asesino estuviese libre fuera mi responsabilidad; no sé, quizá no era la intención del policía, lo cierto es que soy de los que padecen ataques de culpabilidad cuando pasa una patrulla al lado. Así que me puse a la defensiva: si Favre me llevaba años luz en materia de investigación criminalística, tenía que hacerle ver que en asuntos de la bicicleta era un principiante a mi lado.

—Con todo respeto, comisario, de ciclismo no entiende nada. Usted concentra todas las baterías en la disputa por el *maillot* amarillo, sin darse cuenta de que en el Tour hay ciento noventa y ocho batallas: cada corredor tiene su propia guerra y la mayoría están dispuestos a morir en ella. Los equipos jerarquizan del uno al nueve a sus integrantes y cada uno de estos quiere subir en la escalera; el gregario que hace la función de primer relevo quiere desbancar al segundo relevo, y este al tercero y último. El chico que viene por vez primera al Tour, y que sabe que hay otros cuatro esperando que caiga, hace lo imposible para regresar el próximo año; el que ha corrido dos Tours y no ha terminado ninguno, entiende que el siguiente puede ser su última oportunidad. Está también el escalador que hace merecimientos para que algún equipo lo convierta en líder la próxima temporada, y así sucesivamente; la presión es inmensa y no sólo para los de arriba. Mencióneme a cualquier corredor y le diré al menos tres batallas en las que está metido, y esto por no hablar de la competencia entre equipos. Así que no, esto no se reduce a los tres que van a subir al podio tras la última etapa —terminé sin aire, pero satisfecho. Sabía que la hipótesis del comisario al concentrarse en los líderes coincidía con mi lista de presuntos culpables, aunque eso no iba a decírselo; estaba un poco harto de su condescendencia apenas disfrazada.

—Todo jugador de futbol, basquetbol o lo que sea lucha por destacar; sin embargo, no recuerdo asesinatos en los vestidores —respondió, ahora también a la defensiva.

—Justamente es lo que usted no entiende. El ciclismo no es un juego: se dice «Vamos a jugar futbol, básquet o tenis», nadie dice «Vamos a jugar ciclismo» porque al ciclismo no se juega, en el ciclismo se pelea, en el ciclismo se combate —la frase no era mía, se la había escuchado a un periodista, pero eso no tenía por qué saberlo Favre—. Que nos describan como un pelotón no es casual porque somos un grupo que va a la guerra, salvo que esa guerra es entre nosotros mismos —el remate me pareció aún mejor porque asumí que era de mi propia cosecha, aunque tampoco de eso estaba del todo seguro.

—Pues con mayor razón tendremos que aplicarnos, son demasiados sospechosos —dijo sin animosidad, levantando banderas blancas tras la discusión.

Asentí en silencio y volví a pensar en mi lista, algo que no estaba dispuesto a compartir a ningún precio, no por el momento. Decidí aprovechar mi pequeña victoria; si el comisario quería jugar conmigo al compañero, tendría que ofrecer algo mejor.

—Dice usted que el suicidio de Fleming fue una impostura. ¿Cómo lo saben? ¿Qué evidencias tienen?

Favre me miró y creí advertir un gesto de sorpresa. Fumó en silencio medio cigarrillo y finalmente se decidió a hablar.

—Lo habían narcotizado, quizá con alguna de esas bebidas y barras que no dejan de tomar desde que se bajan de la bicicleta. Los atacantes esperaban encontrarlo dormido y suponemos que habían decidido ocasionarle una fractura, fingiendo una caída al salir de la tina: al menos esa es nuestra hipótesis. Fleming opuso resistencia en el último momento; el cuerpo exhibe leves moretones en las clavículas, como si lo hubieran sujetado. En realidad murió ahogado, no desangrado.

—Los del Brexit estaban en un hostal pequeño que ocuparon por completo; cualquier persona ajena al equipo no pasaría inadvertida a los empleados del lugar —reflexioné en voz alta y al final un tanto satisfecho, porque me di cuenta de que comenzaba a utilizar frases de policía. La organización del Tour selecciona los hoteles para cada etapa, los sortea entre los veintidós equipos y hace pública la lista de asignaciones con anticipación.

—Justamente, El Galeón Azul es tan pequeño que sólo tiene una cámara de vigilancia, de mala calidad y pésima ubicación; sin embargo, pudimos advertir que una figura, al parecer un hombre, cruzó por el *lobby* y subió las escaleras. El recepcionista dice no haber visto nada: es también el contador del negocio, cuando todo está tranquilo suele meterse al pequeño despacho donde lleva los libros. Cualquiera con una mínima destreza en materia de llaves y cerraduras pudo introducirse al hotel y abrir la puerta de la habitación de Fleming; ninguna de las chapas está forzada.

Inevitablemente evoqué a la legión de mecánicos que mantiene al pelotón en movimiento, todos ellos capaces de montar y desmontar una bicicleta en instantes; para la mayor parte, abrir una cerradura sería un juego de niños. La alusión me hizo pensar en Fiona: estaría esperándome en su casa rodante, inquieta quizá por la demora. Bueno, era un decir; no había muchas cosas en la vida que llegasen a inquietar a esa mujer.

Me puse en pie para dar por terminado el encuentro con el comisario, pero como si hubiese leído mis intenciones, añadió un último comentario.

—No hace falta enterar a *madame* Fiona de todo lo que hemos conversado, aunque seguramente le será muy útil indagar si ella o alguien de su oficina ha observado algo extraño en los últimos días.

Asentí en silencio, estreché su mano a manera de despedida y me dirigí a la casa rodante. Y sí, el comisario tenía razón: pocas cosas escapaban a la atención de la oficina de *madame* Fiona.

A la manera de la agencia *antidoping*, encargada de evitar que los ciclistas tomen ventaja con sustancias prohibidas, la oficina de Fiona era responsable de que los equipos y los corredores cumplieran con las estrictas regulaciones en materia de bicicletas, instrumentos y atuendos: el peso mínimo —seis kilogramos— y las dimensiones de cada bicicleta eran revisados minuciosamente para evitar que la competencia se convirtiera en una mera confrontación de tecnologías. A diferencia de la Fórmula 1, las autoridades del ciclismo querían que los triunfos descansaran en el esfuerzo, la estrategia y el talento personal de los atletas y no en la calidad de sus técnicos o en lo abultado de la cartera de sus patrocinadores.

Sí, Fiona podría saber algo; el asunto sería descubrir cuánto de todo eso querría ella compartir conmigo. Al llegar a la casa rodante vi las luces apagadas y concluí que esa noche no obtendría absolutamente nada. Pasaba de la medianoche: debió asumir que algo me había retrasado y se fue a dormir.

Esa noche pasé un largo rato dando vueltas sobre las sábanas, repasando dos listas: la de sospechosos, y la clasificación general al término de la etapa. Matosas, Paniuk y Medel estaban en ambas. También Steve.

Clasificación general, etapa 8

1	Rick Sagal	31:01:56	«No es rival, caerá en las montañas».
2	Steve Panata	+ 18"	«En la siguiente contrarreloj subirá al primer lugar».
3	Serguei Talancón	+ 23"	«No tiene equipo».
4	Luis Durán	+ 26"	«Equipo débil».
5	Alessio Matosas	+ 34"	«Peligroso».
6	Pablo Medel	+ 40"	«Peligroso».
7	Milenko Paniuk	+ 42"	«Peligroso».
8	Peter Stark	+ 58"	«Eliminado, pobre Fleming».
9	Óscar Cuadrado	+ 1' 05"	«Tenía equipo, pero se lo destrozaron».
10	Marc Moreau	+ 1' 07"	«El décimo lugar no alcanzará para hacer feliz a Fiona».

2005-2016

Nunca entenderé las razones por las cuales Fiona me eligió a mí y no a Steve, pero a veces me pregunto si no fue esa la primera fractura en una amistad que hasta entonces había resistido todo.

Once años antes, durante nuestra primera campaña como profesionales en el equipo Ventoux, ambos fungimos como gregarios, meros pistones al servicio del líder histórico del equipo, el belga Bijon, quien corría su última temporada; por lo mismo, circulaba todo tipo de especulaciones sobre quién sustituiría a Bijon para el siguiente año. El equipo no tenía los recursos para fichar a un corredor estrella del circuito, así que se daba por descontado que el director técnico tendría que promover a alguien de entre sus propias filas, y las opciones se reducían a Steve y a mí.

No era un dilema fácil de resolver para los directivos de Ventoux; en ese momento los dos teníamos atributos similares de calidad y talento. La mayoría de los expertos se inclinaban por mi candidatura, los campeones históricos del Tour suelen ser los mejores escaladores en la montaña y yo tenía todo para convertirme en uno de ellos. Mis veinticuatro años en ese momento eran más propicios para ser designado líder de equipo que los cortos veintidós de Steve: en realidad ambos éramos demasiado jóvenes, aunque lo de él constituiría una anomalía en la historia del circuito.

Al final me derrotaron dos circunstancias. El español Miguel Induráin había dominado el ciclismo de ruta a lo largo de los años noventa sin ser un escalador extraordinario. Media docena de sus rivales solían superarlo en la montaña; no obstante, era el mejor contrarrelojista de su generación y un sublime rodador de etapas; en las cronos individuales solía obtener ventajas que luego dosificaba a lo largo de las jornadas restantes gracias a su consistencia y a la estrategia defensiva de parte de su equipo, en el que abundaban buenos escaladores capaces de arroparlo en los duros ascensos. Y justamente ese era el perfil de Steve: un corredor imbatible salvo en la montaña. Ventoux apostó a que Steve sería el nuevo Miguel Induráin.

El segundo factor fue quizá aún más decisivo. Ventoux requería nuevos y más sólidos patrocinadores, y ninguno podía prometer más que las grandes marcas deportivas estadounidenses; la posibilidad de hacer del Chico de Oro una estrella aseguraba el futuro financiero del equipo.

—No, el verdadero factor fuiste tú —solía decirme Fiona cada vez que el tema se presentaba—. Ventoux apostó por Steve a pesar de su debilidad en la montaña porque tú estabas allí para cubrir su carencia. Sin ti no se habrían atrevido; sabían que tenían en potencia al mejor escalador del circuito, y decidieron sacrificarte en beneficio de Steve. Si en lugar del modelo Induráin hubieran optado por el perfil de Merckx o Pantani, hoy serías el número uno del mundo.

Por lo general agradecía la confianza que Fiona depositaba en ese presente hipotético, pero no me lo tomaba demasiado en serio. Lo atribuía al cariño un tanto hosco aunque siempre incondicional que me prodigaba, y a la escasa simpatía que le provocaban mi amigo y la corte que lo rodeaba.

En el fondo yo sabía que no sólo los directivos de Ventoux eran responsables de la decisión que selló nuestro destino. Durante aquellos meses de incertidumbre, Steve y yo juramos que aceptaríamos cualquier desenlace y el perdedor se convertiría en el mejor escudero posible del otro. Estábamos convencidos de lo que decíamos: enfrentábamos la dura tarea de convertirnos en profesionales con la convicción de dos guerreros que entran a la batalla juramentados a luchar espalda con espalda, sin importar aliados o enemigos.

No sólo nos habíamos hecho inseparables: metidos en nuestra propia burbuja, nos hicimos adultos compensando las debilidades de cada uno con las fortalezas del otro. Mi compañía y mi temperamento eran un freno a los arrebatos de mi amigo; por mi parte, sus ganas de comerse el mundo y su confianza ilimitada terminaron por sacudir mi timidez y la inseguridad de haber crecido sabiéndome un estorbo para mis padres.

—Mañana tenemos una cita, galán —me dijo unas semanas después de conocernos. Steve se las había arreglado para salir los sábados por la noche con alguna de las escasas jóvenes con las que topábamos en el relativo aislamiento de nuestro campamento en Gerona, por lo general empleadas de tiendas y restaurantes cercanos; nunca entendí cómo se las ingeniaba para armar una cita prometedora durante los escasos minutos que podíamos tomarnos en un entrenamiento.

—¿Tenemos? —pregunté sorprendido y un tanto preocupado. Ni el confinamiento militar ni mi timidez habían sido un terreno propicio para desarrollar una vida amorosa o sexual precisamente pródiga: las mujeres seguían siendo algo mágico y fascinante, casi siempre inaccesible y fuente ilimitada de obsesiones y ansiedades.

—Susy va a llevar a su mejor amiga, ellas pasan por nosotros —afirmó, tras lo cual abrió un cajón y extrajo un par de condones que tiró en mi dirección—. Son mi marca de la suerte.

Me resultaba inconcebible la posibilidad de que una primera cita culminara en «eso», que por lo general era resultado de largas cruzadas de asedio y sesudas estrategias, y en efecto, la cita resultó un fracaso. Sabe Dios con qué pretextos arrastró Susy a su amiga Elena ese sábado, pero bastó la primera mirada que me dirigió para darme cuenta de que la chica esperaba un segundo Steve.

Mi amigo no se dio por vencido: prefería prescindir de Susy o de cualquier otra conquista en solitario para asegurarse de encontrarme compañía. Poco a poco comencé a relajarme, a dejarme llevar por la espontaneidad de Steve y a perder el miedo a una conversación con la joven que me tocara en suerte. Con todo, me tomó cuatro meses usar el primero de los condones, que optimista y religiosamente cargaba en el bolsillo a cada cita; el segundo lo utilicé apenas tres semanas más tarde.

En el fondo fui el verdadero responsable de que Ventoux optara por Steve como líder del equipo; cuando miro en retrospectiva, me doy cuenta de que durante esos meses di un paso atrás. No sé si obedeciera al temor a las presiones con las que carga un líder al llevar sobre los hombros la tarea de justificar con un triunfo los sacrificios del resto del equipo, o fue porque entendía que pese a los mutuos juramentos Steve no soportaría ser relegado a un segundo plano, pero cuando la decisión fue tomada experimenté una inconfesable sensación de alivio. Asumí que eso era lo mejor para los dos, la única posibilidad de seguir juntos; me dije que yo era el más fuerte, el que tenía la capacidad de resistir la adversidad a pie firme. Lo cierto es que el Eddy Merckx que Fiona jura que hay en mí, murió antes de haberse asomado.

En los siguientes años Steve se transformó en el David Beckham del circuito, sus gestas fueron notables, aunque su habilidad para convertirse en una celebridad mundial y atraer patrocinios multimillonarios resultó aún mayor. Yo me convertí en el mejor escalador que nunca ganó un podio ni vistió un *maillot* de líder, en el mejor gregario del circuito, o casi; mi único rival se había ahogado en la tina de baño herrumbrosa de un hotel de tres estrellas dos noches atrás. Steve cumplió con nuestro pacto de manera impecable. Ambos lo hicimos: sus triunfos me hicieron rico, me convertí en una cláusula en los contratos de todo equipo que quisiera ficharlo. Nunca dejó de agradecerme desde el podio, siempre fui el primero a quien abrazaba al bajar de él, y todavía recuerdo con cariño el intento que hizo de subirme a la plataforma de premiación cuando ganó su primer Tour de Francia, algo que impidieron oportunamente los organizadores.

¿Significa eso que soy un perdedor, un cobarde? ¿Era eso lo que había percibido mi padre, lo que explicaba su desprecio? Nunca lo pensé así, no hasta ahora, cuando comenzaban a inquietarme las insinuaciones de Fiona y de Lombard de que era mejor corredor de lo que yo mismo asumía. O quizá era hasta ahora porque por fin estaba en posibilidades de quedar entre los primeros al llegar a París, aunque fuera gracias a la intervención de un asesino. Por primera vez ser gregario no parecía suficiente. ¿Era cobardía, o era lealtad lo que había experimentado durante tanto tiempo? ¿Estaba por fin abriendo los ojos, o simplemente la vida me había endurecido lo necesario para pelear por un mejor lugar que el de perenne perdedor?

Lo que Fiona y mi padre —mientras estuvo vivo— nunca entendieron es la naturaleza de la relación que ha existido entre Steve y yo. Desde el principio los dos vivimos como propios los triunfos conseguidos, y en muchos sentidos así lo eran; a mi rueda, él podía ahorrar hasta un veinticinco por ciento de energía en una cuesta prolongada. Yo vivía para salvarle la media docena de etapas que se corrían en los Pirineos y los Alpes, donde sus enemigos podían destrozarlo. Cuando el resto de nuestros compañeros de equipo quedaban atrás, yo mantenía el paso de Steve como un remolcador implacable hasta que reventaban mis pulmones y mis piernas desfallecían, lo cual no sucedía sino hasta el último tramo de la carrera; para entonces el daño que podían causarle sus rivales era mínimo. No me importaba el colapso que experimentaba en ese momento ni ser rebasado por docenas de corredores mediocres. Nunca terminé un Tour dentro de los primeros quince puestos de la clasificación general, una anomalía considerando que se me tenía por uno de los mejores escaladores del circuito; me bastaban el respeto que esa fama inspiraba entre mis pares y los trofeos que gracias a mi colaboración obtenía mi compañero.

Con los años fincamos nuestra residencia en casas contiguas en las colinas del lago de Como, próximas al campamento de pretemporada del equipo Fonar, y salvo por las breves vacaciones que tomábamos en diciembre, él para viajar a Colorado, yo a ningún lado, nos manteníamos juntos prácticamente todo el año. En más de una ocasión nuestras rutinas se vieron interrumpidas por la mudanza de alguna novia a la casa de Steve aun cuando solían abandonar la tarea tras algunos meses, vencidas por el abandono a que las condenaban las exigencias de una vida dedicada a la bicicleta.

Nos hicimos adictos al entrenamiento, incluso al margen del calendario establecido por los entrenadores. Pasaba por él a las cinco de la mañana y rodábamos uno al lado del otro durante seis o siete horas por las montañas del norte de Italia, a pesar del frío invernal de los meses de pretemporada. Nunca fueron paseos de esparcimiento; hablábamos poco, cronometrábamos subidas y descensos, modificábamos retos y objetivos día con día, ensayábamos estrategias de acoso y persecución. Esencialmente nos provocábamos dolor y fatiga extrema, pero encontrábamos algo reconfortante en la extenuación absoluta con que concluía cada jornada: la sensación de que habíamos cumplido con nuestro deber.

Y ciertamente lo cumplimos. Desarrollamos tal sincronía que años más tarde, cuando los técnicos nos hicieron correr en un túnel de viento monitoreado por computadoras para optimizar el ángulo y la distancia con los que mi cuerpo le ofrecía al suyo el mayor ahorro de energía, sus hallazgos coincidieron exactamente con los que habíamos encontrado de manera intuitiva en esas largas sesiones solitarias. Reaccionábamos a un cambio en la intensidad o la orientación del viento como lo haría una parvada, con pequeños ajustes inconscientes que nos permitían obtener el máximo de velocidad. Nos convertimos, por mucho, en la pareja más rápida en la historia del ciclismo. En más de un sentido éramos pareja, pese al trasiego de mujeres que pasaron por nuestras vidas.

Hasta que llegó Fiona.

ETAPA 9

Amanecí con la sensación de que algo importante se me estaba escapando en la lista de sospechosos, como el que sale de su casa y constata que llaves, cartera y celular se encuentran en su bolsillo aunque sabe que algo vital pero indefinible se ha quedado atrás.

Hasta ahora mi lista se reducía a aquellos que resultaban beneficiados por los ataques del asesino: el checo Paniuk, el italiano Matosas, el español Medel; el entorno del propio Steve, con Giraud a la cabeza, y el polaco Radek, motivado por el resentimiento.

Pero la noche anterior Favre había enfocado el asunto desde otro ángulo: buscar al culpable a partir del *modus operandi* de esos ataques. Su lógica de policía no sólo contemplaba las motivaciones, sino también coartadas y habilidades de los autores materiales. Eso me hizo recordar trazos sueltos de los seminarios de criminalística que Lombard me obligó a tomar trece años antes, aunque de inmediato fueron borrados por la sonrisa de la pequeña Claude, de Biarritz, y añadí ahora la imagen de un pequeño caimán tatuado en su vientre, algo que me dejó un vago sabor salado en la boca.

Me forcé a retomar el hilo del dichoso *modus operandi*: los mecánicos y su destreza para abrir cerraduras, los médicos y su capacidad para suministrar un somnífero o una toxina, los masajistas y las poderosas manos que delataban los moretones en el cuerpo de Fleming. Por mi cabeza pasaron decenas de rostros conocidos, unos más cercanos que otros, integrantes anónimos del vasto personal que rodea a los ciclistas que corren cada año el Tour.

Por ese camino no iba a llegar a ningún lado. La lista de sospechosos podría extenderse indefinidamente, y por otra parte no tenía acceso al expediente de cada uno de los ataques, a la descripción de la escena del crimen, la hora específica o la manera puntual en que se llevaron a cabo. Sin eso sería imposible palomear sospechosos o descartar inocentes.

Concluí que debía regresar a mi lista original y concentrarme en los beneficiarios y los autores intelectuales. Tarde o temprano el asesino tendría que atacar de nuevo; si se trataba de un psicópata que buscaba arruinar el Tour, necesitaría dar golpes aún más espectaculares para conseguir su propósito. Si, por el contrario, los autores querían imponer a un campeón a toda costa, tendrían que intervenir de nuevo. Las dos alternativas resultaban espantosas.

Decidí dejar el asunto por la paz y concentrarme en la jornada que tenía por delante; o me dedicaba a ser ciclista las próximas horas o terminaba viendo el Tour por televisión los siguientes días. Para muchos, la contrarreloj individual es la prueba reina del ciclismo: recorremos un tramo más corto que en las otras, pero lo hacemos como si nos persiguiera el fisco. Una batalla en solitario contra el cronómetro, sin ayudas ni gregarios, en la que cada pedaleo, cada metro y cada segundo son decisivos. Una modalidad en la que Steve era el rey absoluto: la pregunta no era quién iba a ganar la etapa, sino cuánto tiempo de ventaja sacaría mi compañero a los otros. Había tres o cuatro contrarrelojistas destacados en el pelotón, aunque ninguno de ellos era líder de equipo ni aspiraban al cetro. Esos no nos preocupaban.

Para muchos escaladores la etapa podía convertirse en un verdadero Waterloo, sobre todo en esta ocasión en que los organizadores —hijos de perra— eligieron un tramo inusualmente largo de cuarenta y dos kilómetros. Si Steve estaba en forma podría terminar con una ventaja de tres o cuatro minutos sobre sus rivales, lo cual definiría de una vez por todas al ganador de este año.

Cuando llegué a la zona en la que los equipos habían instalado las bicicletas de calentamiento, el nerviosismo flotaba en el ambiente como la nata contaminada sobre una urbe. Vi a Matosas y sus dos cejas prietas y tupidas convertidas en una sola, haciendo de pie estiramientos mientras su director técnico le daba indicaciones; no parecía prestar atención a otra cosa que no saliera de sus audífonos. Me pregunté si estaría escuchando la horripilante música pop italiana, aunque por lo poco que lo conocía bien podría estar oyendo arias. Concluí que no era probable; Matosas era un cliché de la cultura popular de su país, aunque una buena versión. En suma, un tipo inofensivo salvo por su aliento, capaz de tumbar a un hombre.

A unos metros Paniuk pedaleaba intensamente, también todo audífonos. Con él no había que especular en materia musical, todos conocíamos su pasión por el metal y podía imaginar el volumen atronador con que flagelaba sus tímpanos. De todos los escaladores, el checo era el que podía salir mejor librado en la prueba del día, sus registros no eran malos como contrarrelojista y tenía una buena oportunidad de tomar distancia de los otros especialistas de la montaña. Me acerqué a él en modo detective, pensando en la mejor manera de iniciar una conversación casual que tuviera posibilidades de terminar en una revelación importante; no se me ocurrió nada, así que me paré en seco a dos metros de su espalda y hasta allí me llegó la nube aromática que lo envolvía. Paniuk era un tipo extravagante: ¿quién más era capaz de bañarse en colonia para salir a correr a la campiña? Aunque bien mirado, ¿quién de nosotros no era extravagante, dedicados como estábamos a este absurdo oficio? Hoy mismo, como todos los días de competencia, había empanizado mi cuerpo en maicena con la esperanza de retrasar el corrosivo efecto de mis sudores.

Pasé la mirada por la zona y me di cuenta de que una de las bicicletas fijas había quedado desocupada y justo al lado de ella se ejercitaba Viktor Radek, el resentido; fui y la ocupé de inmediato.

—¿Cómo vas, Viktor? ¿Cómo te está tratando el Tour? —traté de sondear sus aguas. Como era el caso de muchos otros polacos, su francés era fluido.

—Mal, como a todos. El Tour no trata bien a nadie —respondió agrio—. Bueno, salvo a tu protegido —agregó tras una pausa, aunque no me di por aludido. El cabello de Radek es capaz de distraerte de cualquier cosa, no sólo porque es indomable, también porque no conoce el peine por las mañanas. Entre sus manías, que no son pocas, considera que verse en el espejo antes de subirse a la bicicleta es de mal agüero.

—Tampoco Steve está tan contento, este año metieron más etapas de alta montaña.

Radek no respondió. No debí haber contraargumentado; tendría que haberle dado por su lado y dejar que desahogara su rencor. Quería observar hasta dónde podía llegar su encono. Era un sujeto raro y no sólo por su extravagante físico: pelo rubio y rizado, piernas y brazos demasiado largos para su endeble tronco y una manera sincopada de moverse recordaban a un espantapájaros tratando de caminar. Un espantapájaros malhumorado.

—Pero tienes razón; ya hay más de sesenta abandonos y apenas hemos pasado la parte blanda. El Tour exige demasiado —seguí como si no hubiesen transcurrido dos minutos de silencio tras su respuesta.

—¿Parte blanda? Es un crimen meternos en los adoquinados durante las primeras etapas. Me gustaría ver a Jitrik pedalear en esos empedrados mojados y llenos de arena de los pueblos por los que nos hacen rodar, y todo para que el Tour se meta cincuenta mil putos euros por cada plaza. Me salvé de dos carambolas de puro milagro.

—Y encima lo de Fleming. Inexplicable…

—Ni tan inexplicable, con las presiones que nos meten. Ve tú a saber qué bronca enfrentaba Fleming para tomar esa decisión. Esa mañana habían descalificado a Santamaría, dizque por *doping*; todos sabemos que él estaba limpio.

Escuché la respuesta mientras examinaba su rostro, súbitamente enrojecido por la indignación. Si Radek era el asesino, resultaba mejor actor que ciclista: ni el menor asomo de culpabilidad o turbación, puro odio pulido y macerado. Pero la vista de sus escuálidos brazos no hacía pensar que fuera capaz de forzar a una persona a mantenerse bajo el agua contra su voluntad; si el inglés había sido ahogado por un asesino solitario, eran pocas las posibilidades de que ese homicida fuera el polaco.

Segundos más tarde los organizadores pidieron a Radek que se acercara a la plataforma de salida. Los corredores arrancaban con dos minutos de separación entre sí para evitar alcances en lo posible; Steve sería el penúltimo en partir, por ser el segundo en la clasificación general, y yo saldría seis lugares antes que él, como correspondía a mi noveno puesto. Faltaba poco menos de una hora para ser llamado. Me embutí los audífonos y me sumergí en la lista de vallenato y salsa que usaba para pedalear la bici fija.

Seguí rotando las piernas a ritmo moderado mientras editaba mi lista de posibles culpables; moví a Radek a la última posición, pero no lo descarté.

—Pobre, tiene el alma atormentada —dijo Lombard mientras palmeaba mi espalda a manera de saludo, con la mirada puesta por donde había desaparecido el polaco.

—¡Coronel! Me pegó un susto. No haga eso —dije brincando; desde los cuarteles lo llamaba de usted, aunque él me tuteara.

—Siempre te saludo igual —respondió, también sorprendido.

«Sí, pero no puede hacerlo cuando anda un asesino suelto», pensé aunque no lo dije. El viejo militar se había retirado seis años antes e hizo del seguimiento de mi carrera el propósito de su vida, al menos durante la temporada de competencias. Al principio me resultó incómoda su presencia, siempre cariñosa pero obsesiva, aunque terminé por acostumbrarme e incluso a agradecerla. Estaba al tanto de todos los adelantos tecnológicos, médicos, atléticos, y con la ayuda de su hijo, un informático de profesión, hacía un seguimiento de mi desempeño mucho más acucioso que el propio Fonar; más de una vez ajusté estrategias de carrera y programas de ejercicio a partir de sus sugerencias.

Con el tiempo, el resto del circuito también lo adoptó como una figura más del paisaje: tenía los recursos, el tiempo y las relaciones para ganarse un lugar en la extensa *troupe* que acompaña a los ciclistas. Consiguió su primera acreditación a la competencia como consultor de Bimeo, el temible y poderoso jefe de seguridad del Tour. En los últimos años se volvió inseparable de Fiona, quien terminó dándole una segunda acreditación como inspector de algo relacionado con protocolos y procedimientos; él usaba las dos indistintamente para moverse como pez en el agua a lo largo y ancho de la competencia. El militar y mi amante parecían unidos y no sólo por su absoluta entrega al mundo de la bicicleta, quizá también existía una vaga relación padre-hija y, desde luego, la complicidad que suponía la convicción compartida de que yo debía sacudirme el liderazgo de Steve.

En esta ocasión tendría que estarle doblemente agradecido. Lombard había movido cielo, mar y tierra para conseguir que tanto Fonar como el patrocinador de Steve me dieran un equipo como el que mi compañero había utilizado el año anterior; hoy correría con ropa y bicicleta de contrarreloj que tenían un valor superior al medio millón de euros. Tan sólo la investigación y el desarrollo del nuevo casco de Steve ascendía a doscientos cincuenta mil dólares, una inversión que el fabricante recuperaría cuando lanzara al mercado el prototipo en el que ahora yo estaba enfundado.

—La clasificación general todavía está muy compacta, si haces tus mejores tiempos puedes meterte entre los cinco primeros, y si llegas así a la montaña lo demás es pan comido: campeón o podio, por lo menos.

—Baje la voz —dije aprensivo, mirando a mi alrededor para asegurarme de que nadie nos hubiera escuchado: esa conversación en boca de un gregario y su asesor personal era mayor sacrilegio que dos cardenales especulando cómo se verían vestidos de blanco celebrando misa en la Plaza de San Pedro.

—Ya hicimos las corridas en el modelo y sólo siete u ocho corredores superan tus tiempos en la contrarreloj. Ayuda mucho que hay dos colinas en la ruta —insistió, aunque esta vez lo murmuró a mi oído; no podía ver su boca, pero juraría que estaba salivando. El buen Lombard.

Pensé que parecíamos conspiradores susurrando secretos; los mismos cardenales, esta vez hablando de venenos. Luego me di cuenta de que nadie ponía atención en nosotros. Las reuniones clandestinas con el comisario y ahora las intrigas de Lombard me estaban poniendo paranoico. Con todo, sus buenos deseos me conmovieron: lo que decía no tenía la menor posibilidad de hacerse realidad, pero su lealtad y cariño inspiraban ternura. Siempre había una o dos etapas de alta montaña en las que mi tarea consistía en trepar por delante de Steve hasta dejar el último gramo de energía, y cuando eso pasaba, los últimos kilómetros se convertían en un tormento que se desarrollaba en cámara lenta. En esas jornadas terminaba por cruzar la meta quince minutos después del ganador; mi papel de gregario me condenaba a finalizar el Tour detrás de los primeros veinte corredores, a pesar de todos los esfuerzos de Lombard.

Aunque ese día no se equivocó: terminé la contrarreloj con el sexto mejor registro, cincuenta y ocho segundos atrás de Steve. Matosas logró colarse entre los diez mejores tiempos de la etapa, estaba claro que el italiano haría lo que fuera necesario para entrar en punta cuando llegáramos a París.

Esa misma noche descubrí que una de las cosas que Matosas consideraba necesario hacer para ganar era matarme.

—Creí que ya no vendrías —me dijo Fiona después de la carrera, sin darse la vuelta mientras asaba un filete de salmón en la minúscula cocina.

Semanas antes me había dado una llave de la puerta de su casa rodante, pero yo intuía que ya se había arrepentido. Estaba convencido de que me amaba —cómo podría ser de otra manera tras compartir dos años de esa vida de locos que llevamos—, aunque me daba cuenta de que seguía defendiendo su intimidad y su espacio con la ferocidad del primer día.

—Algo me entretuvo —respondí pensando en la posibilidad de mencionarle mis tareas detectivescas pero preferí dejarla fuera, al menos por el momento—. Giraud estaba eufórico con el triunfo de Steve, así que alargó su perorata antes de la cena.

—¿Y no dijo algo sobre tu registro? El año pasado Steve te sacó más de tres minutos y terminaste en el lugar quince, ahora en sexto. Eres el corredor que más ha progresado en la contrarreloj. ¿De veras no dijo nada el muy cabrón?

—Nop —dije mientras me acercaba a ella, le plantaba un beso en el cuello y la estrechaba por detrás. Me sorprendí al sentir un arrebato inesperado al contacto con su cuerpo firme; recordé que al día siguiente tendríamos un día de descanso y jugué con la posibilidad de violar el pacto de castidad que establecíamos durante el Tour.

—Hijo de puta. Para Fonar sólo existe Steve —respondió con fiereza, zafándose de mi abrazo. Miré decepcionado la delgada bata japonesa que solía ponerse al final del día y la silueta que la tela revelaba; me quedó claro que permanecería cerrada. Fiona rara vez se enojaba, pero cuando lo hacía, el enojo podía durarle horas.

—Steve estaba más contento que yo por mi sexto lugar y lo festejó como si fuera un triunfo suyo —protesté.

—¡Porque cree que es un triunfo suyo! Está tan endiosado consigo mismo que da por sentado que te has hecho mejor contrarrelojista gracias a él, como si su talento irradiara al que está más próximo —dijo Fiona.

Pensé que si había alguna posibilidad de llegar dentro de esa bata esta noche, defender a Steve no era la mejor estrategia para conseguirlo, y sin embargo no podía evitarlo. Era injusta con mi amigo.

—Lo juzgas mal. Debiste verlo ayer, quedó abatido cuando se enteró de la muerte de Fleming. Nunca lo había visto así.

—No me explico esa reacción, nunca fueron amigos —dijo ella en tono categórico, como si conociese todo sobre mi compañero—. Y no seamos ingenuos: salvo alguna catástrofe, la muerte de Fleming descarta prácticamente a Stark. Steve y Giraud tienen el camino abierto para coronar en París, se han quedado sin rivales.

—Bueno, están Matosas, Paniuk y Medel; los tres son mejores escaladores que Steve, podrían tener alguna oportunidad en los Alpes.

—¡Tú eres el mejor escalador! Con tu ayuda, Steve puede neutralizarlos —afirmó mirándome por primera vez en la noche, y en voz más baja añadió—: De hecho, eres el único que podría vencer a Panata.

Como tantas otras veces, Fiona puso en palabras lo que hasta ese momento no me había atrevido a decir. Un largo silencio siguió a la reveladora bomba que su breve frase instaló en la habitación, una bomba con cuenta regresiva porque mi primera reacción fue negarme a permitir que estallara. Supongo que mi lealtad a Steve era de naturaleza subcutánea; en lugar de procesar el comentario de Fiona y las terribles consecuencias que desencadenaba, mi cerebro se refugió en la última palabra. Ella no estimaba a Steve, pero siempre lo había llamado por su nombre. Que ahora usara el apellido para referirse a él me resultaba extraño, vagamente amenazante.

Una vez más me pregunté qué diablos habría sucedido entre ellos, algo que nunca me había atrevido a preguntar ni parecían dispuestos a hacerme saber. Seis años antes Fiona había sido jefe de mecánicos del equipo Fonar, en el que Steve y yo éramos líderes. Mi amigo, como muchos otros en el circuito, intentó seducirla. No era la única mujer en el entorno profesional de los ciclistas; había masajistas, nutriólogas, doctoras. No muchas, aunque las había. Sin embargo, el hecho de que se le considerase mejor en un gremio hasta entonces unánimemente masculino, ejercía una fascinación inconfesada entre los corredores. Su hermetismo, sus manos y camisetas siempre manchadas de grasa, su overol de tirantes tan poco seductor, sus pechos grandes que no parecían conocer un brasier, su cabellera roja y los ojos verdes, un rostro adusto sin dejar de ser atractivo: en suma, una mezcla extraña y llamativa la hacía una presa inalcanzable para todos los lobos de la manada, y no había un macho alfa de mayor calado que Steve Panata.

Mi amigo lo intentó por todas las vías posibles durante los veinte meses que Fiona trabajó en nuestro equipo. En algún momento debió convertirse en una obsesión, porque nunca antes lo había visto abusar de su condición de estrella para tratar de vencer la resistencia de una mujer: exigía revisiones personales de sus bicicletas para obligarla a pasar tiempo a solas, hacía consultas intempestivas irrumpiendo en su casa rodante al caer la noche, le pedía acompañarlo a Múnich en pretemporada para supervisar los nuevos componentes de carbono de la bicicleta de tecnología de punta que el patrocinador diseñaba. Algo sucedió entre ellos o dejó de suceder, porque al final de la temporada Fiona renunció al equipo y se marchó sin despedirse.

Durante el tiempo que trabajó en Fonar sostuvimos dos o tres conversaciones largas, aunque nunca fuimos íntimos. Yo había dejado tiempo atrás mi proverbial timidez con las mujeres, pero me quedaba claro que la irlandesa estaba muy por arriba de mi liga, y supongo que ella encontraba mi cercanía a Steve demasiado estrecha para relajarse en mi compañía.

Con todo, meses más tarde me envió un correo en el que describía un programa meticuloso de adaptación de postura, pedal y asiento de la bicicleta para compensar la diferencia de cinco milímetros de longitud que padezco entre la tibia izquierda y la derecha; su sugerencia derivó en un intercambio regular de mensajes que poco a poco se hicieron más personales.

En la primavera de hace dos años, al final de la Vuelta a Cataluña, tocó a mi puerta una noche y con un breve saludo de por medio se deslizó en mi cama. Las visitas se hicieron rutinarias a lo largo de los siguientes meses, cuando el calendario nos permitía coincidir en la misma plaza, aunque sólo fuera para dormir abrazados. La Fiona inexpresiva y adusta que habitaba en ella durante el día, parecía abandonarla por las noches: dormía pegada a mí y me acariciaba con ternura entre sueños y murmullos incomprensibles.

Debo reconocer que mi prestigio dentro del circuito creció exponencialmente tan pronto se supo de mi relación con ella. Durante meses los compañeros me trataron con el respeto que habría merecido un triunfo en la Vuelta a España o en el Giro de Italia; todos salvo Steve, por supuesto.

Cuando él confirmó que Fiona había entrado en mi vida, algo comenzó a quebrarse en la relación simbiótica que habíamos mantenido durante años. Esos primeros días lo sorprendí en más de una ocasión examinándome con atención, como si quisiera detectar algo en mí que él hubiese pasado por alto. Supongo que intentaba descubrir las razones por las cuales ella me había elegido, algo que para mí mismo constituía un misterio.

No debió encontrar algo que justificara tal preferencia, así que concluyó que se trataba de una venganza de parte de Fiona. Una especie de castigo irlandés; metiéndose conmigo no sólo mostraba su desdén, también sembraba una amenazante cizaña que podría afectarlo como corredor.

Decidió entonces derrotar a Fiona y reconquistarme para su causa; al menos esa es la interpretación que doy al cortejo que Steve desplegó a mi alrededor y la campaña de críticas dirigidas en contra de ella. Insistió en incluirme en algunos de sus lucrativos anuncios publicitarios, arreció en los agradecimientos a su gregario en toda entrevista periodística, me presentó una tras otra a atractivas amigas del *jet set* internacional que ahora frecuentaba y, por lo que luego pude saber, intentó hacerle la vida imposible a Fiona dentro del circuito.

Tras fracasar en ambas campañas y convencerse de que la relación entre ella y yo había llegado para quedarse, modificó su actitud. Durante los siguientes meses se mostró vagamente ofendido, como si hubiese sido víctima de una traición de mi parte, aun cuando cuidara las formas y no cambiaran un ápice los códigos profesionales y personales que habíamos construido a lo largo de los años; pero estaba claro que su hasta entonces inexpugnable confianza en sí mismo resultó afectada y el hecho de que el daño procediese de un frente inesperado, su amigo incondicional, lo hizo aún más mortificante.

Fue entonces cuando comenzó a dedicar más tiempo a los reclamos de su representante y a la agenda de eventos de las celebridades; hizo oficial su noviazgo con Stevlana y borró de su existencia a Fiona y cualquier cosa que tuviese que ver con ella. En su honor, debo reconocer que nunca disminuyó su obsesión por el entrenamiento ni descuidó la disciplina cotidiana para mantener el cuerpo dentro de los duros parámetros que exige esta vida. Tampoco modificamos las rutinas de trabajo que hacían de nosotros el tándem más exitoso del circuito profesional.

Por su parte, Fiona simplemente ignoró a Steve, primero su acoso hostil y luego su absoluto desdén. Se refería a él como una variable que formaba parte de mi realidad, pero sin concederle más atención que la prestada a otros factores, como el clima o la calidad de las bicicletas que utilizábamos.

O eso es lo que yo había creído. Aunque ahora, justo cuando dejó caer el comentario de que podría vencer a Panata, me daba cuenta de que Fiona tenía meses tejiendo la campaña más efectiva que pudiera concebirse en contra de mi *bro*, como él gustaba llamarme: convencerme de que era mejor ciclista que él.

—Steve me saca casi dos minutos de ventaja, para descontarlos tendría que traicionarlo en la montaña. Además, Giraud nunca me permitirá escapar sin que arrastre conmigo a Steve; mi propio equipo saldría a cazarme.

—No si lo haces en el momento oportuno.

Pensé en Alpe d'Huez y sus largos y escarpados veinte kilómetros finales que correríamos en la etapa 20, un día antes de llegar a París. Técnicamente Fiona tenía razón: si lograba que el resto del equipo Fonar llegara fundido al inicio de la cuesta y sólo quedáramos el líder y yo, podía desembarazarme de Steve unos kilómetros antes de la meta y compensar cualquier ventaja que en ese momento tuviese sobre mí en la clasificación general; me imaginé el gesto de sorpresa de mi compañero cuando me parara sobre los pedales y lo dejara solo y paralizado en una rampa de diez por ciento de inclinación.

—Pero no voy a hacerlo —dije—. Ningún triunfo justifica una traición de ese tamaño.

—Es a ti a quien Steve ha traicionado. Puedo entender que hace once años aceptaras que se convirtiera en líder y tú en su doméstico —dijo esta última palabra como si masticase algo nauseabundo—; fue una decisión de los directivos de Ventoux y eras un desconocido con pocas opciones en ese momento. Tres o cuatro años después, cualquiera de los equipos intermedios habría estado encantado de llevarte como líder; sé que has recibido varias propuestas en los últimos tiempos.

—Nunca igualaron las ofertas de Fonar —me defendí.

—… para seguir siendo segundo. Steve castró a billetazos la posibilidad de que te convirtieras en uno de los grandes, y lo hizo porque así convenía a sus intereses; eso no se le hace al amigo que se quiere.

—Soy el mejor gregario del circuito. Lo que hemos logrado juntos ya ha hecho historia —respondí ofendido; era un argumento débil, pero lo compensaba la indignación. Nunca habíamos abordado el asunto de manera explícita. Mi relación personal con Steve era hasta ahora un tema tabú entre nosotros.

—Es que no eres el mejor gregario del circuito. ¡Eres el mejor escalador del circuito! Lombard y su hijo tienen meses haciendo cálculos y construyendo modelos. Si compitieras arropado por ocho corredores como lo hace Steve, por no hablar de la tecnología de punta en la que lleva primicia, harías un tiempo de tres a cinco minutos mejor que él, dependiendo de la dosis de montaña que se corra ese año.

—No son más que obsesiones de Lombard, juegos pirotécnicos.

—No, no lo son. Tengo años observando tu técnica, los números. Tu progresión como ciclista ha sido mayor que la de Steve, sólo que está escondida en el papel que los dos cumplen dentro del equipo. Has mejorado en la contrarreloj lo que Steve no ha avanzado en la montaña; kilo por kilo te has convertido en mejor corredor que él. Por lo menos asúmelo, aunque luego no te atrevas a tomar la decisión.

Esto último me lo dijo desafiante, con la cara encendida y los brazos en jarras. Nunca la había visto así; me pregunté cuánto de la pasión que mostraba tendría que ver con su cariño por mí y cuánto con resentimiento en contra de Steve.

Súbitamente experimenté con todo su peso la fatiga de la jornada; sólo quería llegar a mi cuarto, desplomarme sobre la cama y olvidarme de complots y traiciones. La vida era mucho más sencilla cuando todo se reducía a hacer campeón a mi compañero. Aunque quizá Fiona tenía razón, había pasado años refugiado en esa versión complaciente de mí mismo.

Encaminé mis pasos en dirección a la puerta, pero entendí que no podía dejar las cosas así. Fiona había abandonado la cocina para instalarse a comer en el pequeño asiento en la parte delantera de su vivienda; sabía que no tenía objeto compartir conmigo el salmón y la ensalada, proscritos en mi dieta para esa hora de la noche. Me acerqué a ella con la intención de despedirme con un abrazo largo que en parte pudiese reparar los demonios invocados, pero no llegué a tocarla: una explosión sacudió la casa rodante y un vendaval de calor golpeó mi espalda como el soplo calcinante de un dragón. Terminé en el piso a los pies de mi amante, aturdido y confuso; cuando se disipó el humo observé un enorme boquete en un extremo del remolque y las llamas que comenzaban a consumir el vehículo. Luego miré a Fiona, que apenas comenzaba a incorporarse. Percibió en mis ojos la pregunta y negó con la cabeza: ambos estábamos ilesos.

—Salgamos, esto puede explotar —grité con los oídos aún aturdidos.

—Lo que podía explotar ya explotó; allí estaba el tanque de gas —dijo ella y recorrió tambaleante un par de metros para descolgar un extinguidor. Cuando llegaron los primeros policías pocos minutos más tarde, sólo quedaba un orificio humeante en la casa rodante inservible.

Tardamos dos horas en llegar al cuarto luego de pasar la revisión médica y los interrogatorios de rigor con las autoridades locales; milagrosamente habíamos escapado sin un solo rasguño. El comisario me aseguró que haría venir a un experto para conocer las razones de la explosión, pero anticipó su conclusión: aunque había resultado infructuoso, el atentado me convertía en el sexto objetivo del asesino del Tour.

Contraviniendo los reglamentos de mi equipo, esa noche Fiona se quedó en mi cuarto; se durmió acariciándome mientras mi mente agregaba y quitaba nombres a la lista de sospechosos. Estaba furioso no sólo porque ahora el ataque había sido personal, también porque atentaron contra la vida de ella. Me dije que cualquier consideración sobre mis posibilidades en el Tour tendría que pasar a un segundo plano: la verdadera prioridad era encontrar a los asesinos antes de que golpearan de nuevo, y sin embargo, la última imagen que pasó por mi cabeza antes de perderme en el sueño fue, por supuesto, la tabla de la clasificación general. Nunca había estado entre los seis primeros en el Tour de Francia.

Clasificación general, etapa 9

1	Steve Panata	31:34:12	«Mi trabajo es asegurar que no se quite el *maillot*».
2	Rick Sagal	+ 58"	«Ningún riesgo con Sagal, perderá en la montaña».
3	Phil Cunninham	+ 1' 04"	«Sólo es contrarrelojista, no es amenaza».
4	Martin Dennis	+ 1' 26"	«Rodador, perderá en la montaña».
5	Alessio Matosas	+ 1' 42"	«Este es peligroso, y sospechoso».
6	Marc Moreau	+ 1' 47"	«Aunque no dure aquí, nada mal meterse al *top ten*».
7	Milenko Paniuk	+ 2' 05"	«Será un riesgo en la montaña».
8	Óscar Cuadrado	+ 2' 22"	«Ya no tiene equipo».
9	Pablo Medel	+ 2' 35"	«Peligroso, impredecible».
10	Luis Durán	+ 3' 01"	«No tiene equipo».

ETAPA 10

Su calidad humana puede dejar mucho que desear, pero de la efectividad de Giraud, nuestro director técnico, no cabe ninguna duda. Ayer, cuando todo el circo del Tour aprovechó el día de descanso para trasladarse de Bretaña a los Pirineos, me sacó muy temprano y me hizo volar a Tolosa en una avioneta rentada; llegué varias horas antes que el resto del equipo al hotelito a las afueras de Pau donde nos quedaríamos las siguientes dos noches, todo con el propósito de aislarme de las oleadas de reporteros que buscaban una declaración sobre la explosión de la casa rodante. La misión de Giraud era hacer campeón a Steve y ningún atentado, reportero o policía iba a impedir que yo aportara la parte que me correspondía en ello: el director técnico quería asegurarse de que nada me distrajera del papel que debería desempeñar en las etapas de montaña que arrancarían en esta jornada. Después de todo, era para lo que me habían traído aquí: ser el escudo de Steve durante las siete etapas en las que atacarían los escaladores.

Lamenté dejar sola a Fiona en la ingrata tarea de lidiar con la prensa, aunque sabía que no tenía patrocinadores que cuidar; se limitaría a decir un par de frases y se encerraría en la oficina itinerante de la organización hasta que la tormenta amenguara. No obstante, abandonarla al día siguiente de perder lo que consideraba su casa, al menos durante la temporada de competencias, me dejó un mal sabor de boca. O un peor sabor, tendría que decir, porque había amanecido con la garganta agarrotada por los efectos del humo del incendio; hice gárgaras convencido de que escupiría hollín sobre el lavabo. Los malditos pirómanos al menos habían tenido la amabilidad de atacar la víspera de un día de descanso.

Con todo, disfruté escaparme al menos algunas horas del Tour. El aislamiento del hotel y el hecho de que la prensa y los aficionados esperaran a los ciclistas al caer el día me regaló un remanso inesperado. No es poca cosa; el acoso de miles de aficionados y el escrutinio de las cámaras pueden ser tan agotadores como pedalear miles de kilómetros. Me pregunté cómo hacía Steve para superar esa presión, que en su caso era exponencial y no se reducía a las grandes vueltas, como era el mío: él había ingresado al círculo de las celebridades que son acosadas por paparazis. Sus idilios y aventuras con modelos y actrices eran cubiertos de manera obsesiva por parte de las revistas del corazón.

Aunque momentánea, la soledad me pareció tan tranquilizante que me di el gusto de salir del hotel un rato, tirarme debajo de un viejo roble y preguntarme cómo habría sido la vida si la bicicleta no se hubiera cruzado en mi camino. Las grandes hojas verdes de venas varicosas que observaba desde abajo, capaces de renacer cada primavera indiferentes a quien ganara o perdiera el Tour, ponían las cosas en perspectiva. Mi padre había muerto veinte meses antes, heredándome su cabaña al pie de los Alpes. En su lecho de muerte me hizo prometer que un día me mudaría allí para continuar una tradición familiar que se remontaba a su abuelo; se lo aseguré sin ninguna gana de cumplir su deseo y con la prisa de abandonar el cuerpo decrépito del hombre indiferente y egoísta que agonizaba en ese hospital de provincia. Pero ahora que veía mecerse las hojas al pie de otra montaña, me dije que esa vida bucólica y apacible podría tener su encanto. Por un instante imaginé mi figura en la terraza que domina los hermosos valles alpinos, enfundado en una camisa de franela a cuadros y con una gran taza de café en la mano, y luego caí en cuenta de que esa era la imagen que había guardado del coronel Moreau en una visita durante la infancia. Mierda; meterme allí era convertirme en una sombra de mi padre.

No, decidí. La bicicleta era mi vida, mi manera de estar frente al mundo y lo que hiciera los siguientes treinta años sería consecuencia de los primeros treinta, transcurridos sobre dos pedales. Prefería envejecer como Lombard, entregado a su pasión, que como mi padre, dedicado a cultivar su amargura.

Abandoné los Alpes y me trasladé a mis amados Pirineos. ¿Qué pasaría si me entregaba al deseo de Fiona y Lombard y atacaba en la montaña a Steve y a mi propio equipo? ¿Existía realmente una posibilidad de arrebatarle el *maillot*? Ni siquiera estaba claro que pudiera conseguirlo, aun proponiéndomelo; desde el momento en que lo intentara sería un paria y durante el resto de la competencia quedaría más solo que el pobre de Óscar Cuadrado. E incluso, si tuviera éxito, ¿estaba dispuesto a vivir bajo la presión de los paparazis y la exposición continua, las expectativas desmesuradas de cara a la siguiente competencia? Pensé en los enormes intereses en juego y el papel protagónico que desempeñan los ganadores de las grandes vueltas en ese complejo entramado. Ahora mismo esos intereses habían desencadenado una ola de tragedias.

Esa idea me hizo recordar que había un asesino suelto entre nosotros, ese que unas horas antes había atentado en mi contra. Me incorporé convencido de que los treinta años sobre los que cavilaba podían reducirse a treinta minutos. Me encontraba solo y vulnerable a la orilla del bosque; si el asesino intentaba rematar su tarea, me habría convertido en su mejor cómplice. Regresé apresurado a mi habitación, tanto como puede ir una tortuga indecisa. Por la noche busqué a Fiona por WhatsApp y la invité a dormir conmigo. Supongo que también a ella le dejó un mal sabor mi desaparición repentina, porque me dijo que se sentía cansada tras conducir todo el día la casa rodante de Lombard y que se quedaría a dormir allí mientras encontraba algo mejor.

Al día siguiente Giraud mantuvo en pie el escudo montado a mi alrededor. Ordenó que la comida, el masajista y una bicicleta fija fueran subidos a la habitación desde temprano; la idea era que la prensa no me viese sino hasta que bajara del autobús unos segundos antes de la firma reglamentaria en Tarbes, la pequeña ciudad de donde partiría la etapa. Más tarde llegó a mi habitación una segunda bicicleta, y Steve detrás de ella: tras un día de descanso, los preparadores físicos deseaban que aflojáramos los músculos engarrotados.

—¡Te dije que vendrían contra ti! —dijo al cruzar la puerta; luego me abrazó.

—Sólo fue un tanque de gas defectuoso —respondí zafándome de un saludo que resultó incómodo para ambos. Ahora me daba cuenta de que a lo largo de los miles de horas compartidas el contacto físico había sido mínimo; abrazos breves y espontáneos para celebrar un triunfo y los rutinarios para festejar un cumpleaños, pero había algo perturbador en ese contacto en una habitación a solas. Recordé la entrevista de una reportera que, para provocarme, citó algún estudio sobre la homosexualidad disfrazada de camaradería que exuda el ambiente en los vestidores de los atletas; abandoné la idea a la velocidad del rayo.

—Defectuoso, mis pelotas —volvió a la carga—; le pediré a mis escoltas que a partir de ahora te den protección también, al menos hasta que termine el Tour y nos larguemos de aquí —concluyó mientras subía a una de las bicicletas y comenzaba la rutina de calentamiento.

—No se trata de un ataque; Fiona me dijo que estaba por cambiar el depósito de gas, necesitaba reparaciones desde hacía tiempo. Por suerte estaba casi vacío. —No mentía: esa fue la explicación que ella había dado a la policía después del incidente, la misma que repitió por la mañana a los reporteros que la interceptaron camino al autobús de la organización que fungía como oficina. Bien a bien, yo no sabía qué pensar; cinco víctimas eran demasiadas para atribuir la sexta a un mero accidente, pero no quería alimentar las alarmas de Steve y mucho menos someterme a la compañía de uno de sus guardaespaldas. Me pregunté qué estaría pensando el resto de mis compañeros de Fonar o, para el caso, todos los ciclistas del pelotón. ¿Seguirían creyendo que las tragedias no eran más que un asunto de mala suerte, o sabrían ya que había otros demonios sueltos a su alrededor?

—¿Tú crees que sea la gente de Paniuk? ¿De Matosas? Maldito italiano, está desesperado por llevarse un segundo Tour antes de retirarse —dijo Steve como si leyera mi mente.

—Deberán atacar en los Pirineos si quieren tener una oportunidad —dije tratando de desviar el tema del atentado—. En teoría, los ataques podrían comenzar hoy.

—Siete etapas de montaña, tres en los Pirineos y cuatro en los Alpes; lo demás es pan comido. Pero este año las trepadas son más duras que las 4 veces en las que gané —reflexionó Steve mientras pedaleábamos un tanto distraídos, mirando el tapiz de ciervos y bosques que amenazaba con despegarse de la pared—. Ni los organizadores quieren que yo gane este año —añadió preocupado.

Estaba a punto de responder cuando Lombard irrumpió en el cuarto tras dos hipócritas golpes de nudillos sobre la puerta.

—Aníbal, no sabes cuánto lo siento —dijo a manera de saludo, aunque ignoró a Steve—. Es mi culpa: Fiona me había pedido que le ayudara con el mantenimiento de la casa rodante, pero el Tour se nos vino encima.

Lombard era la imagen misma de la desolación, como si en verdad hubiese sido responsable del accidente. Sin embargo, cuando advirtió la presencia de Steve cambió el semblante: no esperaba encontrarlo a esa hora en mi habitación. Lo saludó con una inclinación de cabeza, dijo algo de que me vería antes del arranque de la etapa y salió con la misma prestancia con que había entrado.

—Ese viejo está cada vez más loco, *bro*. ¿Cuándo vas a quitártelo de encima? Sólo distrae.

—Ese viejo es el que me metió en esto. Además, ya oíste, el tanque estaba dañado, así que olvídate de ponerme un guardaespaldas porque no lo voy a aceptar; eso sí que me estorbaría.

Seguimos discutiendo sobre el incidente un rato, pero luego nos concentramos en la estrategia para la etapa. Él estaba nervioso. Era la primera jornada de montaña alta, y aunque las cumbres más escarpadas habían sido programadas para los siguientes días, hoy encontraríamos un solo desafío: el imponente ascenso de La Pierre Saint Martin al final de la ruta tras casi cuatro horas de recorrido. Los últimos quince kilómetros serían brutales, con largas rampas de más de diez por ciento de gradiente; el tipo de inclinación que obliga a un carro a subir en primera y a un ciclista a golpe de riñón.

Los primeros ciento cincuenta kilómetros transcurrieron rápidos y sin incidentes; algunos equipos de menor potencia y sin aspiraciones al podio aprovecharon este largo tramo para intentar fugas agresivas y prolongadas. A regañadientes, el pelotón debió aumentar la velocidad para evitar que la separación con los fugados resultase excesiva: habríamos preferido no desgastarnos demasiado antes de llegar a la dura prueba que nos esperaba en el último trecho.

Aunque fatigado, el grueso del pelotón llegó completo al pie de la larga cuesta, pero tan pronto iniciamos el ascenso de La Pierre Saint Martin los corredores comenzaron a descolgarse como hormigas despeñadas de un palo sacudido. Esperábamos el embate de Matosas, pero no un ataque concertado de los tres principales rivales; bueno, los que quedaban tras la purga del asesino. Los gregarios del italiano, de Paniuk y de Medel aceleraron el ritmo desde el inicio de la cuesta, tomando relevos en la punta: no parecía una estrategia improvisada, cada doscientos metros uno de ellos se ponía a la delantera y aumentaba la velocidad. ¡Los muy hijos de puta nos la estaban jugando, los tres equipos estaban coludidos!

A la mitad del ascenso, el tramo más duro, sobrevivíamos apenas una decena. Tres kilómetros antes de la meta quedábamos sólo cinco: Steve, sus tres rivales y yo.

Ya sin escoltas, Matosas, Paniuk y Medel hicieron lo mismo que sus auxiliares: operar como un solo equipo, tomando relevos continuos en la punta. Una y otra vez la tríada intentó deshacerse de nosotros con movimientos sinuosos a uno y otro lado del camino, pero en cada ocasión reaccioné a sus ataques pegándome a la rueda del último de ellos. Temía que Steve fuese incapaz de mantenerse a mis espaldas en alguno de estos cambios de giro y de velocidad, sin embargo, los automatismos y sus últimas reservas de energía lo mantenían a unos centímetros de mi rueda. Pedaleaba desentendido de los otros corredores, simplemente concentrado en no perder el beneficio de mi estela; sabía que yo me encargaría del resto.

No era fácil; en teoría, un arranque tendría que ser más exigente para el que va en punta que para alguien protegido dos o tres posiciones atrás y que puede simplemente seguir la rueda del que partió, sólo que el cuerpo no reacciona así. El que acelera súbitamente para fugarse sabe que hará un esfuerzo adicional y se prepara para eso; el que intenta seguirlo reacciona uno o dos segundos más tarde y se ve obligado a transmitir a su organismo una exigencia repentina que en muchas ocasiones no está en condiciones de producir. Cuando el atacante se ha separado tres o cuatro metros, el beneficio de la cauda de arrastre desaparece y la brecha se hace muy difícil de cerrar.

Al parecer ellos habían acordado un tipo de señal, porque cada dos o tres relevos el que tomaba la punta en realidad emprendía un ataque que los otros dos seguían de inmediato; por fortuna reaccioné a tiempo cada vez y pude neutralizar sus acometidas. En ese momento la cólera era el mejor de los combustibles. Steve, en una especie de trance, respondía de manera automática a mis evoluciones como si una varilla invisible uniera mi rueda trasera con su delantera.

Faltando un kilómetro para la meta asumí que el peligro había pasado; los embates de nuestros tres rivales perdieron enjundia y así lo entendió Medel, quien decidió dar por terminada la estrategia, se puso en pie sobre los pedales y echó su resto. Supongo que el español deseaba ganar en la cumbre de los Pirineos que separa a Francia de su país: al cruzar la meta rodaría ya sobre suelo navarro. Esta vez Matosas y Paniuk no lo siguieron. Yo aún conservaba reservas, me había mantenido tras la estela de los otros y tenía lo necesario para cazarlo, pero aquel arranque era demasiado violento para Steve y opté por dejarlo ir. Me imaginé a Fiona moviendo la cabeza decepcionada, las manos sobre las caderas.

La visión me hizo tomar la punta del cuarteto; quería impedir que el escapado tomara demasiada ventaja. Si iba a ser un cobarde, al menos sería un cobarde con iniciativa. Faltando doscientos metros para la meta, Matosas y Paniuk se lanzaron en pos del segundo lugar para despegarse de Steve y beneficiarse de los segundos de bonificación que otorga el Tour a los tres primeros en llegar en cada etapa. Miré a mi compañero; su rostro era un monumento a la fatiga. Me quedé con él y lo remolqué hasta la meta.

Ese día Medel descontó al líder cuarenta y ocho segundos, Matosas y Paniuk veintiuno; un daño que no era desdeñable pero resultaba digerible, lo que se sentía indigesto era la estrategia usada por los tres equipos para coludirse en contra de Fonar. De haberse tratado de una cumbre más larga y escarpada el daño habría sido devastador, y ni siquiera se requería una jornada catastrófica para modificar el podio: bastaría con el efecto acumulado de seis etapas más con ataques similares al de ese día.

Cuando subimos al autobús que nos trasladó al hotel, encontramos a Giraud fuera de sí. El director técnico quería denunciar a los tres equipos rivales; Steve también estaba furioso. Por mi parte, lo encontraba natural hasta cierto punto: Medel, Paniuk y Matosas eran líderes de escuadras con presupuestos más modestos y gregarios menos afamados que los de las tres potencias encabezadas por Steve, Óscar Cuadrado y Stark, pero inesperadamente las bajas de Movistar y

Batesman convertían en contendientes a otros equipos a condición de neutralizar a Fonar, y justamente eso es lo que estaban haciendo.

Supuse que también eso era lo que buscaba el asesino: hacer campeón a uno de los que hoy habían descubierto sus intenciones. Repasé mentalmente a los directores técnicos de los tres equipos, sus jefes de mecánicos, sus patrocinadores. Tenía que ser alguno de ellos: ni Matosas ni Paniuk ni Medel habrían tenido oportunidad de conquistar París sin las circunstancias que eliminaron a cinco o seis ciclistas con mayores posibilidades de éxito. Quienquiera que fuese responsable de las agresiones, lo había hecho en beneficio de alguno de los tres. Y, contrario a lo que había dicho a Steve, pensaba que la explosión de la casa rodante de Fiona encajaba perfectamente con esa estrategia. Si el tanque de gas hubiese estado lleno, esa tarde me encontraría en una cama de hospital y no en una de masaje, y todavía peor: esta mañana no habría protegido a Steve en la montaña y Matosas estaría vistiendo ahora el *maillot* amarillo.

Para mi fortuna, el dramatismo de la carrera que acababa de terminar atrajo la atención de la prensa, que pareció olvidarse por un momento de la explosión de la noche anterior: todas las preguntas de los reporteros a los miembros del equipo Fonar se centraron en la derrota de Steve frente a sus tres perseguidores en la clasificación general. Nadie —y menos los medios— desea que a la mitad de la competencia ya esté definido el campeón. La ventaja de Steve, y el desplome de Stark y Óscar Cuadrado, amenazaban con hacer del Tour de este año una versión deslucida, desprovista de cualquier suspenso, pero el ataque de Medel, Matosas y Paniuk abría el camino a una nueva rivalidad y anticipaba jornadas dramáticas en la alta montaña.

Lo mismo que encendía a la prensa agobiaba a Steve. Ya no volvió a hablar de la explosión del tanque de gas o la necesidad de protegerme: el nuevo desafío era demasiado terrible para ser ignorado.

—Es una conjura inaceptable, los jueces tendrían que hacer algo —dijo Giraud indignado; había convocado a una reunión de corredores y auxiliares técnicos poco antes de la cena, en el autobús principal.

—Son veintisiete corredores contra nueve, imposible competir así. Tendríamos que buscar alianzas con otros equipos —propuso Steve.

—Ninguno de los equipos chicos va a prestarnos ayuda. Es más, creo que lo están disfrutando; les encantaría ver al poderoso Fonar morder el polvo —dije tratando de invocar un poco de sentido común, aunque yo mismo me sorprendí al intervenir; por lo general tiendo a rehuir el conflicto, me parece que exige demasiada energía.

—O al menos tendríamos que hacer una protesta oficial; no es ético que un pedazo del pelotón complote en contra del líder, eso nunca se había visto —insistió Steve, sorprendido por la inesperada resistencia de mi parte.

—Tampoco es algo que pueda documentarse como tal, en la carretera se hacen alianzas de todo tipo. Además, con su *sprint* final Medel compitió contra los otros dos, lo cual echa por tierra cualquier acusación de un supuesto arreglo —objeté.

—Podríamos hacer algún acuerdo con lo que queda de Movistar y de Batesman —intervino Guido, el portugués—. Cuadrado está en sexto lugar; incluso sin sus gregarios, con nuestra ayuda podría terminar dentro del podio y su ayuda en la montaña nos vendría de maravilla. Los ingleses todavía tienen un par de buenos escaladores: si los apoyamos para que se lleven el *maillot* blanco podríamos armar una alianza. —El *maillot* blanco es el premio que otorga el Tour al joven menor de veinticinco años más destacado; uno de los corredores de Batesman se encontraba en la segunda posición en esa categoría y era un serio aspirante al título.

Los ojos de Steve y de Giraud me miraron en espera de alguna réplica. En teoría la propuesta de Guido parecía lógica, pero sólo en teoría. Me removí incómodo sobre el asiento y alargué la pausa lo más que pude.

—Pedirle a Movistar o Batesman que ayuden a Fonar a ser campeón es lo mismo que desear que el Real Madrid le eche una mano al Barcelona para que se quede con la Champions. Hace cuatro años que el Tour, la Vuelta a España y el Giro de Italia se reparten entre los tres equipos, y si esta vez Movistar y Batesman no pueden competir por el Tour, lo último que les interesa a los demás es que Fonar corone a su campeón.

—¿Y tú con qué equipo estás? —dijo Giraud, exasperado por mis objeciones.

—Estoy con el líder y creo que hoy lo demostré donde hay que hacerlo, en la montaña —respondí.

Yo mismo me sorprendí de mi respuesta abrupta y desafiante. Confrontar a Giraud nunca era una buena idea, el director deportivo tiene todo el poder dentro de un equipo y el nuestro lo ejerce con soberbia desde el pedestal de sus éxitos anteriores. El francés perfectamente podía condenarme al día siguiente a la terrible tarea de fungir como enlace entre el pelotón y el coche de Fonar que lo sigue para suministrar agua y alimentos al resto de mis compañeros a lo largo de la ruta, un rol ingrato de ir y venir en la retaguardia que suelen desempeñar los miembros más modestos de cada equipo, por no hablar del papel decisivo que Giraud tiene al terminar la campaña y definir los contratos del siguiente año. Tampoco su físico predispone a desafiarlo; tiene un aire a Gérard Depardieu que Giraud acentúa mimando un estómago imponente.

Por lo general participo poco en las sesiones de planeación de etapa y siempre lo hago sin confrontar al director, por lo que cuando planteo alguna sugerencia este suele respetarla. Aunque Steve es en teoría el líder del equipo, en la carretera yo soy el estratega, el responsable de decidir si perseguimos a un grupo que opta por fugarse o de reubicar a la escuadra dentro del pelotón tras un cambio súbito del viento. Lo cierto es que en los últimos días me había crecido la impaciencia: no sabía si acumularía el valor o el cinismo para traicionar a Steve en lo que restaba del Tour, pero ya no estaba dispuesto a tragarme la mierda de Giraud o aceptar exigencias absurdas por el equipo.

El resto de la sesión me mantuve callado, con ganas de que terminara de una maldita vez. Me urgía ver cómo estaba Fiona; yo sólo había recibido un susto, ella había perdido el hogar que ocupaba la mitad del año. Salí disparado tan pronto terminamos, cené lo más rápido que pude y fui a buscarla.

Me había dicho que estaría en la casa rodante de Lombard, quien se estacionó a no más de cincuenta metros de mi hotel. Me deslicé entre los autobuses y me aproximé al vehículo; los vi por la ventana, sentados y con los antebrazos apoyados sobre la mesa, las cabezas inclinadas como si estuvieran rezando. Supongo que yo era la razón de sus cuchicheos porque sentí una súbita rigidez en la manera de saludarme, como si hubiesen sido sorprendidos en medio de un secreto incompartible. Lo que me dijo Lombard lo ratificó.

—Pudiste haber seguido a Medel, ¿cierto? Te quedaba energía de sobra —reclamó antes de que pudiera saludarlo.

—No volvamos a eso. No esta noche —protesté, más cansado que molesto.

—Según mis cálculos, podrías haber reducido la ventaja de Steve en un minuto y además llevarte la etapa: ¡la primera del Tour en tu vida! —ahora sonaba francamente indignado.

—Debes de estar muerto, y supongo que anoche dormiste poco —intervino Fiona en mi rescate.

—Estoy muerto —asentí e hice una pausa, deseando haber usado cualquier otra frase. A lo largo de los años he acumulado amuletos y rituales de todo tipo para invocar la buena fortuna en la carretera, aunque esto de temerle al uso de una expresión era nuevo.

—Estos días me quedaré a dormir aquí, me dará asilo el coronel, pero te acompaño al hotel y me aseguro de que te metas a la cama —dijo Fiona poniéndose en pie.

Me despedí de Lombard y salimos a la noche fresca o algo que parecía una buena imitación tras padecer temperaturas de treinta y dos grados durante el día. La ventaja de una etapa que corona en una cumbre es que en ocasiones el equipo consigue hospedarse en una estación de esquí, que suelen estar en lugares solitarios y gozan de mejor clima que los alrededores durante el verano. Me había puesto una gorra para evitar ser reconocido, aunque cualquiera que me viera caminando al ritmo en que lo hace un paciente por los pasillos de un hospital, suero y bata incluidos, identificaría a un ciclista profesional.

—Mañana abandona Stark, no tiene ánimos para continuar después de lo de Fleming. Cuadrado también quiere hacerlo, pero con la mitad del equipo retirado no se lo permiten; Movistar tiene compromisos con los patrocinadores y ya nada más quedan cuatro de los nueve. —Fiona siempre encontraba formas de enterarse de los secretos de las escuadras antes de que estos fueran revelados. Aunque los mecánicos de cada equipo compiten con los rivales, inevitablemente constituyen un gremio: la información que corría entre ellos tarde o temprano terminaba por llegar a Fiona, la reina de esa cofradía. Pero aún guardaba una revelación más importante—: Matosas está amenazado por Lavezza: si no queda entre los tres primeros, lo desechan al final de la temporada.

Aunque me lo dijo sin mayor énfasis, me pareció un dato explosivo. El equipo Lavezza había puesto a Matosas contra la pared, la exigencia era un mero pretexto para despedirlo: sabían que no tenía la menor posibilidad de llegar entre los primeros a París. A no ser, claro, que se deshiciera de la decena de corredores que lo superaban. La conclusión era evidente: ¡Matosas y sus íntimos eran responsables de las tragedias del Tour! ¿Lo sabría la misma Fiona?

—¿Por qué me lo dices? Casi nunca me compartes información de otros equipos. —En efecto, en su calidad de inspectora en jefe, procuraba no abusar de su puesto dándome ventaja sobre mis rivales.

—Primero, porque es información que no salió de mi oficina; no estoy violando ningún criterio de confidencialidad. Y segundo, porque veo una oportunidad única para ti, y si me apuras, para el bien del ciclismo. Te quedan tres buenos años y todavía puede explotar el líder que llevas dentro; bastaría con que superaras a Matosas para subirte al podio. Lavezza te ofrecería la posición de líder el próximo año.

—Eso si Matosas no se deshace de mí primero.

—¿Tú también crees que hay un asesino suelto?

—¿Tú no? —y al preguntarlo no pude impedir mirar sobre los hombros y escrutar la oscuridad que nos rodeaba. Aunque era una noche estrellada de luna escasa, me pareció advertir a dos figuras que nos seguían.

—Todavía no sé lo que anda suelto, pero sí, algo raro está pasando —aceptó ella, reflexiva.

—Tiene que ser Matosas, me acabas de ofrecer el motivo y los hechos están a la vista; ya ocupa el segundo lugar de la clasificación.

—No te precipites, sargento Moreau.

—¿Sabes lo del comisario? —pregunté alarmado mientras ingresábamos al hotel; a pesar de mi cansancio aceleré el paso para dejar atrás las sombras que había visto, aunque ahora no estaba seguro de que no fueran otra cosa que árboles mecidos por el viento o un efecto más de mi paranoia galopante.

—Dejemos el tema, aquí las paredes oyen —respondió en voz baja—. Descansa, mañana tienes alta montaña —y tras una pausa agregó con una sonrisa—: Y otra oportunidad.

«Las paredes oyen, pero no sólo aquí», pensé. ¿Cómo sabría ella que el comisario me llamaba así cuando quería provocarme? Las conversaciones con el policía siempre habían transcurrido a solas.

Observé a Fiona con atención: era tan hermética que en algunas ocasiones tenía la impresión de compartir el lecho con una extraña. Ignoraba tantas cosas de mi amante, que aún me tomaba por sorpresa alguna reflexión suya en los raros momentos en que la intimidad abría brechas en su retraimiento. Cuando creía haber comprendido quién era, se las ingeniaba para mostrarme una faceta que hacía trizas la imagen que había por fin construido de ella.

No obstante, en ninguna versión de Fiona me habría imaginado que fuera capaz de intrigar a mis espaldas; por el contrario, la tenía por alguien incapaz de mentir o dulcificar sus opiniones para evitar un conflicto, mucho menos para engañar. Era frontal y directa, inmisericorde pero justa. Seguramente habría una explicación razonable e inofensiva para su comentario: bastaba confrontarla y preguntarle abiertamente qué sabía de mis conversaciones con el comisario y cómo había llegado a enterarse. No lo hice.

—Quédate, ya no salgas —le pedí cuando entramos a la habitación; temía a los peligros que pudieran acecharla en el corto camino de regreso. Ella interpretó mi petición como un intento de seducción; no respondió, simplemente procedió a desnudarse. Si bien evitábamos tener sexo en el transcurso de pruebas tan extenuantes como el Tour, no suspendíamos las caricias cuando nos encontrábamos a solas. Violamos el reglamento del equipo por segunda noche consecutiva, pero no me importó.

Con el rostro enterrado entre sus senos pecosos, esa noche dormí relajada y profundamente. Antes de hacerlo repasé mis dos listas: la de sospechosos, ahora encabezada por Matosas, y la de la clasificación general. La mitad de los nombres habitaban en ambas.

Clasificación general, etapa 10

1	Steve Panata	35:56:09	«Mi *bro*, cada vez más cerca del quinto *maillot*».
2	Alessio Matosas	+ 1' 21"	«Principal sospechoso».
3	Milenko Paniuk	+ 1' 44"	«Aliado de Matosas».
4	Marc Moreau	+ 1' 47"	«¡Ocupo el cuarto lugar!».
5	Pablo Medel	+ 1' 48"	«Aliado de Matosas».

6	Óscar Cuadrado	+ 2' 58"	«Carece de equipo para mantenerse aquí».
7	Luis Durán	+ 3' 01"	«Débil».
8	Peter Stark	+ 4' 12"	«Abandonará en cualquier momento».
9	Serguei Talancón	+ 4' 16"	«Sin oportunidad».
10	Viktor Radek	+ 5' 26"	«Si no es el asesino, qué desperdicio de cara».

ETAPA 11

¿Cómo desenmascarar a Matosas? ¿Estaba involucrado él mismo, o sólo aquellos que querían hacerlo campeón? Resultaba difícil creer que el italiano fuese un asesino. Era un sujeto afable, de bromas y sonrisas prontas; su sentido del humor era del tipo que aligera el ambiente y mejora el estado de ánimo de los presentes. Recordé gestos de caballerosidad en la carretera y concluí que no podía ser el criminal que estábamos buscando.

Luego pensé en Conti, su principal gregario, y en Ferrara, su jefe de mecánicos, tipos duros del sur de Italia con infancias bravas y salvajes que en otras circunstancias no costaría trabajo situar dentro de la Camorra o cualquier otra organización mafiosa del Mediterráneo. Después de todo, la muerte de Fleming en la bañera no había sido el propósito original sino el resultado de un forcejeo que se salió de control; el inglés hubiera sobrevivido al ataque con una simple fractura que lo habría sacado del Tour pero no de la vida, algo similar a lo sucedido con las víctimas anteriores. Visto así, quizá Matosas había aceptado un plan que consistía en repartir algunos golpes y moretones con tal de abrirse camino a un triunfo en París e impedir así su despido humillante. Sí, todo encajaba: los asesinos del Tour eran Matosas y su gente.

Imaginé la cara de sorpresa que pondría el comisario cuando le revelara la identidad de los responsables de las tragedias de los últimos días. Sabía que en la insistencia de Favre de llamarme «sargento Moreau» había algo de burla: para él yo no era más que un ciclista y mi pasado militar le parecía una impostura. Ahora tendría que verme con otros ojos; por unos instantes me acarició el agradable cosquilleo de la reivindicación. Desconocía cuán difícil sería demostrar la culpabilidad de los italianos, eso era tarea de la policía; por lo pronto yo habría cumplido cabalmente con la mía.

Fiona salió de mi habitación al despuntar el día. Aún era temprano y la carrera no comenzaría hasta la una de la tarde; si me apuraba podía hablar con el comisario antes de iniciar los preparativos de la etapa, urgía someter a los sospechosos a una vigilancia estrecha e impedir que cometieran otro crimen. Me hubiera gustado convocar también a Sam Jitrik, el patrón del Tour, para informarle de mis avances, pero a diferencia del comisario no me había ofrecido un teléfono ni pedido que le llamara cuando tuviese un resultado. Todavía recordaba su exhortación encendida, su invocación a la responsabilidad de proteger a toda costa el Tour de Francia en mi calidad de ciclista y patriota: habría querido recibir sus palabras de agradecimiento por contribuir a conjurar la amenaza en contra de su venerada institución.

Alargué cuanto pude las imágenes de distintas versiones del reconocimiento que despertaría entre los compañeros mi participación en el caso; pocos me lo dirían con palabras, aunque me mirarían de reojo y se haría un respetuoso silencio al caminar entre ellos, o quizá por razones de protocolo policiaco nunca se develaran los pormenores de la investigación. No importaba: lo sabrían los organizadores del Tour y las autoridades, y me encargaría de que Fiona estuviese enterada. Eso me daría un respiro de la presión que ejercía para que yo estuviera a la altura de las esperanzas que depositaba en mí; ella misma tendría que verme con otros ojos. Nunca he ganado una etapa, mucho menos una posición en el podio, pero los dos sabríamos que había conseguido algo mucho más importante.

—Es Matosas o su equipo, o ambos —le aseguré al comisario Favre cuarenta minutos más tarde. Nos encontramos en mi habitación, adonde subimos poco después de terminar el desayuno. Era un escenario muy poco digno para la trascendencia de mi revelación: maletas abiertas como vientres destripados, toallas tiradas, ungüentos y docenas de botes de complementos alimenticios abiertos y diseminados por todo el cuarto. Cambiábamos de hotel cada noche, así que ninguno de nosotros se tomaba la molestia de usar cajones o armarios, simplemente buceábamos en el equipaje para extraer lo que necesitábamos.

—Es uno de mis sospechosos —respondió cauto Favre mientras pasaba una mirada de reprobación por el entorno.

—Está desesperado. He podido enterarme de que su equipo lo despedirá si no es capaz de subir al podio en París: eso significa un retiro apresurado, perder los patrocinios publicitarios, la salida de dos o tres de sus colaboradores más cercanos. Lavezza es uno de los pocos equipos que no han sido víctimas de un ataque, y las bajas sufridas por el pelotón lo hacen aspirante al título. Hoy mismo tendría asegurado uno de los primeros tres lugares.

El comisario me miró con atención. Echó la cabeza hacia atrás sin quitarme la vista, como alguien que debe leer una nota sin lentes, y una vez más me sentí examinado. Su mirada forense me hizo vacilar: ahora el señalamiento contra Matosas me pareció menos contundente, una simple conjetura.

—Todos quieren subir al podio —objetó Favre.

—Un par de los que andan con él, con Matosas, tienen un pasado oscuro, turbio. En el circuito asumimos que en su juventud pudieron tener vínculos con la mafia, nadie quiere meterse con ellos. No es descabellado pensar que reciberon ayuda para llevar a cabo su plan —aventuré ahora; de repente me di cuenta de que también yo había comenzado a hablar como personaje de serie policiaca en mi esfuerzo por sonar convincente. La actitud del comisario tras mi revelación estaba muy lejos del agradecimiento que había imaginado. Por el contrario, sus recelos comenzaban a hacerme sentir como un soplón de dudosa confiabilidad.

—Tendría el motivo, y tendría los medios —concedió por fin tras una larga pausa—; verificaré los antecedentes de los miembros de su equipo. ¿Algo más?

—No por el momento —respondí como si al día siguiente pudiera estar en condiciones de develar otro misterio. Decidí preguntarle en el mismo tono profesional—: ¿Algún avance con respecto al examen del tanque de gas?

—Hay un reporte, aunque no es concluyente —contestó con voz apenas audible. Su mirada transmitía un mensaje categórico: «No abuses».

—¿Y qué indica el reporte, comisario? —insistí, abusando.

—Que en efecto era un tanque viejo, pero según el fabricante es imposible que detone sin la ayuda de un factor externo. Asegura que nunca ha sucedido. Tendremos más elementos cuando los expertos terminen de analizar los fragmentos y sepamos si hay rastro de alguna sustancia extraña. Mientras tanto, sigo manteniendo la tesis: se trata de un ataque.

Concluimos la sesión y quedamos de vernos veinticuatro horas más tarde, luego fui a la reunión matutina del equipo. Ese día sería la segunda jornada de alta montaña, con el terrible ascenso a la legendaria cumbre del Tourmalet: diecisiete kilómetros cuesta arriba con rampas de 7.3 por ciento en promedio, y antes de eso tendríamos que trepar los doce kilómetros que llevan a la cumbre de Aspin. Una jornada para escaladores, más demandante que la del día anterior. Si los tres rivales de Steve decidían unirse para atacar, podían hacernos polvo.

Con todo, teníamos una carta a nuestro favor. El descenso del Tourmalet es casi tan legendario como el ascenso, y mucho más peligroso: treinta kilómetros en caída libre por caminos precarios, poco menos que terrazas al abismo, en los que volamos a más de setenta kilómetros por hora. Y no hay nadie en el mundo que descienda con la pericia con que lo hace Steve; más de un corredor ha sufrido un accidente tratando de seguir su paso. Yo mismo, que he practicado con él miles de horas en nuestros entrenamientos solitarios, suelo perderlo de vista en esos toboganes interminables. Mi compañero sería capaz de compensar algún daño sufrido en el ascenso, a condición de que no fuera de muchos segundos.

Arrancada la etapa nos dimos cuenta muy pronto de que el plan de nuestros rivales era una calca del día anterior. El ascenso al Aspin rompió el pelotón: los equipos de Matosas, Paniuk y Medel quemaron a sus gregarios en su afán de desgastar al resto de los ciclistas y en particular a Fonar. El ritmo fue infernal desde el inicio. Cuando llegamos al pie del Tourmalet sólo quedábamos una docena; a partir de ese momento, la velocidad se estabilizó y no hubo más rezagados por un buen rato.

Al principio creí que la ausencia de ataques obedecía a la prudencia o a una estrategia, pero más tarde descubrí que más bien tenía que ver con la fatiga. Los muchos arranques de la jornada anterior habían pasado factura, sobre todo a Matosas y a Medel. Subíamos tan lentamente que pude examinar a placer los rostros del italiano y de Conti, su sombrío gregario: exudaban culpabilidad, o así me lo pareció. La cara de niño de Conti, lejos de favorecerlo, recordaba la de algún psicópata de película. Lo observé con tanta insistencia que el niño con pinta de asesino serial acabó por advertirlo y respondió a mi mirada enarcando las cejas como si me preguntara qué se me había perdido; no pude evitar un escalofrío al imaginar a Fleming en la bañera.

Confirmé el cansancio de nuestros rivales cuando al faltar cinco kilómetros para coronar el Tourmalet comenzaron por fin sus ataques. Hoy carecían de la enjundia mostrada el día anterior: se paraban sobre los pedales al emprender un arranque y se sentaban diez metros más adelante, con el mismo desgano de un matrimonio de treinta años cumpliendo el rito de su apareamiento semanal. Con todo, los embates terminaron cortando a otros cuatro corredores.

Un poco más arriba Steve concluyó que no tenía nada que temer y faltando dos kilómetros para la cima me pidió que me adelantara si tenía fuerzas.

—Te alcanzo en la bajada y nos separamos de todos estos —me dijo. Su propuesta era contraria a las instrucciones de Giraud porque lo dejaba expuesto y sin mi ayuda en caso de un ataque de los otros escaladores en el último tramo de la montaña, y sin embargo tenía razón, la fatiga con que se corría descartaba la posibilidad de una amenaza. El ritmo de ascenso era lastimoso y nuestros adversarios parecían estarla pasando peor que nosotros, y eso es todo lo que se necesita: en la alta montaña puedes estar agotado, pero si adviertes que tus rivales están peor que tú, experimentas una descarga de adrenalina.

Lo pude comprobar en el instante en que me di a la fuga. Me situé detrás de Medel y de Paniuk, que estaban en la punta, esperé a que se presentara una curva, cambié el engranaje de la cadena y salté hacia delante de manera sorpresiva; los dos rivales observaron que el líder no participaba en la fuga y me dejaron ir. Aunque en ese momento yo ocupaba la cuarta posición y con mi fuga podía rebasarlos en la clasificación general, ningún líder de equipo teme a un gregario: saben que más temprano que tarde su director técnico habrá de sacrificarlo. Ninguno de ellos estaba por la etapa, estaban allí para destrozar a Steve. No era yo quien les preocupaba.

Fue un error monumental de su parte, aunque explicable. Hacía muchos años que yo no emprendía un ataque en solitario; carecían de un referente para evaluarme. Sabían que era un escalador natural cuya función hasta ahora había sido la de proteger al líder de mi escuadra: en la montaña nunca pude trepar a otro ritmo que no fuera el de Steve, protegido por mi estela. Ahora, liberado de esa tarea, aceleré en rampas con pendientes de ocho y nueve por ciento con el corazón henchido de alegría. Al llegar a la cumbre, el pizarrón de una motocicleta me reportó que había logrado sacar casi tres minutos a mis perseguidores. Quizá Fiona tenía razón.

Al comenzar el descenso no esperé a Steve. Si la información era cierta, en ese momento yo era el líder virtual del Tour de Francia en la clasificación general; una sensación embriagante, aunque fuese momentánea. Bajé a una velocidad que parecía suicida, dispuesto a ensanchar la distancia a costa de lo que fuera: un par de veces la rueda de la bicicleta probó la grava de la orilla de la carretera, a centímetros del precipicio. Sabía que al terminar el descenso faltarían seis kilómetros para la meta, los últimos con una ligera pendiente cuesta arriba, y que mis desesperados perseguidores trabajarían en equipo para disminuir la ventaja que les había tomado.

No sé qué habrá hecho Steve, pero cuando llegué al plano que conducía al último pequeño ascenso a la meta en Cauterets, mi compañero me había alcanzado; si mi fuga había sido meritoria, la distancia que sacó Steve a nuestros rivales en el descenso era una verdadera hazaña. Fiona podría estar equivocada, después de todo.

Trepamos juntos los últimos kilómetros haciendo relevos; dos mil metros antes de la meta, Steve tomó la delantera. Empujó como si quisiera incluso dejarme atrás, y asumí que deseaba beneficiarse de los diez segundos de bonificación del primer lugar, además de colgar en su palmarés un triunfo más de etapa; yo me pegué a su rueda, rumiando con acritud el ingrato papel de gregario. Ahora mismo, en estas últimas rampas de ascenso podía, si me lo proponía, superar a Steve en el *sprint* final. No obstante, recordé resignado que ese no era mi papel.

Me pregunté si al ceder una vez más ante Steve podría estar perdiendo a Fiona. Nunca me había sentido con los méritos suficientes para ser su pareja; con los años había logrado un relativo éxito con las mujeres, aunque nunca con una como ella. Su insistencia en convertirme en el mejor ciclista del circuito me llevaba a pensar ahora que quizá su amor nacía de esa convicción suya: para una persona cuya vida gira en torno a la bicicleta, esa era una razón suficiente para respetar, admirar y en última instancia amar a alguien. ¿Pero qué pasaría si yo me mantenía en un segundo plano como ahora lo hacía? ¿De qué magnitud sería su decepción? ¿Desaparecería de mi vida tan repentinamente como había llegado?

Estaba tan absorto en mis lúgubres pensamientos que Steve tuvo que hacerme señales con el brazo: sólo entonces advertí que cien metros antes de la meta se había echado a un lado.

—Toda tuya, campeón —me dijo con expresión divertida.

Yo no respondí; salí disparado a la meta y pasé por ella con los brazos en alto para hacerme con mi primer triunfo en una etapa del Tour. En esos últimos metros los aficionados, miles quizás, revolotearon banderas galas a mi paso. Sólo entonces recordé que era 14 de julio, la fiesta nacional; lo había olvidado por completo a lo largo del día, embebido como estaba en las faenas de la jornada y mis nuevas tareas policiacas. Los siguientes cuarenta minutos floté en una nube borrosa entre premiaciones y besos de las edecanes, micrófonos atosigantes, entrevistas exaltadas y los inevitables exámenes *antidoping*.

Cuando llegué al autobús encontré a Giraud eufórico; que Fonar hiciera el uno-dos en la clasificación general, aunque fuese de manera provisional, era un triunfo para él, una hazaña pocas veces vista. Tras la premiación de la etapa pasó un largo rato pavoneándose ante los periodistas al pie del vehículo, pero luego, una vez que emprendimos el camino al hotel, lo vi acercarse al asiento de Steve y cuchichear algunas palabras. Aunque no pude escucharlo, lo conocía lo suficiente para entender por sus gestos que estaba contrariado. Minutos más tarde supe por qué.

—No le gustó nada que te dejara llegar primero —me dijo Steve cuando nos quedamos a solas al terminar de cenar—, que por los patrocinadores y qué sé yo. No le hagas caso, fue increíble verte ganar la etapa.

Quise decirle que si me había dejado entrar primero era porque previamente yo le había cedido el paso y no lo había atacado, aunque en lugar de corregirlo agradecí el gesto.

—Quién lo habría dicho hace diez años, cuando tumbábamos borrachos en los bares de Cataluña —respondió, quitándole importancia a mi agradecimiento—. Si te cuidamos, podemos subir juntos al podio en París —concluyó animado.

«Si yo te cuido, ¡tú podrás subir al podio en París!», pensé. Y que yo recordara, él nunca logró tumbar a nadie en un bar, sobrio o borracho, pero la expresión arrobada de mi compañero me conmovió. Su alegría por mi éxito era genuina; yo estaba siendo injusto. La sonrisa radiante de Steve y su felicidad expansiva nunca me dejaban indiferente. Y, además, cuando hablaba de cuidarme se refería más a una estrategia del equipo que a una actitud condescendiente de su parte. Recordé el Jaguar *coupé* con el que se apareció en mi casa tres semanas después de ganar su segundo Tour; me presumió el motor y los acabados de piel durante largo rato, y me obligó a sentarme en el asiento del copiloto para mostrarme la elegancia del tablero de control. Cuando advirtió que su presunción me tenía harto —algo que parecía haber estado buscando—, alargó el brazo y me entregó las llaves, entrelazadas por una cinta verde rematada en un moño: estaba exultante, más feliz por regalarlo que yo por recibirlo.

—¿Crees que Giraud me deje llegar vivo a París? —pregunté, intoxicado de su optimismo. Me quedaba claro que si el ataque de alguno de nuestros rivales ponía en riesgo el liderazgo de Steve, el director de Fonar me obligaría a responder en defensa de mi líder, aunque el esfuerzo me fundiera en el tramo final de una cuesta; en tal caso podía perder diez o quince minutos y desaparecer en el fondo de la clasificación general.

—Matosas y Medel se ven cansados —respondió Steve, cauteloso: estaba claro que tampoco él iba a poner en riesgo la posibilidad de coronar su quinto Tour.

Lo miré desilusionado. Habría esperado otra actitud de su parte, un llamado a no rendirnos, a rebelarnos contra los designios de Giraud y a jurarnos, como lo habíamos hecho doce años antes, triunfar juntos espalda con espalda sin importar las consecuencias. Su generosidad condescendiente me hizo pensar en el dueño de una plantación, orgulloso de un esclavo al que elogia por aprender a leer.

Steve percibió mi decepción e hizo algo que me tomó por sorpresa: me abrazó sin decir palabra. Una vez más, su reacción me desarmó. De nuevo asumí que estaba siendo injusto; las pretensiones de Lombard y de Fiona habían distorsionado mi percepción del orden natural de las cosas. Un gregario es una pieza al servicio de su líder; él estaba en lo correcto. Esa era la lógica sobre la que funcionaba el Tour: ciento noventa y ocho corredores para asegurarse de que no más de diez disputen el *maillot* amarillo. El equipo había sido organizado y reclutado para hacer campeón a Steve, y él mismo era prisionero de ese designio.

Nos despedimos sin decir mucho más. Traté de sacudirme la tristeza que me acompañó camino a la habitación; hoy, cuando por fin había ganado una etapa del Tour, debía ser el día más feliz de mi vida de ciclista, pero me sentía miserable. Un gregario no debía probar las mieles de la victoria por la misma razón que un niño de un campamento de refugiados no debía paladear un pastel de chocolate.

Ni siquiera Fiona pudo sacarme de la molestia que me escocía. A su mensaje en el celular, «Vente a la casa rodante de Lombard, estamos festejando tu triunfo», respondí con un lacónico: «Muy cansado. Mañana». No sólo estaba exhausto, no quería ver a nadie y menos a Fiona; lo último que deseaba era oír hablar de pastel de chocolate.

Mis deseos le tenían sin cuidado al comisario. Esperaba a la puerta de mi habitación: dos colillas apagadas en el piso mostraban que ni los modales ni la salud formaban parte de sus prioridades, tampoco mi descanso. Entró en el cuarto desoyendo mis protestas.

—¿Alguna novedad, sargento? —preguntó distraído mientras escaneaba con la mirada el desorden del lugar hasta dejarla fija en el contenido de una maleta abierta.

—Ninguna —respondí molesto por la intrusión mientras me desplomaba sobre la cama, resignándome a su presencia.

—¿Cómo que ninguna? Ya está usted en el segundo puesto de la clasificación. Cualquiera diría que el asesino trata de beneficiar al equipo Fonar —dijo esto último en tono irónico, como si se tratase de una broma, y en efecto amagó una sonrisa, un rictus que me hizo pensar en una barracuda. Pero su mirada se concentró ahora en mi rostro, pendiente de cualquier reacción que pudieran provocar sus palabras.

—No me diga que ahora yo soy el sospechoso —contesté en el mismo tono irónico, como si sólo estuviera siguiéndole la broma. Tampoco yo despegué la mirada de su cara, en espera de una respuesta.

—En el fondo aún no tenemos sospechosos realmente, tampoco inocentes; no podemos descartar a nadie. Por lo que a mí respecta hay doscientos sospechosos y sus respectivos equipos de auxiliares. Usted mismo me lo dijo: «Cada uno de los corredores tiene su propia guerra y está dispuesto a morir en ella», ¿no es cierto? —me echó en cara con su maldita media sonrisa en la boca. Supuse que había estado esperando la oportunidad de devolverme la estocada desde hace días.

—¿Y dónde quedó aquello de que yo era su infiltrado en el pelotón?

—Bueno, dejémoslo en ciento noventa y siete candidatos —concedió Favre—, y ciertamente hay unos más sospechosos que otros.

—¿Investigó a los compañeros de Matosas? ¿Sus vínculos con la mafia?

—Mmmm. Nada concluyente —respondió, inclinando la cabeza mientras hacía un gesto desdeñoso con los labios. La misma frase había utilizado para referirse al tanque de gas; supuse que incluso si hubiera algo concluyente, Favre no me lo diría.

—Pues yo confirmé que Matosas será despedido al terminar la temporada; sólo un triunfo en el Tour lo salvaría de la picota, a él y a sus cercanos. Si hay alguien motivado para hacer algo desesperado son ellos. —En realidad no había confirmado nada, daba por buena la información de Fiona; siempre lo era. Además quería mostrarle al comisario que, a diferencia de él, yo estaba dispuesto a compartir mis hallazgos.

—¿Y Giraud? ¿Cuán desesperado esta él? Yo también he escuchado algo. Los patrocinadores norteamericanos de Steve se sentirían más cómodos con un director técnico yanqui, aunque el equipo sea nominalmente francés. Se dice que ya se barajan algunos nombres para la siguiente temporada. Igual que a Matosas, sólo un triunfo en París podría salvarlo. O al menos eso es lo que él cree, supongo.

No sabía si la información de Favre era correcta, pues hasta ahora no había escuchado nada al respecto, pero era cierto que los últimos días había notado nervioso e irritado a Giraud; aunque bien mirado, lo mismo podía decirse de él en cualquiera de las grandes vueltas que había corrido bajo su mando. Me habría gustado contarle al comisario lo verdaderamente hijo de puta que era mi director deportivo, o decirle que lo consideraba capaz de hacer cualquier cosa con tal de evitar un fracaso; me lo impidió un prurito de lealtad para con Fonar y, por extensión, con Steve. Aceptar que nuestra posición en la tabla era resultado de una maquinación criminal era una traición al esfuerzo de todo el equipo, y en cierta forma nos hacía sospechosos: si en verdad Giraud tenía algo que ver con los atentados, Steve y yo, los dos beneficiados por sus acciones, tendríamos que demostrar nuestra inocencia.

Volví a preguntarme la verdadera razón de la visita del comisario. Si yo era un sospechoso, la intrusión del policía era en la práctica un allanamiento. Lo que hizo a continuación pareció confirmarlo. Se aproximó a la mesita de noche y tomó uno de los frascos abiertos de suplementos. Analizó las leyendas de la parte posterior y olfateó el contenido, como si quisiera asegurarse de que, en efecto, coincidía uno con el otro. Recordé que alguna de las víctimas había sido intoxicada; Favre actuaba como si pensase encontrar el veneno sobre mi buró.

—Me pregunto si ya entré en la edad de comenzar a tomar suplementos —dijo reflexivo—. ¿Me decía, sobre Giraud? —añadió volviéndose hacia mí.

Yo no había dicho nada sobre Giraud, aunque lo había pensado todo. Los modos de Favre comenzaban a ponerme de nervios. Recordé el alivio que sentí en su primera visita cuando resultó que no era un enviado de la agencia *antidoping*; hoy habría deseado que lo hubiera sido. Mejor eso que un sabueso rastreando sangre.

—Giraud siempre ha sido el mismo, exigente y disciplinado. No veo nada distinto en él. Y en todo caso, con la plaga de accidentes y tragedias está inquieto por Steve. Ya está enterado de que la dirección del Tour llamó a la policía; con toda razón, teme que sus corredores puedan ser víctimas del asesino.

—¿Inquieto? ¿Inquieto en qué sentido? —«Otra vez el sabueso», pensé. No podía ocultar su emoción; las aletas de su nariz se abrieron y cerraron como esclusas. Me percaté de inmediato de mi error. A Favre no se le podía ofrecer nada; transformaba el dato más nimio en un hueso para roer.

—Simplemente en el sentido de pedirnos precauciones, evitar riesgos innecesarios, alertarnos de que allí afuera hay algo suelto y peligroso. —Nada de eso había dicho el director al equipo, pero ciertamente lo había conversado con Steve; o algo muy parecido, supongo. En ese momento yo era capaz de decir cualquier cosa con tal de librarme de la presencia del policía. Estuve a punto de volver a mencionar a Matosas, aunque me contuve. Favre podría interpretar mi insistencia como un intento de desviar la atención incriminando a otro.

—Le pido que concentre su atención en Giraud en los próximos días, por ahora es el principal sospechoso —dijo, dirigiéndose por fin a la puerta y haciendo su mejor imitación de un compañero afable—. Bueno, y también en Matosas, pero de ese me encargo yo. La posición que usted guarda dentro de Fonar tiene un valor incalculable en este momento, mejor no distraerse en otra cosa.

La instrucción no mejoró mi opinión del comisario. Ahora yo había pasado de ser su hombre dentro del pelotón a ser su hombre dentro de Fonar. El malnacido, como diría mi madre, me estaba pidiendo que espiara a mi propio equipo. No obstante, volvió a sorprenderme. Al llegar al pasillo se dio media vuelta y puso una mano sobre mi hombro.

—Y lo felicito por su segundo lugar en la tabla general, me siento orgulloso —dijo, casi entre dientes y sin mirarme a los ojos—. Hace más de treinta años que un francés no gana el Tour —añadió antes de retirarse precipitadamente.

No pude menos que reparar en la ironía de que un comisario, un exmilitar y una inspectora en jefe de mecánicos —Favre, Lombard y Fiona— abrigaran la esperanza de que yo ganara el Tour, aunque supongo que cada uno lo hacía por distintos motivos. Me pregunté si el asesino también estaría por la labor. ¿Sería un psicópata enfermo de patriotismo?

Esa noche traté de conciliar el sueño arropado por la idea de saberme a poco más de un minuto y medio de distancia del *maillot* amarillo: una sensación hasta ahora desconocida, pero muy excitante pese al desasosiego que había experimentado en las últimas horas. Me pregunté si Fiona estaría tan orgullosa de mí como el comisario. Aunque la verdadera pregunta era si lo seguiría estando cuando desapareciera de los primeros lugares de la lista; tarde o temprano Giraud se encargaría de que así sucediera en su afán de cuidar a Steve. Y si me salvaba de sus estrategias, aún había el riesgo de ser víctima del asesino que acechaba. ¿Un patriota fanático? ¿Matosas, un italiano desesperado? ¿Giraud, un narcisista despiadado?

La posibilidad de que mi propio director técnico fuera una amenaza por partida doble terminó espantándome el sueño. Y del sueño espantado al pánico sólo hay un paso; si no lograba descansar para enfrentar el duro ascenso del día siguiente, no necesitaría de un asesino ni de una estrategia hostil por parte de Fonar: la fatiga se encargaría de hacerme fracasar. Poco a poco logré relajarme gracias al mantra al que recurría todas las noches: el repaso de los tiempos acumulados al final de la etapa. Cifras dulces.

Clasificación general, etapa 11

1	Steve Panata	41:03:31	«Bien y mejorando».
2	Marc Moreau	+ 1' 43"	«Steve y yo, el uno-dos. Un sueño».
3	Alessio Matosas	+ 3' 37"	«Le devolvimos el golpe al cabrón».
4	Milenko Paniuk	+ 3' 56"	«Falló el complot de estos tres».
5	Pablo Medel	+ 3' 59"	«No me explico la traición de Medel, era amigo».
6	Óscar Cuadrado	+ 6' 02"	
7	Luis Durán	+ 6' 41"	
8	Serguei Talancón	+ 7' 56"	
9	Viktor Radek	+ 8' 21"	
10	Rol Charpenelle	+ 8' 42"	

2010

Cuando le digo a Fiona que Steve es mi hermano, ella cree que se trata solamente de una expresión; nunca ha entendido que, en muchos sentidos, Steve es mi hermano. Durante años prácticamente no supe nada de Beatriz, mi madre. En los primeros meses de mi servicio militar le envié tres o cuatro cartas largas en las que describía los paisajes de Occitania y la vida de los cuarteles. Habría querido decirle que la extrañaba, pero no sabía cómo hacerlo: nunca fuimos cercanos ni afectuosos, aunque en ese momento, entre una soldadesca ruidosa y hostil en la que yo era «el colombiano» a pesar de mi francés sin acento y mi apellido, Moreau, los bruscos cuidados que doña Beatriz me había prodigado cuando niño crecían en mi recuerdo hasta convertirse en una devota expresión de amor maternal.

No me di por vencido a pesar del silencio que siguió a mis cartas y en la siguiente época navideña, catorce meses después de haber salido de Colombia, llamé a casa: contestó con una voz cantarina y alegre que enmudeció en cuanto me escuchó hablar. Los pocos monosílabos con que respondió a mis torpes preguntas no eran de enojo o rencor sino de turbación, producto de la sorpresa y la incomodidad; quizá le preocupaba que mi llamada fuera para comunicar mi regreso a Medellín. Tras unos minutos dijo algo de un platillo que horneaba en la cocina y me pasó a su marido. Alargamos un diálogo que a ninguno de los dos interesaba y colgamos deseándonos una feliz Navidad. Al menos su halitosis era inofensiva a ocho mil kilómetros de distancia.

En los siguientes días asumí que para todos los efectos —y para todos los afectos— yo había muerto para mi madre. Aunque bien mirado, no me quedaba claro si alguna vez realmente estuve vivo para ella o si en algún momento fui algo más que un deber. Me tuvo a los diecisiete años de un hombre de cuarenta y dos del que se sintió inicialmente impresionada y al que terminó detestando meses después; tardaron ocho años más en separarse, aunque los últimos de su matrimonio se vieron muy poco porque el coronel había sido asignado a la embajada de la vecina Venezuela.

Supongo que mis ojos azules y mis pómulos paternos le recordaban al hombre que aborrecía. Ella era jardines y flores, música y fiesta; el coronel Moreau era celoso, controlado y controlador, severo y rígido. Una mezcla que transformó en un infierno el tiempo que convivieron. Yo me convertí en la prueba irrefutable de que hay malas decisiones que son irreversibles.

A pesar de la desilusión mantuve la esperanza. Me negaba a aceptar que esos brutos serranos y la escoria de barriadas de Lyon y Marsella con los que ahora compartía cuarteles fueran más queridos que yo. Pero eran vástagos de clanes que se hacían presentes en llamadas y visitas, o en las cajas de tabaco, turrones o panecillos endurecidos de la abuela que periódicamente recibían, así que simplemente me dije que mi madre se estaba mordiendo la lengua y atenazando el corazón para evitar revivir mi recuerdo, en un afán de darse la oportunidad de construir una nueva vida con el doctor y sus dos pequeñas hijas.

Como había hecho unos años antes cuando mi maestra me abandonó para irse a Bogotá, pensé que la bicicleta sería el instrumento para recuperar a mi madre. Me convertiría en campeón mundial, sería rico y afamado, y un día iría a Medellín para subirla a una limusina con chofer y llevarla a conocer la casa que acababa de comprarle; entonces ella se daría cuenta de lo equivocada que había estado al negar los dictados de su corazón.

Pero al pasar los meses ella también fue muriendo para mí. Lombard y la bicicleta se convirtieron en la vida misma, y no en el instrumento para recuperar una vida en Colombia que en realidad no había sido tal. Abracé mi entorno francés y terminé aceptando que yo no había sido más que un motivo de penitencia para Beatriz Restrepo. Ella hacía lo necesario para enterrar mi recuerdo de una vez y para siempre, y yo intenté hacer lo mismo.

Steve cambió todo eso. Cuando decidimos vivir juntos en el lago de Como, el primer año compartimos casa. Los padres de mi compañero se hicieron visitantes habituales, aunque no siempre se hospedaban en nuestro amplio apartamento, y pronto adoptaron al chico agradecido y comedido que se había convertido en el mejor amigo de su hijo. Diana, la madre, asumió que mi temperamento reposado era una buena influencia para los impulsos temerarios y la ingenuidad optimista de su hijo.

En alguna ocasión el padre de Steve viajó a Bogotá por motivos de negocios y el matrimonio decidió extender el viaje y convertirlo en una expedición turística por varios países de América del Sur, pero antes de dejar Colombia resolvieron, en parte por agradecimiento y en parte por curiosidad, visitar Medellín y conocer a mi madre. Yo había hablado muy poco de ella y casi siempre en términos vagos, razón de más para despertar su curiosidad.

Doña Beatriz debió sentirse halagada por la visita obsequiosa de parte de tan elegantes personas. La llevaron a comer al restaurante del afamado hotel donde se hospedaban y le hablaron maravillas del hijo que tenía en Francia; la señora Panata le regaló una fina pulsera de oro de un diseñador de moda de Santa Fe. Probablemente una mezcla de orgullo y de compromiso la hicieron escribir una pequeña misiva que llegó unos cuantos días más tarde:

Steve y Marc:

Qué bueno que les esté yendo tan bien; debe ser muy bonito por allá. Felicidades. Hagan sentir orgullosos a sus padres.

BEATRIZ RESTREPO

Steve lo consideró un triunfo, yo un agravio más ofensivo que el silencio. No era la carta de una madre a su hijo; en realidad estaba más bien dirigida a Steve en su afán de no pasar como una persona mal educada a ojos de sus padres.

A partir de ese día mi compañero desarrolló el hábito de enviar a mi madre una postal cada vez que escribía a Estados Unidos, como si el tándem que habíamos hecho sobre una bicicleta se extendiera también a las familias y en la división de tareas él fuera el responsable de atender a los parientes. Desacostumbrada a esas atenciones, ella respondía con pequeñas misivas dirigidas a Steve en un estilo formal y con su letra redonda de escolar, en las que enviaba saludos y agradecimientos. Mi amigo me las mostraba; yo hacía un gesto de asentimiento y trataba de olvidarlas. En el fondo sabía que entre mi madre y yo nada había cambiado; esos intercambios no tenían que ver conmigo.

Un par de años más tarde, cuando ya residíamos en casas contiguas siempre en el mismo barrio junto al lago, Steve me informó divertido y feliz que mi madre vendría para Navidad: esperaba mi resistencia pero en el fondo estaba convencido de que lograría fundir a madre e hijo en un abrazo reconciliador con final feliz. Luego me enteré de que durante meses había luchado contra las objeciones de ella y finalmente logró vencerlas tras enviarle un boleto de primera clase para viajar de Medellín a Milán, donde la recogeríamos. Yo sabía que en realidad no la había convencido de nada; mi madre asumió, al ver el monto de la factura pagada, que no tenía escapatoria: habría sido un gesto de mala educación rechazar el generoso regalo.

Durante los siguientes días Steve diseñó con pasión y entusiasmo la agenda de actividades que desplegaríamos durante la visita de doña Beatriz. El restaurante con calefacción y vistas increíbles, la boutique de tés; la tienda elegante de *souvenirs*, la chocolatería sofisticada; el abrigo y la bufanda de cachemira con que la recibiríamos. Yo asentía con resignación y nerviosismo a la descripción del programa trazado, sabiendo que se convertiría en un viacrucis incómodo para ella, y para mí en cruel recordatorio de las razones por las que ambos habíamos dado por muerta nuestra relación.

Mi madre lo resolvió a su modo. Un día antes de tomar el avión una vecina envió un telegrama para informarnos que había sido internada en el hospital para tratarse una ciática que la molestaba desde hacía unos meses y que había terminado por inmovilizarla; el mensaje iba dirigido a Steve. Su desamor resultó más fuerte que cualquier prurito de cortesía.

Steve quedó un tanto decepcionado, aunque no vencido. Yo, la verdad, recibí la noticia con enorme alivio. Él ordenó el envío de un ramo de flores al hospital y mantuvo el intercambio de tarjetas postales durante años, aunque nunca más volvió a intentar reunirnos.

La experiencia me dejó en claro que yo no tenía una madre y que, en estricto sentido, nunca la había tenido, pero en cambio quedé convencido de que había encontrado a un hermano. Cómo y por qué es algo que ni Fiona ni Lombard llegarían a entender.

ETAPA 12

Desperté, me levanté de la cama, descorrí las cortinas y abrí la ventana de mi cuarto. El viento fresco de la mañana me pareció un buen augurio para lo que nos esperaba este día. Las siete horas de sueño lograron apaciguar mis demonios, y la siguiente media hora con mis compañeros terminó por ponerlos en fuga.

Por lo general el desayuno no es el momento más chispeante del día: una cucaracha fumigada tiene más vida que las momias aturdidas y despeinadas que bajamos al comedor poco después de las ocho cada mañana. Pero hoy la mesa de Fonar era una fiesta; los casi cuatro minutos que separaban a Steve del tercer lugar de Matosas prácticamente habían decidido el Tour a nuestro favor. No sólo teníamos en nuestro poder el *maillot* amarillo, además encabezábamos la clasificación por equipos. Fonar estaba barriendo en el Tour, y gracias a ello, los palmareses y los bolsillos de todos sus miembros saldrían beneficiados.

Me senté a la diestra de Steve, como hacía todos los días sin importar el hotel donde estuviéramos; él ocupaba la cabecera de la mesa siguiendo un protocolo no escrito que asignaba asientos a partir de una jerarquía dictada por la costumbre. Varios de mis compañeros palmotearon mi espalda e incluso corredores del equipo francés AG2R, que ese día se hospedaban en el mismo hotel, me felicitaron a la distancia: durante los últimos doce años ningún compatriota había ganado un 14 de julio, lo cual constituía una verdadera afrenta nacional.

Steve estaba feliz, por el equipo, por mí, por él mismo. Su sonrisa y su entusiasmo irradiaban al resto de la mesa. En su mejor versión, nadie queda indiferente al encanto de mi amigo y yo menos que nadie. Ahora todo estaba bien. Él prácticamente había asegurado el Tour, yo había ganado una etapa y al menos por unas horas era el segundo mejor de todo el pelotón. Ni en nuestras más locas fantasías en aquel campamento de Cataluña en el que nos conocimos habríamos imaginado un triunfo como el que estábamos en vías de conseguir.

Luego creí advertir que la euforia de Steve era un tanto estridente, nerviosa. Más que contento parecía aliviado; sus gestos exagerados parecían los de alguien que se ha quitado un gran peso de encima. Quizá Fiona tenía razón: en el fondo le reconcomían las oportunidades que yo había perdido al condenarme a ser su sombra, pero si ambos lográbamos subir al podio en París, yo también ingresaría a la historia del ciclismo y cualquier agravio quedaría olvidado.

Antes de separarnos me abrazó: «No importa lo que diga Giraud, haznos ganar a los dos», me susurró al oído y luego subimos a las habitaciones. Por fortuna, ese día la línea de salida estaba a unos pasos del hotel; eso nos permitió descansar varias horas más, casi hasta el momento en que acudiésemos a la ceremonia de firma de salida.

Una hora más tarde Fiona tocó a mi puerta y se escabulló dentro de la habitación. No había podido verla la noche anterior porque la UCI había organizado una larga reunión de inspectores que la obligó a hospedarse en un hotel lejano, en otra población pirinea.

Pensé que venía a felicitarme aunque fuese brevemente. Estaba guapísima: mi bajo vientre adquirió iniciativa propia y se imaginó algunas modalidades de premiación. Pero Fiona se limitó a un abrazo rápido y un beso fugaz; no había venido a eso. Extrajo del bolsillo trasero de su pantalón un papel doblado que imaginé tibio y curvo por el contacto con su glúteo izquierdo. Mi excitación se negaba a desaparecer pese a todas las probabilidades en contra; en lo concerniente a Fiona seguía siendo un optimista. Ella desplegó entre sus manos un plano de ruta.

—Basta con que el reloj no se mueva hoy entre los líderes, Mojito, sólo asegúrate de que Matosas no les recorte tiempo. Hacer ahora un movimiento alertaría a Giraud y todavía faltan muchas etapas; mejor dejarlo todo a las últimas dos jornadas antes de París. —La estrategia de Fiona era correcta; esto es, si yo quisiera traicionar a Fonar. Hoy era la última jornada en los Pirineos y luego seguirían cuatro etapas de llanos y colinas durante las cuales no deberíamos tener problemas para controlar a los rivales. El Tour remataría con cuatro durísimos días de alta montaña en los Alpes, y esos serían los decisivos.

—Estamos listos. Tenemos mejores escaladores que ellos, no te preocupes; hoy neutralizaremos cualquier ataque —respondí cauteloso, sin hacer mención alguna al complot en contra de Steve del que ella hablaba—. Te prometo que por la noche seguiré siendo el segundo de la clasificación —concluí y le di un beso, al que ella respondió entusiasta. Nos separamos animados, sin saber que el asesino trastocaría mi promesa unas horas más tarde.

Al mediodía acudimos al autobús para recibir las instrucciones de Giraud sobre la etapa que nos esperaba, antes de pasar a la ceremonia de firmas que exige el reglamento. Sólo entonces pude percibir el revuelo que se había armado con mi triunfo. Se dice que casi un millar de periodistas se acreditan para cubrir el Tour de Francia; a mí me pareció que eran dos mil los que se apretujaron alrededor del pabellón de firmas por el que tuve que pasar antes de arrancar la etapa del día. Todos querían una declaración o una imagen en exclusiva. En teoría, los reporteros esperan a que termine la etapa para hacer preguntas a los ciclistas poco después de cruzar la meta: por lo general respetan los minutos previos al arranque, cuando los corredores intentan relajar los músculos y concentrarse en el esfuerzo que tienen por delante. Pero hoy la prensa no tenía ningún reparo en destrozar el protocolo.

—Hace treinta y dos años que un francés no gana el Tour —me dijo Axel Simmon cuando llegué por fin al autobús y me enseñó los titulares del diario que había estado leyendo: «Francia revive en el tourmalet», rezaba *L'Equipe*. Axel, el masajista que se me asignaba, era uno de los pocos compatriotas que me acompañaban en el Fonar, a pesar de que el equipo formalmente está inscrito como una organización francesa. Además estaban Pierre Tessier, a quien llamábamos el Piadoso por su costumbre de rezar padrenuestros sin parar en el momento de la salida, y Giraud, pero ese cabrón supongo que no tiene patria ni madre, como dicen los mexicanos—. Eres la nueva celebridad. Bueno, hasta a mí me alcanzó el rebote: la televisión francesa me entrevistó hace rato. Querían saber todo de ti.

—¿Y qué les dijiste?

—Que habías ganado gracias al masaje, que por ser 14 de julio te había dado el tratamiento especial —bromeó Axel. Era un buen tipo y un mejor masajista a pesar de que tenía la belleza de una gárgola de Notre-Dame. Justamente esa fue la razón para que termináramos juntos; el resto de los compañeros había pretextado distintas razones para evitarlo, como si su fealdad fuera una enfermedad contagiosa capaz de transmitirse por las manos. Yo, en cambio, no tuve ninguna dificultad para reconocer a otro malquerido.

—Espero que no les hayas revelado que incluía final feliz.

—No te preocupes, tus secretos se quedan en el clóset; no quería arruinarles la fiesta, hablaban de ti como si fueras la reencarnación de Anquetil.

Pensé en el legendario *Enfant Roi*, Jacques Anquetil, tan célebre por haber ganado cinco veces el Tour como por su fama de mujeriego. Por donde se le viera, la alusión resultaba mortificante: mis proezas en ambos terrenos eran ridículas en comparación.

—Tendrías que haberles dicho que nuestro líder es Steve y que yo soy un gregario —yo ya no tenía ganas de seguir la broma—. El minuto y medio que me lleva de ventaja es una distancia definitiva, pero incluso si fueran dos segundos serían suficientes. No hay necesidad de alimentar esta bufonada —dije de mal modo y subí al autobús para protegerme de los periodistas durante los minutos previos a la salida. Me arrepentí de la cara mosqueada que puso el pobre Axel, quien simplemente trataba de pasársela bien, sólo que el asunto comenzaba a parecerme un mal chiste.

Yo no iba a traicionar a Steve, por más que lo quisieran Fiona o la prensa francesa. Incluso llegar en segundo lugar me parecía una posibilidad peregrina. Podríamos controlar los ataques de los rivales en la jornada de hoy, pero sería demasiado pedir que lo consiguiéramos los últimos cuatro días en los Alpes, sobre todo si los equipos de Matosas, Medel y Paniuk volvían a trabajar unidos; en tal caso tendría que fundirme para proteger el *maillot* amarillo de Steve, y eso significaría terminar no en el segundo lugar sino en el veinte.

El autobús resultó un oasis de tranquilidad tras el tumulto de la prensa. El resto de los compañeros rodaban ya en su bicicleta en torno al estacionamiento para aflojar músculos, y mecánicos y auxiliares ponían a punto los tres autos con las bicicletas de repuesto que nos acompañarían a lo largo de la ruta. Pensé en los ciento noventa y cinco kilómetros que teníamos por delante, y una parte de mí deseó que todo se fuera al carajo; perder quince o veinte minutos respecto del líder y poner punto final a las esperanzas absurdas que la prensa alimentaba. Mientras más se inflara la farsa más decepcionante sería el desplome, y conocía lo suficiente de este negocio para saber que al final los propios periodistas y aficionados que ahora festinaban mi nombre terminarían acuchillándome para hacerme pagar por la desilusión sufrida.

Con todo, no resistí dar vuelta a un ejemplar de *Libération* que reposaba en el asiento de Giraud: «La esperanza», titulaba en grandes letras colocadas encima de la imagen que habían captado el día anterior con mis brazos en alto al cruzar la meta. Otra docena de diarios yacían a los pies del asiento del director deportivo. Volví a mirar la primera página de *Libération* y entendí el motivo por el cual Giraud había separado este ejemplar. Debajo de mi foto había otra pequeña de Lombard a la que acompañaba un recuadro con un pequeño título: «Es mejor que Steve». La nota no podía comenzar de peor manera: «El coronel Lombard, entrenador personal de Marc Moreau, Aníbal, asegura que kilo por kilo el corredor francés es mejor ciclista que su jefe de filas, el norteamericano Steve Panata. "Si se lo propone puede ganar el Tour", afirma».

Sentí que el mundo se oscurecía. Giraud asumiría que yo mismo había instigado al viejo militar para que hiciera público ese desafío. Comprendí ahora la razón por la cual tantos periodistas me habían hecho esa pregunta minutos antes: las afirmaciones de Lombard fueron interpretadas como una declaración de guerra de mi parte. Ni siquiera podía atribuir todo el asunto a una chapuza de un reportero mal intencionado y de mala fama; la nota estaba firmada nada más y nada menos que por Ray Lumière, el periodista de ciclismo más conocido y con mayor credibilidad entre la prensa francesa.

Ingenuamente creí que la insistencia de los reporteros para sacarme alguna declaración sobre el *maillot* amarillo no era más que una provocación en busca de una nota escandalosa, sin saber que el escándalo ya lo había ocasionado mi supuesto mentor. Sólo ahora reparé en la distancia que todos mis compañeros habían mantenido durante la última hora, cuando me reuní con ellos en el autobús antes de las firmas; probablemente yo era el único que no estaba enterado de la declaración de Lombard. Los miembros de Fonar debieron tomarla como un acto de deslealtad al equipo. Steve, como una puñalada en la espalda.

La visita apresurada de Fiona a mi habitación ahora tenía sentido. Ella asumió que Lombard había roto lanzas en mi nombre, lo cual significaba que hoy mismo yo buscaría el primer ataque en contra de Steve; mi amante había venido a pedirme cautela y esperar a que llegaran las jornadas decisivas. Por lo visto, además de traidor me consideraba un imbécil.

El llamado a la salida interrumpió mis preocupaciones. Una mirada al pelotón bastó para darme cuenta de que yo era el platillo del día; para mi sorpresa, la mayoría de mis compañeros me miraban con simpatía. Para muchos gregarios, la posibilidad de que triunfe uno de ellos representa una reivindicación contra el monopolio que ejercen los líderes en cada equipo. Lo más probable es que ninguno me diera alguna oportunidad para entrar al podio en París, pero el mero gesto que transparentaban las declaraciones de Lombard les resultaba estimulante y seguramente irreverente; en todo caso, era una anomalía divertida en los rígidos códigos impuestos por los directores deportivos de los equipos.

Incluso los rivales me observaban con buenos ojos. Ciertamente no volverían a dejarme escapar ahora que asumían que me consideraba un aspirante al *maillot* amarillo, pero por ahora se regodeaban con la posibilidad de una división al interior de Fonar: todo lo que significara un traspié de Steve Panata era una buena noticia, y lo que interpretaban como una rebelión de su principal gregario sin duda era oro molido para sus aspiraciones. Cualquier cosa lo es cuando se detecta alguna dificultad para el líder que lleva una delantera de cuatro minutos.

En cambio, la actitud dentro de las filas de Fonar era justamente la opuesta. El silencio que me rodeó al integrarme al equipo mientras esperaba el aviso de salida hizo evidente que me consideraban una amenaza que ponía en riesgo los objetivos de la escuadra, es decir, las bonificaciones de todos ellos. Más de uno podía sentir simpatía por mi causa, aunque ninguno estaba peleado con su cartera y en este momento yo podía convertirme en un hoyo en su bolsillo. A regañadientes me hicieron un lugar entre ellos al tomar mi posición dentro del pelotón: un mulato en un congreso del Ku Klux Klan no habría resultado más incómodo.

Clavé la vista en la pantalla del potenciómetro como si lo viese por primera vez; quien me hubiera visto pensaría que había logrado descargar películas en el pequeño aparato. Cualquier cosa antes que tener que verle la cara a Steve. Luego, un manotazo en la espalda me sacó de mi punto de fuga.

—Eres mi héroe, Aníbal. Estás jodiendo a todos —festejó Radek—. Si necesitas ayuda en la montaña cuenta conmigo, porque estos cobardes no te la van a dar —dijo, esparciendo una mirada de desprecio entre mis compañeros de equipo. Si había la posibilidad de construir un puente con Fonar, el espantapájaros polaco la acababa de dinamitar. En los últimos días, con su cansina letanía contra el Tour y sus incesantes imprecaciones, Radek se había convertido en un paria, en un ave de mal agüero de la que todos huían; bueno, ahora ya no estaba solo en esa categoría.

Me sentí mejor cuando inició la carrera y el pelotón se puso en movimiento. Todo mejora cuando uno pedalea. Como si mis piernas bombearan oxígeno al cerebro, comencé a pensar estrategias para demostrar a mi equipo que seguía siendo uno de ellos, que todo había sido un enorme malentendido. Por la noche podría explicárselo durante la cena, el lugar donde las cosas que valen la pena se hablan entre nosotros, pero lo más importante era mostrarlo durante la carrera, que es donde verdaderamente cuentan.

Y sin duda el equipo me necesitaría. La última jornada de los Pirineos era la peor de todas: dos muy duros ascensos de primera categoría y al final la brutal escalada al Plateau de Beille, un puerto fuera de categoría. Cuenta la leyenda que la clasificación de las cumbres procede del embrague con el que podía subir a cada montaña el emblemático Citroën 2CV: las de cuarta categoría, las más sencillas, se llamarían así porque el viejo auto podía treparlas en cuarta velocidad, y así sucesivamente hasta llegar a las más difíciles, de primera categoría, que sólo podían subirse poniendo el embrague del motor en primera. Sobra decir que las fuera de categoría eran aquellas en las que se requería apagar el motor y jalar con una yunta a la carcacha;

supongo que yo era la yunta que permitía a Steve conquistar estas cumbres.

Probablemente eso era lo que me salvaba, por el momento, de la venganza de Giraud. Para una jornada como la de hoy resultaban insuficientes los otros dos buenos escaladores con los que contaba: el portugués Guido y Tessier, el Piadoso. Dábamos por descontado que los tres equipos combinados de Matosas, Medel y Paniuk imprimirían un ritmo infernal en los dos primeros puertos para quemar nuestros cartuchos. En conjunto contaban con siete u ocho escaladores decentes y no les importaría consumir a la mayor parte de ellos si con eso podían aislarnos a Steve y a mí en la cuesta final. Sin mí, el líder sería presa fácil de esa tríada de lobos.

Así que Giraud me necesitaba, por eso había dejado el ejemplar del *Libération* doblado sobre su asiento en lugar de embarrármelo en la cara antes de iniciar la etapa. Pero al día siguiente, cuando arrancáramos la primera de cuatro jornadas relativamente planas, las cosas serían diferentes. Podría destinarme a la ingrata tarea de suministrar bidones, barras y geles al resto de corredores del Fonar: a razón de ocho a diez bidones por ciclista eso significaría una media docena de visitas al auto de avituallamiento. El problema, desde luego, no era retrasarse para emparejarse al auto sino la tarea de remontar y alcanzar de nuevo la punta del pelotón donde pedalearían mis compañeros. Aunque era una labor que se repartía entre tres o cuatro corredores, Giraud bien podría dejarme solo en la faena: bastaría una jornada o dos de esta dosis para que el director deportivo consiguiera el propósito de vaciarme. Tendría suerte simplemente si después de eso lograba sostener el mínimo para librar el corte que elimina a los ciclistas demasiado lentos en cada jornada.

Desde ahora podía dar por perdido mi segundo lugar en la clasificación, así que preferí armarme de resolución para demostrar que era un miembro fiel al equipo y ahorrarme así la penitencia que podría esperarme los días siguientes.

La carrera transcurrió como habíamos anticipado. Los tres equipos rivales treparon las dos primeras cumbres como si no hubiera un mañana; perdieron a la mayoría de sus gregarios pero consiguieron lo que buscaban. Al pie del último ascenso sólo quedábamos Steve y yo de Fonar, seis miembros de los equipos rivales, incluidos sus tres líderes, y cuatro escaladores de otros equipos, ninguno de ellos aspirante al podio. Para mi sorpresa, uno de estos era Radek, quien de vez en vez emparejaba su bicicleta con la mía para mostrarme una sonrisa y un pulgar arriba; yo me hacía el desentendido para no volverme cómplice de la locura que estuviera tramando el rabioso polaco.

Cualquier cosa que Steve hubiera pensado de mí, decidió dejarla para otro momento. Se pegó a mi rueda y ambos hicimos lo que mejor sabemos hacer en la montaña: resistir. Ellos intentaron deshacerse de nosotros echando mano de todo el repertorio, nos exponían al viento tomando el control de la cuneta protegida, fingían escapadas mientras los escaladores cuidaban de los tres líderes sin importar a qué equipo pertenecieran; un complot en contra nuestra en toda la línea. En algún momento incluso recurrieron a una estrategia que en otro deporte sería equivalente a un escupitajo o a una mordida: una y otra vez trataron de meter a la fuerza a un gregario entre mi rueda y la de los tres rivales; intentaban bloquearnos y ralentizarnos para permitir que Matosas o todos los demás escaparan sin que pudiéramos seguirlos. Yo defendí mi posición con la desesperación de un moribundo en la fila de racionamiento.

Intuitivamente me había puesto a la rueda de Medel; me parecía que era el que estaba en mejor forma y su temperamento era el más propicio para intentar una escapada en solitario. Si el español se fugaba, yo tendría que tomar una decisión arriesgada: seguirlo significaría abandonar al grupeto con el que escalábamos relativamente protegidos, aunque siempre atacados. Apostar por Medel tendría éxito si los tres fugados lográbamos coronar la cumbre —daba por sentado que Steve se mantendría a mi rueda—, aunque si alguno de nosotros desfallecía, el grupo que venía detrás haciendo relevos seguramente nos alcanzaría y nos dejaría atrás porque habrían ahorrado energía al mantenerse juntos. Tomar una mala decisión podría costarnos el Tour.

Pero no tomarla también lo haría: si no lo seguíamos, a él o a quien partiera de los tres, cabía la posibilidad de que el grupo disminuyera el ritmo para dejarlo escapar y permitir que otro que no fuera Steve vistiera por fin el *maillot* amarillo. Si yo tomaba la decisión equivocada no sólo sacrificaría a Fonar, además mi director deportivo pensaría que habría sido un error intencional de mi parte para provocar la derrota de mi líder. Me di cuenta de que toda mi carrera pendía de la decisión que tomara en los próximos minutos. Como en tantas otras ocasiones a lo largo de este Tour, el asesino decidió por nosotros.

Mientras Paniuk, Matosas y Medel hacían amagos de fugas con el simple propósito de mantenerme en ascuas y disfrazar el que sería el ataque definitivo, Steve sufrió un pinchazo: todos escuchamos su grito a pesar de que el norteamericano se rezagó de inmediato tres o cuatro metros. Sin ponerse de acuerdo, todos ellos salieron impulsados hacia delante como si hubieran recibido un latigazo: nada es más estimulante que darse cuenta de que el líder ha quedado cortado.

Steve se orilló a una cuneta y examinó su bicicleta. Me acerqué con la mía y entendí que los dioses habían puesto en bandeja la oportunidad de reivindicarme: sin dudarlo, desmonté de mi Pirandello y se la ofrecí a mi compañero. Sería el fin de mis pretensiones al podio, pero también el de los recelos sobre mi supuesta deslealtad. Que un gregario ceda la máquina a su líder es un comportamiento esperado; que lo haga el segundo lugar en la clasificación en beneficio del primero es algo nunca visto.

Los dos, Steve y yo, escuchábamos los gritos de Giraud en los auriculares apresurando al norteamericano a emprender la carrera. Desde el momento en que nos detuvimos, el cronómetro que lleva mi cerebro había comenzado a contar: los fugados ya le habían tomado cuarenta y seis segundos de ventaja a Steve, y con toda seguridad esa distancia se ampliaría gracias al trabajo de equipo de los de arriba contra su perseguidor solitario. El único consuelo para Fonar era que Steve tenía por delante un par de tramos planos en los que reduciría pérdidas.

Lo vi partir y esperé al auto de Giraud, que llegaría en cualquier momento con la bicicleta de repuesto; con suerte podría alcanzar al líder y ayudarle a gestionar el daño. En efecto, detrás de una curva vi aparecer nuestro auto azul y rojo como un enorme alce coronado con las hermosas astas de nuestras bicicletas. Pero el hijo de puta no disminuyó ni un ápice, por el contrario, aceleró al verme y casi juraría que me habría atropellado si yo no hubiese dado un paso atrás;

lo perdí de vista tras unos pinos. No me lo podía creer, el cabrón me había tratado como si yo fuese un jodido leñador vitoreando el paso de la casa rodante.

Luego escuché la voz de nuestro director deportivo por el auricular: «Steve necesita su bicicleta de repuesto, Aníbal, la tuya no se ajusta a sus piernas. Espera al segundo auto, ellos llegarán pronto». Casi pude advertir la burla en su voz. Para el resto de los corredores, que también habían escuchado, la explicación habría valido; nadie podría acusarlo de actuar deliberadamente en mi contra. Giraud pretextaría que era más urgente alcanzar a Steve y proporcionarle una bicicleta apropiada, que detenerse conmigo para meterme de nuevo a la carrera.

Lo cierto es que Giraud había conseguido su venganza con entrega inmediata. El segundo auto rodaba atrás de un grupeto del que habíamos tomado más de diez minutos de distancia, según el último reporte; en la práctica, allí moría cualquier esperanza de subir al podio en París. En mi fuero interno sabía que esa noche mi nombre no estaría en el *top ten* que salmodiaba antes de dormirme.

El cronómetro de mi cabeza seguía en marcha: 1' 25"… 1' 26"… 1' 27". Técnicamente aún era el segundo lugar de la clasificación gracias a que mis tiempos habían sido 1' 54" mejores que los de Matosas al iniciar el día, pero en cuestión de segundos comenzaría a ser desplazado uno a uno por los corredores que me seguían en la clasificación general y ahora corrían por delante.

Había decidido tomar asiento cuando apareció Radek, pedaleando en estado de furia, solitario, demacrado y desfalleciente aunque irreductible en su resentimiento que parecía no tener fondo; sólo entonces recordé que lo habíamos descolgado uno o dos kilómetros atrás. Se detuvo a mi lado, vio la bicicleta de Steve y comprendió lo que había sucedido. Me recriminó con la cabeza y dijo algo que no supe cómo interpretar.

—Te daré una segunda oportunidad, no vuelvas a tirarla —dijo, y luego hizo algo totalmente inesperado: se bajó de la bicicleta y me la ofreció. Tardé dos segundos en reaccionar. 1' 48"… 1' 49"… Ni siquiera estaba seguro de la pena en minutos con que el reglamento castiga a un corredor que recibe una bicicleta de parte de un miembro de otro equipo: tres, veinte o los que fueran, me daba lo mismo, en ese momento simplemente deseaba parar el reloj que seguía corriendo en mi cerebro: 1' 52"… 1' 53". Sin decir palabra monté en su máquina y escalé con furia, como si en cada pedaleo machacara el rostro de Giraud, de mi padre, de los narcos que asesinaron a mi maestra; me puse en pie sobre los pedales y no volví a sentarme en un largo trecho hasta divisar a lo lejos el auto azul y rojo de nuestro equipo, que seguramente rodaba atrás de Steve.

Yo mismo me sorprendí de haberlos cazado tan rápido. Muy pronto entendí el motivo: Giraud y los dos mecánicos se encontraban a un lado del vehículo, mirando hacia abajo. Un mal presentimiento me sacudió el espinazo. Cuando llegué a su lado vi mi bicicleta tirada contra un árbol, con el tubular salido de la rueda y aún girando como una niña jugando al hula hula; luego pude ver la cabeza de Steve, quien intentaba ponerse en pie al fondo de una cuneta de tres o cuatro metros de profundidad; tenía arañazos en el rostro y el *maillot* amarillo totalmente desgarrado. Movió una pierna y luego la otra con cuidado, como si temiese que alguna de ellas no fuera a responderle. Su palidez contrastaba con el verde militar de la foresta que lo rodeaba.

Sin dudarlo, resbalé de culo hasta llegar adonde él se encontraba; luego descubriría que en el lance me hice una fea herida en un glúteo, como si no fuesen suficientes los moretones que me dejaba en los entresijos el ácido de mi sudor. 3' 49"… 3' 50"…

—¿Estás bien? ¿Puedes mover los brazos? ¿Los hombros? —le dije mientras lo revisaba como una madre a su hijo antes de enviarlo a su primer día de clases.

—Se salió el tubular de tu bicicleta, Aníbal, me fui contra el árbol. Estos cascos son muy buenos, ¿eh? —e hizo ademán de quitarse el suyo para examinarlo. Me pareció que aún se encontraba en estado de *shock*, pero asumí que no estábamos para exquisiteces. 4' 01"… 4' 02".

—Vámonos, todavía eres el líder, no les vamos a regalar el *maillot* —le dije mirando los retazos amarillos ligeramente ensangrentados. En realidad sabía que ya habíamos perdido la etapa y el *maillot*, al menos por ese día, mientras lo empujaba para que subiera a la carretera; los dos mecánicos descendieron para ayudar y lo jalaron de los brazos.

Nos tomó otro minuto recomponernos, subir a nuestras bicicletas de repuesto y comenzar a pedalear. 5' 02"… 5' 03". En ese momento Matosas ya era el nuevo líder del Tour por más de un minuto y la distancia seguiría ampliándose inexorablemente. Por más que nos esforzáramos en los casi cuatro kilómetros que faltaban para coronar la cumbre, diez corredores haciendo relevos en la punta son más rápidos que una pareja en solitario.

Corrí delante de Steve el resto de la cuesta sin pedir relevo; regresó a mi cabeza la imagen de la yunta de bueyes jalando al Citroën averiado. Steve no estaba bien; pedaleaba ligeramente inclinado, con un brazo más pegado al torso que el otro. Estaba más golpeado de lo que habíamos advertido cuando lo subimos a la bicicleta; temí que tuviera una clavícula rota o una costilla fracturada. En tal caso sería el fin del Tour para él. Varias veces me vi obligado a disminuir el ritmo para que no perdiera rueda.

Nunca he admirado más a mi compañero que en ese momento. Su palidez era cadavérica y el extraño rictus que distorsionaba su famoso rostro mostraba que estaba a punto de romperse, y sin embargo seguía moviendo los muslos cual molino, como si hubiese escindido la parte inferior del cuerpo de la porción inservible de torso y cabeza. En algún momento, como si fuese una pesadilla, me imaginé que al cruzar la meta descubriríamos que había fallecido aun cuando las piernas siguieran pedaleando. Obviamente, tampoco yo estaba muy bien de la cabeza en ese momento.

De alguna forma mi amigo se las arregló para seguir mi ritmo la mayor parte del tiempo aunque parecía perdido de sí mismo, el rostro agachado y los ojos apenas entreabiertos, como una gran garza con el cuello empinado. No entiendo de dónde sacó el muchacho crecido entre algodones esa capacidad para resistir el sufrimiento. Con cuatro Tours en sus vitrinas no tenía nada que demostrar pero aquí estaba, dispuesto a dejar el pellejo y a romperse gravemente antes que renunciar. Un par de veces tuve que ahuyentar al camarógrafo de televisión montado en la motocicleta, que intentaba incrustarle el lente a la altura de los pedales para transmitir los gestos atormentados de mi amigo.

Por mi parte, agonicé varias veces mientras Steve pasaba de una frontera del sufrimiento a la siguiente. Ni siquiera se dio cuenta del momento en que cruzamos meta: los auxiliares lo detuvieron del manubrio mientras él intentaba seguir pedaleando, metido en no sé qué trance. Cuando advirtió que había coronado puerto se desvaneció; yo me acodé contra una de las vallas sin descender de la bicicleta, y comencé a sufrir arcadas. Vomité sustancias espesas de colores brillantes, implorando que sólo fuesen comida.

Al final, los tres desgraciados nos sacaron más de ocho minutos de ventaja y consiguieron invertir los papeles: ahora ellos monopolizaban el podio con casi cinco minutos de ventaja sobre Steve. En mi caso, además, la caída en la clasificación sería peor porque la pena que aplica el reglamento por recibir la bicicleta de parte de un contrario resultó que era de dos minutos. A la postre, asumí que había valido la pena.

Los reporteros, que habían seguido nuestro ascenso en la enorme pantalla sobre el lugar de llegada, nos dijeron que habían dado por hecho que perderíamos más de veinte minutos contra los líderes de la etapa. Prensa y aficionados habían dado una fría acogida a la entrada a meta de los diez escapados encabezados por Matosas, Paniuk y Medel y, por el contrario, vitorearon las imágenes de las dos figuras lastimosas que se arrastraron palmo a palmo hasta la cumbre. Al llegar observé lágrimas en los ojos de un par de nuestros mecánicos.

El sufrimiento es la esencia del ciclismo y no sólo por lo que exige al profesional; es también lo que sustenta la pasión del aficionado. Un maridaje que se nutre de la épica y el sacrificio. No es casual que los espectadores se aglomeren en la cuesta de las grandes cumbres, donde pueden ser testigos de la autoflagelación a la que sus campeones están dispuestos a llegar para seguir siéndolo.

Más tarde, tras darme un baño en el autobús durante el camino al hotel, pensé que aun cuando Steve había perdido el *maillot* amarillo este día, había conquistado algo quizá más importante, algo que faltaba en su carrera. Su imagen triunfalista, un poco a lo Cristiano Ronaldo, solía ser confundida con arrogancia; un físico impresionante y su estilo elegante sobre la bicicleta, con pedalazos redondeados y perfectos, contribuían a dar la sensación de que no había épica ni heroísmo en sus logros. Tampoco ayudaba la apabullante superioridad de Fonar ni la atmósfera de celebridad del *jet set* que lo rodeaba.

Todo ello conducía a que prensa y público desestimaran la disciplina y el esfuerzo que había detrás de sus triunfos. Pero hoy, derrengado y macilento, había enseñado al mundo sus entrañas y al mundo le había gustado lo que vio.

Lo que a mí no me gustó fue ver su asiento vacío en el autobús. Luego me dijeron que había sido llevado al hospital para ser revisado y estabilizar signos vitales; aún no estaba claro si podría continuar.

Al llegar al hotel me encerré en la habitación de Axel durante hora y media para recibir el masaje de rigor; esta vez se mantuvo callado todo el tiempo. Me habría gustado disculparme por mi brusquedad de la mañana, aunque no tenía ganas ni energías para hablar. Con todo lo sucedido, ahora eso parecía una nimiedad. Me urgía cenar algo y, de ser posible, acompañar a Steve un rato en el hospital. Al salir de la habitación del masajista, encontré a un policía en la puerta; me extrañó aún más que me siguiera por el pasillo hasta llegar al cuarto 204, que se me había asignado. «Órdenes del comisario Favre», me dijo en respuesta a mis cejas enarcadas. Me asaltó el deseo de protestar, pero fueron más fuertes las ganas de tirarme sobre la cama. Mis ojos se cerraron de inmediato.

No sé cuánto tiempo transcurrió antes de que me despertaran unos imperiosos golpes en la puerta; era, por supuesto, el comisario. Algo debía de seguir descompuesto en mi cerebro porque simplemente me sentí complacido de que esta vez encontrara el cuarto en orden: aún no había abierto las maletas que los auxiliares llevaron al hotel horas antes.

—Steve se encuentra mejor —dijo Favre a manera de saludo y quizá como un atenuante para sacarme del sueño. Supongo que mi cara y la oscuridad de la habitación no dejaban dudas de lo que había interrumpido—. Está magullado, pero sin fracturas ni roturas internas. En tu equipo dicen que mañana estará en la salida, aunque hoy prefieren que duerma en el hospital.

—Bien, muy bien —dije agradecido. Mientras Steve pudiera correr, el Tour no estaba perdido. Por fin el comisario había sido portador de una buena noticia.

Yo me mantenía de pie, con la mano en el dorso de la puerta abierta, deseando dar por concluida la visita; sin embargo algo me detenía, recordaba vagamente que debía hacerle una pregunta pero no podía dar con ella. Él disipó mis dudas y, de paso, hizo añicos la buena noticia que me había dado antes.

—Tu bicicleta fue saboteada —dijo de manera abrupta, como alguien que ya no puede contener un secreto.

—¿Qué? ¿Cómo? —pregunté, casi tartamudeando. Las siestas no suelen mejorar mi inteligencia.

—Pudieron haberte matado. Todo indica que hicieron algo con el tubular y que este terminó despegándose de la rueda. Mañana sabremos algo más.

Recordé la llanta salida de su rin al pie de un árbol, como aros superpuestos en un plato de calamares. La buena estrella de Steve le había permitido salir vivo de un accidente que, como su casco abollado indicaba, pudo haber sido mortal, pero el comisario lo veía de otra manera.

—Tuvo usted mucha suerte, sargento, ese golpe estaba destinado a usted; ya van dos veces que se salva. Le he puesto a un policía afuera porque no quiero que se presente una tercera.

Claro, el policía; eso es lo que había querido preguntarle, ¿por qué el policía en la puerta? Me molestaba admitirlo, esta vez el comisario tenía razón. El afortunado no había sido Steve sino yo. Era mía la bicicleta estrellada contra el árbol, y sólo por el imprevisto pinchazo había sido otra la víctima. El asesino había buscado deshacerse de los dos líderes de la clasificación: tumbándome a mí, los Alpes se asegurarían de derrotar también a Steve, indefenso frente a los escaladores.

—Tampoco podemos descartar un accidente —objeté, más por ganas de contradecir al comisario que por estar convencido de lo que decía.

—Vamos, sargento; dos ocasiones son demasiadas para considerarlas una casualidad. ¿Otra vez una avería que pudo costarle la vida? —dijo desdeñoso, recordando el tanque de gas. Yo comenzaba a tomarle verdadera inquina al bigotito sinuoso de su sonrisa burlona: era del tipo que sólo se consigue con una lupa y mucha paciencia.

—Imposible saber el momento en que se desprenderá un tubular de la rueda. Las temperaturas de hoy fueron excesivas —insistí, sin mucha vehemencia pero decidido a aferrarme a cualquier posibilidad antes de aceptar que me había convertido en el blanco favorito de un asesino escurridizo.

—Al menos eso descarta a su director deportivo de la lista de sospechosos —dijo, ignorando mi argumento—. Giraud habría sido el menos interesado en provocar un incidente que sacara a Panata de la carrera —y tras una pausa, añadió en tono reflexivo—: Aunque el ataque fue concebido para golpearlo a usted, él no podía saber que Steve terminaría arriba de esa bicicleta —lo dijo como si apenas se le hubiera ocurrido, aunque tres minutos antes me había dicho algo similar, si bien con otro tono. El comisario no parecía llevar un buen registro de lo que sostenían sus sucesivos personajes.

—Golpearme a mí en esta etapa del Tour es lo mismo que golpear a Steve, soy su principal gregario; Giraud nunca habría intentado algo así —respondí en el tono de quien enuncia que dos más dos son cuatro. ¿Favre era torpe, o simplemente quería joderme?

—¿Él lo instruyó para que cediera su bicicleta a su compañero, o fue iniciativa suya? ¿Les dijo algo por el auricular cuando se enteró de que había pinchado Panata?

Así que a eso había venido Favre en realidad: a asegurarse de que podía descartar a Giraud de su lista. ¿Y qué exactamente quería decir cuando preguntaba si había sido iniciativa mía ceder la bicicleta? ¿Me estaba poniendo paranoico, o el policía contemplaba la posibilidad de que yo supiera que la rueda estaba trucada? Y peor aún, ¿que se la había dado a Steve con la intención de que se accidentara?

—A ver, comisario —seguí sumando dos más dos—, ¿sabe quiénes subirían al podio si hoy terminara la carrera? ¿No le parece que tendríamos que volver a su propia tesis? ¿A quién benefician todos estos siniestros?

—¡Siniestros! Muy bien, sargento; ya comienza a hablar como uno de nosotros —dijo con ironía. Pensé que si hubiera tenido una maquinita de afeitar, allí mismo le habría podado el puto bigotito.

—Déjeme descansar, ¿quiere? —dije, repentinamente harto de él, harto de mí, harto del Tour. Él pareció darse cuenta de que apenas podía mantenerme en pie, apoyado en la puerta, porque finalmente decidió emprender la retirada.

—Muy bien —dijo conciliador—. Mañana sabré el resultado del examen de la rueda. Con gusto le informaré si encontramos algo…

—… concluyente —terminé la frase.

—¡Como uno de nosotros! —repitió, aunque me pareció que ahora lo hacía sin la sorna de antes. Se dio media vuelta y se despidió con un gesto del índice de la mano derecha, como si alzara el ala de un sombrero que no traía.

Volví a tirarme bocabajo sobre la cama, pero ya no tenía ganas de dormir; necesitaba comer, y mucho. Con todo el alboroto de las últimas horas había olvidado el otro deber de un ciclista al terminar una etapa: reponer calorías. Si me apuraba, todavía estaba a tiempo de alcanzar al equipo en el comedor. Los incidentes de la jornada habían trastocado las rutinas, sólo eso explicaba que ningún auxiliar hubiera venido a buscarme; supuse que Giraud y algún otro miembro del equipo estarían en el hospital con Steve. Cenaría y después pediría que me llevaran a verlo.

Una vez más, los golpes en la puerta arruinaron mis intenciones. Fiona entró como tromba en la habitación, me abrazó y me dio un largo beso; habíamos intercambiado mensajes en las últimas horas, pero no había podido verla. Una de sus tareas era coordinar al equipo de técnicos que supervisaba el estado de las bicicletas al final de cada etapa.

—¿Y para qué es el policía en la puerta, Mojito? ¿Están molestos porque no fuiste tú el que se destrozó en la bicicleta?

—Es por protección, el comisario cree que alguien saboteó mi Pinarello —comencé a decir, pero me interrumpí. Caí en cuenta de que nunca le había hablado de Favre, aunque ella me había insinuado que lo sabía—. Es un comisario de la policía que…

—Sé todo lo de Favre —me detuvo, poniendo un dedo sobre mis labios—. Y tiene razón, yo misma vengo de revisar la llanta. Alguien usó la pasta equivocada para pegar el tubular. ¿Te acuerdas de Beloki? —me vino a la mente la imagen de Lance Armstrong descendiendo por la colina a campo traviesa después de sortear el cuerpo del italiano, caído por un desperfecto de la rueda; luego se supo que un mecánico había aplicado por error uno de los pegamentos que se usaban cuando la rueda todavía era de aluminio. Los antiguos adhesivos se ven iguales a los de hoy, pero no tienen ningún efecto sobre el carbono que ahora se utiliza. Beloki la libró de milagro y casi le cuesta la vida. Al final le costó la carrera; había ganado segundos y terceros lugares en el Tour pero la caída le provocó fracturas de fémur, codo y muñeca.

Nunca volvió a destacar como ciclista. Desde entonces desterramos el viejo pegamento del circuito aunque en el mercado hay en abundancia, las bicicletas de aluminio siguen siendo mayoría allá afuera.

—El que lo hizo no tenía ningún inconveniente en que me matara; si la llanta se hubiera desprendido en uno de los dos descensos de hoy, no la habría contado —dije, recordando la bajada del segundo puerto a más de setenta kilómetros por hora.

—Yo tampoco me explico cómo aguantó tanto tiempo el tubular —respondió, y yo mismo sentí el estremecimiento que la sacudió. Volvió a abrazarme y pensé que me seguiría amando aunque nunca subiese al podio.

—La pregunta es: ¿quién pudo haber sido? —dije, recordando que de los dos yo era el detective. Aunque, claro, ella era la jefa de mecánicos.

—Es muy difícil que lo hayan hecho sin la complicidad de un mecánico de Fonar. Alguien de afuera podría haber cambiado el tarro de pegamento, pero no habrían tenido control de la bicicleta saboteada. Si querían golpearte, necesariamente tenían que manipular una de tus llantas, y eso nada más lo puede hacer alguien desde dentro.

—¿Cada cuándo se pegan esos tubulares?

—Varía según el desgaste de la etapa. No se hace a diario; en promedio cada dos o tres días, más frecuente si hace mucho calor o se corre en *pavé*.

—Pues esto tendría que haberse hecho hoy mismo, ¿no? Si no fuera así, me habría caído ayer, supongo.

—Sí, debió ser hoy mismo. En una etapa como esta las bicicletas tienen que estar montadas y lubricadas a las diez de la mañana, antes incluso si alguno de los ciclistas quiere estirar los músculos sobre ella. Eso significa que los mecánicos trabajaron desde las siete, por lo menos. Pero me cuesta trabajo creer que sea uno de los que tiene Fonar; llevan años con el equipo, los conozco muy bien a todos —concluyó Fiona, moviendo apesadumbrada la cabeza.

Repasé a cada uno de los cinco auxiliares que se encargaban de poner a punto las máquinas y encontré aún más razones que ella para no dudar de mis compañeros; sin embargo, los hechos no parecían admitir otra posibilidad. Era duro asumir que un compañero de equipo hubiese estado dispuesto a matarme, aunque supongo que también para ella era difícil tragarse que un mecánico traicionara su propio oficio de esa manera: la devoción que tienen por sus máquinas es casi religiosa. Ahora fui yo quien la abrazó a manera de consuelo.

De abrazo en abrazo nos fuimos animando y terminamos besándonos; ahora fue una llamada de Steve lo que interrumpió mis deseos. En menos de media hora habían saboteado mis necesidades de dormir, de comer y de amar —o cualquier cosa que estuviéramos a punto de hacer Fiona y yo—; tres necesidades básicas para cualquier ser humano, carajo. Ella alzó los ojos al cielo pidiendo clemencia, se deshizo del abrazo y salió antes de que pudiera retenerla. Ya de espaldas, hizo al despedirse el mismo gesto en el aire que minutos antes había dibujado Favre.

Conversé largo con Steve, quien yacía en una cama de hospital mientras yo caminaba al comedor y me servía pescado, arroz y un denso licuado de chocolate. Ninguno de los dos hablamos de las declaraciones de Lombard publicadas por la prensa: básicamente nos dimos ánimos como dos colegiales que hacen planes ambiciosos e improbables para el próximo verano. Prometimos que nos recuperaríamos físicamente en los cinco días que nos separaban de los Alpes, y que en la alta montaña haríamos morder el polvo a los tres bastardos que se habían aprovechado de nuestras desgracias. No dijimos nada del asesino y sus obvias intenciones de impedir que llegásemos de cuerpo entero a París.

Terminé la llamada y devoré lo que tenía delante; había logrado por fin cubrir una de tres urgencias fisiológicas. Una hora más tarde me entregué a la segunda, a pesar de que el mantra de esta noche distaba de ser tranquilizante.

Clasificación general, etapa 12

1	Alessio Matosas	46:50:32	«La tragedia de la rueda le ayudó. ¿Casualidad?».
2	Milenko Paniuk	+ 22"	«¿Hasta dónde llega su complicidad con Matosas?».
3	Pablo Medel	+ 26"	«No puedo creer que el español sea un asesino, pero...».

4	Steve Panata	+ 4' 49"	«¿Podrá mi *bro* continuar el Tour?».
5	Marc Moreau	+ 8' 26"	«Con esto terminan las esperanzas de Fiona y Lombard».
6	Óscar Cuadrado	+ 8' 42"	«Mis respetos, no sé cómo se mantiene aquí sin equipo».
7	Luis Durán	+ 9' 25"	«Sin posibilidades, pero ahora buscará mi quinto lugar».
8	Serguei Talancón	+ 11' 03"	«Carece de un buen gregario para ser amenaza».
9	Anselmo Conti	+ 13' 21"	«Y ahora resulta que el niño psicópata entra en el *top ten*».
10	Rol Charpenelle	+ 13' 27"	«Estás muy lejos, Rol».

ETAPA 13

Se suponía que la de hoy sería una etapa tranquila, de las llamadas *de transición*, pero no lo fue ni en la ruta ni fuera de ella, sobre todo fuera. Si los titulares en la prensa del día anterior habían trastocado mi mundo, los de hoy sacudieron al resto del universo, al menos del universo ciclístico. «Un asesino en el Tourmalet», sostenía la cabeza más llamativa de ellos, la del diario inglés *The Sun*, y en sus interiores daba cuenta de las especulaciones de la policía sobre el sabotaje en contra de mi bicicleta; otros tres o cuatro diarios hacían eco de la hipótesis sin ofrecer otra cosa que supuestos rumores en círculos policiales. Sin duda alguien en las filas de Favre se había ido de la lengua.

Por fortuna, el reporte que nos entregó el jefe de comunicación de Fonar durante el desayuno dejaba en claro que la noticia se limitaba a la prensa amarillista y al mundo digital e incluso en estas notas no se hablaba de un asesinato, y la caída que pudo costarle la vida a Steve había sucedido en el Plateau de Beille y no el Tourmalet, aunque un editor de noticias de escándalos no iba a dejar que la realidad se interpusiera entre él y un título llamativo. Lo cierto es que, inventadas o no, las notas periodísticas se acercaban a la verdad más de lo que sus propios autores podían imaginarse.

En redes sociales y en el entorno del Tour no se hablaba de otra cosa. Los representantes del sindicato de ciclistas emitieron un comunicado para exigir «una investigación exhaustiva» y no descartaron la posibilidad de decretar una suspensión de actividades si juzgaban que la integridad de los corredores estaba en riesgo. Los ciclistas eran los últimos interesados en suspender la competencia —salvo los que por agotamiento o lesiones se encontraban a punto de tirar la toalla—, pero al igual que la prensa amarilla, los líderes sindicales tampoco permitirían que la voluntad de sus representados fuera obstáculo para hacer un bello pronunciamiento.

—¿Cómo está mi Forrest Gump? —dijo Steve a manera de saludo al llegar al comedor del hotel, donde el equipo terminaba de desayunar; hablaba torciendo ligeramente los labios como si viniese del dentista y mantenía un brazo doblado sobre el pecho, algo que sólo en Napoleón se vería natural.

—¿Forrest Gump? —contesté festivo, visiblemente contento de verlo de pie; con gusto lo habría abrazado si el espectáculo no resultara ridículo en un comedor lleno de ciclistas —otros dos equipos se hospedaban en el mismo hotel—, y por lo demás, no estaba claro cómo se podía abrazar a Steve sin lastimarlo.

—Hace tres días no se hablaba de otra cosa que de la explosión del tanque de gas que por poco y te deja como al coyote, ayer fuiste la salvación de Francia y hoy eres la víctima preferida del asesino del Tourmalet. O sea, el centro de todo lo que pasa en el Tour. ¡El Forrest Gump del ciclismo! —concluyó Steve.

—El hospital no te quitó lo cabrón —respondí, moviendo mi silla para que pasara.

—¿Cabrón yo? Si fuiste tú el que me dio la bicicleta traicionera —protestó riendo y luego, aún de pie y dirigiéndose a todo el salón, agregó mientras me señalaba—: No le acepten ninguna bicicleta a Aníbal, vende las llantas y las cambia por unas de segunda mano; a no ser que quieran dormir en el hospital.

Supongo que la carcajada generalizada fue liberadora de la tensión, aunque a mí no me causó ninguna gracia. El gesto de dolor que hizo Steve al sentarse mostró el esfuerzo que hacía para restarle importancia al incidente y, sobre todo, para no tomar en serio sus propias heridas; en ocasiones la autonegación es lo único que te permite concluir las veintiún etapas del Tour.

Favre, en cambio, dejó en claro que el incidente era para él un punto de inflexión. El comisario por fin tenía una probable lista de autores materiales con la cual trabajar; él y sus hombres —ahora sabía que lo apoyaban otros dos oficiales— habían sometido a los mecánicos de Fonar a largos y severos interrogatorios a lo largo de la noche. Con toda lógica asumía que uno de ellos había saboteado mi bicicleta, y de un momento a otro esperaba una confesión que condujera a la detención de los cómplices porque, desde luego, la policía asumía que el rosario de tragedias no podía ser obra de un solo hombre, o eso fue lo que me dijo antes de subir al autobús que nos llevaría al punto de salida en Muret, en las inmediaciones de Tolosa.

—Hemos decidido suspender los interrogatorios por algunas horas, mientras se corre la etapa; eso los hará reflexionar. —En realidad el comisario los había soltado contra su voluntad; Fonar presionó a las autoridades para que permitieran hacer su trabajo a los mecánicos, o de otra manera retiraría al equipo de la competencia. Los jefes de Favre accedieron porque no deseaban un escándalo mayúsculo, pero a condición de que al terminar la jornada los sospechosos se pusieran a disposición de la policía—. Mientras tanto nos vendría muy bien cualquier dato personal que pueda usted recordar sobre algunos de ellos: un vicio, un pasado vergonzoso, un secreto inconfesable. Son las fisuras que permiten quebrar a un criminal durante un interrogatorio.

—Si fuera un secreto inconfesable, yo no lo conocería, ¿no cree usted? —Probablemente Favre sólo estaba haciendo su trabajo, aunque supongo que había maneras más sutiles de pedir que me convirtiera en un delator. En teoría, lo que sucede dentro de un equipo se queda en el equipo. Conocía tres o cuatro cosas ocultas en el clóset de un par de ellos, pero mientras no supiera quién era el culpable, no pensaba hacer sufrir a un inocente.

—No son sus amigos, sargento. Uno de ellos trató de matarlo —eso había que concederle a Favre; su falta de sutileza podía poner las cosas en perspectiva. Inevitablemente pensé en mi bicicleta estrellada contra el árbol, la rueda siniestrada aún girando.

—¿Tiene usted la seguridad de que la rueda fue saboteada? Ayer me dijo que todavía no tenía una prueba concluyente. —Mi pregunta era genuina, pero no pude evitar vocalizar la última palabra con sílabas más redondas. Me miró desconfiado, sin saber a ciencia cierta si me estaba burlando.

—Sabemos de manera fehaciente —y aquí adelantó la mandíbula en un gesto de desafío, orgulloso seguramente de haber dado con la palabreja— que el pegamento utilizado no salió de los tarros que tiene Fonar en sus anaqueles.

Yo lo sabía desde temprano gracias a los mensajes de Fiona; su propio equipo había sido el responsable de emitir el dictamen. Sin embargo, comenzaba a descubrir un extraño placer en hacer desatinar al meticuloso comisario. Ahora mismo, la contemplación de hordas de pequeños pelitos no rasurados que amenazaban asaltar la línea fronteriza de su bigote me proporcionaba una oscura satisfacción; supuse que, al igual que los mecánicos, Favre no había dormido durante la noche.

Le dije que le haría saber si recordaba algún dato o circunstancia que pudiera resultarle de utilidad y me desembaracé de él como pude; comenzaba a convertirse en un hábito. Como otras veces, me sentí un poco culpable; después de todo, el asunto no era para tomarse a broma y Favre intentaba detener a alguien que ya había provocado un daño enorme y que, para colmo, en los últimos días había decidido tomarla conmigo.

Durante el traslado a Muret, de donde partiría la carrera, repasé lo que sabía de cada uno de los cinco mecánicos, tratando de dilucidar cuál de ellos tenía más probabilidades de ser el culpable. Mi método era el mismo que se aplica cuando uno está decidido a ir al cine y debe escoger entre la menos mala de las películas que ofrece la cartelera: acabé decantándome por aquel con el cual tenía menos relación. Ese era Basset, un tipo un tanto introvertido de la región de Bretaña. Luego pensé en Marcel, a quien apodábamos el Dandy por sus gustos caros en ropa y accesorios. Jordi, el catalán, tenía apenas dos años con nosotros, y aunque Adriano no era del sur de Italia, a fin de cuentas era compatriota de Matosas y sus secuaces. Joseph tenía cinco hijos y una esposa exigente. Puestos a encontrar sospechosos, ninguno se salvaba.

Pero también acudió a mi mente una escena tras otra de la familia en la que nos habíamos convertido, las bromas que sólo nosotros entendíamos, las flaquezas de cada quien que entre todos cubríamos, el gozo compartido de un triunfo, las heridas lamidas en manada al final de una jornada desastrosa; buscar un asesino en ese grupo resultaba demasiado doloroso. Agradecí el momento en que descendimos del autobús para montar en las bicicletas dispuestas en fila por

Basset, Marcel, Jordi, Adriano y Joseph pese al desvelo y la preocupación que tasajeaban sus semblantes.

Unos segundos antes del inicio de la carrera el gran barón del Tour, Sam Jitrik, compareció ante las cámaras para asegurar que los rumores de la prensa amarillista no eran más que un infundio irresponsable y de mal gusto. En la pantalla que acostumbran colocar los patrocinadores en la línea de salida, trepados ya en nuestras bicicletas, los corredores observamos el dedo batuta de Jitrik esculpiendo en el aire las frases destinadas al bronce: «Decenas de hombres han perdido la vida en la historia del Tour y cientos más han quedado rotos en su afán de conquistar estas cumbres sin más recursos que una frágil bicicleta y un corazón valiente. Es la esencia de nuestro deporte. La tragedia es un subproducto de nuestra pasión; buscar manos culpables equivale a insultar el heroísmo de nuestros atletas. Dejémosles ir en pos de una batalla más en contra de las cordilleras, esperando que los dioses sean hoy generosos con estos héroes».

Recordé que hoy no libraríamos batalla contra cordillera alguna, aunque tampoco Jitrik permitiría que la orografía le destruyera una frase redonda. Luego subió al auto insignia para poner en marcha la carrera.

—Es un asesino —escuché decir a Radek, quien se había puesto a mi lado mientras seguíamos al auto oficial; me habría gustado preguntarle a qué se refería. ¿Sabría algo en concreto, o era simplemente una más de sus invectivas en contra de los organizadores? Por el tono utilizado parecía más una explicación que un insulto; no me hubiera extrañado que el extravagante polaco supiera algo que los otros ignorábamos. Lo busqué con la mirada, pero ya lo había perdido entre la melé que se forma tras la salida. Me hubiera gustado agradecerle el gesto del día anterior.

Una vez más experimenté el alivio que el arranque de la carrera ofrecía siempre a mi atormentado cerebro; concentrarme durante las próximas cuatro o cinco horas en las exigencias del pelotón era lo único que podía hacerme olvidar al asesino. Steve se puso a mi rueda y el resto del equipo a nuestro alrededor. Localicé a Matosas y su gente, y hacia allá dirigí a nuestra pequeña flota.

Tras varias jornadas de alta montaña, exigentes para escaladores y un tormento para todos los demás, el Tour ofrece algunas etapas de transición para alivio de los primeros y lucimiento de los segundos; la mayoría de los equipos opera a favor de una llegada a meta masiva para permitir el cierre explosivo de sus esprínteres. Los equipos que carecen de ellos intentan fugas tempranas con la esperanza de tomar una ventaja decisiva y llevarse un triunfo de etapa: para muchos corredores es la única posibilidad de conquistar sus quince minutos de gloria dentro del Tour.

En días como este, nuestra estrategia es sencilla: evitar fugas que pongan en riesgo el *maillot* amarillo. En teoría era el mismo plan que seguirían nuestros rivales, Matosas, Paniuk y Medel. Los enemigos de ayer se convertían en los aliados de hoy para imprimir velocidad al pelotón e impedir que los escapados se volvieran una amenaza; sólo dejábamos ir a aquellos que por su posición en la clasificación general no representaban riesgo alguno para nuestros líderes, e incluso en esos casos limitábamos la distancia que podían sacar en ruta; la mayoría de las veces el pelotón absorbía a los fugados antes de alcanzar la meta.

Eso esperábamos, pero lo que sucedió fue algo nunca visto en la historia del Tour. Faltando poco más de treinta kilómetros para la meta, a punto de entrar a Baraque, un pequeño pueblo, los tres equipos rivales tomaron la punta del pelotón: mis alarmas se encendieron y grité a los otros corredores de Fonar para ponernos a rueda de ellos. Aun sin entender la estrategia que perseguían, sabía que las calles estrechas de un pueblo no son el mejor lugar para quedar atrapado en el pelotón. Sólo cuatro de nosotros pudimos aproximarnos a la punta, aunque tampoco sirvió de mucho; más de una docena de gregarios de Paniuk y Medel nos envolvieron y taponaron nuestra salida, mientras el equipo de Matosas en pleno se adelantó y tomó ventaja al pelotón. No me extrañó que lo acompañaran sólo dos camisetas de otro color: la de Paniuk y la de Medel.

La movida era tan astuta como perversa, querían dar el golpe de gracia a Steve antes de que este sanara de sus heridas. Los once fugados tomaron varios minutos de ventaja antes de que pudiéramos salir de la ratonera en la que se había convertido Baraque; incluso entonces no fue fácil romper el cerco de los gregarios de Paniuk y Medel.

Cuando por fin logré librarme me di cuenta de que la batalla estaba perdida. Organizar la persecución tomaría todavía algunos minutos más; la mitad de nuestros hombres estaban dispersos a lo largo del pelotón y sus esfuerzos por alcanzarnos eran ralentizados por los rivales. Y, por otra parte, asumí que el resto de los equipos se limitarían a ser pasajeros en la persecución; ninguno de ellos tenía contendientes para el *maillot* amarillo, con la fuga sólo perdían una etapa. El único desahuciado con la maniobra era Steve Panata.

Dejaríamos la piel en el intento, pero asumí que no éramos rival para los once fugados. No era casual la división de tareas que habían orquestado. La escuadra de Matosas era la más rápida de las tres en la contrarreloj por equipos; con la suma de Paniuk y Medel serían una bala. Tendríamos suerte si conseguíamos que no se ampliara la distancia que ya nos habían sacado. Sumados a los casi cinco minutos de atraso con los que habíamos amanecido, la suerte del Tour quedaría sentenciada a favor de los tres escapados.

Luego ocurrió algo extraño. Había asumido que Fonar sería el único que tiraría adelante del pelotón y me preparé para administrar el esfuerzo; para mi sorpresa, otros equipos comenzaron a superarnos y los maldije porque creí que también querían aprovecharse de la debilidad de Steve. Pronto me di cuenta de que todo el pelotón nos estaba rebasando. Una vez más fue Radek el que me hizo reaccionar.

—¡Vamos por esos hijos de puta! —gritó al pasar—. Ustedes tranquilos —añadió dirigiendo la mirada a Steve.

Lo que ocurrió a continuación fue uno de los momentos más conmovedores en la historia del Tour de Francia: ciento cincuenta corredores rompiéndose piernas y pulmones para impedir que un puñado de sinvergüenzas se saliera con la suya. Un equipo tras otro tomó relevos en la punta y pedalearon inmisericordes para jalonear al límite al pelotón; unos minutos más tarde nos habíamos convertido en un poderoso misil disparado en pos de los fugados.

Sabíamos que desde el día anterior había sentado mal en el circuito la ventaja tomada por Matosas y compañía a partir del accidente de Steve; una ley no escrita, aunque muchas veces violada, exige no sacar provecho de un siniestro en la carretera, en particular si la víctima es el líder de la carrera. Los compañeros habían tomado nota de la esforzada remontada de Steve la tarde de ayer.

Por lo visto, consideraron excesivo el abuso que ahora pretendían consumar los fugados en contra del caído, que un día después aún pedaleaba lastimado, y cuando el pelotón trabaja unido se convierte en un tren de alta velocidad, capaz de devorar todo a su paso. Particularmente ahora que el sentimiento justiciero parecía insuflar el espíritu de los corredores, nada sienta mejor a un colectivo que la sensación de estar combatiendo una infamia.

Agradecido, traté de cooperar con el esfuerzo tomando algún relevo cerca de la punta. Comencé a escalar posiciones a lo largo de la fila, pero al advertirlo, Radek hizo un gesto de cortesía señalándome el fondo del pelotón. Al parecer querían hacernos el favor completo: neutralizar el ataque traicionero y compensarnos por el desgaste excesivo del día anterior en los Pirineos. Acepté su envite y retrasé a Fonar a la parte baja del pelotón.

—¡Es una trampa! Si nos vuelven a taponar, se jodió todo —atronó la voz de Giraud en los audífonos—. Incorpórense a la cabecera.

—No es ninguna trampa —respondí contrariado.

—Que ellos tiren, pero hay que estar atentos —dijo, ignorando mi comentario—. Y si bajan el ritmo, nos desprendemos y atacamos. Tenemos que alcanzar a los fugados.

—Necesitamos el descanso —protesté mirando a Steve—, y nos lo están ofreciendo.

—No seas ingenuo, Aníbal. Ataquen.

—Giraud, hay una cosa que se llama decencia y hay que saber reconocerla cuando se presenta —dije tras un largo silencio. Lo dicho, pedalear oxigena mi cerebro.

—Por suerte yo soy el director deportivo —dijo el otro, encolerizado—. Ataquen, con un carajo.

Pasé la vista por el resto de los miembros de Fonar, quienes no habían perdido palabra del diálogo, pero tampoco participado; todos me regresaron la mirada en espera de una respuesta. Años de condicionamiento conducen a los corredores a acatar las instrucciones de los directores técnicos sin chistar, salvo que te llames Lance Armstrong. Mis compañeros también estaban conmovidos por la solidaridad de todos los compañeros; igual que yo, consideraban irrespetuoso desdeñar la cortesía y mostrar nuestra desconfianza avanzando a la punta. Y, por lo demás, todos nosotros, salvo Giraud, entendíamos que Steve no estaba listo para emprender persecución alguna. Rodaba a mi rueda, concentrado en la simple aunque durísima tarea de impulsar un pedal a la vez, ajeno incluso al diálogo que acababa de escuchar.

Así que hice lo único que un corredor no puede hacer en ruta, a ojos de su director: descolgué el auricular de mi oído. El gesto podría costarme la expulsión al día siguiente, pero no tenía ni las ganas ni la energía para seguir debatiendo la cerrazón de Giraud. Siempre podría alegar que el audífono se había zafado, aunque sabía que sería un argumento inútil; las omnipresentes cámaras de televisión habrían captado el momento en que mi mano desprendió el jodido aparato.

Rodé absorto, pensando que podían ser los últimos kilómetros que hiciera en el Tour ese año. Giré la cabeza para ver cómo lo llevaba Steve; si no se recuperaba, también podían ser los últimos para él. Justo en ese momento, sin dejar de mirar mi llanta trasera, se desprendió el auricular con un gesto casi distraído, como quien se rasca brevemente una oreja. Salvo ese movimiento, nada en su cara reveló que hubiera salido de su trance.

Sutil, pero suficiente. Yo podía ser expulsado del equipo: Steve jamás. Y mucho menos con lo que sucedió a continuación: uno a uno, todos los miembros de Fonar hicieron lo mismo. No pude evitar una sonrisa. Sin proponérmelo, había provocado una revuelta en contra de Giraud y probablemente su salida del equipo al final de la competencia. Incluso si las cámaras no hubieran captado el gesto de rebeldía de los nueve corredores, no tardarían en advertir que todos traíamos los audífonos colgando, sordos e inútiles.

Cualquiera que fuera el resultado de la persecución, y en suma, del final de la etapa, la revuelta en las filas del Fonar sería la comidilla del día en el mundo del ciclismo. Y otra vez, sin descarlo —bueno, casi—, había sido yo el protagonista. Quizá no andaba tan errado Steve al endilgarme lo del Forrest Gump del Tour, sólo esperaba que no siguiera siéndolo cuando el asesino decidiera atacar de nuevo.

Perdido en esos pensamientos no me di cuenta de lo que sucedía hasta que Guido hizo un gesto en dirección del largo tramo que teníamos enfrente. A quinientos metros de distancia rodaban los fugados, faltando aún ocho kilómetros para llegar a meta: los habíamos alcanzado gracias al brutal esfuerzo de mis compañeros. Pasé la vista alrededor y advertí la dura factura que habían pagado. Inadvertidamente, los de Fonar habíamos avanzado y nos encontrábamos ya a mitad del pelotón debido a los equipos que se habían fundido tras tomar un relevo en la punta y ahora rodaban en la parte trasera, manteniendo el ritmo a duras penas; lo que debió ser una jornada dc rccupcración para todos se había convertido en una etapa punitiva de enorme sacrificio en aras de lo que consideraban justo. Pensé que ese día habíamos contraído una deuda de gratitud con todos ellos: imposible creer que hubiera un asesino en este grupo de profesionales. Aunque bien pensado, ahora tenía más razones para asumir que sí podía haberlo en el grupito de hijos de puta que rodaban por delante y que habían tratado de apuñalarnos en esa jornada: los absorbimos tres kilómetros antes de llegar a meta sin mayor aspaviento ni triunfalismo salvo por Radek, quien los miró a la cara provocador y pendenciero. Llegamos en masa a la línea final.

En el trayecto al hotel donde nos quedaríamos esa noche, Giraud no hizo referencia alguna a lo sucedido pero el tema era un rinoceronte rosa en el autobús aun cuando pretendiésemos no verlo. A dos asientos de distancia veía la enorme panza de nuestro director deportivo subir y bajar mientras las aletas de su nariz se abrían codiciosas; la escena me recordaba vagamente a un personaje de *Star Wars*, un sapo enorme intimidante y encolerizado.

Cuando llegamos al hotel donde nos quedaríamos esa noche, a las afueras de Rodez, esperé unos minutos a que Giraud descendiera y se alejara del autobús; lo último que deseaba era un encuentro con mi rencoroso director. Podía no recordar al personaje de la película, aunque me quedaba claro que no era Yoda, y me lo demostró instantes más tarde.

—Hijo de puta —me dijo al oído tras jalarme del cuello; me había esperado al pie del autobús—, aunque no haga otra cosa en la vida, me aseguraré de que nunca ganes una carrera, así tenga yo mismo que tumbarte de la bicicleta.

Iba a responder algo, pero estaba claro que sus palabras no eran el inicio de una conversación. Dio media vuelta y se fue resoplando.

Su amenaza me dejó temblando. Traté de darme ánimos pensando que de cualquier manera no es que hubiera ganado muchas carreras hasta entonces: no necesitaba su ayuda para perder las siguientes. No obstante, no resulta fácil quedarse impávido cuando un tipo que pesa cincuenta kilos más te deja los dedos marcados en el cuello y jura hacerte mal por los siglos de los siglos.

Tragué saliva y me arrepentí al instante. Marcelo Curatti, un viejo compañero napolitano, solía decir que el mal sabor de boca hay que escupirlo y sacarlo del cuerpo, no tragarlo y metérselo en las entrañas. Desconsolado, empiné el bidón y me atraganté de agua con la vaga esperanza de al menos poder mearlo; valiente respuesta de mi parte.

Dos horas más tarde le conté a Fiona el incidente al pie del autobús; preferí omitir la terrible venganza urinaria que había urdido.

—Le diste el golpe de gracia a su carrera —dijo, enfundada en su implacable sentido práctico.

—No fue a propósito. Lo que nos ordenó era una locura, el resto del pelotón nos habría considerado unos malnacidos.

—Lo sé. Ustedes hicieron lo correcto —y acariciando fugazmente mi mejilla con sus nudillos, más suaves que las endurecidas palmas de las manos, agregó—: Ahora te quiero un poquito más.

Eso último me sorprendió. Fiona podía ser físicamente cariñosa, sobre todo cuando estaba dormida, pero de su boca nunca salían flores o miel.

—Mañana salgo sin el auricular —bromeé poco menos que ruborizado y me acerqué a ella en un gesto más de agradecimiento que de coquetería; que alguien me ame sigue pareciéndome un privilegio inmerecido. Nos encontrábamos en mi habitación tras haber recibido el masaje de rutina, faltaba una hora para bajar a cenar. Si los hoteles de ruta elegidos por la organización son sorteados entre los equipos, un vistazo al entorno dejaba en evidencia que hoy habíamos perdido. Una cama de colchón arqueado, unas cortinas que no conocían lavandería, una regadera con manchas de dudosa procedencia que por fortuna yo no utilizaría; aquella era la escena de un cuarto que habría sido rechazada incluso para una película de Hitchcock.

—Tenía razón Favre cuando te dijo que Fonar pensaba botar a Giraud al terminar la temporada; ya lo comprobé. Por eso su obsesión con ganar este Tour a cualquier costo: cree que eso podría hacerlos cambiar de opinión —Fiona había cerrado la pequeña e inesperada brecha romántica y retomado su tono analítico—. Pero aun si no lo consigue, daba por sentado que el resto de los equipos competirían entre sí para contratarlo. Ahora, con la insurrección de todos sus corredores, cualquiera se lo pensará dos veces. Así que sí, él cree que lo jodiste.

—La verdad, tampoco me molestaría no volver a ver su jeta en el circuito. Si llega a dirigir algún otro equipo, siempre voy a vivir con miedo a sufrir una chicana en plena ruta; me juró que se vengaría, que se aseguraría de que nunca gane una carrera en mi vida.

—Pues tienes la mejor de las venganzas a tu alcance… —dijo, provocadora.

—Que es… —pregunté, cayendo de manos atadas en su celada.

—¡Ganar el Tour todavía bajo sus órdenes! —respondió jubilosa.

Me reí con ella como si fuera una buena broma, tratando de quitarle importancia, aunque sabía que hablaba mortalmente en serio. Mientras yo siguiera en el *top ten* de la clasificación, no quitaría el dedo del renglón. Como no supe qué responder traté de abrazarla, una estrategia que por lo general había resultado efectiva en mis relaciones de pareja anteriores; una vez más comprobé que eso no funcionaba con Fiona. Toleró mis brazos como lo hace un niño al recibir el saludo de alguna parienta excesivamente perfumada. Deshizo el abrazo con la intención de hablarme a la cara, pero cambié el tema antes de que tuviera oportunidad de hacerlo.

—¿Sabes algo de Lombard? Hace rato que no lo veo. —Habían sido tan intensas las últimas horas que no había podido conversar con mi viejo amigo, aunque no podía pasar por alto las declaraciones publicadas por *Libération* que habían causado tantos problemas; debía asegurarme, además, de que no repitiera el numerito con otros reporteros. Sin embargo, había desaparecido; asumí que estaba sacándome la vuelta.

—Anda por ahí —dijo ella vagamente—. No dejan que se acerque a ti —agregó en voz baja; lo dijo con enfado pero a su pesar. Fiona seguía los códigos de la *omertà* con la fidelidad de un siciliano.

—Sí, supongo que Giraud le prohibió el paso a todos los hoteles en los que se queda Fonar, pretextando medidas de seguridad y eso —dije, un poco a manera de justificación.

—No fue Giraud —respondió—. Fue Steve.

—¿Qué? ¿Cómo que Steve?

—*You don't know nothing, Jon Snow* —respondió, negando con la cabeza.

Minutos más tarde envié un mensaje de texto a Lombard para verlo esa misma noche. No sería fácil porque yo no podía poner un pie en la calle sin ser abordado por la prensa o por los aficionados, y aun sin que me lo dijera Fiona, sabía que el viejo militar tenía prohibida la entrada al hotel. Sin descartar el hecho de que no me convenía andar por los pasillos o las cocinas, considerando que había un asesino suelto que al parecer la tenía tomada conmigo.

Cenamos, como todas las noches, ciclistas y cuerpo técnico en mesas separadas. Nunca lo agradecí más que en esta ocasión; nuestro ánimo era el de un equipo de futbol que después de ir abajo 4-0, se las arregla para terminar 4-3. Los últimos kilómetros de la etapa, cuando el pelotón cabalgó furioso y alcanzó a nuestros rivales, habían sido legendarios, pero simplemente consiguió que no aumentara la desventaja que los rivales nos habían tomado: al día siguiente amaneceríamos con los cinco minutos de atraso respecto de Matosas con los que hoy habíamos arrancado. En suma, un esfuerzo épico para simplemente mantenernos como estábamos. Así que nos limitábamos a poner alimento en la boca con pocas palabras de por medio, sin entusiasmo aunque tampoco con excesiva pesadumbre. Cansancio, más que otra cosa.

Poco más tarde me deslicé por la puerta trasera en dirección al estacionamiento del hotel. Creía que lo había hecho subrepticiamente, pero en cuanto puse un pie en la banqueta, dos guardaespaldas de Steve se me pegaron como la caspa.

—Tranquilos, sólo voy al autobús, necesito un baño de agua tibia antes de dormir; la regadera del hotel tiene gérmenes para desencadenar una guerra bacteriológica. —Inmutables, me siguieron los diez metros que nos separaban de nuestro enorme camión.

Había enviado un mensaje a Axel un rato antes para que dejara entrar a Lombard al autobús; mi compatriota era responsable de la limpieza del vehículo al terminar la jornada y era también el único auxiliar en el que podía confiar. No sé si él sabría que su complicidad podía costarle el puesto, lo cierto es que lo hizo sin titubear. Supongo que la relación de intimidad que puedes entablar con alguien que palpa tu cuerpo sesenta o noventa minutos cada día, durante años, en cierto modo no la tienen ni siquiera los amantes; Axel conocía mis músculos y tendones como un violinista su instrumento. Quizá sólo me viera de la misma manera como yo solía mirar el cuerpo de plástico que traslucía venas y órganos para la clase de biología, que la directora de mi escuela guardaba en su oficina para que no se desgastara; desde luego, mi cuerpo no tenía secretos para él. Yo confiaba en que también me pudiera guardar este.

—Fue increíble lo que hoy hizo el pelotón contra esos malvados —dijo Lombard desde el fondo del autobús. El coronel hablaba así; alguna vez me comentó que había crecido con una nana que le hizo leer cómics durante años, y nunca se pudo librar de los *recórcholis* y *cáspitas* que yo sólo les había escuchado decir a Batman y Robin en una serie de televisión.

—Fue increíble —asentí, sin saber por dónde empezar. Me resultaba cuesta arriba reprender a mi viejo mentor.

—Con un poco de suerte lo siguen haciendo y vuelven a colocarlos a Steve y a ti en la punta; después de eso, sólo quedará elegir muy bien el momento de tu ataque final.

Por lo visto esto iba a resultar más complicado de lo que había pensado. Lejos de mostrarse apocado o arrepentido por lo que provocara, el coronel seguía con la misma cantaleta de antes: debía traicionar a Steve.

—No, no volverá a suceder. El apoyo del pelotón sólo fue por hoy. Será muy difícil que podamos recortarles a esos tres la ventaja que nos llevan.

—Ni tú mismo sabes la potencia y los niveles de resistencia y recuperación que ahora traes. Si sólo me dejaras mostrarte los números que tengo, pero nunca los quieres ver —dijo transitando del orgullo a la decepción, como un niño. Lombard y su hijo usaban mi contraseña para entrar a la base de datos de Fonar, en la que se acumulaban los registros de una docena de indicadores que el potenciómetro documentaba en cada día de práctica o de competencia; cruzados con otros, daban cuenta de los índices de recuperación, cansancio, potencia, cadencia del pedaleo y muchos otros. Toda esta información era transmitida en tiempo real durante la carrera, de tal manera que los técnicos podían saber el potencial de desempeño de cada corredor durante la misma aunque nadie era tan exhaustivo en sus análisis como el hijo de Lombard, acuciado por su padre.

—Bueno, respecto a eso —dije tras un largo suspiro—, usted me metió en muchos problemas con sus declaraciones a *Libération*; eso de que yo soy mejor corredor que Steve. Primero, que no lo creo, aunque eso ni siquiera lo vamos a discutir —me apresuré a aclarar, levantando la palma de la mano cuando quiso interrumpirme—. Segundo, todo lo que usted diga a la prensa, o dentro del circuito, se considera que sale de mí, y eso provoca muchas olas.

—Pero eso fue sólo la opinión de un simple y viejo aficionado —dijo en tono lastimero.

—No sea ingenuo, Lombard, no juegue conmigo. Si le di acceso al interior del circuito y Fiona lo acreditó como auxiliar, fue porque entendíamos que usted asumía una responsabilidad de respeto y discreción con nosotros, conmigo. Ayer rompió ese acuerdo.

El viejo inclinó la cabeza, visiblemente dolido. Nunca le había hablado así. Sus ojos se humedecieron y apretó los labios mientras parpadeaba con rapidez; me pareció que hacía esfuerzos para no llorar. No pude evitar recordar el momento en que me entregó exultante la bicicleta café, quizá el día más feliz de mi vida.

Mientras me perdía en el recuerdo, Lombard se recuperó.

—Hablemos claro entonces, Aníbal —súbitamente el militar estaba de regreso. Enderezó el torso, echó los hombros para atrás y sacó los pectorales que ya no tenía—. Tengo un hijo de sangre y un hijo de la vida, y lo que los dos han hecho y pueden llegar a hacer justifica mi paso por este mundo. Lo demás son bagatelas, caramba —Lombard podía hablar como personaje de cómic y sonar un poco cursi, pero la intensidad de sus emociones lo compensaba con holgura.

—Gracias… —comencé a decir, y esta vez fue él quien me marcó el alto con la mano.

—Y por lo mismo, no permitiré que cometas un crimen en contra tuya —su tono era ahora el de un oficial de mando—. Aunque sea lo último que haga en la vida, me aseguraré de que hagas honor al don que has recibido y triunfes en una gran vuelta. Sé que puedes ganar este Tour, ¡debes ganar este Tour!

Resultó irónico que en el lapso de una hora dos hombres se hubieran propuesto en lo que les quedaba de vida hacer algo con mi carrera: Giraud impedir que ganara, y Lombard que lo lograra. Me asaltó la imagen de los dos inclinados en una mesa, echando unas vencidas con las mangas recogidas. Y aunque el tono del militar era terminante y categórico, no me quedó duda alguna de quién sería el ganador de ese combate.

—Me siento halagado por sus palabras, coronel, y se las agradezco desde el alma. Quizá usted también es el padre que en realidad no tuve; nunca podré agradecer suficientemente lo que ha hecho por mí. Pero eso y el *maillot* amarillo son dos cosas distintas: los padres de otros corredores también quieren que sus hijos suban al podio en París y usted sabe que sólo tres de ciento noventa y ocho lo consiguen, al resto sólo nos queda el orgullo y el privilegio de correr sus veintiún etapas, que no es poca cosa. Eso no nos convierte en hijos desleales. Y si puedo ser el instrumento para que gane el hermano que tampoco tuve nunca, seré el más feliz de esos doscientos.

—¿Steve, tu hermano? —dijo en tono irónico. Supongo que Lombard no seguía la serie *Juego de Tronos*, aunque hizo exactamente la misma cara que Fiona al asestarme su «*You don't know nothing, Jon Snow*». Recordé lo que ella me había dicho sobre un supuesto veto al coronel por parte de mi amigo.

—Vamos, puede no caerle bien a usted, pero él y yo crecimos juntos en el ciclismo —respondí y el militar hizo una mueca de dolor; entendía mis palabras como una forma de ingratitud.

—Tú ya eras Aníbal cuando lo conociste. Estabas destinado a la grandeza; por desgracia, él se atravesó en tu camino.

Me di cuenta de que esa conversación no iba a llegar a ningún lado. Nadie iba a disuadir a Lombard de que yo habría sido el Messi de la bicicleta si hubiese seguido sus consejos. Quería preguntarle quién y cómo le impedía acercarse a mí, aunque no quería llevar más agua a su molino en su cruzada contra Steve, y con la parcialidad de Lombard para con mi amigo, nunca sabría cuánto de lo que me dijera era real y cuánto producto de su propia cosecha. Si Fiona permitiría que le encementaran los pies antes de dejarse arrancar una confesión, Lombard era capaz de chivatear incluso en sueños.

—Le pido que no vuelva a hablar con la prensa respecto a mí —dije, convencido de la inutilidad de seguir conversando—. Con la prensa o con nadie más, para el caso. Y espere unos minutos antes de salir del autobús —agregué, me puse en pie y caminé por el pasillo para descender a la calle.

—Aníbal —dijo para detenerme—. Ese hombre, el alto —y señaló a uno de los dos guardaespaldas de Steve que me habían escoltado al vehículo; su figura se agigantaba contra la luz del hotel, grande y pesada como el sarcófago de unos faraones siameses. Los vidrios entintados y la oscuridad en la que nos encontrábamos nos permitían observarlos sin ser advertidos.

—¿Qué pasa con él?

—Es peligroso, un matón. Es el que acompañó a Steve cuando vino a hablarme.

—¿Steve habló con usted? —Por lo visto íbamos a abordar el tema, lo quisiera yo o no.

—Sí, ayer —dijo y calló. Lombard podía ser desesperante; ahora que me tenía atrapado con la conversación, quería que le sacara con tirabuzón las palabras que no aguantaba esperar a decirme.

—El cabrón me amenazó. Tu hermano —dijo despectivo.

—¿Cómo que lo amenazó? ¿Qué le dijo?

—Que si no te dejaba en paz, lo menos grave que me sucedería sería no volver a acercarme a una vuelta ciclista. ¡Lo menos grave! Eso es una amenaza de muerte implícita, ¿sabes?

—Por favor, no exageremos.

—Luego el tipo ese —volvió a señalar al Sarcófago— escogió mi pie para dar la media vuelta y seguir a Panata cuando se retiró —añadió, ofendido.

No sabía si lo que el viejo me decía era cierto. No pude evitar mirar al gigantón: ciento cuarenta kilos mínimo.

—Todo esto no debe ser más que un malentendido; a su manera, Steve está tratando de protegerme. ¿Sabe cuánto me dañaron sus declaraciones a la prensa, coronel? Luego de lo que dijo, Steve debió pensar que la presencia de usted a mi lado podría dar fuerza a sus palabras; Giraud y el resto del equipo me miraban como apestado y no puedo descartar una represalia del director deportivo. Hay cosas peores que ser gregario de lujo, ¿sabe? Por ejemplo, ser convertido en el aguador.

—¿Y el pisotón? —reclamó ofendido.

—Eso debe ser iniciativa de ese hijo de puta —respondí con rabia—. Usted mismo dice que se lo propinó a espaldas de Steve.

—Lo dudo. Hay muchas cosas que no sabes de Steve: se dice que él y su representante han tumbado más de una oferta de algún equipo que te quería convertir en líder. Ofrecieron, amenazaron, maquinaron para evitar que esas propuestas llegaran hasta ti.

—¿Tiene pruebas? Yo también he oído esos rumores, suelen venir de corredores y técnicos de los equipos que hemos vencido. Por supuesto que les encantaría romper la mancuerna que hemos formado.

—¿Pruebas? Tu amigo siempre se asegura de que su imagen quede inmaculada. Tampoco tengo pruebas de sus amenazas de ayer, pero el pie hinchado me recuerda que fueron contantes y sonantes —dijo, y ambos bajamos la vista a sus zapatos—. Es más —continuó—, no me extrañaría que él y su pandilla tuvieran que ver con las tragedias que se han desatado en los últimos días.

—Pues si son él y su pandilla, han hecho un pésimo trabajo —respondí irónico—, Matosas, Paniuk y Medel nos están haciendo polvo.

Los dos guardamos silencio; nos habíamos quedado sin municiones como dos boxeadores en el último asalto, más cansados que belicosos. Nos separamos sin mayor animosidad y preferí pensar que aunque mis argumentos estaban muy lejos de haberlo convencido, el coronel evitaría volver a hacer alguna declaración explosiva.

Antes de cruzar la puerta de salida del autobús, Axel me interceptó.

—Tengo que hablar contigo. —Hice un gesto de extrañeza; habíamos pasado hora y media en su cuarto durante la sesión de masaje—. Acabo de enterarme de algo que deberías conocer —aclaró en respuesta.

Miré a los guardaespaldas esperando a unos metros de distancia, a Lombard aún dentro del camión y moví la cabeza contrariado. El día de hoy se había empecinado en convertirse en el de la Marmota; me pareció que pasaban semanas desde la última vez que había dormido en una cama.

—Pásate a mi cuarto dentro de unos quince minutos; estará alguno de estos brutos afuera, diles que me llevas algún relajante que te pedí.

Subí a mi habitación como si se tratara del Valhalla y media docena de valquirias me esperaran en el lecho; luego recordé el camastro de la cuasi celda en la que dormiría en solitario. Paré en seco cuando vi a Favre convertido en cancerbero de la puerta, fuera o no celestial.

—No se enfade, sargento, sólo es un minuto —se defendió tras verme la cara. No respondí, abrí la puerta y lo dejé pasar con ceremoniosa pantomima.

—Se está convirtiendo en hábito esto de esperarme a la puerta. No creo ser tan importante como para reclamar así el tiempo del comisario en jefe de la policía —dije irónico.

—Lo es, Moreau, lo es. Todo parece girar a su alrededor, lo cual me tiene intrigado —hizo una pausa, reflexivo, y luego continuó como si recordara algo—. Aunque no he venido a echárselo en cara, no en este momento.

En esta ocasión fui yo quien advirtió la elección que hacía el comisario de sus palabras: «No en este momento pero sí en cualquier otro», pensé.

—¿Y a qué ha venido? —dije, comenzando a impacientarme.

—Hemos reanudado el interrogatorio de los mecánicos de Fonar. Usted me dijo esta mañana que buscaría algo, un trapo sucio, que me permitiera quebrar a uno de ellos. Ya sabe cómo es esto de las encerronas.

Yo no había prometido tal cosa, Favre parecía un experto en el arte de atribuir sus palabras a otro; con ese método no me extrañaría que alguno de los pobres mecánicos terminara autoincriminándose, incluso si era inocente. A diferencia de ellos, que no habían descansado en veinticuatro horas, el comisario parecía haberse repuesto; seguramente se había echado a dormir mientras nosotros cubríamos la etapa. El bigotito reinaba otra vez, pulcro y brillante, en los confines de su labio superior.

—Pues ahora sí voy a fallarle, comisario: no pude recordar nada —dije, tratando de seguir la línea argumentativa que lo llevara más rápido de regreso al pasillo.

—Bueno —respondió remolón, como si tratase de encontrar otro motivo para quedarse donde estaba. Sus ojos oteaban el entorno, pero el pequeño cuarto no le daba pretexto alguno para detener la mirada. Desde la primera visita yo había tenido el cuidado de mantener todo dentro de las maletas, aunque con los cierres abiertos; lo único que podía ver el comisario era algo como los vientres hinchados luciendo fieras cicatrices a medio obturar.

—Si puedo recordar algo le pongo un mensaje. Y, por favor, le agradeceré me comparta cualquier cosa que pueda descubrir; después de todo, son mis compañeros los que están siendo interrogados —y tras un titubeo, añadí—, y es mi bicicleta la que fue trucada.

—Lo dicho, todo parece girar a su alrededor —sentenció el comisario y salió del cuarto.

Me senté en la cama, le envié un texto a Axel, del cual me arrepentiría durante días —«Cualquier cosa que sea me la dices por la mañana, estoy en ceros»—, apagué el teléfono y me doblé hacia atrás. No volví a saber de mí. Fue la primera noche de un Tour de Francia en que no repasé la clasificación general al término de la etapa; me consolé pensando que era la misma del día anterior.

Clasificación general, etapa 13

1	Alessio Matosas	51:34:21	«Más culpable que nunca».
2	Milenko Paniuk	+ 22"	«Cómplice número uno».
3	Pablo Medel	+ 26"	«Cómplice número dos».
4	Steve Panata	+ 4' 49"	«Comienza a sanar, podría ser demasiado tarde».
5	Marc Moreau	+ 8' 26"	«Fin de mis sueños».
6	Óscar Cuadrado	+ 8' 42"	«De aquí hacia abajo, ninguna amenaza para el podio».
7	Luis Durán	+ 9' 25"	
8	Serguei Talancón	+ 11' 03"	
9	Anselmo Conti	+ 13' 21"	
10	Rol Charpenelle	+ 13' 27"	

2014

Si Steve fue el hermano que nunca tuve, Diana Panata fue mi madre. Cualquiera que nos hubiera visto en el funeral que se celebró para despedirla habría jurado que yo era el hijo doliente y Steve un amigo solidario.

Murió semanas después de que él obtuviera su tercer *maillot* amarillo en Francia y días antes de que arrancara la Vuelta a España. Una pulmonía fulminante se la llevó tras someterse a una cirugía plástica que, al parecer, no entrañaba ningún riesgo; el padre de Steve, abogado al fin, evaluaba la posibilidad de demandar al hospital alegando que había adquirido el virus mortal en sus instalaciones.

Ambos suspendimos el entrenamiento y volamos hasta Santa Fe, Nuevo México, para ver su cuerpo antes de ser cremado; yo simplemente me derrumbé al contemplarla dentro de esa caja de madera con un semblante que no era el suyo, amortajada e impávida. Diana fue una mujer con batería de litio, incapaz de estar tres segundos inmóvil, una fuerza de la naturaleza.

Lo que a mí me derrumbó, a ellos, padre e hijo, los dejó atónitos. La miraban entumecidos, como si trataran de entender qué sería del resto de sus vidas sin esa mujer que parecía iluminar cuanto hacía y tocaba.

Nunca pude llamarla *madre*, como muchas veces me insistió, pero terminé aceptando los cuidados y atenciones maternales que nos daba por igual a Steve y a mí durante sus largas visitas al lago de Como. Desde la primera ocasión que se instaló entre nosotros por una temporada, emprendió una cruzada para poner fin a mi orfandad con un celo que habrían envidado los templarios; me acorraló en un consultorio dental hasta lograr erradicar los efectos del abandono, renovó mi guardarropa, equipó mi cocina y la de Steve con aparatos que nunca usamos, supervisó a nuestras novias con el rigor con que lo habría hecho el celador de un harén. En suma, se convirtió en todo lo que doña Beatriz, mi madre, nunca fue.

No fue el caso de Robert Panata, quien siempre me trató con una amabilidad distante, aunque para ser justos no muy diferente a la que le mostraba a Steve. El abogado era un hombre elegante y cordial que siempre parecía estar en otro lugar; su condescendencia y sus maneras impersonales por lo general no eran interpretados como desdén por parte de sus interlocutores, más bien proyectaba la impresión de que su mente trajinaba en algo mucho más decisivo y trascendente que cuanto lo rodeaba.

Lejos de recelar de la pasión con la que su madre quiso adoptarme, Steve se convirtió en su cómplice. Compartía conmigo sus cosas, la ropa, el dinero —y creo que si hubiera podido, sus primeras novias—, como algo orgánico, como si formara parte de un orden natural que se remontara a nuestra primera infancia. En ocasiones me pasaba frustrado la PlayStation simplemente porque era mi turno, como un niño que debe compartir el columpio con un hermano aunque le pese; que odiaba perder fue lo primero que tuve claro acerca de su personalidad. Pasamos meses enfrascados en una competencia feroz para derrotar al otro en un videojuego de futbol para el que yo parecía tener una aptitud innata. Las primeras semanas lo tundí de tal manera que Steve se la pasaba enfurruñado, insistiendo una y otra vez en reiniciar la partida como un apostador enviciado en su mala suerte.

Cuando estaba de buenas, es decir, cuando ganaba, era un sol. Poseía la extraña cualidad de hacer brillar la atmósfera que lo rodeaba. Su entusiasmo me provocaba el efecto de una copa de champaña, su energía era chispeante, contagiosa, así fuera yo quien resultara vencido.

En la victoria era generoso, expansivo y solidario. En la derrota podía ser una patada en los huevos: aporreaba las puertas de la alacena como si súbitamente hubiera olvidado dónde estaban las tazas, maldecía en voz alta por cualquier minucia y también por lo que no lo era, abollaba el auto al sacarlo del garaje. Actuaba como si la derrota fuese un evento contra natura, un incidente inadmisible, la señal de un desajuste en el universo que trastocaba el orden de las cosas.

Practicó a solas, y a juzgar por sus ojeras en esos días, durante noches interminables hasta que comenzó a vencerme de manera regular en el maldito videojuego. Sólo entonces la calma y la felicidad regresaron a casa y su amor fraterno me envolvió de nuevo.

Pero estuviera de buenas o de malas, nunca dejó en duda que yo era más que un amigo. Durante un campamento de entrenamiento en Tenerife, típico de principios de año, contraje una extraña fiebre que dio con mis huesos en el hospital durante cuatro días. Steve montó un terrible lío porque no se le permitió dormir por las noches en un sofá de la habitación para cuidarme; pretextaron que no teníamos vínculos familiares, así que durmió encogido en el asiento trasero de un coche en el estacionamiento. Cuando me dieron de alta resultaba difícil saber cuál de los dos había estado en terapia intensiva. Después de eso, durante algunos meses exploró la idea de que alguno de los dos hiciera un ajuste legal a su nombre para que no volviera a suceder; su padre le marcó el alto cuando lo consultó sobre los pasos legales para incorporar Moreau a su apellido.

Por lo general yo observaba estos desplantes fraternales entre divertido y halagado, aunque muy consciente de que era una figura momentánea entre la familia Panata. Daba por sentado que tarde o temprano nuestros destinos se separarían. Cuando Steve ganó el primer *maillot* amarillo le sentó muy mal que yo no quisiera tatuarme en la pantorrilla, como él, una pequeña bicicleta en conmemoración a «nuestro» triunfo. Pero a mí me pareció un exceso; asumir ante el mundo que había sido momentáneamente adoptado por los Panata era una cosa, presumir como propia la victoria de Steve me pareció patético.

A Lombard le pareció patético todo. Supongo que me había enviado a probarme con el equipo Ventoux con la secreta esperanza de que optaran por mí para sustituir al corredor estrella, Bijon, tras su inminente retiro, por lo que debió ser una enorme decepción para él enterarse de que los directivos habían elegido a Steve y que yo había aceptado convertirme en su gregario durante tiempo indefinido; debió sentarle peor aún darse cuenta de que había encontrado una familia que no era él.

Incluso desde antes de la muerte de mi padre, dos años después de hacerme profesional, Lombard había transitado con creciente intensidad de un rol de tutor a uno paterno: venía con frecuencia a casa, y cuando no lo hacía me buscaba por teléfono. Al enterarse de que Diana llamaba todos los domingos por la mañana y exigía hablar con ambos, tomó la costumbre de telefonear los sábados después del entrenamiento o de una competencia, si la había.

Cuando percibió que resultaba imposible competir con Diana en materia de asesoría doméstica, optó por concentrarse en el seguimiento de los aspectos técnicos del entrenamiento y a endilgarme discursos de padre a hijo sobre el sentido de la vida que parecían extraídos de algún libro de autoayuda; en algún momento comenté estos dichos con Steve y los convertimos en motivo de burla a sus espaldas. «Todo sucede por algo» era su expresión favorita y nosotros comenzamos a emplearla para cualquier cosa, seguida de una carcajada; cuando de plano no encontrábamos qué decir en una cita con chicas o en una charla con los compañeros, soltábamos la enigmática «Hay que vivir como se piensa; si no, se acaba por pensar como se ha vivido». Lo decíamos con cara seria y en tono absolutamente convencido, aguantándonos las ganas de doblarnos de la risa.

Nunca me arrepentiré suficiente de la tristeza que le provoqué cuando descubrió nuestras burlas. Un día en que me llamó, Steve pidió que lo comunicara y le hizo alguna pregunta sobre un potenciómetro que estaba a punto de salir al mercado; el coronel le dijo que no comiera ansias, que aún faltaba un poco. Steve agradeció la información y colgó, o eso creímos.

—Me dijo que no por madrugar amanece más temprano —se burló tras darse vuelta y retirarse unos pasos de la barra de la cocina, donde se encontraba el aparato.

—Pero al que no madruga, Dios no le ayuda —respondí, continuando con la parodia.

—¿Y al que trasnocha, Satanás le ayuda?

—No, el diablo está en los detalles.

—Pero el que da y quita, con el diablo se desquita.

—Aunque más sabe el diablo por viejo y coronel, que por diablo.

Continuamos intercambiando refranes sin sentido, siempre entre carcajadas, mientras me aproximaba a la barra de la cocina para tomar un vaso de agua: un pequeño punto verde en el teléfono me alertó de que la línea seguía activa, al parecer Steve había colgado mal el aparato. Levanté la bocina y escuché una respiración trabajosa al otro lado de la línea, luego oí un clic tras el corte de la comunicación.

En las siguientes semanas el coronel actuó como si no hubiese escuchado nada, pero por su trato rígido y un poco artificial pude advertir lo ofendido que estaba. Nunca más volví a burlarme de sus dichos, y regresó a ellos pocos días más tarde.

En mi defensa debo decir que en muchos sentidos fui más su hijo que Bernard. El joven creció con su madre y nunca se interesó por la bicicleta, la pasión del padre; la suya fueron las computadoras, y metido en ellos había construido una carrera. Aunque presentes cada uno en la vida del otro, su relación era más de formalismos que de vínculos afectivos. Sólo en los últimos años, y gracias a los programas cibernéticos que Bernard había diseñado para analizar mi rendimiento, padre e hijo parecían por fin tener algo en común.

Con el tiempo Lombard y Steve terminaron por tolerarse mutuamente, aunque ninguno de ellos entendió jamás la importancia que el otro tenía en mi vida.

ETAPA 14

De la misma manera en que pienso en la clasificación general antes de dormirme cada día que paso en el Tour, lo primero que hago al despertar es visualizar la etapa que nos espera. El día anterior por la noche había quebrado mi hábito; por la mañana volví a hacerlo. Ser víctima de dos intentos de asesinato en el lapso de cuatro días supongo que es suficiente motivo para interrumpir las rutinas de cualquiera. En los dos casos había estado muy cerca de palmarla; me salvé de la explosión por muy poco, y de la bicicleta trucada, por un improbable pinchazo de mi líder. No podía confiar en mantener la misma suerte si me endilgaban un tercer intento.

En lugar del recorrido de la jornada, mi cerebro se concentró en evaluar las posibilidades de seguir vivo los próximos días. Concluí que tenía dos escenarios por delante: si el asesino buscaba que alguno de los tres líderes —Matosas, Paniuk o Medel— triunfara en París, iba por buen camino; con un poco de suerte se daba por satisfecho con la ventaja que habían sacado y nos dejaba tranquilos. Cabía la posibilidad, desde luego, de que eliminado Fonar, ahora concentrara sus ataques en dos de esos punteros para conseguir que su campeón vistiera el *maillot* definitivo. Sentí lástima por Paniuk y Medel, aunque sólo un poco, considerando lo que habían intentado en contra nuestra el día anterior: seguía pensando que Matosas era el preferido de los criminales que habían decidido alterar la carrera.

Pero cabía también un segundo y más terrible escenario. Aún faltaba pasar por los Alpes; cuatro jornadas entre las grandes cumbres podían cambiarlo todo, incluso los cinco minutos que nos aventajaban. Baldados los poderosos equipos de los ingleses de Batesman y los españoles de Movistar por los golpes recibidos, Fonar era con mucho el más fuerte en la alta montaña. Justamente porque no era la fortaleza de Steve, el nuestro era un equipo de escaladores. Juzgué que si el asesino sabía un poco de ciclismo, y resultaba obvio que así era, no nos dejaría llegar vivos al Ventoux y a los otros picos alpinos, literalmente. Hasta ahora, la táctica del criminal había sido golpear no al líder sino a su principal escudero; si no cambiaba el método, la única conclusión posible era que yo estaba por ser víctima de otra de sus ocurrencias.

Pasé un rato tratando de imaginar qué vía utilizarían esta vez para atacarme. Aunque no salía aún de la habitación, supuse que un guardia habría pasado la noche afuera de mi puerta, aun cuando no supiera a qué acuerdo habían llegado la policía y los guardias de Steve para protegerme; en todo caso no moriría como Fleming, ahogado en la bañera por un intruso. Pero la imaginación y los recursos que habían mostrado para hacer explotar el tanque de gas de Fiona y para sabotear mi bicicleta me llevaron a concluir que un tercer ataque era prácticamente imposible de impedir. Hoy recorreríamos ciento setenta y ocho kilómetros y medio a campo abierto, lo cual nos dejaba indefensos a lo largo de casi cuatro horas.

Hasta ahora los responsables de las tragedias habían logrado con relativo éxito hacer pasar sus agresiones como accidentes, pero si se decidían a abrir sus cartas, no cabía defensa en la carretera contra un francotirador o una motocicleta asesina. Tras pensarlo, descarté esa posibilidad: un asesinato de esa naturaleza muy probablemente provocaría la suspensión del Tour, y yo hacía rato que había descartado a Radek u otro enemigo de la competencia como el posible autor de los ataques. No, los criminales buscaban que su hombre coronara en París, y para ello tenían que asegurarse de que su próximo intento pareciera igualmente accidental.

Favre tenía razón, la única manera de detener otro ataque era encontrar al asesino antes de que asestara el siguiente golpe. Una vez más pensé que había sido injusto con el comisario, los mecánicos eran la única pista en firme que existía y no tenía razón alguna para echarle en cara el rigor con que los estaba interrogando. En lugar de desdeñarlo, debía colaborar con él para encontrar alguna prueba de culpabilidad en ellos o eliminarlos como sospechosos de una vez por todas.

Recorrí una vez más los perfiles de los cinco y decidí concentrarme en los dos a los que les correspondía preparar mi bicicleta: Marcel y Joseph. En teoría los otros tres podrían haberlo hecho, aunque parecía difícil lograrlo sin que se percataran los dos que manipulaban mi Pinarello. Inmediatamente me incliné por el primero: Marcel, el Dandy, era derrochador y un tanto frívolo, y solía mirar a sus compañeros un poco por encima del hombro. Joseph era lo opuesto, un hombre apocado dedicado a su numerosa prole y a su terrible mujer; la mera posibilidad de que alguien le propusiera correr un riesgo lo habría puesto enfermo. De haberse prestado el pobre Joseph a un sabotaje, seguramente se hubiera quebrado en la primera hora de interrogatorio.

Como si se tratara de un mapa digital en pantalla, analicé con lupa y enfoqué con más detenimiento al Dandy. Hice un recuento de lo que conocía de su vida privada, pero no pude retener algún dato revelador. Luego, abriéndome paso entre las capas de mi cerebro, recordé que alguien había mencionado que andaba herido de amores: al parecer, en alguna de las noches previas al Tour se había puesto a beber de más en el bar del lugar donde nos quedábamos y Basset, quien funge como jefe de mecánicos en Fonar, se vio obligado a llamarle la atención. El arranque de la competencia sepultó el recuerdo aunque ahora comencé a tirar de él trabajosamente, como quien intenta rescatar un anillo de una alcantarilla sin otra cosa que un frágil palillo.

Sabía que había otro dato del Dandy, algo importante que no podía recuperar; frustrado, comencé a vestirme para ir a desayunar sin dejar de pensar en el asunto. Ahora era una basura en la muela que sólo podía tocar obsesivamente con la punta de la lengua. Salí al pasillo y saludé al policía, que hacía esfuerzos por mantenerse despierto repantigado sobre un banquito; esperaba a su remplazo, supuse. Pese al tarro de gomina que se había puesto encima, su pelo exhibía los estragos de una noche interminable, y fue entonces que recuperé el anillo de la alcantarilla y expulsé la basura de la muela: los pesares del Dandy provenían de su amorío con Daniela, la hermana de Di Salvo, un ciclista italiano recién retirado: una mujer bella y de temperamento explosivo a la que todos conocíamos porque había salido con media docena de ciclistas. Al parecer, consideraba poca cosa a un simple mecánico.

Seguí caminando por el pasillo cuando me golpeó la información que había estado buscando. Los hombres de Matosas, Conti y Ferrara eran del sur de Italia, al igual que Di Salvo, la novia del Dandy. Había encontrado un nexo entre nuestro mecánico y el equipo Lavezza. De haber sido un personaje de los cómics de Lombard, un foco imaginario se habría iluminado encima de mi cabeza. Luego hice lo que no hace nadie en esos cómics: saqué mi celular y me puse a teclear la información para enviársela al comisario. Al terminar me di cuenta de que tenía media docena de mensajes de Axel en la pantalla, y uno de Fiona; siempre mantengo suprimido el volumen del aparato.

Todavía con el celular en la mano y antes de llegar al comedor, vi que entraba la respuesta de Favre: «Es el principal sospechoso, hoy confirmamos que tiene depósitos que superan su salario. Lo de la novia vinculada a la gente de Matosas puede ser la clave: muy bien, sargento Moreau, siga así».

Las órdenes del comisario transmitidas por el teléfono me disgustaron tanto como las que solía impartir en persona. Acusar al Dandy me dejaba un mal sabor de boca; aunque no era un tipo simpático, seguía siendo un compañero de equipo. Intenté sacudirme la incómoda sensación diciéndome que estaba haciendo lo correcto. Total, si era inocente, el asunto no pasaría de causarle un mal rato.

Por supuesto, resultó mucho más que un mal rato. Al entrar al comedor miré la mesa donde se encontraban los mecánicos; estaban todos, un auxiliar cuidaba las bicicletas que habían estado preparando desde temprano para la etapa de este día. Un rápido vistazo al semblante de todos ellos dejaba en claro que tampoco esta noche habían dormido gran cosa: era evidente que Favre pensaba quebrar a más de uno por agotamiento, y por lo que alcanzaba a ver no faltaba mucho para que confesaran ser los responsables del asesinato de Kennedy.

El Dandy estaba entre ellos con su pulserita de oro pero sin la gallardía de otros días, el rostro clavado en su plato de cereales. Guido, uno de los corredores, dijo que la policía los había soltado apenas a las cinco de la mañana para que pudieran cumplir con sus tareas. Murat, la Bestia, despotricó en contra de las autoridades y mencionó la necesidad de que Fonar protegiera a sus mecánicos contra el abuso del que eran víctimas; lo dijo intercalando un insulto catalán cada dos palabras. Todos en la mesa estuvieron de acuerdo y asentí en silencio, reacomodando, inquieto, el trasero sobre la silla. Era conmovedor que los ciclistas, que se jugaban el pellejo cada día confiados en la destreza de sus mecánicos, mantuvieran tal solidaridad pese a la bicicleta saboteada. Atestiguarlo provocó que me sintiera un poco más mierda, y aún me esperaba lo peor.

Minutos más tarde, los dos detectives auxiliares de Favre, acompañados de tres policías, ingresaron al salón y se dirigieron a la mesa de mecánicos, conminando al Dandy a que los acompañara con todo el alarde que pudieron desplegar; supuse que el comisario había decidido montar una escena. Lo sacaron a empujones en medio de la protesta de cuarenta o cincuenta miembros del circuito que se encontraban en el salón; ese día tres equipos se alojaban en el hotel, entre ellos el Lavezza de Matosas, pero incluso ellos hicieron sonar los cubiertos contra vasos y platos para reprobar la detención del Dandy.

Mis compañeros de mesa, varios de pie, aún veían las espaldas de los policías cuando advertí que mi teléfono se iluminaba; lo había dejado a un lado de mi plato. Por fortuna, nadie advirtió el texto que desplegó la pantalla: «Sus intuiciones eran correctas, sargento, Daniela di Salvo y Ferrara son del mismo pueblo, Reggio Calabria. Interrogaré a M. hasta que confiese. No puedo liberarlo, podría escapar».

Antes siquiera de pensarlo, busqué con la mirada la zona donde se encontraba el equipo italiano: Ferrara, jefe de mecánicos, presidía su mesa y era la viva imagen de alguien que puede sorrajarte un tiro en la cabeza sin dejar de masticar el desayuno. Supongo que tantos años de *El Padrino* y *Los Soprano* hacen que el fenotipo de cualquier italiano del sur case con el recuerdo de algún personaje de una película de gánsteres, y tampoco es que su físico le ayudara: ojeroso, delgado y huesudo, tenía todo lo que se necesita para personificar a un enterrador, estreñimiento crónico incluido. Costaba trabajo creer que ese hombre y la exuberante Daniela hubieran brotado del mismo pueblo.

Una frase de Favre me incomodó, aunque por lo que podía recordar del Giro, Reggio Calabria era mucho más que un pueblo; consulté la web y resultó que era una ciudad de ciento ochenta mil habitantes. Ferrara andaría rondando los cincuenta años y la chica los treinta; difícilmente podrían haber sido compañeros de pupitre. Eso no eliminaba la posibilidad de que las familias se conocieran, aunque de allí a convertirlo en una prueba de complicidad había un largo trecho. Bajo esa premisa, y habiendo crecido en Medellín, yo tendría que ser necesariamente miembro de un cártel de las drogas. Luego recordé que el comisario había mencionado algunos ahorros en la cuenta de Marcel por encima de sus ingresos habituales: eso era distinto, yo podía ser de Medellín pero mis cuentas siempre estaban por abajo de lo que correspondía a mis ingresos habituales. Ese pensamiento fue un precario atenuante para la sensación de culpa que ahora me atenazaba: mi información había precipitado la detención del Dandy. Me sentí un judas embozado.

—Stevlana ya supo de mi caída y quiere venir —me dijo Steve. Parecía ser el único que no había prestado atención a la escena que acababa de terminar, ensimismado como estaba en un intercambio de mensajes con su novia. La rusa tenía esa extraña cualidad; incluso a distancia exigía y conseguía convertirse en el centro de tu atención, o por lo menos de la de mi compañero.

—Dile que ya estás bien, que te alcance en París. Lo de los Alpes va a estar durísimo para que además la tengas encima —aunque era una expresión, no pude evitar imaginarla en la cama literalmente encima de Steve, sacudiendo al aire esos senos suyos tan objeto del deseo planetario; verla siempre me hacía pensar que había dos mujeres en el mundo caminando con el pecho plano.

—Ya sé —dijo compungido—, pero hazla entender.

—Pídele a Benny que invente algo, que la distraiga con otra cosa, que desquite su sueldo. —Benny era el representante de Steve, un tipo zalamero que usaría a su propio hijo de relleno en una zanja para no ensuciar sus zapatos de colección.

—Ahora lo detesta porque los boletos que nos consiguió para la despedida de Bob Dylan estaban en la fila veinte.

—¿Y a quién no detesta? —mi pregunta era de orden práctico, aunque sonó a reproche.

—A Margaret, creo —respondió reflexivo. Era la directora de su fundación a favor de los niños de la calle; una institución que centraba sus esfuerzos en Colombia, algo que tendría que agradecerle a Steve por el resto de mis días. Canalizaban decenas de millones de dólares a barrios miserables de Bogotá, Medellín y Cali.

—Ya está: dile a Stevlana que Margaret está a punto de renunciar, que sólo ella puede convencerla de lo contrario, que la admira, que es la única a la que podría escuchar, o qué sé yo. Suplícale que vaya a Nueva York a hablar con ella; que tú mismo irías si no estuvieras en esto. —Stevlana había viajado un par de veces a Colombia en compañía de Margaret a recaudar fondos y visitar favelas, y había quedado encantada de su buena acción del día. Y en verdad lo había sido; algunos millonarios firmaron cheques gordos a la mera vista de su escote.

—Buenísimo. A Stevlana le encantará salvar el día; hoy le hablo a Margaret para que monte todo el numerito. Basta con que la entretenga una semana —reaccionó entusiasmado—. Hoy estás brillante, Mojito —dijo mitad en serio, mitad en broma.

—No jodas tú también con eso —respondí, aunque estaba satisfecho; era una buena salida. Ojalá fuera así de sencillo encontrar al asesino o quitarle el *maillot* amarillo a Matosas.

Como si Axel estuviera esperando el momento justo para reinstalar mi pesimismo, entró sudoroso y agitado al comedor.

—¿Por qué no has contestado mis mensajes? —reclamó, y tras una pausa insistió—: ¿Ya terminaste? ¿Podemos hablar un momento?

—Yo los dejo; con sus secretos de alcoba no me meto —dijo Steve con una carcajada, refiriéndose a la larga sesión de masaje que yo recibía cada tarde en la habitación del auxiliar.

Para entonces la mayor parte de los comensales se habían retirado o estaban a punto de hacerlo; todo el pequeño hotel estaba tomado por equipos que corrían en el Tour. Nuestra propia mesa había quedado vacía. Nos paramos por un café y volvimos a ocuparla.

—Ayer no alcancé a ver tus mensajes —dije a modo de disculpa—. ¿A qué viene la prisa?

—Tienes que hacer algo. La policía está matando a los mecánicos; llevan dos días sin dormir.

—Lo sé, pero no puedo hacer nada —dije y sentí las orejas calientes, probablemente enrojecidas; en un gesto rápido llevé mi mano a una de ellas y no noté algún cambio. Me quedaba claro que nunca llegaría a ser un buen jugador de póker aunque tampoco Axel, quien dio por bueno mi comentario—. Además, mi bicicleta saboteada es la única pista que tiene la policía, tampoco los puedes culpar.

—Es que Basset, el Dandy y todos ellos son inocentes —dijo restregándose las manos y encorvando el cuerpo, como si no soportara las ganas de orinar.

—Vamos, Axel, no me vas a decir que es un accidente; en 2003 pudo ser un descuido, no ahora. El pegamento de aluminio que metieron en mi rueda fue eliminado hace mucho del circuito. Alguien intentaba fastidiarme, y de lo lindo. Y eso sólo pudo hacerlo el que trabajó en mi máquina unas horas antes.

—Es que eso es lo que quería decirte desde anoche. Era tu máquina, pero no lo era.

Lo miré con atención, tratando de descifrar su frase. Axel podía ser un bromista, aunque en las cosas de trabajo era sensato y responsable; la cara de angustia desde la cual me veía no parecía la de al guien que está jugando a los acertijos.

Le pedí que se explicara, y lo hizo. Al inicio de la temporada cada corredor recibe cinco bicicletas; algunos, como Steve y yo, unas cuantas más. En ocasiones, los proveedores incluso deben resurtir para completar el inventario. A lo largo de los meses las máquinas se van canibalizando para dejar en óptimas condiciones las dos o tres que se usarán en cada competencia: un golpe aquí, un engrane desgastado por allá, obligan a utilizar el manubrio o el pedal de una bicicleta como repuestos. Me dijo que con un poco de maña algunos mecánicos del circuito logran descontar del inventario bicicletas completas que luego venden a precio de oro: las de Steve, y con alguna distancia las mías, eran las más cotizadas de Fonar.

Luego me recordó que en el Giro de Italia, dos meses antes, tuve dos caídas que si bien resultaron sin consecuencias, justificaron reportes amañados para exagerar los daños: el resultado había sido una bicicleta impecable vendida en el mercado negro en veinte mil euros.

—Ese fue el argumento de venta; es la que Aníbal usa en el Tour —concluyó Axel, entrecomillando con los dedos la última frase.

—Me imagino adónde vas. Esa pudo ser la bicicleta saboteada, pero no explica que yo estuviera montado en ella, ¿no? Tuvo que pasar por las manos del Dandy o de Joseph, los encargados de preparar mi equipo.

—No necesariamente —dijo, de nuevo con aire compungido—, y por eso te lo quería decir sólo a ti.

—¿Qué? —dije, cada vez más intrigado.

—A mí me tocó cuidar las bicicletas toda la semana —dijo angustiado sin añadir algo más, esperando que yo sacara las conclusiones.

Así lo hice. Los masajistas laboran como tales al terminar cada etapa, aunque antes y después hacen un poco de todo: trasladan el equipaje de corredores y mecánicos al siguiente hotel, ofrecen avituallamiento a los competidores durante y al terminar la etapa y apoyan a los coches en ruta. Se refería a una de las tareas más modestas, aunque clave para lo que estábamos hablando: cuidan las bicicletas que los mecánicos han preparado temprano en la mañana mientras estos toman el desayuno.

—Estábamos Pierre y yo. ¡Pero son más de veinte bicicletas, y ya sabes cómo es eso! Se acercan periodistas, se cuelan turistas, personal del hotel; hacen fotos de las bicis, te preguntan cosas.

En efecto, lo sabía. El autobús de las bicicletas, un verdadero taller mecánico, suele ser estacionado en una calle aledaña al hotel en el que nos hospedamos, y el lugar termina convertido en una galería improvisada de bicicletas: a medida que los mecánicos van limpiando, engrasando y armando cada una de ellas, las dejan en torno al vehículo, algunas apoyadas en él, otras contra la pared, unas pocas en sus soportes.

—¿Crees que alguien pudo cambiar una y llevarse la original a plena luz del día? —pregunté, incrédulo.

—Lo he repasado una y otra vez y no puedo recordar nada, aunque es la única explicación posible. Vamos, tú conoces al Dandy y a los demás; ninguno de ellos pudo cometer esa vileza, alguien de afuera cambió tu bicicleta por la otra.

—La policía habla de algunos depósitos sospechosos en la cuenta del Dandy —comencé a argumentar.

—¡Claro! Es por la venta de bicicletas que hace por debajo de la mesa —respondió encogiéndose de hombros.

—Bueno, ¿y por qué no lo dice de una vez por todas y se quita de encima la sospecha de ser parte de una banda asesina?

—No lo dice porque eso equivale a confesar su robo; Fonar lo despediría y quizá hasta presente cargos en su contra. —Tras una pausa, añadió—: Como van las cosas, no le va a quedar otro remedio.

—¿Y cuál es el problema entonces? —inquirí impaciente.

—Que si le compran el argumento de que la bicicleta fue sembrada por alguien, la policía se enfocará en averiguar cómo llegó hasta ti la que fue alterada; o sea, meterán a los interrogatorios a quien sea que estuviera cuidando las bicis ese día.

Ahora Axel me veía con las cejas enarcadas y el ceño fruncido, a punto de llorar; la cara de un niño llevado a la dirección de la escuela.

—Por favor, Axel. ¿Eso es todo? —dije quitándole importancia al asunto. Me había asustado; por un momento pensé que había algo gordo de qué preocuparse—. Todos sabemos que esto es un circo, hay demasiada gente alrededor para estar pendiente de tantas bicicletas, los mecánicos trabajan prácticamente en la calle. Cualquiera de nosotros puede testificar eso a la policía; tú tranquilo. Te interrogarán dos horas, examinarán tu pasado, tus cuentas bancarias; luego te sueltan y punto.

—Es que ese es el problema —dijo bajando de nuevo la vista.

—¿Qué? ¿Tu pasado, o tus cuentas bancarias? —pregunté, más curioso que preocupado.

—Es que yo también estaba en lo de la venta de las bicicletas —respondió por fin, con voz apenas audible.

—*Fucking* Axel! —reproché, desencantado.

—Lo que hacemos es inofensivo, Aníbal —suplicó él—, de cualquier manera Fonar vende las bicicletas al terminar la temporada. ¿Qué más dan dos o tres que se esfuman en el camino? Nunca ponemos en riesgo las que ustedes utilizan; siempre nos aseguramos de que tengan todas las piezas y repuestos que se necesitan. ¿Sabes cuánto podemos conseguir por una bici de Steve entre coleccionistas? Cuatro o cinco veces más de lo que vale en el mercado. Es una fortuna para nosotros y no dañamos a nadie.

—¿Y por qué me lo dices a mí? Tendrías que confesárselo a la policía, a Fonar, al menos para que retiren de la lista de sospechosos a cualquier miembro del equipo. Más vale pecar por abuso de confianza —iba a utilizar la palabra *robo* pero me contuve a tiempo; ya la estaba pasando suficientemente mal mi pobre masajista— que por asesinato, ¿no crees?

—Ya sé. Quería pedirte consejo, sé que estás asesorando al comisario que dirige todo esto de los interrogatorios. Quizá puedas hablarle bien de mí.

Así que también él lo sabía, y yo que estaba convencido de que mis encuentros con Favre eran un secreto. En el caso de Fiona no me extrañó porque ella encuentra la manera de enterarse de todo; que lo supiera Axel podría significar que lo sabía el resto de los miembros de Fonar, por lo menos. Era una pésima noticia para mí. Mis compañeros me verían como un colaboracionista; nada bueno ahora que la policía estaba apretando las clavijas en torno a nuestros compañeros. Eso explicaba la frialdad en el trato que me mostraba la mayoría de ellos. La había atribuido exclusivamente a las declaraciones de Lombard, que me hacían ver como un traidor, un saboteador del objetivo de Fonar de hacer campeón a Steve; ahora resultaba que también tenía que ver con mi cercanía a las autoridades. Colaboracionista además de traidor, pecados más graves a ojos de un ciclista que ser pederasta o, peor aún, el inventor del *pavé*.

—No, no estoy colaborando con el comisario y con lo que esté haciendo. Ha venido a verme un par de veces, por aquello de que alguna vez estuve en la policía militar, pero obviamente no le he dado pelota. Me lo quité de encima como pude —me defendí ahora, deseando que me hubiera escuchado todo el equipo.

Pensé que al menos no le mentía. Una y otra vez había tratado de sacudirme a Favre, siempre diciéndole lo menos posible. Traidor no era, no todavía, y colaboracionista menos; luego pensé que cualquiera que viese el historial de mi WhatsApp de las últimas horas imaginaría otra cosa. Maldito Favre, en la que me había metido. ¿Qué pensaría Fiona si supiera que por mi culpa habían detenido al Dandy? ¿Cómo lo tomarían Lombard, Steve? Carajo, yo sólo había querido ayudar a poner un alto al asesino que había dañado a varios miembros de nuestra comunidad, y para sentirme mejor repasé rápidamente a las víctimas, incluso las que habían quedado baldadas antes del arranque del Tour.

—… sería incapaz de dañar a Fonar —escuché que decía Axel al final de una frase que finalmente me sacó de la isla de autoconmiseración adonde me había ido—. ¿Dirás algo a mi favor? —terminó, suplicante.

Así que tampoco él había creído mi perorata sobre la supuesta distancia que yo decía mantener con Favre. Decidí darme por vencido, por ahora.

—Haré lo que pueda. Ahora vamos a ganarnos la arepa —dije en alusión a la etapa que teníamos por delante, aunque no creo que haya entendido mi colombianismo.

Vaciló y antes de dejarme ir me dio un abrazo conmovido, como si estuviera despidiéndose para irse a Alcatraz. Como en el caso de Steve unos días antes, la posición me resultó incómoda al pasar los segundos, lo cual era extraño tratándose de alguien que pasaba horas a la semana trabajando sobre mi cuerpo desnudo, o quizá por ello.

Al retirarse observó algo en mi cuello y, ahora sí con la seguridad del que ha colonizado un territorio, examinó mi piel jalando a un lado el cuello de mi sudadera.

—¿Qué son esos moretones?

—¿De qué hablas? ¿Qué moretones? —pregunté extrañado, separándome de su cuerpo y caminando al enorme espejo que forraba una de las paredes en un vano intento de convertir en gran salón lo que era un recinto apretado. En efecto, tenía marcas violáceas a un lado del cuello; supuse que se trataba de los efectos del jalón que Giraud me había propinado el día anterior al pie del autobús. Los genes combinados del coronel Moreau y de la enfermera Restrepo podían ser una bendición para efectos del ciclismo, y para muchas otras cosas habían sido un desastre; además de una sudoración sulfúrica, mi piel padecía la sensibilidad de la reina María Antonieta.

Poco más tarde, cuando vi a Steve en el autobús durante el traslado a la salida de etapa, retomamos nuestros mutuos parabienes donde los dejamos la noche anterior; nos dijimos que ambos habíamos sobrevivido a golpes y acechanzas, y eso sólo podía significar que estábamos destinados a prevalecer y ganar la carrera. Cuando hablábamos del *maillot* amarillo siempre era en plural, aunque hubiese un solo jersey. A Fiona y a Lombard podía parecerles absurdo: yo, al igual que Steve, lo encontraba absolutamente natural. Eran ellos los que no entendían nada.

Pensé que Steve, a diferencia de mi amante y mi tutor, no me echaría en cara haber entregado a Marcel a la policía; y bien pensado, no podría echarme en cara nada salvo una traición personal en su contra. A Steve podía contarle, si fuera el caso, que había ahogado a un hermano gemelo para poder ser hijo único: él hubiera meneado la cabeza y lo habría atribuido a los rasgos incomprensibles que proceden de mi origen francés-colombiano. Yo tenía poco aprecio por el estilo de vida que ahora llevaba mi compañero entre celebridades y paparazis, y supongo que él veía con desdén mi gusto por los rompecabezas, el jazz y leer buenas novelas. Pero la comunión absoluta que teníamos en torno a la bicicleta dejaba en segundo plano cualquier diferencia que existiese fuera de ella.

Los objetivos de la etapa eran los mismos que los del día anterior: favorecer la recuperación de Steve y tratar de que los líderes no nos tomaran más distancia. Por desgracia se trataba de un recorrido mucho más arduo: recorreríamos ciento treinta y siete kilómetros sin contratiempos y luego enfrentaríamos dos puertos de segunda categoría antes de llegar a meta en Mende. Para nuestros rivales la recuperación de Steve era también una cuenta regresiva, salvo que en sentido inverso; debían liquidarlo de una vez por todas antes de que sanara por completo y Fonar lanzara su contraataque.

La etapa inició como la esperábamos. Matosas y su pandilla imprimieron un ritmo vertiginoso, aunque sin intentar fugas ni bloqueos de mala fe como los del día anterior. Simplemente buscaban que Steve quedara fundido antes de llegar a los dos puertos finales: allí atacarían.

Sin embargo, yo estaba preocupado por un peligro mucho más inminente que ni siquiera me atreví mencionar a Giraud o al propio Steve. Entre el cuarenta y cuatro y el cincuenta y nueve enfrentaríamos un descenso de quince kilómetros de caída libre, una modalidad que mi compañero dominaba como nadie en el circuito. Pero sólo los ciclistas saben lo que puede provocar en la mente una caída grave tras perder el control de la bicicleta, como le había sucedido a Steve dos días antes; en el descenso del Vernhette superaríamos velocidades de ochenta kilómetros por hora y sería imposible que él no reviviera el pánico que había experimentado recientemente al perder el tubular salvo que ahora, a esta velocidad, supondría la muerte.

Había visto a verdaderos veteranos quedar paralizados ante un descenso al día siguiente de una caída peligrosa, particularmente cuando había sido resultado de un fallo de la bicicleta; algo similar a la punzada de pánico que experimenta un automovilista al tomar la primera curva tras salir del hospital por un accidente debido a un desperfecto en los frenos. Aunque también temía el efecto contrario; que Steve, para sobreponerse al miedo, arriesgara más de la cuenta sin darse por enterado de la tensión que supone un asomo de pánico, algo muy propio del temperamento de mi amigo.

—Bajemos lento —le dije cuando comenzó el tobogán en el kilómetro cuarenta y cuatro; levantó las cejas en señal de extrañeza y yo dirigí la mirada a un punto entre mi pierna derecha y el pedal como si tuviese un problema. Me miró preocupado y luego cabeceó en dirección a la punta, donde se encontraban los tres líderes. Temía que nos retrasáramos.

—Nada grave, en la meada cambio de bicicleta —le dije, quitándole importancia al tema. A partir del kilómetro cincuenta y nueve, y durante los siguientes ochenta, recorreríamos una larga planicie en la cual seguramente el pelotón tomaría algunos minutos para rodar lentamente mientras la mayoría de los corredores orinan en el camino sin apearse de la bicicleta. La escena nunca aparece en las transmisiones de televisión aunque es tan usual como los *maillots* untados y los cuerpos esmirriados: una fuente versallesca formada por un centenar de coloridos atletas vertiendo fluidos a uno y otro lado de la carretera.

Mi estrategia significaba perder una bicicleta de repuesto aunque dio resultado. Descendimos con relativa precaución en la parte trasera del pelotón, y al alcanzar el plano recuperamos rápidamente nuestras posiciones detrás de los punteros. En honor a la verdad tendría que admitir que la manera en que Steve descendió fue impecable y no sólo por su estilo elegante y depurado, su ánimo parecía estar galvanizado contra los temores y la desconfianza que acosan al resto de los ciclistas; un accidente era una anomalía que no guardaba ninguna relación con él, un desperfecto de la bicicleta, un incidente que no se repetiría.

Unos kilómetros más adelante el auto de Giraud me entregó otra bicicleta, entre miradas suspicaces del director deportivo y de los mecánicos: preferí pensar que la actitud desconfiada con que revisaron mi máquina obedecía al sabotaje que había sufrido dos días antes, aunque también advertí un dejo de incredulidad en la manera en que me miraban. Entendí que, después de lo sucedido, los mecánicos se habían esmerado antes del arranque de la etapa revisando mi bicicleta, y cuando pedí el cambio asumieron que había sufrido un pinchazo: ahora no se explicaban las razones de mi petición.

Preferí concentrarme en lo que tenía por delante; afrontaría uno a uno cada reto que se me presentara y sólo al final intentaría recuperar una visión de conjunto. No sobreviviríamos a la etapa si mezclaba asesinos y policías con las curvas y pendientes que nos esperaban.

Los siguientes kilómetros transcurrieron sin incidentes aunque a un ritmo trepidante. Matosas, Paniuk y Medel miraban la cara de Steve continuamente en espera de una señal de rendición o fatiga, mientras sus gregarios jaloneaban brutalmente al pelotón: tres buitres impacientes a la espera del último soplo de un búfalo desahuciado, salvo que Steve se negaba a sucumbir. Yo, que lo tenía más cerca y lo conocía mejor, advertía sus mandíbulas trabadas que delataban el dolor que le significaba mantener el paso en el ascenso al primero de los dos puertos del último tramo; no quería dar ninguna esperanza a las aves de carroña que lo acechaban.

El Sauveterre no era una cuesta muy empinada aunque se extendía por más de nueve kilómetros; Steve aguantó, aunque llegó exhausto a la punta pese a que sólo yo podía advertirlo. Dudé que fuera capaz de soportar la Croix Neuve, que nos esperaba al final de la etapa: eran nada más cinco kilómetros pero tres de ellos con una gradiente de diez por ciento en promedio; él lo sentiría como un muro. Algo en sus costillas parecía no estar bien, parpadeaba de manera extraña al respirar, como si el aire le quemara las entrañas. Incluso Giraud terminó por darse cuenta; desde que comenzó la carrera le había preguntado periódicamente a Steve cómo se encontraba y este respondía en positivo aun cuando fuera con un monosílabo. En la última media hora había dejado de contestarle al director del equipo, como si temiera que cada palabra emitida le restara energía para producir el siguiente pedaleo.

Cuando arrancó el último repecho me preparé para lo peor. Si Steve se fundía al pie de la cuesta, los tres de arriba montarían sobre sus pedales y terminarían sacando una ventaja de dos dígitos; el Tour estaría liquidado para nosotros. «Para ti no», escuché la voz de

Fiona en mi interior, o eso que Fiona había despertado en mi interior, que es casi lo mismo. Quienquiera que fuera que lo hubiera dicho, tenía razón. Eliminado Steve, yo era el corredor mejor ubicado de Fonar, quinto lugar en la clasificación general; en teoría el equipo trabajaría para mí y yo podría atacar a los odiados líderes. Incluso ahora mismo, en la Croix Neuve, tan pronto como mi amigo quedara oficialmente eliminado.

Pero nunca debemos subestimar la devoción que ha sido inoculada en el alma de un gregario. Espanté mis demonios, agrupé al equipo e hice una especie de formación diamante en torno a Steve. En estos caminos del Mediodía-Pirineos había surgido el nombre de Aníbal y conocía cada una de sus cumbres a fuerza de practicar en ellas; sabía de los vientos de costado que encontraríamos durante la primera parte del ascenso y busqué controlar la línea protegida por la montaña. Si querían rebasarnos, tendrían que separarse de la pared y hacerlo contra la fuerza del viento. Aunque no era mucho, al menos era una estrategia.

—Vamos, campeón —le dije a Steve, acercando mi cabeza a la suya—, aguanta quince minutos más; la etapa de mañana es pura bajada y luego sigue el día de descanso. Que no nos corten estos hijos de puta ahora, y te juro que les quitamos el *maillot* en los Alpes.

Él no respondió. Afirmó con la cabeza, como un niño obediente, aunque su semblante pálido me daba mala espina. Ni siquiera me corrigió: faltaban aún las dos jornadas previas al día de descanso, aunque en ese momento yo le habría dicho que la luna era de queso con tal de que aguantara un poco más. Como quiera, tuvo la fuerza para seguirnos cuando nos colamos como pudimos entre la pared de la montaña y nuestros rivales.

—Defiendan la posición aunque sea a guantazos, ahora nos pegará el viento de frente —dije por el radio al resto del equipo, o al menos a los cuatro que aún nos acompañaban. Y en efecto, trescientos metros más adelante, cuando nuestros competidores sufrieron el frenazo de la corriente, quisieron meterse entre nosotros y buscar el abrigo de la pared que habíamos tomado; los de Fonar cerramos filas y no les quedó más remedio que intentar rebasarnos, lo cual resultaba poco menos que imposible con tal viento de cara. Finalmente optaron por ponerse a rueda de Guido, el último de nosotros, y acogerse también a la montaña; esperarían a que cambiara el terreno para volver a atacar a Steve.

Unos segundos después el portugués les devolvió un poco de las malas artes con que nos habían agredido los días anteriores: ralentizó su pedaleo para que el resto de Fonar comenzara a tomar distancia de sus rivales. Se pusieron frenéticos e intentaron rebasarlo pero en cada acometida Guido inmediatamente aceleraba, abría los codos y zigzagueaba ligeramente, todo para obligarlos a tener que superarlo por la mitad de la carretera, expuestos al duro viento frontal; así se mantuvieron durante más de un kilómetro. El débil estado de Steve nos impidió sacar provecho de la artimaña de nuestro compañero, pero asumí que cada kilómetro que transcurría sin ser víctimas del ataque final constituía un triunfo para nosotros.

Desesperado porque la punta de la Croix Neuve ya asomaba, Matosas consultó a los otros dos líderes y se decidieron a ir por todas: si no atacaban ahora, perderían la oportunidad de liquidar el Tour de una vez. Se separaron de la pared, mandaron a sus gregarios al frente en relevos de dos y montaron sobre sus bicicletas. Sabía que en el último tramo perderíamos la barrera natural al acercarnos a la cumbre y temí lo peor, pero la estrategia de Guido resultó la mejor de las inversiones. Los gregarios rivales estaban fundidos después de la media docena de ataques contra el portugués, y mejor aún, cuando el pequeño grupo estaba a punto de alcanzarnos Medel se sentó, física y moralmente. Bastó verlo para entender que lo había golpeado el célebre y temido *bonk*, o la *pájara*: el momento catastrófico en que el tanque de combustible de un ciclista queda vacío. El español estaba demostrando que, en efecto, las vueltas de tres semanas se le indigestaban.

Los coequiperos de Medel inmediatamente se retrasaron para acompañar a su jefe. Matosas y Paniuk perdieron impulso, sin saber qué hacer: en ninguno de sus escenarios había entrado la posibilidad de que uno de ellos se desplomara antes de que Steve lo hiciera. Nosotros lo aprovechamos para volver a tomar algunos metros de distancia, y así llegamos a la cumbre ochocientos metros después; tras un ligero descenso, entramos a meta. Estábamos tan atentos con lo que pasaba atrás que en ningún momento rompimos la formación, sólo al cruzar la línea final me di cuenta de que otra vez había sido yo el ganador de la etapa. Sumadas las bonificaciones de primero y segundo lugar logramos descontarle algunos segundos a Matosas: veintidós yo, Steve dieciocho. No mucho, pero de una implicación psicológica enorme. Medel llegó casi cinco minutos más tarde, lo cual le permitió a Steve desplazarlo en el tercer lugar en la clasificación general, algo que en la mañana habríamos creído imposible debido a las heridas con las que partió nuestro líder.

La gratificante sensación que me dio el pequeño e inesperado triunfo se fue a un pozo cuando llegué al hotel y descubrí que las manos de Axel no estaban allí para recibirme: me imaginé al pequeño masajista de dedos prodigiosos tartamudeando excusas y dando tumbos entre las fases cáusticas de un sonriente y desdeñoso Favre.

No estaba convencido de que sirviera de mucho hablar con el comisario, pero era lo menos que le debía a mi fiel Axel. Antes debí esperar a que Philippe, el masajista de Steve, terminara su acostumbrada sesión con nuestro líder, casi dos horas más tarde, para que me propinara por fin los tallones que me evitarían las penosas contracciones típicas del día siguiente. La espera me pareció eterna, habituado como estaba a recibir el masaje apenas descendía del autobús; sin embargo, eran las instrucciones de Giraud. Asumí que se trataba de una pequeña revancha del director, aunque de eso ya me ocuparía más tarde o no me ocuparía en absoluto: era el tipo de microrresoluciones que me hacían sentir mejor, aunque no necesariamente las pusiera en práctica.

El recuerdo del jefe de Fonar me hizo llevar la mano al cuello y pasar mis yemas suavemente por las motas oscuras que el cabrón me había dejado. Luego mi cerebro hizo la conexión que produce haber visto tantos programas de csi: el cadáver de Fleming también tenía marcas en el cuello. ¿Sería posible comparar las manchas en uno y otro y deducir de ellas si los dedos de Giraud eran responsables de ambas? Mis conocimientos de medicina forense no llegaban tan lejos; en realidad no llegaban más lejos que a los muslos de la maravillosa Claude, de Biarritz, cuyo recuerdo una vez más afloró inesperadamente. Me concentré de nuevo en Giraud y, pese a los inconvenientes que significaría que el jefe de Fonar fuese el responsable de los crímenes, me entretuvo la imagen del prepotente director esposado y embutido en el asiento trasero de una patrulla. Tendría que consultarlo con el comisario; desconocía incluso si el cuerpo de Fleming seguía en la morgue o había sido enterrado o incinerado.

Pero ahora había un asunto más apremiante que debía tratar con Favre. No tenía idea del lugar donde podrían estar interrogando a Axel, y aunque lo supiera, carecía de los medios o los pretextos para presentarme por allí, así que no me quedó otro recurso que enviar un mensaje al comisario urgiéndole a buscarme. Tampoco tenía claro qué podría decirle salvo abogar por el profesionalismo y el buen corazón de mi compañero, un argumento que tendría el mismo efecto que una tachuela al paso de un buldócer, supongo. Favre por fin tenía la pala y el azadón que había estado buscando para profanar los misterios del ciclismo; introduciría en las mentes del Dandy y de Axel el inminente horror de dormir entre violadores en la celda adonde los enviaría por el fraude que habían cometido con las bicicletas, a no ser, claro, que exhumaran todos los secretos incómodos que conocieran de los miembros del circuito. Y vaya que los masajistas y mecánicos sabían de secretos: trampas y engaños, formas sutiles de dopaje, homosexualidades embozadas, adulterios, felonías y traiciones. En suma, las acostumbradas dosis de inmundicia que entraña toda sociedad semicerrada. Desprovista de la épica, la confianza mutua y la solidaridad que supone el ciclismo, en manos del comisario esta información sería una herramienta de extorsión para doblegar voluntades y romper pactos de sangre; podría o no descubrir al asesino por esta vía, pero no tenía ninguna duda que en el proceso dejaría reputaciones en ruina y vidas devastadas. Quizá llegara así a la caries que nos atormentaba, aunque lo haría después de tumbar algunos dientes. El timbre del teléfono de la habitación me hizo brincar y, menos mal, me sacó de mis preocupaciones.

—*Monsieur* Aníbal —dijo al auricular la voz ceremoniosa e inconfundible de Ray Lumière—, ¿podría quitarle algunos minutos?

Respondí afirmativamente y bajé de inmediato para ver al viejo periodista, aun cuando la experiencia de los últimos días me mostrara que cada vez que me decían eso terminaban quitándome mucho más que unos simples minutos.

Un sofá del pequeño *lobby* del hotel en el que nos hospedábamos esa noche acogía al célebre reportero, tan célebre que firmaba sus artículos como Ray, sin apellido; el mismo que había publicado las atronadoras declaraciones de Lombard en *Libération* días antes. Un romántico embozado tras la hermética burka de su cinismo. Como tantos otros en este mundo era una figura legendaria, aunque él por varias razones. Se acercaba a los setenta pero tenía la virtud de verse igual o casi igual que cuarenta años antes, cuando comenzó a cubrir el Tour y las fotos lo presentaban ya como un hombre prematuramente envejecido: todos teníamos la impresión de que cuando los dinosaurios se extinguieron y entre la bruma surgió una bicicleta, Ray estaba allí para describirla.

La fama del periodista no procedía exclusivamente de su aparente inmortalidad. Su pluma era la responsable de muchas de las mejores líneas que se hubieran escrito sobre ciclismo o, para el caso, sobre el deporte; para muchos de nosotros la mejor recompensa que podía ofrecer un triunfo de etapa en el Tour era la posibilidad de ser objeto, por fin, de una de sus crónicas. Sentíamos que, en cierta forma, ningún corredor ingresaba en las páginas de la historia del ciclismo hasta no ser pincelado en una de las legendarias frases del poeta del pedal. Alguna vez el tenista Rafael Nadal, un admirador del ciclismo, dijo que sólo lamentaba que tras un triunfo en Roland Garros no hubiera un Ray que convirtiese en hazaña literaria lo que había hecho el día anterior.

—*Monsieur* Aníbal —dijo al verme—. Lamento molestarlo, entenderá que las circunstancias obligan a actuar con prestancia.

Yo asentí, aunque no supe bien a bien cómo interpretar su expresión. Ray solía hablar con frases cortas y sencillas pero siempre te dejaba la sensación de que había algo detrás de sus palabras, como una línea de agua apacible debajo de la que intuías tiburones o sirenas, lo mismo daba.

—Alguien entre nosotros está metiendo mano y sería mucho mejor descubrir quién es antes de que lo haga la policía, ¿no cree usted?

—No sé qué decirle, la información es confusa —respondí, tratando de ganar tiempo.

—La información no es confusa. Los golpes están a la vista, lo que sí es confuso es la identidad de quien los está produciendo, me parece —dijo el viejo.

—Axel y Marcel están siendo machacados por el comisario Favre, y eso me preocupa; mucha gente puede resultar dañada —exploté por fin. Decidí sincerarme con el periodista. Ray era una especie de *alter ego* del ciclismo, defensor de la pureza y la ética del deporte; corrían rumores de que él fue quien alertó a la policía para incautar un cargamento de drogas destinado al equipo Festina en 1998, el primer gran escándalo de dopaje masivo. Aunque nunca se comprobó su responsabilidad, muchos asumieron que el viejo reportero había preferido el escándalo con la esperanza de desatar una purga que limpiase la inmundicia que había prostituido a su deporte.

—Ha costado mucho trabajo levantarse de Festina y de Lance Armstrong, un tercer golpe no lo resistiríamos. Al comisario sólo le interesa hacer prosperar su carrera y no tendrá ningún reparo en llevarse al ciclismo entre las patas —dijo con tristeza.

—Creí que Favre estaba trabajando de la mano de Jitrik y de los intereses del Tour; se supone que hasta el primer ministro está interesado en salvaguardar la imagen de la institución —objeté.

—Es así, pero el comisario siempre puede encontrar a los reporteros que engorden el escándalo para su lucimiento personal.

—¿Y qué sugiere usted, Ray?

—Nos equivocamos en los casos de Festina y Armstrong; nunca debimos haber permitido que el escándalo se resolviera en la prensa y en tribunales civiles. Esta vez tenemos que encontrar el problema y solucionarlo nosotros mismos. —De nuevo pensé en monstruos marinos bajo la superficie de sus palabras. ¿Qué diablos querría decir Ray con «resolverlo nosotros mismos»? Hasta ahora había creído que mi responsabilidad era ayudar a identificar al culpable y, de conseguirlo, hacérselo saber a la policía. Pero ahora el viejo reportero proponía, sin decirlo, algo terrible. ¿Eliminar al asesino? ¿Hacerlo desaparecer en una zanja y fingir que nunca había pasado nada?

Miré a Ray con preocupación, preguntándome si el viejo había perdido la cabeza. Era un tipo pintoresco, con sus orejas peludas y su fama de conductor salvaje y temerario, capaz de aterrorizar al resto de los miembros del circuito, patrulleros incluidos; un personaje más de los muchos que abundan en este circo. Sus padres habían sido exterminados en Treblinka y la posguerra no le había ahorrado ninguna penuria durante la infancia. Desde joven encontró en el ciclismo un refugio para los horrores del mundo, y se aferraba con la desesperación del náufrago a los últimos vestigios de lo que a su juicio hacía heroico a este deporte. Ahora me parecía que los demonios de la infancia venían a reclamarlo.

—No sé qué podríamos hacer para encontrar al responsable de lo que está sucediendo, no somos policías ni tenemos sus atribuciones. No me veo sacudiendo al pobre del Dandy para obligarlo a confesar a quién le vendió mi maldita bicicleta —dije con cautela—. Tengo más probabilidades de vestir el *maillot* amarillo que de descubrir quién está tratando de matarme —agregué desanimado. No obstante, sentí alivio en el hecho de poder platicar con alguien lo que había estado rumiando tantos días.

—Usted siempre ha podido vestir el *maillot* amarillo, sólo que nunca se lo ha propuesto —dijo convencido—, pero ese es otro tema. Lo que he venido a decirle es que nosotros tenemos algo de lo que la policía carece. Hay pocas cosas en el Tour que puedan escapar a la atención combinada de Fiona, usted y yo.

Ignoré la primera parte de su comentario y me concentré unos momentos en la alianza que proponía. En eso el viejo tenía razón: los tres teníamos una posición estratégica dentro del circuito y, además, complementaria.

—Y Lombard… —agregué, pensativo. Mi tutor tenía mucho tiempo disponible y un talento para hacerse amigo de los funcionarios de medio pelo de la organización, los oficiales que coordinaban a patrulleros y motociclistas, además de los conductores y auxiliares que hacen posible el entramado diario de este espectáculo.

—Usted sabe cosas, yo sé otras y *madame* Fiona debe de conocer más que los dos juntos —dijo, ignorando la sugerencia de incorporar a Lombard al grupo—. Si pudiésemos intercambiar la información que tenemos sobre los extraños incidentes de estas semanas, quizá podríamos descubrir lo que está pasando. Y seamos francos, Aníbal, el asunto se circunscribe a cuatro equipos: Fonar, Lavezza, de Matosas; Rabonet, de Paniuk, y Baleares, de Medel.

—¿Y luego? Supongamos que encontramos al responsable, ¿luego qué hacemos?

—Lo neutralizamos, lo amenazamos con revelar su identidad a cambio de que se detenga, no sé —dijo, un tanto exasperado al sentirse arrinconado—, dependerá de quién sea y de qué se trate realmente. Cualquier cosa antes que permitir que otro escándalo destruya la credibilidad del ciclismo.

En algo tenía razón el viejo, un *maillot* amarillo resuelto por la intervención de un asesino podía ser el golpe de gracia contra el Tour;

apenas ahora el mundo comenzaba a sacudirse la idea de que detrás de cada ganador había una nueva droga por descubrir. El problema no había sido erradicado, pero los duros controles lo volvieron marginal; la abrumadora mayoría de los ciclistas corríamos sin la ayuda de sustancias prohibidas o transfusiones ilegales, aunque muchos aficionados siguieran creyendo lo contrario. Un escándalo más enviaría nuestra imagen a un viaje sin retorno.

—De acuerdo. Hoy hablaré con Fiona. Sólo prométame una cosa: si logramos descubrirlo, júreme que no hará nada sin que lo decidamos juntos.

Ray guardó silencio y tras una pausa afirmó con la cabeza. No era mucho, no obstante, tuve que conformarme con eso. Luego le dije lo que sabía: la salida de Matosas y de Giraud al terminar la temporada, la bicicleta vendida por Marcial y Axel en el mercado negro, el dictamen sobre la explosión del tanque de la casa rodante de Fiona, el reporte de la autopsia al cuerpo de Fleming y, tras un titubeo, las marcas violáceas que me habían dejado los dedos de mi director técnico.

Escuchó sin hacer ningún gesto. No sé cuánto de lo que dije lo conocía de antemano, y tampoco cuánto de lo que me dijo podía ser cierto o simplemente los desvaríos de un viejo obsesionado. Me aseguró que dos de los gregarios de Medel habían recibido la visita clandestina de mujeres durante varias noches hasta que el director deportivo de Baleares lo descubrió; más tarde resultó que las que ellos creían enamoradas resultaron ser prostitutas enviadas por un mecenas anónimo. Afirmó que un buen escalador del equipo ruso Partak había recibido una propuesta económica a cambio de abandonar la competencia en la tercera semana, y suponía que podría haber más casos aislados. Dijo que la diarrea que afectó a varios corredores del equipo AG2R durante la segunda semana fue inducida por el uso de un laxante en polvo introducido en los alimentos.

Algunos de estos incidentes me parecieron más propios de una cofradía de estudiantes y sus típicas bromas pesadas, que de los designios siniestros de un criminal como el que la policía estaba buscando; no obstante, no era del todo descabellado. Orgías y los correspondientes desvelos durante tres días de un par de gregarios eran suficientes para impedir que un equipo de media tabla pudiera dar una sorpresa, y la deshidratación que deja un estómago convertido en gotera es tan efectiva como una fractura de pierna para deshacerse de un rival. Eran medidas prácticas muy fáciles de llevar a cabo para alguien que perteneciera al circuito.

Si lo que Ray decía era cierto, la amplitud de los casos y la diversidad de recursos hacían pensar en un complot en toda forma. Algo que fue planeado durante largo tiempo y estaba siendo ejecutado por una red de operadores, una banda que no tenía ningún problema con asesinar a un ciclista en la bañera o hacer explotar una casa rodante para hacerme volar por los aires, pero que tampoco gastaba ingenio al recurrir a travesuras de adolescente para quitar de en medio a un rival. Concluí que si no había más asesinatos no era por escrúpulos de los criminales sino por el deseo de evitar un escándalo que llevara a la suspensión del Tour. Mirado en su conjunto, habían conseguido algo notable: los diez o doce equipos más competitivos sufrieron algún tipo de percance que les impedía operar al cien por ciento, salvo el caso de los que encabezaban Matosas, Medel y Paniuk. Fonar sobrevivía gracias a la fortuna que me había permitido escapar a los dos atentados de los últimos días, con todo y lo de Steve.

Pensé que podía ser una buena noticia el hecho de que las agresiones hubieran sido planeadas con tanta anticipación; quizá los criminales no tuviesen tiempo para improvisar un tercer ataque en las siete etapas que restaban, y menos ahora que estábamos sobre aviso y tanto Giraud como la policía y los guardaespaldas de Steve habían blindado al equipo Fonar. Ahora mismo había dos apostados entre nosotros y la puerta de la calle, sin ningún interés en ocultar su presencia, y por las ventanas podía observar una patrulla estacionada al frente del hotel y varios policías recostados sobre ella.

Intercambiamos números telefónicos y nos despedimos. Me dijo que se hospedaba en un hotel a treinta kilómetros de distancia y que por precaución prefería irse antes de que anocheciera. Pensé que, siendo verano, aún faltaban más de dos horas para que eso sucediera, pero en el caso del viejo no estaba mal invocar algún tipo de precaución: me imaginé a los coches, motos y transeúntes que saltarían a uno y otro lado del camino al paso de su Renault verde, que conducía despavorido a velocidades cuarenta kilómetros más altas de lo que su edad y sus ojos cansados aconsejaban.

175

Revisé mi teléfono en búsqueda de algún mensaje, y tenía dos. Uno era del comisario: «Imposible verlo ahora, inesperado giro de acontecimientos. Mañana lo pongo al corriente». Favre utilizaba el WhatsApp en clave de telegrama, como si cada palabra tuviera un costo. Preferí no explorar lo que un «inesperado giro de acontecimientos» podía significar; por el contrario, disfruté el alivio que suponía no tener que verlo esta noche, aunque eso significara no intervenir a favor del pobre Axel. Apacigüé con facilidad un tímido brote de culpa, diciéndome que al menos lo había intentado. Y olvidé por completo al masajista cuando leí el otro mensaje que guardaba mi bandeja: «Invítame a dormir», decía Fiona.

Esa noche nos comportamos como nunca en una vuelta de tres semanas. Supongo que ambos necesitábamos hacer el amor, y sin decirlo, sabíamos que nos esperaban dos etapas menos exigentes del Tour y luego les seguiría un día de descanso, o quizá simplemente nos urgiera la necesidad de sentirnos vivos y unidos tras los peligros y las angustias de las últimas jornadas.

Fiona venía del frío, pero su cuerpo exhibía todos los colores del verano y sus arrebatos en la cama eran más propios del trópico. Trabajó sobre mi cuerpo sin prisas, estirando el momento, sabiendo que pasarían semanas antes de volver a disfrutarnos. Yo empecé por el verde de sus ojos, seguí con las cerezas de sus pezones y terminé con los rosáceos de su entrepierna.

Reposamos agradecidos en silencio, escuchando los ruidos que produce el desmantelamiento de una jornada del Tour; poco a poco dejamos de oír las voces de los mecánicos y los auxiliares que se afanaban en torno a los autobuses estacionados bajo nuestra ventana. Cuando la oscuridad y el silencio fueron propicios, comencé a hablar. Puse a Fiona al tanto de la propuesta de Ray mientras ella frotaba las callosidades de la palma de su mano sobre mi pecho, atenta y callada. Le conté largo y en detalle sobre la manera en que había vivido las experiencias de los últimos días, las visitas de Favre, mis temores sobre el asesino y la fragilidad de mis esperanzas respecto al *maillot* amarillo.

—Giraud o Matosas; de alguna manera esto tiene que ver con alguno de ellos —comentó con la voz ronca, seguida por su largo silencio.

—Lo mismo siento yo, pero los ataques en mi contra tendrían que descartar a Giraud; sería el más perjudicado en caso de una derrota de Steve —dije casi decepcionado.

—Es el más grande hijo de puta de todo el circuito, de él podría esperarme casi cualquier cosa; aunque tienes razón, algo no encaja en todo esto. El otro es Ferrara, ese también es una mierda. —Fiona no era sólo un mecánico de cabo a rabo, además hablaba como tal.

—Supongo que gracias a la cercanía del Dandy y Daniela se enteró de la venta de mi bicicleta, y alguien de su gente la compró; él sabría cómo hacer lo del pegamento del tubular y cómo meter la bici entre las otras para que llegara a mis manos. ¿Crees que sepan algo los mecánicos que trabajan con él?

—Lo veré, aunque me confunde lo del depósito de gas de la casa rodante. Cualquier mecánico se habría dado cuenta de que estaba casi vacío; una vez que abres la compuerta que los resguarda, el medidor está a la vista. La única explicación es que intentaran asustarte y trataron de hacerlo ver como un accidente. No tiene sentido. Y no descarto a Giraud y el entorno de Steve —dijo y advirtió la contracción de mi pecho al contacto de sus dedos, como si súbitamente se hubieran convertido en brasas ardientes—. Tu director y Fleming se odiaban, ¿sabías? Cuando Giraud dirigió un equipo en Inglaterra quiso ganar a cualquier precio, como siempre lo hace, y forzó a sus muchachos a meterse drogas; Fleming se negó y terminó denunciándolo con los directivos. Hubo una breve investigación y el asunto se sofocó discretamente, Giraud nunca volvió a trabajar con los ingleses. Pasó meses bebiendo, desempleado, y más de uno lo escuchó decir que si encontraba a Fleming lo mataría porque, según él, había inventado todo.

Recordé el apasionado obituario que Giraud había hecho del muerto y sentí una punzada de acidez en la boca del estómago. Coincidí con Fiona; un hombre así sería capaz de cualquier infamia, de esos que si los ves con los ojos enrojecidos en un funeral, puedes estar seguro de que es por su alergia a las flores. No me quedaba claro por qué decía que tampoco descartaba al entorno de Steve; me habría gustado preguntárselo pero no quería romper la complicidad amorosa que nos envolvía. Hablábamos en el tono con que lo haría un matrimonio al final de la jornada, sobre chismes de los vecinos o los desperfectos de la casa; esos momentos eran lo más cercano al hogar que nunca había tenido.

Caí en el sueño lentamente sin haber recordado ni una sola vez el estado de la clasificación general. Darme cuenta de eso hizo que la fotografía de la tabla fuera lo último que pasó por mi cabeza. Steve en tercero y yo en quinto; las cosas podían estar mucho peor, pensé. Y, por desgracia, acerté.

Clasificación general, etapa 14

1	Alessio Matosas	56:02:19	«No hay duda, es el asesino».
2	Milenko Paniuk	+ 22"	«Cómplice principal».
3	Steve Panata	+ 4' 31"	«Mientras siga vivo hay esperanza».
4	Pablo Medel	+ 5' 06"	«El español se caerá en la tercera semana».
5	Marc Moreau	+ 8' 04"	«Podría desplazar a Medel, al menos».
6	Óscar Cuadrado	+ 9' 56"	
7	Luis Durán	+ 10' 25"	
8	Serguei Talancón	+ 11' 49"	
9	Anselmo Conti	+ 14' 38"	
10	Rol Charpenelle	+ 14' 52"	

ETAPA 15

Comencé el día con un optimismo que no había sentido en semanas o al menos desde que el bigotito de Favre había entrado en mi vida para decirme que existía un asesino entre nosotros. El cuerpo de Fiona, al que amanecí abrazado, tiene en mí el efecto alquímico de transformar la mierda en oro. También ayudaba, y mucho, la sensación de que ahora éramos una cofradía; la alianza con ella y con Ray hacía que me sintiera parte de una liga secreta y poderosa y no, como hasta ahora, un simple gregario y falso sargento militar explotado por un comisario manipulador.

El recorrido de ese día, además, era a prueba de idiotas. Un puerto de escasa categoría a mitad de la ruta al que llegaría el pelotón en pleno y muchos kilómetros de leve descenso; una típica etapa de transición para acercarnos a los Alpes. Nuestros enemigos no atacarían hoy por más que lo desearan. O al menos no en la bicicleta, lo cual me hizo recordar que con cumbres o sin ellas un criminal seguía acechándome. La idea me provocó un espasmo en algún punto entre las cervicales e invoqué el recuerdo del cuerpo de Fiona para conjurar esa sensación.

Traté de concentrarme en las tareas del día con la practicidad del exalcohólico. Hacer listas era el mejor de los recursos contra la ansiedad: uno, recorrer la etapa maximizando las posibilidades de recuperación física de Steve. Dos, hablar con Favre sobre Axel para evitar en lo posible alguna rudeza innecesaria de parte de la policía y, de pasada, obtener más información para llevar a la reunión que esta noche tendría con Fiona y Ray. Tres, sondear a Steve para ver qué tanto sabía sobre los manejos de Giraud; a lo largo de los últimos días los había visto cuchichear con más frecuencia de lo usual y hasta ahora lo había atribuido a razones técnicas, pero las sospechas de mi amante y del periodista sugerían que mi amigo podría saber algunas cosas más sobre el director técnico. Comencé por la última de mis asignaciones.

—¿Hablaste con Stevlana? ¿Funcionó lo de Margarita? —le solté tan pronto nos reunimos en torno a la mesa del desayuno; quería saber si había tenido éxito mi estratagema y también abordar uno de los temas que podían instalarnos de inmediato en la complicidad que nos unía. Algo estaba aprendiendo de los métodos del comisario.

—A la perfección —contestó ufano, y alzando el pulgar agregó—: Ya está en Nueva York.

—¿Y tu papá no se puso nervioso con lo del accidente? —El señor Panata se encontraba ya en Francia pero, respetuoso, no aparecería hasta que la casa rodante llegara a París.

—Lo tranquilicé, por suerte sabía nada de los rumores del *Daily Sun*.

—¿Te enteraste de que la policía sospecha que lo del tubular fue deliberado? —Hasta ahora no había hablado del tema con Steve. Como el resto de los corredores, los de Fonar asumían que la detención de Axel y de Marcel obedecía a una investigación oficial por negligencia.

—Giraud me puso al tanto. ¿Ves? Yo te había dicho que estaba pasando algo raro, teníamos que cuidarnos de algo más —me reprochó.

—¿Y qué dice Giraud sobre eso? ¿A qué lo atribuye?

—Está seguro de que viene de los italianos, que Ferrara y dos o tres de los miembros de su equipo tienen un historial negro en materia de ardides y malas artes, que están sacando todo el repertorio ahora que huelen el podio. Dice que desde hace años ha tenido encontronazos con ellos.

—Oye, ¿y no será un asunto de Giraud con los italianos? Ya ves que él también arrastra una cola larga de pleitos y polémicas. ¿No estaremos en medio de una guerrita entre ellos? —Por fin había llevado la conversación adonde quería. Steve se lo pensó algunos instantes.

—¿Pero entonces cómo se explica lo de Fleming? —su respuesta me dejó sin habla. Steve sabía lo del asesinato del inglés; hacía una semana de ello y mi amigo no me había comentado nada. Si yo necesitaba una confirmación de que algo se había roto entre nosotros, ahora la tenía. En el pasado hubiéramos corrido a buscar al otro al minuto de enterarnos de una revelación como esa. Él interpretó mi gesto de sorpresa como un intento de mi parte de fingir que yo mismo lo ignoraba—. El comisario debió informártelo, supongo —me dijo, una vez más en tono de reproche.

Entonces Steve lo sabía todo, o casi todo; preferí creer que el hecho de que no me lo dijera obedecía a que yo tampoco había querido compartir las conversaciones que sostenía con Favre. Mi amigo estaba ofendido y, supongo, tenía toda la razón en estarlo.

—No quise preocuparte —le respondí, sinceramente conmovido. Recordé la manera en que se había entristecido unos años antes, cuando nos informaron de la muerte sorpresiva de mi madre—. Lo siento —añadí. Esbozó una media sonrisa resignada, comprensiva.

—No se nos debe olvidar que tú y yo ya andábamos juntos antes de que aparecieran todos estos —dijo moviendo la cabeza en semicírculo, aunque el gesto abarcaba a todo lo que entraña el Tour. Pensé que Lombard era anterior a eso, pero no lo dije—, incluyendo a Giraud, Stevlana o Fiona —añadió, recurriendo de nuevo al reproche.

—Sin Stevlana y Fiona, ya nos habrían colgado el sambenito de maricas —le dije, tratando de aligerar el reclamo y llevar la conversación a un tono coloquial. A continuación él hizo lo mismo; por lo general era aún menos inclinado que yo a hablar de las cosas que sentía.

—Benny le pidió hace algunos días a Protex que iniciara una investigación paralela a la de la policía —me dijo con el ánimo de sincerarse, a su manera quería señalar que a partir de ese momento dejábamos atrás cualquier secreto que hubiésemos guardado los últimos días—. Nos está costando un dineral, sólo quería saber si en verdad tú y yo corremos algún peligro.

—¿Y de qué se han enterado? —dije, casi salivando ante la perspectiva de tener por fin alguna luz entre las sombras en las que nos movíamos; supongo que Favre me había inoculado su maldito vicio de sabueso.

—Son caros, pero son buenos. Tienen medios para entrar en los expedientes de la policía. Han metido al tema a dos detectives privados, prefieren que yo no los conozca ni tenga relación con ellos. Cada noche me envían un informe por *e-mail*—dijo Steve.

—Bueno, ¿y qué han sabido? —insistí impaciente. Ahora más que sabueso me sentía como perro en carnicería.

—La policía encontró rastros de un plástico explosivo de uso militar en los restos del tanque de gas de la casa rodante de Fiona…

—¿Eso está en los expedientes de la policía? —interrumpí indignado.

—¿No te lo dijo el comisario? —se burló triunfante, como si constatara que sus secretos eran mejores que los míos.

—No. Ese malnacido de Favre… —respondí derrotado. Por lo visto, iba a ser gregario de Steve incluso en materia detectivesca. Francamente estaba jodido—. ¿Qué más?

—Tu bicicleta fue vendida a un intermediario hace dos meses —hizo una pausa, encendió su celular, consultó su correo y agregó—: Un holandés. Luego este la revendió a un coleccionista privado y allí se pierde el rastro. Sólo se sabe que era un francés.

—¿Y de Matosas y su gente qué se sabe?

—Conti tiene antecedentes penales y Ferrara estuvo metido en temas de drogas fuera y dentro del circuito. Esos son capaces de todo, pero todavía no hay nada que se les pueda comprobar. Ya confirmamos que en algunos de los accidentes que hubo antes de comenzar el Tour tienen coartadas —y aquí entrecomilló con los dedos—. En todo caso, ni siquiera estaban en el mismo país. Así que si están metidos, se trata de algo más grande que implica a más personas.

—Y dime, ya en serio, ¿de Giraud no tienen algo? Sé que los dueños de Fonar quieren otro director técnico para el siguiente año, está desesperado. ¿Sabes que juró matar a Fleming? —exageré, el gesto de sorpresa de Steve valió la pena.

—Puede ser un necio, estoy de acuerdo —dijo tras recuperarse—, pero no creerás que es un asesino, ¿no? Ni siquiera estaba en Rennes la tarde en que murió Fleming, me dijo que iría a Amiens porque allí se encontraría con los analistas de París; al terminar la etapa tomó su auto y regresó en la noche. —El centro de análisis de rendimiento y biometría de Fonar se encontraba a las afueras de la capital; cada cuatro o cinco días un experto lo alcanzaba donde estuviese para discutir la evolución y posibilidades de cada corredor para las etapas restantes.

—Muy conveniente para quedarse fuera del radar, ¿no te parece? ¿Sabes a qué hora regresó en auto? Protex podría averiguarlo, ¿cierto? —En realidad estaba simplemente provocándolo, estirando mi pequeño triunfo, aunque podía sentir los puntos morados en mi cuello como si algo los hubiese activado repentinamente.

—Por allí no vas a llegar a ningún lado. Giraud es un hijo de puta, pero no es imbécil. Si hubiera querido matar a Fleming nunca lo habría hecho personalmente; todo el mundo identifica su barriga a cien metros. Habría utilizado un sicario —añadió reflexivo. Lo dijo como si evaluara entre la posibilidad de tomar un taxi o un Uber, como si examinara cómo asesinaría él a alguien. ¿Dónde estaba el chico ingenuo de corazón de oro? Nos habíamos quedado solos en el comedor del hotel, entre camareros que nos miraban de reojo en espera de que nos levantáramos para poder concluir su turno; la nuestra era la única mesa que faltaba por limpiar. Nos despedimos y quedamos de vernos dos horas más tarde en el autobús que nos llevaría al punto de partida.

Pensé que todavía tenía tiempo de ver al comisario y desahogar el segundo punto de mi lista. Axel y Marcel seguían sin aparecer. Escribí un mensaje a Favre en su propio estilo telegráfico: «Estaré en mi habitación hasta las once; tengo información nueva. Urge». El sabueso no podría resistir el olor de ese retazo, concluí sonriente.

De camino a mi cuarto reflexioné en lo que me dijera Steve. ¿Había hecho una defensa de Giraud, o una defensa de la lógica? En algo tenía razón, el director deportivo podía ser explosivo y rencoroso aunque no tenía un pelo de tonto. Nunca habría asumido el riesgo de ser reconocido. Con todo, me daba mala espina que hubiera decidido quedarse en otra ciudad esa tarde; era la mejor de las coartadas. Si ordenas asesinar a alguien, te aseguras de estar lo más lejos posible de la escena del crimen. Eso debí haberle respondido a Steve, pero es algo que me sucede con frecuencia: la respuesta exacta suele llegar sólo si ya no la necesito.

Cuando Favre tocó a mi puerta minutos más tarde, me dije que esta vez tendría que estar más espabilado.

—¿Qué descubrió, sargento? ¿De qué pudo enterarse? —dijo con la respiración cortada, al parecer había subido corriendo las escaleras.

—Buenos días, comisario. ¿Gusta tomar algo? —En realidad no tenía más que agua y algunos geles para ofrecerle.

—Sí, sí, buenos días. ¿Cuál es la novedad? —«Definitivamente un adicto a los secretos», pensé. El rostro de jugador de póker calculador y reposado que había mostrado en los anteriores encuentros era remplazado por la imagen misma de la ansiedad; el sudor perlado sobre su bigotito semejaba una diadema. Me hubiera gustado demorar la respuesta para poner a prueba su paciencia, pero yo estaba impaciente por llamarlo a cuentas.

—Me he enterado de que en el tanque de gas se empleó un explosivo plástico de uso reservado para el ejército, según un peritaje de la policía. Pensé que usted debería saberlo. —Me felicité por la última frase; le hacía un reclamo sin que lo pareciera.

—Lo sé. Llegó tarde a mis manos, y como no nos pudimos ver ayer... —dijo quejumbroso, como si hubiese sido mi culpa. Luego me clavó una mirada especulativa, como si intentara adivinar mi peso; casi podía leer una cinta corriendo por su frente con la frase: «¿Cómo diablos llegó a enterarse?», como una pizarra en la estación de trenes.

—¿Y ha podido saber algo sobre mi bicicleta? ¿A quién fue vendida? —Ahora fui yo quien se puso a jugar póker. Volvió a auscultarme, tratando de saber si la pregunta era auténtica o estaba poniéndolo a prueba. Decidió no arriesgarse.

—La compró hace poco tiempo un mercader holandés, quien después la pasó a un comprador anónimo —lo dijo de un solo impulso, como quien prefiere pasar rápido un trago amargo—, es todo lo que sabemos. —Ahora fue categórico, deseando poner punto final a cualquier otra revelación de su parte. Claramente el comisario era alguien acostumbrado a recibir confidencias, no a hacerlas.

—¿Todavía están detenidos Axel y Marcel? Lo que acaba de decirme los exculpa del sabotaje de la bicicleta, ¿cierto?

—Ojalá fuera así —dijo en el tono lastimoso que usaría un vendedor de tapetes árabes que se lamenta de no poder rebajar el precio—. Aún no es del todo claro, y eso por no hablar de otros delitos que se les podrían imputar —añadió, dejando en el aire una amenaza velada; el empaque de la alfombra podría elevar el precio.

—Mientras Fonar no presente alguna denuncia, y no lo ha hecho ni lo hará, no hay delito que perseguir; ambos lo sabemos. Necesitamos que se reincorporen a sus tareas, el equipo resiente su ausencia.

—Estamos haciendo todo lo posible, estas cosas toman su tiempo —dijo, otra vez quejumbroso. Pensé que el diálogo estaba dejando de ser divertido; hacía rato que yo había perdido la ventaja inicial.

—No me convierta en doble víctima, comisario: una bicicleta siniestrada y mi masajista incautado. Hace años que Axel trabaja conmigo, él sabe cómo ponerme en forma. Ayer corrí entumecido.

—Veré qué puedo hacer —dijo, todo displicencia.

—Ayer vino Ray Lumière a verme —solté repentinamente, jugando mi última carta. Probablemente el comisario ya estaba enterado; yo confiaba en que no supiera de qué habíamos hablado—. Quería saber mi opinión sobre los siniestros. Yo respondí ambigüedades, pero ya sabe cómo son los reporteros; insistió tanto que terminé diciéndole que vería qué podía hacer —concluí, usando su propia frase. Mi reto era tan infantil como abrirse la bragueta y poner una cinta de medición sobre la mesa, y casi del mismo mal gusto; ya no estaba para sutilezas. Si él amenazaba con retener a Axel indefinidamente, yo podía blofear con hacer estallar el escándalo antes de tiempo.

—Creo que don Axel ya nos ha dicho todo lo que es útil, podríamos liberarlo —concedió por fin—. Marcel, en cambio, mantiene algunos recovecos oscuros —agregó tajante, algo así como «Le rebajo el precio de la alfombra, pero se la lleva sin empacar».

—¿Alguna relación entre Daniela y Ferrara? —pregunté, ahora sin dobles intenciones. Habiendo recuperado a Axel, y cubierto mi segundo objetivo del día, no tenía sentido seguir jugando vencidas con el comisario. Mi tono era, de nuevo, el de un detective tratando de ser de utilidad para su compañero.

—Sus familias se conocen. Una hija de Ferrara estudió en la misma escuela, aunque con un año de diferencia —respondió, abrazando también la tregua.

—Esto comenzaría a cerrar el círculo en torno a la gente de Matosas —dije, ya en plena complicidad con el comisario—. Y de los tres que están en punta quizá habría que descartar a Medel. Dos gregarios del equipo Baleares recibieron visitas clandestinas durante tres días hasta muy tarde en la noche; resultó que eran prostitutas enviadas por un benefactor anónimo. O sea, que alguien también trató de fastidiar al español. Esto dejaría nada más a dos aspirantes al título intocados por el criminal: Matosas y Paniuk.

No sé por qué ofrecí esta información al comisario. Es mi naturaleza agradecida, supongo. Tenía que pagar de alguna manera el gesto del policía tras compartir el dato sobre la hermana de Ferrara, pero no había terminado de decirlo cuando ya sentía que había sido desleal con Ray, quien me había pasado la noticia.

Tras la partida de Favre, la incomodidad siguió punzando mientras me vestía para la carrera. Toda la irritación desapareció cuando al salir al pasillo observé a Axel entrando a su cuarto: concluí que cualquier cosa que hubiera yo ofrecido en la transacción con el comisario, había valido la pena. La alfombra había sido entregada.

En el autobús, camino al punto de partida en Mende, le pregunté a Steve cómo se sentía; echó los hombros y codos hacia adelante como si fuera Hulk haciendo trizas la espalda de su camisa, y si bien hizo una mueca de dolor, alzó el pulgar. Una vez que comenzamos a rodar advertí que todavía seguía tocado, su cadencia aún no recuperaba la elegancia y la eficacia que la habían hecho famosa, y aunque ahora menos visible, la rigidez de uno de sus brazos entorpecía su estilo. Los médicos dijeron que Steve no tenía nada roto, pero estaba claro que el efecto de los golpes tardaría en desaparecer. De cualquier manera, era notable la mejoría en los últimos dos días y faltaban tres para encarar las cumbres de los Alpes, donde todo se decidiría. Una vez más me congratulé de la facilidad del trayecto de ciento ochenta y tres kilómetros que ahora enfrentábamos, o eso creí.

Nueve de cada diez etapas como la de hoy terminan con el pelotón llegando pleno a la meta; cuando no sucede así es porque algún grupeto de diez o más corredores logra fructificar una fuga tempranera, y si lo consiguen es porque entre ellos no hay ningún competidor que justifique un sobreesfuerzo de parte del pelotón para darles caza. En cualquier caso, son etapas en las que no se mueve la posición de los líderes de la tabla, pero Matosas y compañía decidieron que esta vez sería diferente.

Yo estaba listo para responder prácticamente a cualquier fuga o táctica de bloqueo que intentaran, pero nunca podría haberme imaginado lo que tenían preparado. Dos horas y media después de haber partido y a punto de ascender el único obstáculo de la ruta, la cuesta de l'Escrinet, el compañero de cuarto de Conti, Alonzo, se aproximó a Steve por el costado menos protegido. A pesar de que todo Fonar rodaba más o menos unido, lo apretado del pelotón impedía mantener una formación rígida en torno a nuestro líder.

Advertí el arribo de Alonzo —el jersey verde de los italianos enciende mis alarmas aun cuando estoy dormido—, pero su movimiento no anticipaba nada hostil; al interior del pelotón las camisetas interactúan como semillas de fresa en una licuadora. Comencé a preocuparme cuando noté que había estabilizado su velocidad hasta ponerse a la par de Steve y a poco menos de veinte centímetros de distancia. Más que adivinar, intuí lo que vendría: el muy cabrón hizo un rápido giro para que el eje de su llanta trasera golpeara los rayos de la rueda de mi compañero. ¡Estaban jugando a corredores de *Ben-Hur*, los hijos de puta!

Romper la rueda de alguien en plena carrera es una medida desesperada, incierta y el resultado puede ser tan grave como en la película, particularmente cuando sucede en medio del pelotón; tan sólo el golpe de un eje contra otro puede provocar la pérdida de equilibrio de uno o ambos corredores y desencadenar un accidente tumultuario de consecuencias impredecibles, e incluso si los involucrados logran mantenerse estables, la rotura de los rayos obligará a hacer un cambio inmediato de bicicleta.

En cualquier caso, el equipo verde y blanco de Lavezza estaba dispuesto a sacar provecho del incidente, aun cuando sacrificara a uno de sus corredores. Más tarde, cuando vi las escenas en la televisión, pude apreciar que los demás miembros del equipo italiano se habían desplazado a la parte delantera del pelotón antes del movimiento de Alonzo: de esa forma evitaban el riesgo de ser víctimas de la caída y se colocaban en posición de atacar en cuanto esta sucediera.

Pero una vez más los dioses de la carretera se condolieron de nuestras desgracias. Alonzo atacó a Steve justo por su costado derecho, el que tenía dañado, lo cual provocó que al sentir el impacto mi compañero doblara el brazo y torciera el volante sobre la trayectoria del italiano: cayó encima de él, aunque por delante, y eso lo salvó de la carnicería que se desató atrás. La Bestia, el esprínter de Fonar que rodaba atrás de Steve, y el propio Alonzo se llevaron la peor parte, y sin proponérselo sirvieron de muro de contención para que el resto de los corredores que chocaron contra los caídos no tocaran a nuestro líder.

En el momento del contacto yo rodaba por el lado opuesto de Steve, me había acercado para preguntarle cómo se sentía antes de encarar la cuesta que subiríamos unos minutos más tarde. En ese momento hice por instinto lo que todo corredor en una caída: seguir rodando para escapar de la avalancha y disminuir la velocidad para ver la gravedad del asunto.

—Cayó Steve y la mitad del pelotón —grité por el audífono; luego me enteraría de que alrededor de treinta corredores se habían desplomado, aunque sólo una docena salieron lastimados.

—Hijos de puta —se escuchó decir a Giraud, enfurecido—. ¿Y los italianos? ¿Paniuk? —preguntó; miré hacia delante y vi a buena parte del equipo verde parado sobre sus pedales tratando de tomar distancia. Se supone que las normas no escritas en torno a los accidentes establecen rodar a la misma velocidad o incluso disminuirla por respeto a los compañeros caídos, pero Matosas y su bando hacía rato que habían abandonado cualquier consideración al código de etiqueta.

—Se fugaron —respondí, decepcionado.

—Estoy bien —interrumpió Steve por el audio, y en efecto, a la distancia observé que se había puesto en pie. Otros compañeros de Fonar hacían lo mismo y al parecer algunos no habían caído; flotaban entre la posición en que me encontraba y la de Steve, quien parecía estar buscando algo. Temí que otra vez, en medio del *shock*, hubiese perdido la noción de dónde se encontraba: más tarde me enteraría de que trataba de localizar alguna bicicleta de Fonar en buen estado para montarse en ella.

—Alcánzalos, Aníbal, no dejes que se escapen aunque tengas que tumbarlos —dijo Giraud—. Guido, organiza el apoyo a Steve con los que queden —ordenó.

Yo no esperé ni un segundo. Cambié la cadencia de mi máquina y salté hacia delante. Media docena de corredores hicieron lo mismo, ya recuperados de la sorpresa inicial; Paniuk y Radek entre ellos.

Rodamos como desesperados haciendo relevos entre nosotros hasta que tuvimos a la vista a los italianos: eran seis, incluyendo a Matosas y al siniestro Conti. Me dio gusto constatar que entre ellos no se encontraban Paolo, el veneciano, ni Stefano, el calabrés, dos corredores de Lavezza que siempre me habían caído bien. Por lo visto Matosas y su banda no se habían atrevido a involucrar a todos sus compañeros de equipo en la putada que nos hicieron.

La cumbre de l'Escrinet está a sólo ocho kilómetros de la base y la pendiente promedio es de un discreto seis por ciento, pero pensé que podría sacarle el máximo provecho. No tenía manera de tumbarlos como había ordenado Giraud, aunque ciertamente podía alcanzarlos. Decidí que también podía rebasarlos.

—¿Me sigues? —le pregunté a Radek cuando estábamos a punto de alcanzar a los italianos. Me respondió con una mueca extraña que terminé interpretando como una sonrisa y rodó detrás de mí; algunos más lo siguieron.

La mayor parte de las veces, cuando un pequeño grupo alcanza a otro, ambos estabilizan su velocidad para reagrupar fuerzas. Cuando estuvimos a la altura de los fugados sentí cómo se relajaba el resto de los que venían conmigo; alcanzado el objetivo, se tomaban un necesitado respiro. Radek y yo, en cambio, endurecimos la cadencia y para sorpresa de todos seguimos de largo. Matosas trató de reaccionar, lo habíamos tomado por sorpresa: pudimos descolgarlo unos metros que pronto ampliamos mientras sus compañeros organizaban la persecución. No me importó llevar a remolque a Radek el resto del ascenso, se lo había ganado antes; no era mal escalador, sólo que yo tenía más fuerza. Otra vez pensé que quizá Fiona no andaba tan desencaminada. Cuando llegamos a la cumbre nos informaron que habíamos sacado 1' 12" de ventaja sobre Matosas y Paniuk; el resto fue pan comido. Entramos a la meta cincuenta y ocho segundos por delante de ellos. Pude haber conquistado mi tercera etapa de Tour, pero dejé que la rueda del polaco entrara primero.

Por desgracia, Matosas había conseguido su propósito: lastimar a Steve. Quizá no es que yo fuera tan bueno sino que no me había perseguido con más ahínco; yo no era su objetivo. Ese día logró sacarle otros dos minutos de ventaja a mi compañero, igual que a Medel, su excómplice.

Si creía que había visto a Giraud furioso antes, lo de ahora era épico. Sentados en el autobús de camino al hotel, los corredores escuchábamos la explosión del inmenso director deportivo, demasiado cansados o lastimados para querer participar. Tampoco es que esperara un diálogo: Giraud es de los que viven convencidos de que un monólogo es una conversación. No obstante, al final se dirigió a mí.

—¿Y tú? ¿Por qué no hiciste algo?

—Bueno, impedí que ganara, al menos. —No tenía ganas de polemizar, aunque tampoco de ser aplastado por el matón del barrio.

—No te hagas el idiota. Se trataba de que los retrasaras, no que los hicieras ir más rápido.

—¡Tú no te hagas el idiota! —dijo Steve en voz baja, aunque suficiente para que Giraud y un par de corredores lo escucharan. El director deportivo perdió el habla y al parecer también la respiración, porque comenzó a ponerse azul; luego dio media vuelta y ocupó su asiento. Una vez más me dije que Giraud podía ser explosivo, pero no imbécil. Una palabra de Steve a los dueños del equipo convertiría al director en desempleado en ese momento.

Me habría gustado que Lombard y Fiona hubieran sido testigos de la defensa que Steve había hecho de su amigo; nunca se enterarían, porque desde luego no iba a describirles una escena que no me dejaba muy bien parado. Había algo humillante en el hecho de que un corredor veterano como yo se hubiese callado ante un insulto como ese. Me sentí un poco mejor cuando asumí que en realidad Steve se había adelantado a mi respuesta, haciéndola innecesaria, y recuperé el buen humor cuando recordé las ocasiones en que rescaté a mi amigo de las manos de algún borracho ofendido.

Las manos de Axel terminaron por reparar cualquier afrenta en los músculos o en el ego. Aunque dolorosos, sus masajes me dejaban de mejor humor; al ponerme de pie al final de esas sesiones el mundo parecía un mejor lugar que el que había dejado noventa minutos antes, quizá porque noventa minutos atrás acababa de bajarme de un autobús cargado de ciclistas extenuados y encarados por un director deportivo invariablemente insatisfecho con nuestro rendimiento.

Durante la sesión con Axel intenté llevar la conversación al tema de los interrogatorios; quizá se había enterado de algo que me sirviera para la reunión que tendría esta noche con mis nuevos compañeros detectives. Sin embargo, aunque las manos del masajista no habían perdido su magia, su locuacidad seguía en la mazmorra de alguna comisaría local. El pobre parecía devastado, y la tensión y la fatiga no mejoraban mucho la escasa belleza de sus facciones. Decidí respetar su silencio. Preferí preguntar cómo estaba; respondió con un monosílabo y siguió con su tarea. Ni siquiera sé si estaba enterado de mi intervención para liberarlo, pero me pareció lo menos importante.

Bajé a cenar un poco antes de la hora programada con la esperanza de terminar antes de que apareciera Giraud: no tenía ninguna gana de recibir otra filípica del terrible *manager*. Al parecer a otros se les ocurrió lo mismo porque la mayoría, incluso Steve, se servían de la mesa que el chef había dispuesto para Fonar.

—No te hagas el idiota, Guido, y sírvete ensalada —dijo mi *bro* con el tono de una madre que reprende cariñosa a un hijo; seguramente Steve había maquinado la frasecita antes, pero esperó a que yo apareciera para soltarla. La carcajada fue generalizada y me hizo sentir mejor. No siempre su sentido del humor respetaba las idiosincrasias europeas ni parecía entender lo que resultaba políticamente incorrecto para nosotros, pero esta vez dio en el blanco: ridiculizándolo, le quitaba gravedad al insulto. Nos pasamos media cena lanzándonosla unos a otros al pedir la sal o la Nutella, hasta que apareció Giraud.

Por fortuna esa noche compartíamos comedor con el equipo neerlandés, lo cual pondría límites a cualquier cosa que estuviera pasando por la cabeza de nuestro director. Y por lo visto lo que pasaba eran escorpiones y serpientes, porque tragaba bocados enormes que apenas masticaba, como si quisiera impedir que salieran de su boca aguijones flamígeros.

Quedamos de reunirnos en la habitación que Fiona había tomado esa noche en nuestro hotel, un privilegio del que gozan funcionarios de alto nivel de la UCI. Me habría gustado estar unos minutos a solas con ella, pero asumimos que Ray tenía que llegar antes para que no lo vieran los guardaespaldas de Steve que me seguían.

Ver al viejo periodista y a mi amante sentados en una mesita, hablando en voz baja, me llevó a pensar que Lombard era alguien que debía estar allí. Por alguna razón Ray había ignorado mi sugerencia.

—Con lo que ha pasado hoy se confirma que todo apunta a Matosas y a su banda —dijo—: se tiene que estar muy desesperado por ganar para ponerse a jugar al circo romano en plena carrera. La Bestia y Alonzo sufrieron fracturas múltiples, vengo del hospital adonde los metieron; los pusieron en gabinetes contiguos, apenas separados por un biombo. Gracias a Dios, una enfermera vio a la Bestia arrastrándose por el suelo, tratando de llegar a la cama del otro; lo cambiaron antes de que lo despedazara.

—Ojalá no hubiera aparecido la enfermera —dije irónico—. ¿Los jueces pudieron ver la agresión en los videos? ¿Sabes si ya los revisaron? —pregunté a Fiona.

—Apenas salí de esa reunión, me pidieron que estuviera presente para informar lo que le sucede a una bicicleta cuando destruyen los rayos de la rueda —ella siguió hablando aunque no la oí, me perdí en la letra de una canción venezolana que escuché en la infancia: «O será vapor o será goleta, o serán los rayos, mujer, de la bicicleta».

—¿Y qué dictaminaron? —alcancé a oír que preguntaba el periodista.

—Nada. Alonzo escogió muy bien el momento: el helicóptero que los filma acababa de adelantarse y todas las tomas que tenemos son desde las motos, pero el ataque fue en el centro del pelotón. Por más que la Bestia se la ha pasado diciendo que él vio la agresión porque estaba justo atrás de ellos, no hay manera de comprobarlo, mucho menos de sancionar a Alonzo.

—Entonces estamos jodidos.

—No del todo, al menos usted les arrebató el triunfo de etapa —dijo Ray, apreciativo. Lo que habría dado para que el periodista fuese mi director técnico, carajo.

—Y sucedió algo aún más interesante —dijo Fiona—. En las últimas tomas del helicóptero se advierte que el equipo italiano se va al frente, sabiendo lo que va a suceder, pero no los corredores de los equipos de Medel ni de Paniuk. Matosas también quería joderlos y ahora ellos lo saben.

—Tiene sentido, los dos están muy cerca del italiano en la clasificación; supongo que hicieron una alianza para neutralizar a Steve, en el entendido de que luego resolverían entre ellos quién conquistaría el *maillot* amarillo. Sólo que Matosas quiso adelantarse —dijo Ray.

—Ojalá que eso provoque un pleito entre ellos; al menos ya no se unirán en contra nuestra.

—Es lo más probable —dijo Fiona—. Lo cual significa que los Alpes se te abren en flor: separados no son competencia para ti.

—Siete minutos de atraso y con un asesino suelto. Una flor muy venenosa —objeté, aunque sin animosidad.

Ray nos observó divertido. El intercambio le permitió adivinar que ese debate venía de atrás.

—Es que podrían ser menos —dijo ella con una sonrisa—. Te tengo una buena noticia: al terminar la reunión se quedaron los de la comisión de apelaciones. Me enteré de que están buscando una salida para devolverte los dos minutos con los que te penalizaron por usar la bicicleta de Radek.

—¿Y por qué harían eso? —preguntó Ray, extrañado.

—Esto no es para publicar, ¿cierto? —inquirió Fiona, desconfiada.

—No, claro que no —respondió Ray tras una dolorosa pausa; solicitar eso de un periodista es como pedirle a un político que devuelva sus gastos de representación.

—Lombard ha estado jodiendo a un funcionario del Tour con la queja de que tú no puedes ser castigado si tu bicicleta fue saboteada, que no se puede aplicar una pena convencional a un caso tan extraordinario. El directivo se preocupó cuando el coronel insinuó que podía ir a la prensa con su queja, así que consultó a Jitrik; ahora parece que el patrón presiona a los jueces para que encuentren una salida airosa.

—El reglamento no contempla excepciones —dijo Ray, escéptico.

—No para Jitrik. Al parecer pretextarán que no pueden castigarlo considerando que Aníbal cedió la suya en un acto de honorabilidad deportiva. La excusa es lo de menos, cualquier cosa con tal de que nadie se entere de que hay un criminal eliminando corredores en el Tour.

El viejo reportero inclinó la cabeza y negó en silencio, decepcionado. Seguramente deploraba que los jueces violaran un reglamento aun cuando fuese por buenas razones, o las que creía yo eran buenas razones. En todo caso, no iba a ser yo quien se opusiera a esa decisión. Antes de que terminara Fiona la frase, ya había hecho las cuentas: si me quitaban la penalización mañana amanecería a cinco minutos del líder y colocado en el tercer lugar, por encima de Steve.

Ella vio mi expresión y supo exactamente lo que estaba pensando. No pudimos evitar el intercambio de una sonrisa y mi cadera se movió, imperceptiblemente, un centímetro en su dirección; de súbito, el reportero comenzó a sobrar en el cuarto. Luego recordé que yo tenía que salir primero para arrastrar a los guardaespaldas y sólo entonces Ray podría dejar la habitación, pero pensé que estando en el mismo hotel nada me impediría regresar más tarde. Volví a ver a Fiona y resultó evidente que leyó mis intenciones, porque me regresó una mirada de *ni lo intentes*. Probablemente tenía razón; si seguíamos empiernándonos, los cinco minutos se convertirían en cincuenta.

Regresé a mi cuarto y consulté la página oficial del Tour: aún no restaban los dos minutos penalizados, pero mi cabeza ajustó las posiciones y lo que vi me encantó. Quedaba delante de Steve con poco más de un minuto de diferencia, algo que no había sucedido desde… nunca.

Clasificación general, etapa 15

1	Alessio Matosas	59:58:54	«Al menos ya se descaró. Asesino y enemigo de todos».
2	Milenko Paniuk	+ 22"	«Nunca fue parte del complot criminal, por lo visto».
3	Marc Moreau	+ 5' 12"	«Aún no es oficial, pero… ¡Steve atrás de mí!».
4	Steve Panata	+ 6' 30"	«¿Cómo se lo tomará mi *bro*? ¿Seguirá siendo "mi *bro*"?».
5	Pablo Medel	+ 7' 05"	«Ni con malas artes pudiste entrar al podio, compañero».
6	Óscar Cuadrado	+ 11' 55"	
7	Luis Durán	+ 12' 24"	
8	Serguei Talancón	+ 13' 48"	
9	Anselmo Conti	+ 16' 37"	«¿Y este qué hace en el *top ten*?».
10	Rol Charpenelle	+ 16' 51"	

ETAPA 16

Desperté indeciso, lo cual es una muy jodida manera de despertar. Di vueltas en la cama sin decidir si entregarme a la exquisita sensación de saberme por encima de Steve en el Tour de Francia, ¡en el Tour de Francia!, o darme a la preocupación por las terribles consecuencias que eso podría acarrear. Estaba en tercer lugar y, mejor aún, sabía que en la montaña podría superar a los dos que tenía por delante. Pensé en el *maillot* amarillo y mi corazón lo festejó con fanfarrias y palpitaciones.

Un mensaje de Steve congeló la celebración: «Tengo que verte antes de que hables con Giraud». Supuse que mi amigo quería prepararme para una mala noticia. Imaginé lo peor: el aviso de un reporte positivo de la agencia antidopaje o la decisión de Fonar de dejarme fuera del equipo por mi rebeldía. Tras pensarlo, rechacé ambas. Fiona se habría enterado antes que mi director deportivo de alguna descalificación por dopaje y, por otro lado, Giraud sabía que Steve no tendría la menor oportunidad de descontar la ventaja de Matosas en los Alpes sin mi ayuda.

«Paso a verte antes del desayuno», escribí a Steve, tras lo cual me desentendí de Giraud por unos instantes y repasé las otras preocupaciones. Hasta ahora me habían atacado con el propósito de perjudicar a mi compañero; ahora que yo mismo podía coronar en París, existían redoblados motivos para eliminarme. Cualquier cosa que el director deportivo estuviera maquinando en mi contra parecía una tontería frente a la posibilidad de ser asesinado. Armado de este precario consuelo, toqué a la puerta de Steve minutos más tarde.

—Quiere darte un escarmiento —me informó al abrir la puerta—, pero es simbólico, no te preocupes. Algo que le permita mostrar que sigue siendo el jefe. Será inofensivo.

—¿Y cuál es el escarmiento? —pregunté desconfiado.

—Repartir bidones en la etapa de hoy —dijo bajando la mirada.

No puedo decir que me haya tomado por sorpresa: es una tarea humillante para un gregario de primera línea. Es cierto que incluso los líderes llevan agua a sus compañeros cuando por alguna razón son alcanzados por el carro del director deportivo, aunque por lo general obedece a una circunstancia del camino: una demora involuntaria o la necesidad de hablar personalmente con el técnico. Ser sacrificado para esa tarea por designio no es muy distinto que obligar a un chef de cocina a lavar los platos del restaurante.

Asumí que Giraud se sentía verdaderamente ofendido, porque en términos estratégicos estaba jugando con fuego. La jornada de hoy no sería de transición; aunque no subiríamos ninguna cumbre importante se trataba de un trayecto de doscientos un kilómetros, de los cuales apenas treinta serían en bajada: el resto sería una larguísima rampa sin demasiada inclinación aunque siempre en subida. Cinco horas de desgaste puro y simple que nos dejarían clamando por el descanso del día siguiente. Fonar no necesitaría de escaladores, pero si los rivales decidían atacar, podría requerir de todos sus pulmones para arropar a Steve. En todo caso, la decisión de Giraud me condenaba a una paliza. Subir y bajar el pelotón incesantemente a lo largo de esa ruta me provocaría un desgaste adicional si quería llegar al mismo tiempo que los líderes; en suma, equivaldría a correr un maratón con anillos de metal en los tobillos.

—Malnacido. Es un hijo de puta.

—No te preocupes, lo convencí de que repartiera la tarea entre varios; con suerte sólo te lo pide un par de veces. Le dije que te necesitaba fresco para que a partir del miércoles me ayudes a tronar a Matosas —soltó en tono de complicidad, no obstante, al final sus ojos se clavaron en los míos, expectantes.

En otras circunstancias ese remate habría sido innecesario o hubiera sido dicho de manera distraída, dándolo por un hecho; ahora me miraba como si su vida dependiese de mi respuesta. Repentinamente me quedó claro el motivo de la aprensión de Steve: estaba enterado de que me levantarían la penalización de los dos minutos y que arrancaría la etapa oficialmente por encima de él. Le urgía confirmar mi disposición para sacrificarme a su favor, quería asegurarse de que mi tercera plaza en la clasificación no había cambiado el acuerdo que existía entre ambos: hacerlo campeón.

—Gracias —le dije, inexpresivo. Probablemente terminaría haciendo lo que todo gregario, pero por el momento percibí cómo se extendía por mis venas esa maravillosa droga que es el poder. Lo sentí por mi compañero, aunque no estaba mal que, por una vez en la vida, las cosas se invirtieran—. Bueno, vamos al desayuno —concluí, le di la espalda y salí de la habitación, dejándolo en la incertidumbre.

Ni siquiera la orden que me comunicó Giraud dos horas más tarde disminuyó mis ánimos. Sin darle mayor importancia, asentí mientras me lo dijo, como si me pidiera no olvidar ajustarme el casco. No pensaba darle la satisfacción de mostrarme enfurecido o humillado, una imagen con la cual seguramente se habría regodeado desde horas antes.

Cuando los corredores nos agrupamos para esperar el banderazo de salida en Bourg-de-Péage, mi bicicleta quedó a un lado de la de Matosas; quizá fue un acto inconsciente, por estar acostumbrado a colocarme al lado del *maillot* amarillo que Steve había portado tantos días y que ahora lucía el italiano. El líder ignoró mi presencia.

Me pregunté si los de Lavezza volverían a intentar algo tan agresivo como lo del día anterior. Al final, habían salido perdiendo: pretendieron sacrificar a uno de sus gregarios para eliminar a nuestro líder, pero a la postre el trueque fue por la Bestia, quien de cualquier manera no sería de utilidad en los Alpes. En el balance resultaron más perjudicados, y además, su situación dentro del gremio no podía estar en peor predicamento. Hasta donde sabía, ninguna autoridad los había encarado, mucho menos sancionado; sin embargo, en el pelotón corría el rumor de que el accidente había sido provocado, llevándose entre las patas a una decena de corredores de otros equipos.

Radek, una vez más, asumió la indignación del colectivo. Mientras yo buscaba la cara de Matosas y este la ocultaba mirando su pantorrilla opuesta como si se hubiera encontrado un inexplicable vello sobreviviente a la depilación, el polaco metió su bicicleta entre nosotros.

—Si vuelven a hacer algo como lo de ayer, te mato —le dijo al líder de Lavezza; este sacudió la cabeza y esbozó una sonrisa irónica, como si encontrara divertida una más de las excentricidades de Radek. Luego volteó al otro costado y dijo algo a uno de sus compañeros de equipo.

—Lo hago, ¿eh? —insistió Radek y me miró desafiante, como si yo también me hubiese burlado. Asentí sin decir palabra, pensando que cualquier cosa que yo dijese podría hacerlo enojar o, peor aún, encaminarlo a cumplir su promesa. Volví a recordar la lista inicial de sospechosos, encabezada por el polaco todavía unos días antes. A pesar de su amenaza ya lo había descartado en definitiva, no podía creer que fuera un criminal después de todo lo que hiciera por mí. De cualquier manera era un tipo raro, alguien que uno no quiere tener como enemigo. Al final decidí que su advertencia a Matosas podía ser útil; supuse que el italiano se lo pensaría dos veces antes de hacer alguna otra putada.

—No lo mates —dije tras una pausa—, sólo asegúrate de que no lleve el *maillot* amarillo en París —agregué festivo, como si toda la escena no fuera más que una broma. No había terminado la frase cuando ya me había dado cuenta de mi error: frunció los labios y entrecerró los ojos como si estuviera calculando números primos. Era la viva imagen de un templario que ha recibido una asignación para el resto de la vida. «No voy a descubrir al asesino pero voy a terminar fabricando uno», pensé desconsolado.

Las siguientes cinco horas tampoco fueron un consuelo: Giraud me convirtió en el chico de las pizzas en bicicleta, llevando agua y comida de punta a punta en el alargado pelotón. No fue sólo un par de veces, como me había prometido Steve; al darse cuenta de lo que estaba sucediendo, mis compañeros de equipo cesaron de solicitar bebidas, barras y geles y pretendieron limitarse a lo que pudieran asir de los auxiliares en las zonas de avituallamiento. Giraud decidió hidratarlos pese a todo, así que trepé una y otra vez la escalera de ciclistas como un miserable *sherpa*, cargando bidones en la espalda.

Por lo demás, ningún equipo intentó algo extraordinario. Se escaparon corredores del fondo de la clasificación general, sabedores de que era la última posibilidad de salir en la televisión: las cuatro etapas de los Alpes que comenzarían el fin de semana estarían reservadas para los mejores escaladores y los líderes de la clasificación. El resto del pelotón convirtió la última jornada antes del descanso en un día de asueto; decidieron correr a medio gas, para fortuna mía. Hicieron el esfuerzo apenas suficiente para capturar a los fugados y entramos todos juntos en Gap.

Crucé la meta en la cola del pelotón, aunque con el mismo tiempo oficial que mis rivales; por desgracia, mucho más agotado que todos ellos. Maldije de nuevo a Giraud y durante algunos instantes, mientras me bañaba en el autobús, acaricié la posibilidad de convencer a Radek de incluir en sus amenazas de muerte a mi director deportivo. Una tontería, lo sé, pero al ponerme los *pants* me encontraba de mejor talante. Asumí que nunca más volvería a pasar por lo mismo; por más que me odiara, Giraud no podía prescindir de mis virtudes como escalador en las etapas restantes.

Eso me llevó a pensar que mis posibilidades eran cada vez mejores. Para lo que no fuera montaña, el Tour había terminado. Aunque ahora desfallecía de cansancio, no volveríamos a la carretera antes de cuarenta horas, suficiente tiempo para reponerme. Sólo dos rivales me separaban del *maillot* de líder, y sabía que en las terribles cumbres que teníamos por delante yo era mejor. Me imaginé en París portando el amarillo, casualmente el color del equipo nacional colombiano: para los franceses sería el primer compatriota tras treinta y cinco años de sequía, para los colombianos sería el primero. Fiona me querría para siempre, y Lombard cumpliría su sueño. Luego, una repentina sombra rasgó tan prometedor arcoíris: Steve. Otra mancha, mucho más negra y siniestra, apareció también: el asesino que resollaba contra mi nuca.

Tras la sesión de masaje decidí que esa noche evitaría a cualquier costo hacer algo que tuviese que ver con el sargento Moreau, mi segunda personalidad a lo largo de este Tour. Por ahora era mucho más interesante Aníbal, el corredor con el número 22, a punto de dar una sorpresa histórica en el Tour de Francia. Eso significaba rehuir a Steve, quien querría compartirme el reporte de Protex; a Favre, siempre optimista de sus habilidades para sacarme algún dato, y a Fiona y Ray, mis nuevos aliados de intriga. Le pedí al buen Axel que me excusara con el resto del equipo y me subiera algo para cenar. Me dije que terminar el día a las ocho de la noche era la mejor estrategia para recuperarme del cansancio extremo que sufría. Si me encerraba en mi cuarto durante cuatro días más, excepto para correr, privaría al asesino de cualquier oportunidad que me impidiera entrar en París con los brazos en alto.

Esa noche no necesité invocar las posiciones de la clasificación general para dormirme, pero igual lo hice.

Clasificación general, etapa 16

1	Alessio Matosas	64:47:16	«Nos vemos en la montaña, hijo de puta».
2	Milenko Paniuk	+ 22"	«No es el asesino, pero ha sido un intrigante».
3	Marc Moreau	+ 5' 12"	«Sobreviví a una explosión y a Giraud, ¿qué sigue?».
4	Steve Panata	+ 6' 30"	«No se quedará cruzado de brazos, ¿pero qué hará?».
5	Pablo Medel	+ 7' 05"	«Este tampoco, y podría intentar algo desesperado».
6	Óscar Cuadrado	+ 11' 55"	
7	Luis Durán	+ 12' 24"	
8	Serguei Talancón	+ 13' 48"	
9	Anselmo Conti	+ 16' 37"	
10	Rol Charpenelle	+ 16' 51"	

DESCANSO

No sobrevives a doscientas veinte etapas del Tour a lo largo de una década sin recurrir a alguna artimaña. Cada uno de nosotros desarrolla sus propios recursos para llegar vivo a la tercera semana, aunque supongo que no es muy distinto del oficinista que monta su pequeño ritual cada día antes de declarar oficialmente abierto su escritorio para las siguientes ocho horas. Mi estrategia consiste en partir la competencia en dos torneos diferentes; tengo otras manías, desde luego, pero no viene al caso recordar las combinaciones en las que puedo sumirme con los números de las habitaciones por las que he pasado, los tiempos y el número en los dorsales de mis compañeros.

Emocionalmente me preparo para dos carreras; una de dos semanas, durante la cual el reto es simplemente terminar en las mejores condiciones posibles, sin sacrificar los objetivos del equipo, cualesquiera que sean.

Los últimos cinco días son otra carrera, una distinta. Hasta aquí el Tour ha sido duro, siempre lo es, pero también ha sido un circo; para la mayor parte del pelotón la competencia ha terminado, a partir de este momento será una guerra a tumba abierta entre los dos o tres equipos que aspiran al podio en París, el asalto final de un largo asedio a una ciudad que se decidirá en unas pocas horas con los cuchillos entre los dientes.

El día de descanso separa estas dos competencias y lo he convertido en un remanso ajeno al ciclismo hasta donde me es posible. Duermo tarde, me baño por la mañana, algo que nunca sucede durante etapas, me dedico a comer cosas prohibidas y a ver películas, incluso en una sala si la población y las circunstancias lo permiten; cualquier cosa que me deje la sensación de que estoy de vacaciones, fuera de competencias. El daño que pueda causar a mi cuerpo es mínimo comparado al beneficio que proporciona a mi espíritu.

El año anterior Fiona me acompañó a una doble función a un cine en Pau, donde nos atragantamos de palomitas y cocacolas; no obstante, en esta ocasión preferí tomar mi descanso sin ella. El año anterior no aspiraba al *maillot* amarillo ni existía una red criminal empeñada en tumbarme de la bicicleta; juzgué que esta vez su presencia era inconveniente pues sería un recordatorio de los demonios que acechaban. Así que con el avituallamiento de Axel y el poder de mi *laptop*, me encerré en la habitación dedicado a comer porquerías, a ver series de Netflix y a subir dos niveles en el juego que traía en la PlayStation.

En condiciones normales tendría que haber negociado con Giraud, como en años anteriores, pero estaba claro que ya me consideraba una causa perdida. Cualquiera que fuera el resultado, uno de los dos saldría de Fonar al terminar el Tour: él esposado y yo con un *maillot* amarillo en el mejor aunque más improbable de mis escenarios.

Steve y Fiona estaban al tanto de mi costumbre, así que no pusieron ninguna objeción. El día de descanso él prefería, como sugerían los entrenadores, pedalear algunos kilómetros para soltar los músculos, y aunque se burlaba de mis pretendidas vacaciones había terminado por respetarlas. Por su parte, Fiona —cómo no iba a quererla— entendió que esta vez era mejor mantenernos separados. A media mañana me envió un texto: «Yo mantengo apartado a Ray, tú mantente lejos de camarones y mariscos. Nos vemos mañana, campeón». Como siempre, precisa y oportuna; me intoxiqué dos meses antes, al final del Giro, y todavía miraba los langostinos con un resentimiento digno de Radek.

En cambio, Favre fue mucho más difícil de mantener alejado. Decidí ignorar un mensaje que me envió al comenzar el día; mi silencio lo puso nervioso, y con el pretexto de que temía que me hubiera sucedido algo, me bombardeó a telegramas con la intensidad de un enamorado. Lacónico, respondí que me encontraba bien y descansaría todo el día: eso simplemente intensificó su asedio. Supongo que la desconfianza es una segunda naturaleza en todo detective; al parecer estaba convencido de que mi rechazo a verlo escondía un motivo oscuro e inconfesable. Me pregunté si la paranoia es uno de los requisitos vocacionales para convertirse en policía.

Si los mensajes hubieran sido de voz, podríamos decir que terminamos a gritos: «VENGA CON UNA ORDEN DE APREHENSIÓN O DÉJEME DESCANSAR», escribí en el último de ellos. Luego, él cambió su personalidad digital: «Lamento haberlo molestado, quería ponerlo al tanto de la probable detención de Ferrara», tecleó finalmente.

La información me paralizó y me hizo perder la misión que había alcanzado en *Division*, el juego en el que pretendía sumergirme. Lo que acababa de leer cambiaría todo. La detención de Ferrara me dejaba libre el camino para concentrarme en el *maillot* amarillo; de nuevo arcoíris y fanfarrias. Revisé otra vez el texto de Favre y mi jolgorio mental perdió impulso. La «probable detención», no ofrecía ninguna garantía. Quizá sólo era alguna información adicional sobre el mecánico italiano y la familia de Daniela, la amante del Dandy. Si la policía tuviera algo de peso contra Ferrara ya estaría detenido, o por lo menos sometido a interrogatorios.

Concluí que el comisario simplemente había querido salir vencedor en la batalla digital que libramos; ahora era él quien tiraba un hueso al sabueso en el que creía haberme convertido. «Suerte, me lo dice mañana», escribí en la pantalla y apagué el teléfono.

Intenté regresar al juego pero ya había sido derrotado por una multitud de troles satánicos, así que preferí concentrarme en un sudoku y luego en las infamias de Frank Underwood en Netflix, aunque tuve que aceptar que el comisario había conseguido arruinarme el día. Mis ojos seguían la pantalla aunque mi mente ponía el rostro de Ferrara en Kevin Spacey, el protagonista de *House of Cards*, maquinando nuevas maneras de joderme.

Decidí que si iba a pensar en los italianos mejor hacerlo repasando formas de vencerlos en la ruta. Sólo quedábamos cinco corredores con posibilidades de ganar la carrera, y no necesitaba a Fiona para saber que en la montaña yo estaba en mejor forma que los otros cuatro, siempre y cuando compitiéramos en condiciones de igualdad. Allí estaba el problema, cada uno de ellos contaba con un equipo a su servicio y eso significaba que yo no podría atacar en las tres primeras jornadas de los Alpes, porque de hacerlo Fonar mismo se pondría en mi contra. Tendría que esperar hasta la etapa 20 para traicionar a Steve, si es que iba a hacerlo.

Me levanté de la cama y me puse en pie, como si quisiera sacudirme del regazo algunas migajas imaginarias. «Traicionar a Steve» era una frase que provocaba un corto circuito en mi sistema neuronal. Busqué alguna palabra que no fuera *traición*, pero ninguna otra servía para definir lo que tendría que hacer en contra de mi amigo.

El espejo montado sobre una pequeña mesa me devolvió una imagen inquietante. Mi pelo revuelto me hizo recordar la cabellera siempre espantada de Radek, aunque en mí eran rizos lo que en él alambres erizados. Tenía el rostro de mi padre y el cabello de mi madre. Pensar en doña Beatriz invocó de nuevo el recuerdo de Steve; era la única familia que tenía. En los últimos años él había sido mejor hijo de mi madre que yo. No, decidí, no le haría eso. Un *maillot* amarillo no ameritaba convertirse en una mierda.

Mi resolución me hizo sentir mejor persona. Fiona y Lombard tendrían que entenderlo, o no. Algo se encogió en algún punto de mi esternón. Quizá podría encontrar una solución intermedia: llegar al podio y acompañar a Steve. Y si este fallaba por alguna razón, yo estaría allí para rescatar el *maillot* amarillo. Eso era, resolví: si en la última jornada mi compañero no estaba en condiciones de ser campeón, yo lo conseguiría. Pero sólo si él fallaba, y si lo hacía no sería por mi culpa.

Mi resolución no haría feliz a Fiona. No estoy seguro de que se conformara con el segundo lugar, no si Steve se quedaba con el primero. Volví a preguntarme si su odio hacia él era más fuerte que su amor por mí. Lo sabría el próximo domingo.

Me dormí repasando los tiempos que debíamos recortar a nuestros tres rivales. Mi lista ya sólo era de cinco corredores. No volví a pensar en el criminal; no tenía manera de saber que a esas horas había atacado de nuevo.

Clasificación general, etapa 16

1	Alessio Matosas	64:47:16	«Steve y yo somos mejores y lo demostraremos».
2	Milenko Paniuk	+ 22"	«El checo es peligroso, tiene buen equipo».

3	Marc Moreau	+ 5' 12"	«Conseguir el *maillot* para él, entrar yo al podio. ¿Será?».
4	Steve Panata	+ 6' 30"	«Te haré campeón, *bro*».
5	Pablo Medel	+ 7' 05"	«Vete a la mierda, Pablo».
6	Óscar Cuadrado	+ 11' 55"	
7	Luis Durán	+ 12' 24"	
8	Serguei Talancón	+ 13' 48"	
9	Anselmo Conti	+ 16' 37"	
10	Rol Charpenelle	+ 16' 51"	

ETAPA 17

Fiona me sacó de la cama de la peor manera posible: vestida y acompañada de Ray. Supuse que algo grave estaba pasando cuando golpearon con saña mi puerta y vi a ambos en el pasillo, sin importarles ser vistos por el policía que dormitaba en un improvisado asiento. Algún ordeñador se había quedado sin su banquito, supongo.

—Conti y Leandro amanecieron narcotizados; a Conti se lo llevaron al hospital, podría estar grave —dijo mi amante al entrar a mi cuarto. Pocas veces la había visto tan agitada, y si me apuran, diría que su pelo parecía aún más ensortijado de lo usual, y había motivos. Si me hubieran dicho que la NASA informó que el mundo era plano, que habíamos vivido en el error, no me habría sorprendido tanto. La revelación trastocaba todo.

—No es posible —tartamudeé—. Si ellos son…

—¿… los criminales? Pues parece que no —dijo Ray, categórico—. Habrá que comenzar de nuevo.

—A no ser que alguien esté tratando de deshacerse de sus cómplices —dijo Fiona.

—¿Qué sucedió exactamente? —pregunté, recordando la vieja consigna de mis cursos: primero los hechos, luego la interpretación.

—Tu amigo el policía lo sabrá mejor —dijo ella, aunque sin animosidad—. Los durmieron, no me queda claro cómo ni cuándo. Alguien quería que hoy no arrancaran la etapa, pero con Conti se les pasó la mano. Un mecánico de Lavezza dice que cuando lo sacaron en camilla los paramédicos trataban de revivirlo.

Los rasgos infantiles del corredor ya no me parecieron los de un psicópata sino los de un joven agonizante que merecía estar en el regazo de una madre o una novia. Lo sentí por ellos, y lo sentí aún más por la tesis que ahora se desvanecía. Los sicilianos habían sido los villanos perfectos, y ahora resultaba que habían estado en la lista de las víctimas todo el tiempo.

—¿No sabe usted si les robaron algo? —preguntó Ray a Fiona.

—Los sacaron apenas hace media hora de la habitación, la policía todavía está adentro —se defendió ella.

—¿Por qué lo pregunta? —dije.

—No sé, me recuerda algo —respondió vagamente—. ¿Podría averiguar cómo los intoxicaron y si falta algo en el cuarto?

Podría, pensé, aunque eso me tomaría una sesión completa de escasos avances y desesperantes retrocesos con Favre; pero incluso eso tendría que ser hasta el final del día, cuando regresáramos a Gap.

Dudaba que el comisario me atendiera antes de salir a carretera, y menos tras el plantón que le había dado el día anterior, pero quizá los detectives de Steve le reportaran el asunto también y este accediera a compartir algo conmigo.

Quien agredió a los italianos había escogido bien, porque esa noche otros tres equipos coincidieron con los de Lavezza en el mismo hotel, un edificio grande en Le Lauzet, a menos de una hora de Gap. Con tal cantidad de huéspedes entrando y saliendo, no habría un video comprometedor en la recepción como había sucedido en el ataque a los ingleses diez días antes.

—Si no son los italianos, ¿quiénes entonces? —lamentó Fiona.

—Giraud —sugerí aunque me daba cuenta de que en tal caso muchas cosas no tenían sentido, como una pieza forzada en un rompecabezas ajeno; un verde en una imagen de osos polares.

—Sólo nos quedan Paniuk y Medel —dijo Ray con pesar—. Nunca lo hubiera imaginado, son dos muy buenas personas. Pero no hay otra posibilidad; sin sus gregarios, Matosas está perdido en los Alpes. El amarillo quedará entre el checo o el español.

—O el francés —dijo Fiona sin mirarme.

—O el francés. Eso significa que el asesino atacará de nuevo y probablemente dos veces: a uno de esos dos, y sí, al francés —coincidió Ray, también él rehuyendo mi mirada. «Francés-colombiano», iba yo a precisar, aunque decidí que no venía al caso.

Paniuk o Medel. Ambos estaban en mi lista original, pero los había incluido en ella sin examinarlos realmente, obsesionado como estaba con Matosas, Conti, Ferrara y sus conexiones calabresas. No tenía nada en contra del checo; sin embargo, preferiría que el español fuese inocente. Aunque Medel tenía menos triunfos que Paniuk, algunas de sus escapadas en las grandes cumbres se habían hecho legendarias. Un símbolo de heroísmo y sacrificio, reconocido incluso entre los profesionales del dolor.

—Medel nunca ha ganado una vuelta grande —dijo Fiona, irrumpiendo como abogado del diablo en contra de mi defensa del escalador sevillano—, y está cerca del retiro.

—Paniuk siempre ha sido un poco extraño —propuso Ray—, nunca quiso aprender francés o inglés, se maneja con veinte palabras con el resto del pelotón. Y su entrenador búlgaro es un poco siniestro, ¿no les parece? Quién sabe qué planean en esos extraños idiomas que ellos mastican.

Paniuk era un tipo callado y amable, y en efecto, no recordaba haber intercambiado con él más que algunas frases cortadas a lo largo de los años, pero leía la carrera como pocos y por lo general sus intuiciones eran correctas. Siempre había estado en las buenas causas en lo tocante a una persecución o una escapada; en suma, un profesional correcto y confiable en todos los sentidos.

Me pareció que tratábamos de forzarnos a ver como asesinos a personas que no lo eran, como alguien que intenta convencerse ante el espejo de que la chaqueta ajustada que le encanta es perfecta aunque para ello tenga que dejar de respirar.

—O Giraud —insistí con rencor.

—Giraud probablemente quiera matarte al terminar el Tour, pero hacerlo antes de que corones a su niño sería como dispararse al pie. No perdamos el tiempo con eso —dijo Fiona, afinando su papel de abogada del diablo.

Aunque quise insistir en mi tesis, no encontré argumento alguno. En el caso de Giraud la chaqueta de villano le quedaba perfecta, salvo que los botones estaban en la espalda. Todos mis sentidos me decían que era el culpable, pero no había manera de empatarlo con los hechos.

Callados, los tres nos sumergimos en cálculos imposibles; el silencio magnificó los golpes en la puerta y nos sobresaltaron a todos, como si el asesino viniese a presentarse a sí mismo y a sacarnos de dudas de una vez por todas.

—¡Tienes que cuidarte! —dijo Lombard empujando la puerta que yo apenas había entreabierto. Lo que dijo había dejado de ser una novedad diez días antes, pero lo soltó con una expresión de angustia tal que sentí que una pezuña rasgaba mi espalda. Involuntariamente miré al pasillo como si esperara ver a un hombre con una guadaña detrás de él.

—Hola, coronel —dijo Fiona entre divertida y cariñosa, reaccionando antes que nadie a la extraña aparición. Estaba más acostumbrada que yo a los arranques seniles que el viejo militar mostraba en los últimos meses.

Ray y Lombard se saludaron con un movimiento de cabeza sin que a ambos les interesara mirarse. Volví a preguntarme si esos dos tendrían algún pasado que preferían no exhumar.

—Caramba, tanta violencia no era necesaria, a no ser que quieran que gane un perdedor —dijo Lombard. Seguramente advirtió nuestras expresiones de confusión, porque intentó explicarse—: Paniuk y Medel son tan malos que alguien ha tenido que tumbar a medio pelotón para subir al podio —añadió en el tono de quien informa que una bicicleta es un vehículo de dos llantas. Los tres asentimos en silencio, sin ninguna gana de provocar otra de sus frases zen.

—Justamente cuando usted entró estábamos diciendo eso, que Aníbal está en peligro —dijo Fiona tras un silencio que comenzaba a ser vergonzoso. En ese momento caí en cuenta de que desde hacía algunas semanas ella le hablaba con mayor lentitud y sílabas más redondas, como si se dirigiera a un extranjero; Lombard parecía ligeramente confundido, al parecer había olvidado bien a bien a qué había venido.

—Hablé con Bimeo —dijo. Las palabras de Fiona lo habían sacado del bloqueo neuronal en el que se había atorado—. La seguridad del Tour blindará este hotel el resto de tu estancia. Conseguí que aceptara meter otra motocicleta con cámara exclusivamente para seguir tus movimientos; nadie podrá hacerte nada sin que sea documentado. Y el resto del tiempo te tendremos rodeado. Eso es lo que venía a decirte —terminó, triunfante.

—Durante todos los Alpes duermen en este hotel, ¿verdad? —me preguntó Fiona—. Eso lo hará más fácil.

En efecto, nos quedaríamos en total cuatro noches donde estábamos. La organización había preferido desplazamientos a los puntos de salida y llegada durante el día, en beneficio de un mejor descanso por las noches.

—Bimeo es un rufián —dijo Ray con desprecio—, ese debería estar en la cárcel y no a cargo de la seguridad del Tour. —En eso el periodista tenía razón. Años atrás había dejado la Interpol en condiciones oscuras y casi inmediatamente fue reclutado por Recaud, el director administrativo de la organización. Pero una vez arrancada la competencia, Bimeo era el verdadero poder: coordinaba la logística con la Gendarmería Nacional, las policías locales, las patrullas y motociclistas de caminos. Se hacía rodear por un puñado de centuriones de su absoluta confianza.

—Ya me cuidan los de Protex, de Steve, y los policías enviados por Favre —dije con una carcajada—. Si mete usted a los del Tour ya no cabrán en el pasillo.

—El asunto es encontrar al culpable y no amontonar guardias a la puerta de Aníbal —concedió Fiona—. ¿Alguna idea de quién podría ser, coronel? Bimeo debe tener alguna hipótesis; si esto estalla, será el primero en perder el puesto.

—Vengo de hablar con él. Dice que son puras exageraciones de los periodistas —y al decirlo hizo una pausa al percatarse, supongo, de que había uno entre nosotros—, el Tour es el Tour y siempre hay accidentes, trampas y malas jugadas.

—¿Bicicletas saboteadas, asesinatos en la bañera, gaseados e intoxicados? —se indignó Ray.

—Hace cien años se tiraban tachuelas a la carretera para pinchar las llantas, se cambiaban los letreros de ruta para desviar a los rivales, y gaseados ya ha habido antes —dijo Lombard, ahora sí completamente lúcido.

—En la Adriático, y fue para robarlos, no para mandarlos al hospital —protestó exaltado Ray. Ahora respiraba con dificultad, aunque se tomó un descanso para explicarnos—: Hace unos seis o siete años dos masajistas fueron dormidos con un gas filtrado por debajo de la puerta mediante un tubito; les quitaron dinero, relojes y computadoras mientras estaban noqueados, pero en la mañana ya se habían repuesto con sólo una resaca. Lo de hoy es distinto —concluyó, dirigiéndose ahora a Lombard.

—Bimeo dice que es lo mismo, les vaciaron la habitación; la intoxicación resultó más grave porque el cuarto era más pequeño que lo que los ladrones calcularon. En todo caso es responsabilidad de la seguridad del hotel, no del Tour.

—¿Y a quién debemos creerle, coronel? ¿Al que defiende lo que dice Bimeo y asegura que todo es una exageración de los periodistas, o al que entró al cuarto tratando de salvar a Aníbal de un ataque inminente? —dijo Ray con la contundencia de un fiscal que culmina un alegato irrebatible.

Así debió pensarlo también Lombard, porque miró los botes de suplementos que yo tenía sobre la mesita de noche, repentinamente distraído. Ahora parecía una madre asegurándose de que no faltase ninguna de las prescripciones.

—Toda precaución es poca; hay enemigos que ni siquiera imaginamos —dijo finalmente, regresando sólo a medias del lugar adonde los argumentos de Ray lo habían exiliado—. Todos tenemos que cuidarte, Marc, porque este año serás campeón —dijo finalmente. Se precipitó a mis brazos y me estrechó con tal torpeza que casi me hace perder el equilibrio, y sin decir más salió de la habitación.

El fuerte olor de las mentas que el viejo solía masticar humedeció mis ojos, o quizá fuera el resultado de oírlo decir mi nombre de pila, que no le escuchaba desde los primeros meses que estuvo en el cuartel.

—Está enfermo, Aníbal —dijo Fiona, también con mirada acuosa.

—¿Qué tiene? ¿La artritis otra vez?

—La vejez —sentenció ella en voz baja.

Nos despedimos, todavía turbados, tras repartir asignaciones. Quedamos de vernos por la noche para recapitular. Pensé que al final del día habría superado una de las cuatro jornadas que debía sobrevivir para salir vivo del Tour, asumiendo, claro, que en París ya ninguno de nosotros corriera peligro.

Steve pensaba diferente.

—Le dije a Stevlana que nos alcanzara en el lago, no tiene sentido que se arriesgue viniendo a París. A ver si me hace caso —me dijo durante el desayuno. Al menos no se refería a ella como Stevie cuando estaba conmigo. Por lo general, durante las comidas el resto de los compañeros nos permitían hablar con relativa reserva, él siempre en la cabecera y yo al lado, a cincuenta centímetros de separación del más próximo de nuestros coequiperos; una regla que nadie había establecido pero que incluso los más nuevos siempre acataban. Eso nos permitía participar en la conversación general y al mismo tiempo mantener diálogos más personales. Por lo demás, hablábamos ya en una especie de *creole* consistente mayormente en francés, mezclado con frases completas en inglés salpicadas del español que él había aprendido de su nana, de origen mexicano; su vocabulario en materia de alimentos y partes del cuerpo masculino y femenino era admirable en este idioma, lo cual no dejaba de ser inquietante cuando recordaba la foto de la mujer mayor que alguna vez me había mostrado.

—¿Por qué? ¿Saben algo más los de Protex? Te enteraste de lo de Conti, ¿no?

—Me lo comentaron ahora, *bro*. Sabrán más en cuanto su contacto en la policía les llame. Están preocupados y me piden redoblar precauciones. Ya me está hartando todo esto —dijo frustrado, haciendo una mueca y una pequeña contracción sobre su costado derecho. Su movimiento en la última frase me hizo pensar en lo que quería decir: a diferencia de mí, para quien las amenazas eran una terrible preocupación, en su caso era algo que dolía en cada respiración.

—Supongo que eso deja a Paniuk y a Medel como los únicos sospechosos, ¿no? —pregunté para saber si los profesionales coincidían con el panel de detectives improvisados en el que nos habíamos convertido Ray, Fiona y yo.

—Eso fue lo que les dije, pero me respondieron que no descartan nada. Parece que la Interpol encontró el vínculo entre Ferrara y el comerciante holandés que compró tu bicicleta; por eso resulta tan raro lo de Conti. Si los italianos montaron todo este numerito para hacer campeón a Matosas, lo de hoy no tiene pies ni cabeza. Sin Conti, está perdido en los Alpes.

—Y a propósito, ¿qué vamos a hacer? —ese era el tema que ambos habríamos preferido no mencionar. ¿Atacaríamos a Matosas desde hoy, cuando sus compañeros estaban en el hospital? Era el tipo de cosas que se hacen aunque no se hablan.

—Lo que diga Giraud, supongo —dijo, con pocas ganas de abordar el asunto y muchas de no asumir ninguna responsabilidad en lo que iba a suceder. No había ninguna duda de lo que ordenaría el director deportivo, por más que resultase de mal gusto. Los códigos, y en particular los de ética, no eran el fuerte de Giraud.

—El pelotón nos ayudó cuando ellos trataron de abusar y tú estabas disminuido —dije sin animosidad, aunque firme; no iba a dejar que se saliera con la suya sin admitir al menos que íbamos a cometer una cabronada.

—Mira, si perdimos tiempo con la putada que nos hicieron los italianos con lo de tu bicicleta, es justo que ahora lo recuperemos. Ni siquiera es ojo por ojo porque nosotros no fuimos los que les metimos el gas por la puerta. —Si había un *maillot* amarillo de por medio, a la hora de argumentar mi amigo podría ser un cardenal en la Corte de los Médici.

—Hagamos eso entonces. Pasaron cinco minutos desde que te caíste, hasta tomar la bicicleta y comenzar a rodar de nuevo allá en Plateau de Beille; ataquémoslos para recuperar esos cinco minutos perdidos, pero sólo eso. Yo voy a correr la voz entre algunos capitanes de equipo. Les diré que dejaremos las cosas como si no se hubieran presentado esos dos incidentes —respondí, entrecomillando con los dedos.

—¿Y cómo vas a hacer para que sean cinco exactamente?¿También vas a hablar con Jitrik, como lo de los dos minutos? —lo dijo como si fuese una broma, aunque lo sentí como un picahielos en la espalda. Así que estaba dolido porque gracias al descuento me había puesto por encima de él en la clasificación; estuve a punto de decirle que esa pena de dos minutos por tomar la bicicleta de otro la asumí gustoso con el fin de alcanzarlo y ayudarlo a reducir la pérdida tras su pinchazo, pero los hábitos nunca terminan por irse del todo: también yo fingí que era una broma y esbocé una sonrisa.

—La pregunta es si estás en condiciones de tumbárselos. Aunque Matosas es un escalador, sin Conti no podrá atacarnos, pero tampoco lo necesita. Él ya es líder, sólo le basta con no perdernos de vista para mantener su ventaja; seguro nos va a seguir como una verruga en la espalda.

—La etapa de hoy no se presta mucho; el que jodió a Conti eligió mal día, debió esperar hasta el fin de semana —respondió. En eso tenía razón. Era la primera jornada en los Alpes pero se trataba casi de un calentamiento. Matosas no tendría problemas para seguirnos pues no había cumbres de primera categoría, sólo un ascenso a montañas bajas; las escaladas importantes nos esperaban en los dos últimos días.

—No tiene que ser hoy; por lo que sé, Conti y Leandro no arrancan esta mañana, el Tour terminó para ellos.

—Descontarle la ventaja a Paniuk será más complicado —dijo, reflexivo.

—Sin considerar que él o su gente podrían ser los criminales. Y tampoco podemos descartar a Medel —dije.

—Medel no es —respondió como quien suelta una confidencia a su pesar.

—¿Cómo sabes?

—Me lo dijeron en el reporte. Los métodos de investigación de Protex no están limitados por candados legales —dijo, bajando aún más la voz. Mi gesto de confusión le llevó a añadir— : Tienen intervenido su teléfono. Resulta que Medel está convencido de que ahora lo atacarán a él, como ha sucedido con todos los que tienen posibilidades de ganar el *maillot*. Me dijeron que las conversaciones que tiene con su mujer, que está en Sevilla, son las de alguien que toma precauciones por si no regresa.

—También podrían ser las conversaciones de alguien que tiene miedo de terminar en la cárcel —objeté.

—No, *bro*, está espantado. Piensa que van a matarlo.

—Entonces es Paniuk —concluí.

—No queda otro —dijo, aunque tampoco parecía muy convencido.

Y también en eso tenía razón. Paniuk era un tipo solitario, callado y correcto del que conocíamos poco, pero a quien costaba trabajo imaginar en el centro de una trama tan enredada. Ni siquiera tenía amigos cercanos dentro del circuito y probablemente tampoco fuera de él, y ahora quedaba claro que se requería una red con mucho músculo y recursos para montar la operación que había dado tantos golpes.

En lo que no nos equivocamos fue en la predicción sobre Giraud. La mala leche del director deportivo era algo que nunca defraudaba; se mostró beligerantemente entusiasmado en el autobús que nos trasladó al punto de partida.

—Ataquen con todo, Steve —nos dijo con fiereza, como un *manager* en la esquina de un boxeador, aunque su mirada iba dirigida a mí—; recuerden todas las putadas que estos cabrones nos han hecho. Fonar es mucho más fuerte que lo que queda de Lavezza, y Medel y Paniuk no son rivales sin los italianos. Para el viernes quiero a Steve con el *maillot* amarillo —me dijo desafiante.

Me odié cuando me di cuenta de que había asentido con la cabeza, sin proponérmelo, ante la fuerza de su mirada; otro capítulo que no relataría a Fiona por la noche. Luego pensé que no había dicho nada del sábado y yo tampoco. Giraud quería tener el Tour resuelto en los próximos tres días, antes de la última y terrible jornada sabatina en el Alpe d'Huez; el viernes por la noche Steve podía dormir con el *maillot* amarillo y perderlo al día siguiente, en la última cuesta. Yo también podía ser un cardenal astuto si de salvar los restos de mi maltrecho ego se trataba.

Mientras nos apretábamos para esperar la salida en Dignes-Les-Bains, me desplacé entre las filas del pelotón para hablar con los centuriones que respetaba en otros equipos. Les informé brevemente que ese día y el siguiente atacaríamos a Matosas hasta emparejar el tiempo perdido con su chicana, y que después de eso respetaríamos la ausencia de Conti, para que todo se decidiera en la última jornada; ninguno dijo nada, pero confié en que terminarían aceptándolo como parte de los pequeños ajustes que los corredores solemos hacer para obtener justicia de parte de una organización que no la garantiza.

Supongo que mi charla dio resultado porque ningún equipo ayudó o compadeció al menguado Lavezza cuando Fonar atacó con todo: impusimos un ritmo suicida confiados en nuestra fuerza. El pelotón nos siguió, Matosas incluido; al paso de los kilómetros el contingente se fue alargando hasta fragmentarse en múltiples grupetos que simplemente trataban de sobrevivir. Rompimos el espinazo del pelotón a la mitad de la ruta, cuando trepamos el Allos, una cumbre larga aunque de pendiente no superior al cinco por ciento. En condiciones normales la mayor parte de los corredores habrían salido indemnes, pero habíamos impuesto tal ritmo que al culminar el puerto de altura quedábamos muy pocos en la punta.

Aunque Matosas podía ser un cabrón, como dijo Giraud, era un buen ciclista. Como habíamos anticipado, se pegó al último corredor de Fonar con la desesperación con que un alpinista se aferra a la única saliente de una pared vertical.

Steve rodó todo lo protegido que puede hacerlo un líder a esa velocidad. Faltando aún cuarenta y ocho kilómetros para llegar a meta, decidió correr la prueba como si fuera una contrarreloj. Había muy pocas subidas, algunos descensos y muchos planos larguísimos; en unos de estos tramos rasos cambió su marcha a una cadencia imposible, trepó sobre los pedales y se mantuvo en ellos durante varios minutos. Lo seguí como pude, pero el resto de los que nos acompañaban no pudieron producir su velocidad. Ahora fui yo quien se pegó a su cauda, temeroso de que cada centímetro que consiguiera terminara multiplicándose en angustiosos metros imposibles de remontar. Pareciera que deseaba mostrar al mundo que se encontraba, otra vez, en plenitud de facultades; quizá simplemente lo azuzaba el deseo de venganza.

Mi compañero había escogido muy bien el momento, porque Matosas y Paniuk ya iban solos y a Medel sólo le quedaba un escudero; el resto eran corredores de Fonar, que disminuyeron la velocidad en cuanto Steve partió. Desde luego, no iban a contribuir a la persecución que intentarían los rivales.

Cuando miré mi potenciómetro me di cuenta de que iba a sesenta y cinco kilómetros por hora en el tramo plano que él había escogido para fugarse; a pesar de ir protegido por su tracción me costaba mantener su velocidad. Me pregunté si después de esto Fiona seguiría pensando lo mismo sobre mis posibilidades.

Ocho kilómetros más tarde comenzamos a trepar un ligero aunque muy largo antepecho. Giraud atronaba en nuestros oídos con el reporte del estado de la carrera y nos animaba a empujar con más fuerza.

—Ahora ve tú un rato —me dijo Steve con voz sufriente, haciéndose a un lado. Al pasar junto a él le vi el rostro pálido y tenso pero me miró con ojos brillantes y retadores, no muy distintos a los de Giraud unas horas antes. Entendí que había querido hacer algo más que descontar la ventaja de Matosas. Su fuga era un *statement*, como él diría; un golpe sobre la mesa para mostrarle al mundo, y a mí, que él era el mejor. Yo me limité a ir hacia delante, como había hecho durante más de diez años.

Un rato más tarde comencé a sentir la fatiga acumulada, llevaba ya varios kilómetros sin que él me hiciera un relevo y ahora enfrentaba una ligera cuesta que me parecía interminable. Estaba pagando el precio del combustible consumido en la brutal escapada de mi compañero. Supuse que él también iba sufriendo, pese a correr detrás de mí. No obstante, en un par de ocasiones que bajé la velocidad simplemente me dijo «más» en el español de su nana; aunque no podía hablar, estaba claro que había decidido liquidar a Matosas a cualquier costo.

Incluso en esas condiciones seguimos ampliando la distancia. Después me enteraría de que Matosas y Medel corrieron por debajo de sus posibilidades. Supongo que el espíritu del italiano se había quebrado con la tragedia de esa mañana; Conti aún seguía en terapia intensiva luchando por su vida, y tampoco Medel era el mismo. Si lo que decía el informe sobre sus conversaciones telefónicas era cierto, lo más probable era que hubiera pasado en vela las últimas noches.

A medida que nos acercábamos a la meta yo preguntaba cada tantos metros el tiempo que le llevábamos a Matosas; me sorprendí de que aún quedaran cinco kilómetros cuando me dijeron que le habíamos sacado cinco minutos al líder. Justo en ese momento reduje la velocidad, me emparejé con Steve y le hice un signo discreto con los dedos: no quería que la cámara de televisión que corría en la moto unos metros por delante o el micrófono que utilizábamos registraran nuestro acuerdo. En respuesta a mi gesto Steve inclinó la cabeza, dubitativo, y luego apuntó hacia delante con el dedo índice, sin separar la mano del manubrio.

—De acuerdo, ahora yo —dijo, y me rebasó como si sólo se tratara de un relevo y ahora le tocara a él llevar la punta. Luego montó sobre los pedales y aumentó la velocidad; me pregunté si esta nueva fuga era una reacción emocional o una estrategia maquinada a lo largo de los últimos kilómetros. En cualquier caso era una putada, ya no contra Matosas sino contra mí, que quedaba como un imbécil ante los otros capitanes de ruta.

No sé si habría tenido fuerzas para seguir a Steve, quien había corrido los últimos treinta kilómetros protegido por mi rueda, pero ni siquiera lo intenté. Preferí honrar mi acuerdo: para la televisión, para el resto del mundo, el momento quedaría registrado como la muestra categórica e implacable de la superioridad de Steve sobre su gregario.

Llegué a meta 4 minutos y 58 segundos por delante de Matosas y dos minutos atrás de Steve. Mi compañero era el nuevo líder del Tour; Giraud había conseguido en miércoles lo que le habíamos prometido para el viernes. Steve me esperó en la meta a pesar de la insistencia de los inspectores, obligados a llevar al ganador de la etapa a un examen inmediato de orina.

—Es más fuerte que yo, Aníbal —me dijo al oído al abrazarme—, no pude contenerme; no se lo merecen esos miserables.

«Me lo merecía yo, imbécil, no ellos; era nuestro acuerdo», habría querido decirle, pero, como siempre, eso se me ocurrió cuando él ya había dado media vuelta camino al pabellón de la UCI.

Intenté rodar en mi bicicleta hasta el autobús de nuestro equipo y una nube de periodistas me lo impidió. Todos querían una explicación de lo sucedido; busqué ayuda entre los auxiliares de Fonar pero sólo vi cerca a Axel, quien me miraba impotente. Contestaba con monosílabos a las preguntas con que me acribillaban a diestra y siniestra; los dos guardaespaldas de Protex asistían impasibles, al parecer más interesados en mis respuestas que en sacarme del atolladero. Finalmente, Lombard vino en mi rescate seguido de un par de escuderos de Bimeo: amparados en sus gafetes oficiales pretextaron no sé qué cosas, me rodearon y me acompañaron al autobús.

Estaba por llegar al vehículo cuando me di cuenta de que los reporteros me abandonaban en tropel. Pronto entendí el motivo: al pie de la escalerilla del autobús de Lavezza, Carlo Benett, el director deportivo de los italianos, abrazaba a Matosas, quien lloraba sobre su hombro con sacudidas mudas y conmovedoras; incluso los reporteros que se acercaron respetaron el momento. Al percibir la presencia de la prensa, el director urgió a su corredor a subir los últimos escalones.

La escena duró unos instantes, pero me impactó profundamente. Matosas era aún más veterano que yo, un líder entre los suyos y un ciclista que había vivido absolutamente todo en el circuito; verlo llorar de esa manera resultaba sobrecogedor. Quizá había sido informado de la muerte de Conti, pensé, o tal vez el zarpazo de Steve en el ascenso indicaba el final de su carrera.

Tomé asiento tratando de sacudirme la tristeza. Me obligué a recordar que Matosas y Benett habían diseñado el ataque que tenía a la Bestia en el hospital con fracturas múltiples, y todavía peor, podían ser los autores intelectuales del sabotaje a la bicicleta que pudo quitarme la vida. Pero estas consideraciones no mejoraron mi ánimo, sólo provocaron que sumara a la tristeza una profunda fatiga.

En el autobús, durante el largo regreso al hotel de Gap, tuve que aguantar el ambiente festivo del equipo. Giraud celebraba como si el Tour ya estuviera ganado y al día siguiente fuésemos a entrar a París, y quizá tenía razón; Steve ya era el líder, y con la superioridad de Fonar en la montaña y el desmantelamiento de los equipos rivales no parecía haber motivo para pensar lo contrario. Aunque más discretos que el director, el resto de los compañeros también festejaban: la conquista del *maillot* amarillo aseguraba los bonos económicos que todos ellos habían venido a conseguir. Sólo yo asistía a la coronación improvisada con una sonrisa congelada y los ánimos por los suelos. Steve no volvió a acercárseme el resto del día.

—¿Qué pasó, Mojito? —dijo Fiona, a mitad de camino entre la preocupación y el reclamo, al entrar en la habitación en la que Axel me aplicaba el masaje de rigor. Nunca antes había irrumpido en una sesión, pero había observado por televisión la manera en que Steve me dejó plantado en los últimos kilómetros y estaba desconcertada—. ¿Te dio la pájara? —agregó, incrédula.

Estuve a punto de ponerla al tanto de lo sucedido en la mañana, aunque no quería nutrir su aversión por mi compañero, o quizá simplemente tampoco en esta ocasión quería quedar ante sus ojos como un perfecto idiota; además, no era algo que pudiese decirse enfrente de Axel.

—Un bajón, algo así —musité, como si la presión del masaje apenas me permitiera emitir sonidos.

—Eso puede sucederle a cualquiera, cualquier día —dijo reflexiva—. Además, primero te desgastó haciéndote correr por delante casi veinte kilómetros.

—Al menos recuperamos terreno y Steve ya es líder de la competencia —comenté, más para los oídos de Axel que para los de Fiona; el auxiliar podía ser de toda mi confianza, pero no quería ponerlo a prueba. Ir contra Steve equivalía a traicionar a Fonar, su empleador.

—Por suerte ya no hubo incidentes en la carretera —dijo ella, mirando a un Axel visiblemente incómodo con su presencia. Fiona observó, al parecer fascinada, la manera en que otras manos recorrían un territorio que ella había asumido como propio; estiré un brazo y acaricié la piel de su tobillo. Se despidió tras hacer un gesto de agradecimiento en dirección a Axel, aunque ninguno de los dos entendimos exactamente el motivo.

Más tarde, en la habitación, encontré en el celular varios mensajes de Favre. En resumen, me decía que Conti había sobrevivido, aunque seguiría hospitalizado: esperarían a que se recuperara lo suficiente para ser interrogado sobre Ferrara y su papel en el sabotaje de mi bicicleta. El comisario quería provocar una división entre los italianos, volviéndolos unos contra otros; él no descartaba que Ferrara hubiera intentado eliminar cómplices al sentir a la policía tan cerca en las investigaciones. Me pidió que lo pusiera al tanto de cualquier antecedente que pudiera servirle para enfrentarlos entre sí.

Mientras pensaba una respuesta entró un mensaje de Steve: «Mira lo que nos espera en el lago», rezaba el pie de foto de la imagen de un velero espectacular; «Dile a Fiona que prepare el traje de baño», agregó en un segundo envío. Asumí que Steve debía estar desesperado por limar nuestras asperezas; era la primera vez que involucraba a Fiona en alguno de sus planes. Contuve el impulso de responder, aunque decidí que esta vez no sería tan condescendiente con mi amigo. En los siguientes días trabajaríamos juntos para lograr su quinta corona en el Tour, pero yo deseaba que al menos hoy su canallada no pasara inadvertida.

Antes de dejar el celular advertí varias llamadas en el buzón. Eran de Bernard, el hijo de Lombard; me pedía que le respondiera tan pronto me fuera posible. Supuse que ya había analizado los datos de la jornada de hoy y habría advertido que mis revoluciones por minuto y la potencia de mi pedaleo eran más que suficientes para haber seguido a Steve en la escapada, y seguramente quería comentarlo conmigo.

En lugar de responder a su llamada hice algo impulsivo, inexplicable. Le envié un mensaje a Matosas: «Me alegra que Conti esté fuera de peligro», escribí también la palabra *abrazo*, pero la borré antes de despacharlo. Luego apagué el teléfono.

Esa noche bajé a cenar lo más tarde posible para evitar a Steve y al resto de los compañeros. En nuestras mesas sólo quedaban dos mecánicos, quienes me dijeron que Steve había dejado instrucciones de que me llevaran a un saloncito del hotel, donde Giraud había dispuesto una pequeña celebración en honor al triunfo de ese día; pretexté un tirón en la espalda y la necesidad de descanso, y me retiré a la habitación. Fiona —a quien había dado llave— y Ray ya me esperaban en ella. El reportero tenía novedades.

—Estuve platicando con Havel, quien publicó hace tiempo una biografía de Paniuk —dijo. Johanes Havel era el Ray Lumière de Europa del Este, un periodista veterano para quien el ciclismo no tenía secretos—. El checo no es tan inocente como parece. No está claro si es huérfano o fue abandonado, pero pasó por algunas casas de adopción y entre los catorce y los dieciséis entró y salió de reformatorios juveniles por delitos propios de bandas de chicos. El ciclismo fue el recurso que encontraron sus mentores para apartarlo de la calle.

Pensé que mi juventud podría no haber sido muy distinta si la bicicleta no se hubiera atravesado en mi camino a los trece años de edad. Lejos de ser un motivo de sospecha, su conversión en atleta profesional me parecía aún más meritoria y eso fue lo que le dije al periodista.

—Pero hay un dato que llamó mi atención entre los delitos por los que cumplió condenas cuando era menor de edad —insistió Ray—: él y otro chico hicieron explotar los tanques de gas de la cafetería de un tipo con quien tenían problemas. Provocaron un incendio que destruyó el lugar.

Volví a sentir la bocanada de aire hirviendo sobre mi espalda y un ligero tufo a cenizas golpeó mi nariz. Algo similar debió experimentar Fiona porque la vi mirar el piso y afianzar su equilibrio entre las dos piernas, como alguien que camina en el pasillo de un barco.

—¿Y cómo habría tenido Paniuk acceso a explosivos militares como los que se usaron en la casa rodante? —pregunté, concediéndole aún el beneficio de la duda.

—¿Y de dónde sacó los cómplices para los otros diez o doce ataques? Podrá ser líder de equipo, pero el tipo está más solo que la una —añadió Fiona.

—Yo sólo paso la información obtenida —dijo Ray encogiéndose de hombros—. En todo caso, Paniuk y su equipo son los únicos que no han sido atacados; tiene que ser el responsable.

—Y Medel sigue vivo en la clasificación general —añadió Fiona.

—Elimina a Medel —dije resignado, y les relaté lo que Steve me había dicho de las intervenciones telefónicas y los correos electrónicos del español.

—Supongamos por un momento que fue Paniuk —afirmó Fiona en tono de maestro de escuela—. Eso significaría que su estrategia ha sido un fracaso rotundo. Está en tercer lugar, a un minuto de Steve Panata y con la policía soplándole en la nuca. En este momento tiene más posibilidades de vestirse de naranja que de amarillo. —Traté de recordar el uniforme que usan los prisioneros en las cárceles francesas pero sólo me vino a la mente, igual que a Fiona, la imagen de las películas estadounidenses.

—El plan de Paniuk no es absurdo —objetó Ray—; seguro que terminará por encima de Matosas y de Medel, quienes están desmoronándose. Si lo del tanque de gas o lo de la bicicleta saboteada hubiera tenido éxito, Fonar también estaría en la lona.

«Y yo en un ataúd», pensé, aunque no dije nada.

—Y Paniuk sería campeón —completó Fiona, aunque no se oía del todo convencida—. Descartemos al checo por un momento y busquemos un responsable que pueda encajar con los hechos, por más forzado que nos parezca. Al menos así eliminamos opciones —agregó, como quien sopesa otra razón para explicar la extinción de los dinosaurios. A mí me encantó porque ofrecía la posibilidad de volver a meter a Giraud en la trama, pero me contuve.

—Supongamos que fueron Ferrara y sus cómplices desde el principio y que al sentir a la policía sobre sus espaldas decidieron golpear a Conti y a Leandro; con ello silenciaban a dos eslabones débiles que podían convertirse en delatores y, de paso, libraban de sospechas al equipo italiano —dije.

—Tiene más sentido que lo del pobre Paniuk —murmuró Fiona.

—Y tampoco podemos descartar a Giraud —añadí, animado por el éxito de mi intervención—. Con esa misma lógica podríamos asumir que él orquestó los diez o doce primeros ataques para dejar a Steve solitario en la punta. Nunca creyó que Matosas y Paniuk serían rivales porque no previó que los tres equipos funcionarían como uno solo.

—¿Y cómo explicar el ataque a la casa rodante en tu contra? —cuestionó Ray.

—Trató de deshacerse de Aníbal porque sin Cuadrado ni Stark en el camino, sabía que era el único que podía vencer a Steve —dijo Fiona como si fuese una revelación—. Eso sí que tiene sentido: tú eres el único que no se da cuenta de que estás listo para el *maillot* amarillo. Giraud te tiene más miedo a ti que a Matosas o a Paniuk —agregó, dirigiéndose ahora a mí.

—Había formas menos sangrientas de neutralizarme, ¿no creen? Digo, un director deportivo tiene muchas maneras de manipular e influir en lo que hagan sus corredores.

—También intentó eso —dijo Ray—. Recuerde el papel de utilero que le impuso, cargando bidones desde Mende a Valence. Buscaba desguanzarlo antes de llegar a la montaña.

—El ataque contra la casa rodante vino justo la noche de la etapa contrarreloj, cuando sorprendiste a todos con un tiempo muy cercano al de Steve. Creo que en ese momento Giraud se dio cuenta de que eras un verdadero peligro —dijo Fiona.

—Eso explicaría que hayan fallado en la explosión del vehículo; fue una decisión apresurada. Nadie sabía que el tanque de gas estaba casi vacío —dijo Ray.

—Lo sabían Fiona y Lombard; ellos, imposible —coincidí.

—Ellos —dijo Fiona para sí misma—. ¿Quiénes serán ellos? —preguntó, ahora sí dirigiéndose a Ray y a mí.

Los tres reflexionamos en silencio tratando de reconstruir lo que cada uno sabía de Giraud, buscando identificar a sus aliados. Yo los encontré de inmediato, pero me guardé de mencionarlos en voz alta.

—¿Cómo se llama la compañía esa que protege a Steve? —dijo Fiona, leyéndome el pensamiento.

—Protex —respondí resignado.

—Parecen lo bastante siniestros como para hacer todo eso —convino Ray en voz baja, cobrando conciencia de que uno de los guardaespaldas estaba en el pasillo. Al parecer, a ellos les tocaría el turno de esa noche. Traté de recordar el volumen de voz que habíamos utilizado durante la velada.

—¿Habrá micrófonos? —se preguntó Fiona con voz apenas audible. Los tres nos habíamos aproximado de manera inconsciente, como si el fresco de la noche nos exigiera estrechar el círculo en torno a una fogata imaginaria.

—Giraud tendría los motivos y Protex el músculo, todo para asegurar el triunfo de Steve —sentenció Ray.

—El asunto es descubrir si Steve está involucrado en esto —dijo Fiona.

Algo en la manera de plantearlo me hizo pensar que lo estaba disfrutando; no era muy diferente al gozo que yo había experimentado minutos antes cuando llegamos a la conclusión que hacía de Giraud el principal sospechoso.

—¿Saben ustedes quién trajo a Protex al entorno de Steve? —preguntó Ray.

—Creo que fue Benny, el representante —dije.

—Para el caso da lo mismo. Están con ustedes desde hace un par de años, ¿no? Giraud o el mismo Steve pudieron hacerles la propuesta, son casi parte de su familia y nunca se le despegan.

—Podrían trabajar para quien sea, son unos mercenarios —dije.

—En suma, Giraud o Ferrara —dijo Ray.

—A Ferrara ya lo está investigando la policía. Por desgracia, no me parece que Favre tenga a Giraud en la mira: él descarta de la lista de sospechosos a cualquiera que trabaje para Fonar. Los ataques que he recibido nos libran de culpa a todos.

—Todavía peor —dijo Fiona—. Si Ferrara es el criminal ya no estás en peligro, porque es obvio que al atacar a Conti optó por borrar huellas y retirarse. Pero si es Giraud estás en peligro, quizá más que nunca, porque sabe que si te lo propones puedes derrotar a Steve en el Alpe d'Huez.

—Exacto —dijo Ray, y los dos me miraron: él con curiosidad, ella con apremio. Ambos esperaban mi respuesta.

—Buscaré a Favre, quizá pueda lograr que retome la investigación sobre Giraud —dije sin mucha esperanza.

—Por lo pronto, no me parece que sea buena idea pasar la noche con un guardaespaldas de Protex en la puerta; el bruto que está afuera no me pareció policía —dijo Fiona.

—Sí, es de los de Steve, y justo es el matón que pisoteó el pie de Lombard. Pero no tengo manera de echarlo, son instrucciones de Fonar —respondí.

—Le pediré al coronel que te mande a alguien, al menos así tendrán vigilados a los de Protex: protección contra la protección —propuso ella, y sacó su celular para llamar al militar.

—¿Desde cuándo dispone Lombard de los guardias del Tour? —pregunté.

—Él y Bimeo se han vuelto inseparables en los últimos meses. Ahora lo arreglo. Y me quedaré esta noche contigo, será mucho más difícil que se inventen un accidente si estamos juntos —concluyó ella.

—Y duerman con la ventana abierta, por aquello de que quisieran repetir el numerito del gas somnífero —propuso Ray—. Mucha suerte, Aníbal. Dentro y fuera de la carretera —dijo al despedirse.

Diez minutos más tarde tocaron a la puerta dos tipos que parecían cualquier cosa menos guardaespaldas.

—Nos envía Bimeo, vamos a cuidarlo toda la noche —dijo uno de ellos con resolución, como si se estuviera comprometiendo a subir el Everest; los restos de comida entre sus dientes equinos habrían alcanzado para alimentar un campo de refugiados. Ese era el Quijote, alto, flaco y desgarbado; Sancho, en cambio, dejaba en claro que nunca había desperdiciado una comida en su vida. Sin el bigote, bien podría pasar por una mujer en su octavo mes de embarazo.

—Gracias, muy halagado —dije más bien divertido. Pensé que en caso de una agresión serían más útiles como testigos que como defensores, y eso siempre y cuando en algún momento voltearan hacia atrás durante su huida. Sobre unos bancos altos, probablemente incautados del pequeño bar del hotel, se instalaron en el pasillo frente al hombre de Protex; el Sarcófago los vio con desprecio y no poca indignación. Su oficio se había degradado varios niveles en la escala profesional. Ellos respondieron con una mirada de fiereza, amparados quizá en los carnets que colgaban de sus cuellos, aunque en el caso de Sancho más bien reposaba sobre el estómago, incluso cuando estaba de pie.

—Al menos se correrá la voz de que ahora también estoy protegido por Bimeo —le dije a Fiona cuando nos quedamos solos—. A ese le tienen miedo todos.

—Es un poco canalla, aunque supongo que algo tan complejo como el Tour necesita que alguien alce la voz y pise callos para meter en cintura a tantos funcionarios locales, policías y gendarmes —respondió.

—No sé a quién puedan meter en cintura esos que están afuera —dije.

—Bimeo no los recluta por sus habilidades sino por su lealtad. Y no hay que dejarnos llevar por la apariencia; el gorila de Steve es un mercenario, el gordo y el flaco, en cambio, matarían por su jefe.

Los dos nos quedamos suspendidos en esa última palabra. ¿Matarían a Fleming por Bimeo? Probablemente si este lo ordenara, pero el jefe de seguridad del Tour sería el último interesado en provocar algún accidente durante la competencia, no digamos una muerte.

—Supongo que es una ventaja que estén de nuestro lado, o bueno, del lado de Lombard, al menos. ¿Por qué se han hecho tan amigos él y Bimeo? ¿Tú sabes?

—Favores mutuos, me imagino. Lombard pasó más de veinte años a cargo de guarniciones de Alpes y de Pirineos, el viejo siempre se las ingeniaba para estar cerca de las montañas. Conoce a todos los jefes locales de la policía, muchos políticos y funcionarios de la región son sus amigos. Esas relaciones deben ser oro molido para la logística del Tour, al menos la que le toca a Bimeo.

Pensé en el viejo con cariño. Con sus modales corteses y ceremoniosos, siempre distantemente amable con todo lo que no fuera el ciclismo, el coronel había conquistado amigos y ningún rival en una buena porción de la geografía francesa.

Una vez más concluí que había sido ingrato con él durante los últimos días. Gracias a su intervención me habían borrado los dos minutos de penalización, y ahora un Quijote y un Sancho cuidaban mi puerta del guardaespaldas que podría estar trabajando a las órdenes de Giraud. Me propuse buscarlo en la mañana para intercambiar alguna palabra amable; eso me hizo recordar los mensajes que me había dejado su hijo. Instintivamente miré mi teléfono y observé dos nuevas entradas.

Una era de Favre: «Detuvimos a Ferrara, comenzamos a interrogarlo. Lo mantengo informado». Pensé que el laconismo digital del comisario se estaba recrudeciendo; a este paso terminaría escribiendo en infinitivos. Pero lo tomé como una buena noticia, si el italiano resultaba ser el asesino y el detective lograba una confesión, todo habría acabado y podría concentrarme en la carrera. Aunque si no lo era, Giraud habría ganado tiempo para organizar otro golpe en mi contra. Decidí no pensar en eso por el momento.

El otro mensaje no tenía un remitente conocido aunque reconocí el prefijo de Andorra en el número telefónico: «Paremos esto, me urge hablar contigo. ¿Mañana por la noche en tu hotel?». El texto en italiano no requería mayor investigación, el ego de Matosas asumía que el resto del mundo sabía que vivía en Andorra y no necesitaba firmar sus mensajes. Intrigado, lo comenté con Fiona.

—Debe estar asustado. No se identifica porque cree que eso podría incriminarlo, como si un mensaje de WhatsApp no fuera una firma —dijo.

—Es por el interrogatorio a Ferrara. Lo mismo hizo Axel cuando detuvieron al Dandy; me buscó para que intercediera por él ante el comisario.

—Es probable —dijo reflexiva—, y no está mal. Así nos enteramos de lo que sabe.

—O de lo que quiera decirnos.

—Algo tendrá que ofrecer, como hizo Axel; te confesó lo de la venta clandestina de tu bicicleta para tratar de zafarse de lo demás.

—¿Qué piensas? ¿Le adelanto algo al comisario? —pregunté, pero aun antes de que me respondiera sabía que era una mala idea.

—Mejor espera a escuchar lo que va a decir Matosas; primero hay que intentar lavar los trapos sucios en casa —dijo. Yo ya no le hacía caso; había comenzado a desvestirse de forma mecánica tirando la ropa sobre una silla, sin asomo alguno de coquetería. El suyo era un cuerpo que no necesitaba de los recursos de la seducción: sus caderas anchas, sus senos bamboleantes sobre el vientre plano y su mata de pelo rojo me habrían inquietado incluso si el Asesino del Tourmalet, como lo llamaba la prensa, hubiera entrado en la habitación.

Esa noche nos dormimos en posición fetal, ella abrazando mi espalda; en teoría, la disposición más conveniente para impedir arrebatos inoportunos en mi cuerpo. Pero me tomó un buen rato dejar de pensar en el suyo y refugiarme en la letanía de la clasificación general.

Clasificación general, etapa 17

1	Steve Panata	69:06:49	«El quinto *maillot* parece inevitable».
2	Alessio Matosas	+ 38"	«¿Me busca para salvarse de la policía, o para asesinarme?».
3	Milenko Paniuk	+ 1' 00"	«El más hermético; ¿será el asesino, y no lo veo?».
4	Marc Moreau	+ 1' 31"	«No ganaré el *maillot*, pero puedo estar en el podio».
5	Pablo Medel	+ 7' 43"	«El español está fuera de la pelea, salvo que ocurra una locura...».
6	Óscar Cuadrado	+ 12' 59"	
7	Luis Durán	+ 14' 36"	
8	Serguei Talancón	+ 15' 48"	
9	Anselmo Conti	+ 18' 12"	
10	Rol Charpenelle	+ 18' 46"	

ETAPA 18

Antes de despertar por completo, la cumbre del Glandon ya se había instalado en mi cerebro. No la corríamos todos los años, pero siempre la recordaba con aprecio porque en ella vivimos la jornada clave para que Steve ganara su primer Tour tras responder a todos los ataques de Batesman.

Recordar a los ingleses me acarreó la primera dentellada del día. Nunca más mediríamos fuerzas Fleming y yo en esas pendientes peladas entre desfiladeros mortales. Ahora que era un cadáver y no un competidor fiero e implacable, venía a mi mente su rostro más amable, la manera meticulosa en que revisaba su bicicleta antes de subir en ella, como si desconfiara de sus mecánicos; la forma en que balanceaba la cabeza mientras pedaleaba, como los monitos pegados en los tableros de los taxis en el tercer mundo.

Me pregunté si también él había tenido una Fiona que le hiciera creer que podía ser mucho más que un gregario. Comparé mentalmente los méritos de Fleming con los de su líder y rechacé esa posibilidad; Stark era un escalador portentoso, aun cuando flaqueara en la contrarreloj. Y por lo demás, no creo que Fleming hubiese acariciado esa posibilidad ni en sus sueños más descabellados: él encarnaba la esencia misma del escudero. Seguramente se revolvería en la tumba de saber que su muerte le había quitado a Stark cualquier posibilidad de ganar esta carrera.

Quizá Fleming habría dicho lo mismo de mí. Que nunca podría dejar de ser un gregario, que jamás podría vencer a mi líder; y sí, también que estaría dando golpes dentro del ataúd si Steve hubiera abandonado el Tour por culpa de mi muerte.

Deseché todos estos pensamientos y traté de concentrarme en la jornada que tenía por delante. La estrategia era sencilla: mantener a Steve en la punta de la clasificación general, y eso significaba simplemente impedir que Matosas o Paniuk llegaran a la meta antes que él. Medel prácticamente estaba descartado, a no ser que lograra una remontada histórica. En todo caso, ninguno de mis compañeros suponía una dificultad para el equipo Fonar en pleno. Podríamos incluso llegar primeros y ampliar la ventaja acumulada, aunque yo daba por descontado que Giraud ordenaría una táctica conservadora; no había necesidad de desgastar a Steve.

Pensé de nuevo en la decepción que sufriría Fiona con el triunfo de mi compañero, pero tendría que conformarse con verme salir vivo de París. Si me quería, eso debería ser suficiente. Pasé la mano por el hueco que su cabeza había dejado sobre la almohada, en busca de alguno de sus cabellos rojos; desde temprano se había deslizado fuera de la habitación tras darme un beso en el hombro. Encontré un rizo pequeño de procedencia inequívoca y deseé con fuerza que ya fuera el lunes para hacerle el amor sin prisas ni remordimientos, aunque para eso faltaban cuatro días y casi setecientos kilómetros, algunas aprehensiones policiacas y, esperaba, ningún otro crimen que lamentar. Me equivocaba, por desgracia.

—Acabo de hablar con los de Protex, *bro* —me dijo Steve tan pronto me senté a su lado para tomar el desayuno; sabía que eso me interesaría. Se mostraba solícito y risueño, consciente de que yo seguía molesto por el abuso del día anterior. No había respondido a los mensajes que me envió con cualquier pretexto durante la víspera.

—¿Qué te dijeron?

—La policía lleva toda la noche interrogando a Ferrara —me dijo ufano—, por lo de tu bicicleta.

—Lo sé desde ayer —contesté seco, aunque sin hostilidad.

—Están convencidos de que los italianos son los que cometieron todos estos *incidents*.

—¿Quiénes están convencidos? ¿Los policías, o los de Protex?

—Los dos. Con eso los de Lavezza están fritos y el *maillot* ya no me lo quito hasta después de París —dijo triunfante. Yo mantuve el silencio, como si cortar la fruta y ponerle leche al muesli fuera una tarea tan demandante como desactivar una bomba—. He estado pensando en tu carrera, *brother* —dijo a continuación, y eso consiguió parar en seco mis movimientos, como si la indecisión sobre qué cable cortarle a la bomba me hubiera paralizado. Por lo general era de su carrera de la que hablábamos, no de la mía.

—Este será mi quinto *maillot* en Francia, necesitaré otro para romper el récord. Estoy pensando no correr el Giro ni la Vuelta el año entrante y concentrarme sólo en el Tour —reveló. Entendía su deseo de superar a los cuatro grandes de la historia del ciclismo: Anquetil, Merckx, Hinault e Induráin habían ganado cinco Tours y nunca pudieron pasar de allí; se le conocía como la maldición del sexto. Solamente Lance Armstrong había conseguido siete, pero le fueron quitados cuando se comprobó que lo había hecho dopado. Steve quería pasar a la historia como el más grande de todos.

—Muy loable —asentí—, aunque es de tu carrera de la que estamos hablando.

—Las dos van juntas, *bro* —respondió animado. Al parecer ahora me tenía donde quería—. Si no corro el Giro y la Vuelta, me aseguro de que el equipo te lleve como líder, y en eso Lombard tiene razón: sin mí en medio, apuesto la cabeza a que le ganas a todos —hizo una pausa reflexiva y agregó—: Por lo menos una de las dos vueltas, seguro.

—¿En serio? —me olvidé del muesli, de la bomba y de la traición del día anterior. Ganar el Giro de Italia o la Vuelta a España no equivalían al Tour, pero era lo siguiente más grande que había en el ciclismo: representaba salir de las filas anónimas de los gregarios y entrar a las páginas de la historia, por los siglos de los siglos. Nadie me había dado una noticia tan buena desde que mi madre me entregó una bicicleta y Fiona se deslizó en mi cama. Luego recordé un obstáculo—: Giraud no iba a aceptarlo.

—Giraud no va a estar el año que entra —me dijo en un susurro, inclinándose sobre mi plato.

—Escuché el rumor, no sabía si era cierto.

—Giraud no va a estar, pero tampoco nosotros. El creador de Snatch, de Silicon Valley, es fan de la bicicleta y quieren armar un equipo, obviamente en torno a mí —dijo pensativo. Sólo en Steve una declaración tan inmodesta no resultaba grosera; de hecho, sonaba natural—. Los del dinero quieren a un gringo para director deportivo de Snatch, porque así se va a llamar el equipo, y han pedido mi opinión sobre un par de candidatos. En la práctica seré yo quien habrá de palomearlo, y sea quien sea le dejaré en claro que tendrá mi apoyo solamente si me promete lo que acabo de decirte.

—*Il Giro* —dije en una caricia—, y ganárselo yo mismo y en su propia casa a los italianos será un golpe con guante blanco luego de los ataques a la casa rodante y a mi bicicleta —aunque tras decirlo, mi pesimista atacó de nuevo—. Oye, ¿y de dónde vamos a sacar a los compañeros para ganar todo eso en apenas un año? ¿Y los mecánicos y auxiliares?

—No te preocupes, tendremos un presupuesto bestial. El patrón de Snatch está encantado con la posibilidad de que un americano rompa el récord histórico de los seis Tours y está dispuesto a abrir la cartera, los presupuestos que manejan Batesman y Fonar son cacahuates comparados con lo que me han prometido, así que podremos contratar un *dream team* si lo queremos. Sólo piden que me mantenga limpio: les he asegurado que voy a orinar más transparente que un bebé —soltó con una carcajada.

—No sé si estaremos listos para el Giro; el año entrante Stark y Cuadrado vendrán con todo luego de esta derrota —dije pensativo—. Sólo tendríamos cuatro meses de competencia para embalar un equipo totalmente nuevo antes de ir a Italia en mayo; mejor apostar por la Vuelta a España en agosto.

Steve calló unos instantes y luego habló como si la tregua hubiera terminado.

—No hay que confundirse, Aníbal, Snatch se formará para ganar el Tour y para hacerlo tantas veces que el *maillot* amarillo, yo y el nombre del equipo terminen siendo sinónimos. Participaremos en el Giro y la Vuelta solamente para acostumbrar al equipo a competencias de tres semanas y quizá en otras vueltas para darle fogueo a los corredores, así que iremos al próximo Giro estemos listos o no, de ti depende que lo quieras aprovechar; yo prefiero descansar para no poner en riesgo el sexto *maillot* amarillo.

—¿O sea que ya das por ganado el de este año?

—¿Tú no? —preguntó sorprendido, desconfiado.

—Mientras no tengamos una confesión de los que mataron a Fleming, el peligro sigue allí afuera.

—La policía y Protex están seguros de que son los italianos. Paniuk y su entorno están cableados, no pueden ver la televisión sin que sepamos qué miran, y no veo quién más pueda quitarme el *maillot*. ¿Tú ves a alguien? —inquirió, y una vez más la intensidad de su mirada mientras esperaba la respuesta me hizo pensar que su pregunta venía de muy atrás, de cuando en los entrenamientos en Girona lo dejaba rezagado en las trepadas más exigentes.

Lo que dijo sobre Paniuk me inquietó. ¿Desde cuándo espiaba Protex a los rivales? ¿Fue después de los ataques, como un recurso de investigación para proteger a Steve, o habían comenzado antes? ¿Hasta dónde llegaban? ¿Me incluían también? ¿Estarían al tanto de las conversaciones que teníamos Fiona y yo sobre mis posibilidades de conquistar el *maillot* amarillo a sus espaldas? La inquietud se convirtió en escalofrío. Quizá eso explicara la generosa oferta de convertirme en líder en algunas vueltas importantes: temía que mi amante terminara por convencerme y lo atacara en los Alpes. Con su invitación neutralizaba desde ahora y en el futuro que yo pudiera disputarle un Tour.

—No, no veo a nadie. Esto del asesino me tiene un poco paranoico —dije para salir del paso—. Oye, ¿Giraud sabe algo de Snatch? Me da la impresión de que anda más acelerado que antes, casi descontrolado. ¿No será por eso?

—No sabe nada, sólo mi representante y ahora tú; ni siquiera Stevlana —dijo como si eso significara algo. La rusa se enteraba de pocas cosas en la vida además de su imagen reflejada en el espejo o en las pantallas—. Aunque está enterado de que los dueños de Fonar quieren hacer un cambio drástico. Pobres, no saben que el cambio drástico se lo vamos a aplicar nosotros a ellos.

El comentario de Steve sobre Fonar me pareció un tanto cínico, incluso desagradecido. Hasta donde sabía, lo habían arropado durante años con todo tipo de prebendas y privilegios, algunos incluso inusuales. Lo cierto es que si sus planes se concretaban, terminaríamos desfondando a Fonar al llevarnos a lo mejor de sus corredores, mecánicos y auxiliares. En suma, una putada.

Me pregunté si llegado el caso mi *bro* incurriría en una putada en contra mía. O quizá de nuevo estaba siendo injusto con él: yo no estaba enterado de los detalles de sus negociaciones, podría haber tensiones recientes sin que yo lo supiera y que justificaban la salida de mi amigo del equipo Fonar. Y, por otro lado, ¿no era una putada la mera idea de considerar darle esquinazo y traicionarlo al pie del Alpe d'Huez?

Sacudí estos pensamientos y ambos optamos por hablar sobre la ruta del día; nos regodeamos con el recuerdo del ascenso al Glandon cuatro años antes y terminamos chocando las palmas en alto con un entusiasmo más fingido que real. Al ponerme en pie capté a Corintios observándome con el ceño fruncido: era uno de los capitanes a los que el día anterior les había asegurado que nuestro ataque contra Matosas no pasaría de cinco minutos. Bajé la mirada y me sentí una mierda mientras buscaba la puerta de salida del comedor.

Volví a recordar la conversación con Steve sobre el espionaje a Paniuk, el cambio a Snatch, mi posibilidad de ganar el Giro. Una punzada se abrió camino en mi esternón, aunque no supe si obedecía al entusiasmo o a la aprensión. Le escribí un mensaje rápido a Lombard: «¿Tiene manera de revisar mi habitación para librarla de micros o cámaras, si los hay? Le dejo la llave con Axel». En cuanto lo envié caí en la cuenta de que acababa de cometer un error; probablemente también yo estaba intervenido, fuera por iniciativa de Protex o del propio Steve. Y por otra parte, echar a andar a Lombard tampoco era una buena idea; el viejo se mostraba cada vez más errático.

Agradecí el reclamo de la carretera y la posibilidad de sumergirme cinco o seis horas en el recorrido, sus preparativos y sus secuelas. La estrategia conservadora que seguiríamos nos evitaría un desgaste excesivo, pero subir y bajar el Glandon exigiría una concentración absoluta. Sólo esperaba que las agresiones del criminal efectivamente fuesen cosa del pasado.

Únicamente Paniuk y su equipo, Rabonet, pusieron en riesgo el presupuesto que habíamos hecho de la etapa. El checo nunca había estado tan cerca de un *maillot* amarillo y nunca volvería a estarlo; quedarse en tercer lugar era lo mismo que ahogarse a la vista de la playa. Haría lo indecible por descontar el minuto que perdía en la clasificación general.

Pero, en efecto, Rabonet no era rival para Fonar. Una y otra vez respondimos a sus ataques, más incómodos que peligrosos. A sus gregarios les sobraba entusiasmo y les faltaban piernas para subir el Glandon; a la mitad del ascenso me puse a la cabeza de Fonar, levanté un punto la velocidad de marcha y con ello dejamos atrás a todo el equipo checo salvo a Paniuk. Los ataques cesaron de inmediato.

Matosas y Medel simplemente acompañaron a Fonar. Advertí un par de miradas de parte del italiano pero no pude descifrarlas; recordé la cita de esa noche y volví a preguntarme qué revelaciones haría. Lo que estaba claro es que entre sus planes ya no figuraba el *maillot* amarillo, quizá apenas conservar un lugar en el podio. Corría a nuestra rueda sin otro propósito que llegar a meta junto a nosotros.

Tampoco Medel parecía una amenaza. Visiblemente era el más cansado de todos los líderes, lo cual confirmaba que no era un corredor de tres semanas y menos aún si el insomnio lo carcomía por las noches, convencido como estaba de que no saldría vivo del Tour.

Llegamos a la meta un grupeto de diez corredores, cuatro de ellos de Fonar, además de Matosas, Paniuk y Radek, entre otros. El polaco emprendió una fuga un kilómetro antes del final pero ninguno decidió seguirlo. Podía fundirse hoy si quería, a cambio de ganar una etapa; se encontraba en la posición cincuenta y dos de la clasificación general, a casi dos horas de distancia del líder. Los demás teníamos que ahorrar energía para las montañas del viernes y del sábado, antes del arribo a París. Medel entró cincuenta y ocho segundos más tarde. Los demás mantuvimos las mismas posiciones.

Me dio gusto por Radek. Con sus dos triunfos de etapa parecía haberse olvidado de los viejos agravios, o eso es lo que yo había creído.

El regreso a Gap fue largo y tedioso; justo hoy habíamos alcanzado los tres mil kilómetros de recorrido acumulado y nuestros cuerpos mostraban los estragos. Para la tercera semana de competencia el músculo comienza a consumir la escasa grasa que podemos ofrecerle: más de un compañero pasaría exitoso el *casting* de una película sobre refugiados o campos de exterminio. Salvo alguna razón extraordinaria para celebrar, como la de ayer, a estas alturas de la competencia el ambiente en el autobús suele ser el de una funeraria, pero sin los chistes ni el alcohol. Cada cual se encierra en su fatiga y sus demonios, en lo que hizo o dejó de hacer en la carretera, en la esperanza de que el masaje que nos espera en el hotel logre llevarse el pequeño tirón que podría transformarse en esguince.

Me angustiaba la sesión que más tarde tendría con Matosas; una cosa es recibir las confesiones de Axel, mi auxiliar, y otra encontrarte con alguien a quien has considerado un asesino las últimas dos semanas. Pensé que me sería útil saber algo sobre el interrogatorio de Ferrara antes de mi cita con el italiano.

Mientras Axel trabajaba sobre mi cuerpo en su habitación del hotel, envié varios mensajes a Favre sin obtener respuesta: quizá el comisario había dado por muerta la relación con el sargento Moreau, su «hombre adentro», tras mi pobre rendimiento como detective. Hice un balance de la información que le había pasado al policía y no encontré algo que, desde su punto de vista, justificara dedicarme un minuto más de su tiempo.

No obstante, al parecer Favre había recibido los mensajes porque al regresar a mi habitación un agente motorizado, a juzgar por el casco que sostenía en la mano, me esperaba conversando con Sancho Panza. El hombre de Favre parecía sacado de un promocional de reclutamiento de la policía francesa: metro ochenta y cinco de estatura, cuerpo atlético, dentadura perfecta, rostro agradable y varonil, aunque alguna gracia debía tener el gordo porque el policía reía a carcajadas; recompuso el gesto cuando me aproximé y pidió hablarme a solas.

—Dice el comisario que ha recibido sus mensajes, que le urge hablar con usted, pero que no puede venir por el momento —dijo el galán de la motocicleta, que dejó de serlo en cuanto hizo oír su voz ridículamente atiplada. Sólo pude imaginarme la pesadilla que eso le provocaría entre las filas de la policía; tendría unos veinticinco años, aunque sus cuerdas vocales correspondían a alguien de trece y de sexo indefinido, lo cual explicaba que incluso con esa impresionante figura aún fuese mensajero; no había manera de que un delincuente llegase a tomarlo en serio.

—Me urge verlo, ¿no le dijo si podrá desocuparse un poco más tarde? —inquirí, más interesado en escuchar de nuevo su voz que en su respuesta. No me defraudó.

—¡Ah, sí! —dijo en clave de si mayor, una tecla de piano que costaría alcanzar con el brazo—. Me pidió que le entregara esto —agregó luego de una pausa, como si mi pregunta le hubiese recordado la otra parte de la misión, y sacó un sobre de su chamarra tras buscar en dos diferentes bolsillos. Supongo que la voz no era su único problema; la frente amplia y espléndida tenía en su caso un propósito estético, no funcional.

Asumí que el comisario tampoco confiaba mucho en su enviado, porque en el sobre encontré una larga nota explicativa y un teléfono. A diferencia de sus lacónicos mensajes digitales, en papel Favre tenía la letra florida y la elocuencia de una monja con mucho tiempo libre. Me explicaba que su gente había detectado una red de espionaje a celulares y correos contra distintos miembros del circuito, y me pedía tomar precauciones sobre lo que hablara o escribiera por vía digital; me suplicaba —fueron sus palabras— que le llamase por el aparato que tenía en mis manos al número pregrabado en cuanto me encontrase solo.

Encaminé al agente a la puerta, como si dudara de que pudiese encontrarla por sí mismo. El gordo me dirigió una mirada socarrona y pensé que tendría que poner en orden mis prejuicios; en caso de una emergencia, me quedaba claro en qué manos prefería confiar. Regresé a la habitación y llamé desde mi nuevo teléfono.

—Ferrara ha confesado —dijo Favre, regresando a su laconismo.

—¿La muerte de Fleming y todo eso? —pregunté entusiasmado.

—No, lo de su bicicleta. Dice que el Dandy es un imbécil porque las vendía por una bicoca. Se enteró gracias a Daniela, la novia, así que a través de un intermediario comenzó a comprárselas sin que el de Fonar lo supiera; asegura que vende las de Matosas por mucho más dinero y esperaba que la de usted y alguna de Steve podría revenderlas a cambio de un buen dinero.

Me quedé esperando el resto de la revelación, pero el comisario se había detenido.

—¿Y en qué momento decidió sustituir esa bicicleta por una de las que ahora estoy usando, para que me rompiera el cuello?

—Eso todavía no nos lo dice. No le quedó más remedio que confesar lo del intermediario holandés porque le mostramos el rastro de sus pagos. Está a punto de quebrarse, y una vez que admita el ataque contra usted, lo demás seguirá en cascada.

—¿Está usted absolutamente convencido de que Ferrara es el culpable de todo?

—La bicicleta de la que cayó Steve Panata es justo la que Ferrara compró; el holandés pone una marca imperceptible en los objetos valiosos que pasan por sus manos y ya la identificó, así que el italiano no tendrá más remedio que admitirlo. Aunque no sé si sea el cerebro de esta intriga, es obvio que participó.

—Y de Matosas, ¿sabe algo?

—Está claro que todo lo hicieron para hacer campeón a Matosas. Quién o quiénes del Lavezza están involucrados no lo sabremos hasta que confiese Ferrara, pero desde ayer estamos investigando a cada uno de los miembros y los directivos del equipo sin que ellos lo sepan. Queremos tener un expediente completo de todos ellos para usarlo en el momento en que comencemos a interrogarlos.

—Hágame un favor, comisario: ¿podría avisarme en cuanto Ferrara diga algo más?

—Desde luego —dijo de manera mecánica el detective, y tras una pausa—: ¿Alguna novedad de su lado, sargento? —agregó suspicaz luego de mi petición.

—Detalles sin importancia; Fiona está estrechando el círculo sobre los mecánicos de Lavezza para saber quién está limpio y quién no. Dos trabajaron con ella en el pasado —respondí con ánimo de mostrarme útil.

—Cada vez estamos más cerca —dijo.

Se hizo un silencio largo. Un chasquido de su lengua estalló contra mi oreja; me provocó un estremecimiento de repugnancia, como si hubiera metido sus labios carnosos en los pliegues de mi oído.

—Dígame una cosa, Aníbal —noté el titubeo en su pregunta—: ¿hay alguna posibilidad de que usted gane este fin de semana?

—¿Por qué me lo pregunta, comisario? ¿Piensa apostar? —dije en tono festivo.

—Yo pedí que me asignaran este caso, aunque originalmente no me correspondía. He seguido el Tour desde que tengo memoria, y mi padre antes que yo; la familia acampaba la noche anterior en alguna cumbre de los Pirineos para animar al día siguiente a los corredores franceses. En mi casa era una religión. No voy a permitir que nada lo lastime —terminó diciendo con fiereza.

—No lo sabía —respondí, sin saber tampoco si la última frase se refería al Tour o a mí.

—Hace muchos años que vengo en espera de que gane un compatriota, ¿sabe usted? En el 85 papá y yo vimos a Hinault entrar a París con el *maillot* amarillo; mi viejo murió feliz tres días después. Por lo menos se ahorró esta larga sequía —dijo reflexivo, como si lo pensara por vez primera.

Por el tono que usaba intuí que rozábamos asuntos más cercanos al diván que a una investigación policiaca; sabrá Dios qué asignaturas pendientes tendría Favre con su padre.

—Todos quisiéramos que gane un compatriota por fin —dije, también súbitamente entristecido por él, por mí, por el ciclismo francés.

—Entiendo —respondió—. Que duerma bien, sargento.

Tan pronto colgué, encendí la *laptop* y reanudé los intentos de ascender de misión en *Division*, que en ocasiones es lo único que logra extraerme del cansancio mental, pero perdí una y otra vez de manera miserable. No podía concentrarme; el comisario había terminado por agitar una vez más las culebras de la ambición. Me vi enfundado en el *maillot* amarillo a la cabeza del pelotón, respondiendo con un gesto de cabeza a los gritos de júbilo del público enfebrecido, incluidos Favre, Lombard y Fiona vitoreándome en Campos Elíseos.

Luego pensé en Matosas: había dicho que nos veríamos en mi hotel, aunque no exactamente dónde ni cuándo. No había nada que prohibiera al líder de un equipo visitar la habitación de un rival, pero la posición que teníamos en la tabla general haría de cualquier reunión clandestina un escándalo mayúsculo. Steve ocupaba el primer lugar, el italiano el segundo y yo el cuarto; las autoridades mismas podrían interpretarlo como un intento de arreglo tras bambalinas, por no hablar del frenesí que la noticia provocaría entre la prensa.

Poco a poco caí en cuenta de que me había metido en un lío. Mientras consideraba la posibilidad de cancelar la reunión, seguí perdiendo en el juego: Ferrara habría disfrutado las muchas muertes que me propinaron los avatares de *Division*. Una llamada del teléfono de la habitación suspendió la masacre.

—Hola, Aníbal. ¿Podrías venir a la cocina? Hay algo que quiero mostrarte sobre tu dieta —dijo en su pésimo inglés Jean Carlo, nuestro chef genovés.

—¿Cómo? ¿Ahora? —dije, sin saber si había entendido bien lo que me decía.

—El suplemento italiano ese que me pediste; tengo unas muestras y quiero que lo pruebes. Si te gusta, lo comienzo a usar desde mañana en el desayuno.

—Ahora bajo —dije, comprendiendo por fin. En el camino hacia el ascensor, seguido celosamente por mis dos custodios, consideré que Matosas tenía, en efecto, un don para la intriga.

El Sarcófago, Sancho, la panza de Sancho y yo tuvimos que apretarnos en la estrecha cabina del ascensor. Con el pretexto de oprimir el botón del teclado terminé dándoles la espalda y ellos quedaron frente a frente, estómago de por medio. Me habría reído de la situación si el terrible olor a ajo no hubiera hecho irrespirable el estrecho espacio; eso, y la preocupación de lo que encontrarían mis guardias al ingresar en la cocina.

Pero había subestimado a Matosas. Jean Carlo nos paró en seco, asegurándonos que a su espacio no entraban muchedumbres, pero en realidad su cocina, estrecha y espléndida, estaba en el autobús; también era cierto que los chefs de los hoteles a veces solían compartir la del restaurante con los equipos que tomaban el lugar, sobre todo cuando nos quedábamos más de un día, como era el caso.

A regañadientes los guardaespaldas aceptaron esperar, aunque advertí el alivio con el que el hombre de Protex fue a la ventana que remataba el largo pasillo que comunicaba con el comedor, y se llenaba los pulmones. Había muy pocas dudas de quién era la fuente de la que emanaban fétidos olores.

Jean Carlo me llevó a una alacena al fondo de la cocina, abrió la puerta y me dijo que esperaría afuera; luego la cerró. El aroma del aceite de oliva y de semillas exóticas golpearon mi nariz: una lámpara tipo sombrero vietnamita iluminaba la parte inferior de unas piernas al fondo de la covacha. Experimenté un súbito ataque de pánico. Yo mismo me había colocado en la posición ideal para que un asesino acabara conmigo. Ni siquiera podía asegurar que fuese Matosas quien me había convocado, sólo sabía que Jean Carlo había sido el instrumento que armó la trampa, pero podría estar trabajando para cualquiera. Tampoco me tranquilizó recordar que, en estricto sentido, Giraud era el jefe de nuestro cocinero.

—Tenemos que arreglar cuentas —dijo por fin Matosas en italiano, o al menos eso fue lo que creí entender. La expresión me resultaba confusa, aunque el tono hostil con que la decía no dejaba duda alguna. Me pregunté si en un mano a mano podría vencer al milanés y me sentí optimista: recordaba lo suficiente de mi entrenamiento de policía militar como para someter a un agresor de mi mismo peso. Luego asumí que si Matosas pensaba agredirme no habría venido desarmado. Al aproximarme pude ver que la mano izquierda colgaba inerme, pero la otra estaba fuera del haz de luz que proyectaba la lámpara.

—Tú dirás —respondí en inglés, esperando que Matosas lo entendiese; prácticamente todos los corredores del pelotón lo hacían aunque algunos no lo hablaran, en particular los miembros de equipos como Lavezza, integrados mayormente por connacionales. Él siguió hablando en italiano.

—Ferrara está detenido.

—Lo sé. El cabrón quiso matarme —responder con una provocación quizá no era lo más inteligente, considerando que mi interlocutor podía tener un arma en la mano. Pero sin proponérmelo había comenzado a desplegar una de las estrategias aprendidas para reducir a un posible agresor: acercarse inadvertidamente mientras se le involucra en un diálogo intenso, emocional. En teoría, eso permite sorprenderlo de un salto cuando uno se ha acercado lo suficiente.

—Nadie quería matarte. Sólo queríamos responder a sus ataques; tampoco íbamos a dejar que Fonar nos ganara gracias a sus marranadas.

—¿Nuestros ataques? ¿De qué hablas? —quizá había entendido mal la respuesta de Matosas y experimentaba un episodio de lo que Steve denominaba *lost in translation,* algo muy común cuando hacíamos compras en el lago de Como.

—Hace tres días el vigilante nocturno del hotel donde nos quedábamos vio que alguien trabajaba en el motor del autobús del equipo a las tres de la mañana y le llamó la atención; cuando se acercó, un hombre salió corriendo. Ferrara nos dijo que el tipo arregló los frenos para que terminaran de romperse en carretera; esa mañana el camión debía llevarnos a la línea de salida en Lannemezan, atravesando cuarenta y dos kilómetros de caminos accidentados.

—¿Y eso qué tiene que ver con Fonar? Todos o casi todos hemos sufrido ataques, ¿qué me dices de la explosión en la casa rodante de Fiona?

—La descripción del fulano coincide con la del gigantón que te acompaña a todos lados.

Me paré en seco, porque Matosas no tenía nada en la mano derecha y porque la revelación que me hacía cambiaba todo, aunque no fue eso lo que dije.

—El vigilante podría estar confundido. ¿Le vio la cara? Además, ¿cómo explicar la explosión de la casa rodante? Si es Fonar, como dices, eliminarme no tenía sentido.

—Le dimos muchas vueltas y llegamos a la conclusión de que ese fue un ataque fingido para quitar las sospechas sobre Fonar. Eso les permitía seguir descontando rivales sin que nadie recelara de ustedes.

Tenía lógica lo que decía. Sus argumentos tenían la ventaja, además, de hacer a Giraud el responsable de todos los crímenes o casi todos, porque Matosas acababa de confesarme que fueron ellos los que habían saboteado mi bicicleta.

—¿Por qué me dices todo esto? ¿Por qué estamos aquí abajo? Según tú, soy uno de los asesinos, ¿no?

—Ya no lo creemos. Nos enteramos de lo que les dijiste a otros capitanes de ruta sobre castigarme sólo con cinco minutos y sostuviste tu palabra, a pesar de que Steve y Giraud no la respetaron; eso nos llevó a considerar que siempre has sido un tipo decente y que no podías ser cómplice de los que han golpeado a tantos compañeros. —Hizo una pausa, y tras un titubeo añadió—: Además, nadie es tan imbécil como para dejar que le exploten un tanque a dos metros de distancia y con la mujer adentro. También sabemos que tu director deportivo te quiere muy poco, así que si iban a fingir una agresión, mejor hacerlo en tu contra por si algo salía mal.

El comentario me dolió, era penosamente cierto.

—¿Y entonces por qué ustedes se fueron justamente contra mí?

—Porque sólo teníamos tu bicicleta, no la de Steve, y en ese momento todavía creíamos que podías ser parte de la marranada. Además, nos urgía golpear a Fonar: creímos que con un poco de suerte podrías llevarte en la caída a Steve, siempre ruedan muy juntos.

—¿Y por qué me lo confiesas? Pudieron haberme matado —dije.

—Te lo confieso para mostrarte que no tengo problema en asumir lo que hicimos, pero no estamos dispuestos a cargar con los crímenes. Simplemente nos defendimos.

—Pues díselo así a la policía.

—Es que tú podrías ayudar a explicar nuestro punto de vista, ellos no entienden las leyes de la carretera; sabemos que te escucha el comisario que interroga a Ferrara. —Pensé que el diálogo comenzaba a parecerse al que había sostenido con un asustado Axel días antes, salvo que entonces la confesión involucraba las mañas de un masajista y un mecánico para hacerse de unos euros extras; ahora era un intento de romperle la nuca a un corredor rival. En ambos casos buscaban mi intervención para ablandar a Favre, a pesar de que la nuca en cuestión había sido la mía.

—¿Y por qué habría de ayudarlos después de lo que quisieron hacerme?

—*Cause now we are in the same side* —dijo en un inglés que resultó aún más difícil de descifrar que su italiano.

—No veo cómo estamos en el mismo lado —dije, aunque lo veía perfectamente claro.

—Le he echado cabeza —dijo ufano e hizo una pausa, dándose importancia—. Los criminales quieren que Steve sea campeón. Ahora está claro; lo muestran las posiciones en la clasificación general y lo confirma la descripción del hombre que quería romper los frenos de nuestro camión. Ningún corredor puede ya quitarle el triunfo al americano, incluso sin ti; Fonar está muy fuerte y todos los demás muy débiles. La única posibilidad de que pierda es que tú lo adelantes en la montaña. Y está claro que Giraud o Steve, o quien sea de Fonar que está detrás de esto, no confían en ti; lo del tanque de gas lo demuestra. Así que es muy probable que venga por ti, y quizá lo haga justo ese que está allí afuera —terminó diciendo y cruzó los brazos como si fuera todo lo que había venido a decir. Mientras hablaba se había aproximado, y ahora la luz daba plena en su cara. Sus rasgos guapos de macho italiano mostraban todos los signos de la devastación: mejillas demacradas, ojeras profundas, labios caídos. Matosas parecía haber envejecido varios años, y se debía a algo más que a la carga de las tres semanas de competencia. Supongo que no sólo Medel se revolcaba en su cama pensando que podía ser asesinado en cualquier momento.

—Hay mucha especulación en lo que dices. Steve no necesitaba de ayuda para ganar el Tour; tú sí, en cambio —dije.

—Yo nunca creí que fuera a ganarlo, no soy ingenuo; me conformaba con entrar al *top ten*. Sólo cuando comenzaron a desaparecer los gallos fuertes pensé que tenía una posibilidad, pero justo entonces me convertí en blanco de los ataques, y ante eso no íbamos a quedarnos con los brazos cruzados, ¿no crees?

—Lo mejor es decírselo al comisario. Mientras la policía siga creyendo que ustedes son los culpables, más libertad tendrán los verdaderos criminales —dije; frente a un rival no iba a confesar mis propias sospechas sobre Giraud—. Le comentaré a Favre lo que hemos conversado, parte de lo que dices podría tener sentido.

—Gracias —respondió en español—. Y suerte este fin de semana… dentro y fuera de la ruta —agregó tras una pausa.

Seguimos el mismo camino de regreso. Esta vez fue el trozo de embutido que Sancho mordisqueaba, probablemente incautado en la cocina, lo que hizo irrespirable el aire en el pequeño ascensor. El alemán no hacía ningún esfuerzo por ocultar la repulsión que le provocaba el gordo; sólo podía adivinar la tensión asesina que reinaría en el pasillo afuera de mi cuarto durante las horas interminables que esos dos tenían que convivir a dos metros de distancia uno del otro.

Las palabras de Matosas habían hecho mella en mi ánimo; ahora no le di la espalda al hombre de Protex. Si era cierto lo que el italiano decía sobre el sabotaje a los frenos del autobús de Lavezza, el Sarcófago que me acompañaba era el brazo ejecutor de los criminales.

Lombard me esperaba dentro de la habitación. Me pregunté cómo diablos se enteró de que había salido unos minutos, y luego recordé que Sancho, enviado por Bimeo, estaba allí a petición del coronel. Era claro que el gordo no sólo se dedicaba a intoxicar la atmósfera, seguramente había notificado a sus superiores mi breve excursión.

—No encontramos ningún micrófono oculto o algo que se le pareciera; Bimeo envió a unos técnicos mientras corrías la etapa. Pero es muy fácil intervenir el celular, mejor cuida lo que digas por allí.

—¿Cómo está, coronel? Para usted también han sido tres semanas extenuantes, ¿cómo lo lleva? —Hacía mucho que no hablábamos de él; todo tenía que ver con mi preparación, la dieta, mis tiempos, los rivales. No es ninguna sorpresa que los atletas terminemos convirtiendo la obsesión por los rendimientos y la preparación del cuerpo en un narcisismo asfixiante.

—¿Yo? Bien —dijo, como si le extrañase la pregunta—. O mejor dicho, nunca había estado mejor: ya estás en cuarto lugar y con el *maillot* amarillo al alcance. Lo supe desde que te vi correr los primeros días. Sabía que tenía un campeón en mis manos.

—Quizá llegue a ser campeón, coronel, pero no del Tour —dije divertido.

—No entiendo —respondió desconfiado, confuso.

Dudé algunos instantes, luego decidí contarle lo de Snatch; era lo menos que podía hacer, vivía con la esperanza de verme triunfar por lo alto. Pensé que se tranquilizaría cuando lo enterara de que sería líder de equipo el siguiente año, contendiente al Giro y a la Vuelta. Se lo dije todo.

Contra lo que me había figurado, la idea lo contrarió.

—No puedes fiarte de Steve, te va a engañar; solamente quiere impedir que le arrebates el *maillot* porque sabe que lo tienes al alcance de la mano. Es justo lo que Wiggins le hizo a Froome en 2012, le prometió que si no lo atacaba lo haría campeón el siguiente año, y doce meses más tarde intentó traicionarlo.

—Wiggins y Froome no eran hermanos como Steve y yo.

—Sigues con esa cantaleta. Steve no es tu hermano; cualquier cosa que creas que le debes a Panata lo pagaste hace mucho tiempo. Más bien es él quien tiene una gran deuda contigo. Tu hermano —dijo esto último con desprecio— te ha privado del triunfo; peor, ha impedido que Francia reconquiste la gloria.

Iba a protestar de nuevo pero asumí que no tenía sentido: cuando el coronel hablaba con *La Marsellesa* como música de fondo, no había argumento que valiera. Preferí cambiar el tema.

—Dígame una cosa, coronel: ¿de dónde sacó Bimeo al gordo ese que está afuera?

Lombard tardó un rato en procesar mi pregunta. No parecía entender cómo habíamos pasado del Olimpo apoteótico de la madre patria al hombrecillo ridículo que montaba guardia en el pasillo.

—¿El Robalo? —dijo, tras rebobinar su cerebro—. Era el cocinero en jefe de una cárcel en la que Bimeo fue director. Pero no te dejes engañar, a ese le tenían miedo hasta los narcotraficantes. Dicen que llegó a envenenar a uno que se metió con él; a otro le desfiguró la cara metiéndosela en el caldero de la sopa. Los reclusos se enteraron de ello luego de que se la habían tomado —dijo entre carcajadas y lo secundé, aunque con risa más bien nerviosa. Ahora no sabía cuál de mis dos celadores resultaba más siniestro.

—Gracias por revisar mi habitación, coronel; me quedo más tranquilo —dije tratando de dar por terminada su visita, aunque no captó el mensaje hasta que me puse en pie.

—No, gracias a ti, Aníbal —contestó emocionado.

—¿Por qué?

—Porque este domingo me vas a hacer el hombre más feliz del mundo. Después de eso me puedo morir en paz.

—No diga tonterías, usted y yo tenemos mucha cuerda por delante. Lo mejor está por venir —dije pasándole un brazo por los hombros. Noté en él una vulnerabilidad que no había percibido antes; el coronel siempre había gozado de un tono muscular firme, incluso en la vejez. Ahora advertía que su pecho estaba un poco menos erguido y habría jurado que todo él se había encogido algunos centímetros.

—Tiene que suceder ahora. El futuro no está en tus manos, está en manos de ellos; en cambio, el *maillot* amarillo depende exclusivamente de ti. No me defraudes, Marc, te lo suplico —la última palabra la adiviné, un sofoco la había ahogado en su garganta.

No respondí, le di medio abrazo y lo acompañé a la puerta. Un paso antes de llegar se detuvo y giró hacia mí.

—Y no te fíes del Fritz, es un mal bicho —dijo haciendo un gesto en dirección al pasillo—. Mejor no relajarse cuando lo tengas cerca, aunque el Robalo te estará cuidando las espaldas.

—¿El Fritz? ¿así se llama?

—Snauchhauser, o algo así. No sé, es alemán.

Esa noche tardé mucho en dormirme. Me dejó confundido la reacción de Lombard. Me habría gustado festejar con él la buena noticia que me había dado Steve sobre mi reconversión en líder; en lugar de eso, su exigencia me ponía contra la pared. Me pregunté qué pensaría Fiona cuando la pusiera al tanto. Eso tendría que esperar al día siguiente, un rato antes me había enviado un mensaje en el que lamentaba estar atrapada en reuniones de comités hasta muy tarde.

Recurrí al repaso de la tabla general en busca de su poder somnífero, pero una y otra vez la irrupción del recuerdo de Giraud aceleró mi respiración. Mi intuición había sido correcta; todo apuntaba a mi director deportivo. Y la intuición también me decía que Matosas no mentía cuando aseguraba que su culpabilidad se reducía al sabotaje de mi bicicleta.

¿Qué papel jugaría Steve en todo eso? Preferí pensar que Giraud había actuado a sus espaldas para hacerlo campeón, y lo que mi amigo me había compartido hoy confirmaba que no existía ningún tipo de alianza entre ellos. Con su marcha a Snatch, Steve también iba a darle esquinazo a Giraud, algo que no se atrevería a hacer si estuvieran comprometidos en un crimen.

Satisfecho por mi conclusión, decidí llamar de nuevo a Favre: tenía que alertarlo cuanto antes sobre Giraud. Le contaría de la visita de Matosas, la relación de Protex con el director deportivo de Fonar, mis propias conclusiones. Marqué su número desde el aparato que me había dado, pero no respondió. Eran las 00:45. Dejé un mensaje: «Es Giraud, no Ferrara».

Eso me permitió por fin concentrarme en los tiempos del *top ten*; bueno, en teoría. Mi mente sólo enfocaba una cifra: 1' 32". Los noventa y un segundos que me separaban de Steve. Los enuncié tres veces en cuenta regresiva antes de perderme. Tuve sueños amarillos.

Clasificación general, etapa 18

1	Steve Panata	74:13:31	«No hay poder humano que le quite el *maillot*, ¿o sí?».
2	Alessio Matosas	+ 38"	«A quien creí el asesino está más asustado que yo».
3	Milenko Paniuk	+ 1' 00"	«El único que puede ser peligroso. Sólo en la ruta, espero...».
4	Marc Moreau	+ 1' 31"	«Soy un gregario, soy un gregario, soy un gregario... Pero...».
5	Pablo Medel	+ 8' 41"	«Está liquidado desde hace días».
6	Óscar Cuadrado	+ 12' 59"	
7	Luis Durán	+ 15' 22"	
8	Serguei Talancón	+ 15' 56"	
9	Rol Charpenelle	+ 19' 37"	
10	Richard Mueller	+ 21' 16"	

ETAPA 19

Soñé con el *maillot* amarillo, pero desperté convertido otra vez en gregario. Es lo que soy y punto, ¿por qué voy a fingir otra cosa? Fiona y Lombard estaban convencidos de que Steve había hecho eso de mí. En realidad yo no me había convertido en nada, nunca he sido un protagonista, siempre un sobreviviente; eso es lo que soy y seguiré siendo. Incluso Steve era quien ahora, con su proyecto de Snatch, me estaba otorgando la posibilidad de dar un salto y conquistar algunas glorias personales. Lejos de traicionarlo debía estarle agradecido, y quise demostrárselo tan pronto lo vi en el comedor esa mañana.

—Desayuna bien, *bro*, hoy vamos a amarrar la quinta, ¿eh? —le dije señalando con los ojos su pantorrilla tatuada con cuatro bicicletas, a pesar de traerla cubierta con los pantalones de deporte del equipo.

—Esa ya la traigo tatuada, nada más me falta ponerle la tinta —dijo, feliz de hablar de ello pero también de mi disposición abierta para ayudar a conseguirlo, y me lo demostró—. Por lo pronto vamos a hacerte segundo lugar, ¿no crees? Así llegarás como favorito al Giro el próximo año si yo no voy. —Era generoso, nunca humilde—. ¿Cuánto te saca Matosas?

—Cincuenta y tres segundos. Pero Giraud no me va a facilitar las cosas; quiere que marchemos a paso tranquilo para no fatigarte. Matosas no tendrá ningún problema para pegársenos. Así nunca podré descontarle un puto segundo.

—Yo me siento muy bien. Métele un buen ritmo a la subida de la Croix de Fer para cansarlo, y en la Toussuire lo probamos a fondo.

—La etapa del día, la antepenúltima del Tour, afrontaba dos enormes cumbres; una poco después de la mitad del recorrido, con casi veintitrés kilómetros de trepada, y la otra con dieciocho para llegar a meta. Un verdadero suplicio para nuestros aporreados cuerpos.

—A ver si Giraud no me manda a repartir bidones; así será difícil alcanzar el podio. En cuanto sienta que tú estás seguro y sin amenazas, puede deshacerse de mí. —Pensé que seguramente haría eso y algo peor si llegara a enterarse del mensaje que envié al comisario la noche anterior, asegurándole que el director de Fonar era el responsable de los crímenes, pero eso Steve no lo sabía.

—No lo hará, le conviene que Fonar haga el uno-dos; lo adorna mucho como director deportivo. Además, a estas alturas del Tour nos vale sorbete lo que pida Giraud si va en contra de lo que nosotros queremos, ¿no?

—¿De plano? Si me manda por bidones, ¿lo ignoro? —pregunté, encantado con la propuesta. Mi largo entrenamiento como gregario no se avenía fácilmente con un llamado a la rebelión, aunque viniendo de mi líder no tenía problema alguno para seguirlo.

—Ya se nos descompuso la radio interna antes, ¿no? —respondió con su sonrisa más radiante—. La señal es muy mala en esas montañas —añadió y soltó una carcajada.

También yo reí con gusto e inevitablemente me trasladé diez años antes a la cocina de nuestra casa en común, cuando todo era motivo de juego y el futuro, un edén cargado de frutos maravillosos al alcance de nuestras manos. No obstante, repentinamente el rostro de Steve se ensombreció.

—Pero si ves que me atoro bajas el ritmo, ¿eh? —y me lanzó una mirada desconfiada, casi resentida. Un gesto que también me recordó aquellas épocas, aunque ahora por las ocasiones en que llegué a derrotarlo en los videojuegos.

—Para hacer el uno-dos, primero necesitamos que hagas el uno —dije con la actitud y la pronunciación que usaba Lombard cuando nos asestaba sus terribles proverbios. Otra vez reímos a carcajadas, aunque luego de unos segundos me reconcomió burlarme de mi viejo tutor.

Mi frivolidad me atormentó aún más minutos después cuando fui a mi cuarto y me lo encontré; traía en las manos un expediente que apretaba contra su pecho con el celo de un jugador de rugby.

—Bernard y yo hemos trabajado en esto durante días. Cruzamos las curvas de rendimiento comparativas entre tú y Steve en la montaña en las últimas jornadas: potencia, ritmo cardiaco, cadencia. Las hemos montado contra la cumbre del Alpe d'Huez de mañana y determinamos el punto exacto en que tendrías que despegarte de él —había colocado sobre la cama media docena de láminas de colores en torno a un inmenso croquis de la legendaria cumbre—. Mira, exactamente a cuatro kilómetros y medio antes de la meta, cuando la pendiente se eleva a nueve por ciento. En ese punto ustedes irán rodando a veinte o veinticuatro kilómetros por hora; basta que subas la velocidad a unos veintiocho para que Steve se descuelgue. Está dentro de tus posibilidades, pero no de las de él; no podrá seguirte. Terminarás con 2' 22" de ventaja, con margen de error de cinco segundos, suficiente para quitarle el *maillot* por más de medio minuto; Bernard ya lo revisó una y otra vez —terminó diciendo ufano y radiante, como si esperara la aclamación de un público rendido.

La mención de su hijo me hizo recordar que no había contestado sus mensajes insistentes. Tendría que buscarlo por la noche.

—Gracias, coronel, todo está muy claro. La cruz roja es el punto de despegue, ¿verdad? —El asunto no me interesaba y menos ahora que estaba determinado a ser leal con Steve, pero no deseaba ser descortés con Lombard, no después de haberme burlado de él minutos antes.

—Exacto —respondió—, el miércoles recorrí la ruta y tomé fotos. Aquí, justo en cuanto pases esta mojonera azul, es el momento de atacar. —Había ampliado cuatro grandes placas tomadas desde la perspectiva de la carretera, para que no hubiera duda sobre el lugar en el que debía asestar la puñalada.

—Déjemelo aquí, yo lo guardo, y veremos cómo pinta el día mañana —dije en tono neutro. Tenía muy pocas ganas de volver a la discusión recurrente de la última semana.

—Piénsalo así, Aníbal: durante 3 356 kilómetros fuiste su gregario a lo largo de veinte días, sólo debes dejar de serlo los últimos cuatro, durante quince minutos. No es mucho pedir, ¿no? —y luego me sonrió con la satisfacción del que muestra un encendedor a una tribu de las cavernas.

—Buen punto —dije sin mucho entusiasmo mientras recogía los papeles. Pero mi cerebro no podía apartarlos del todo, las curvas eran evidentes: Fiona y Lombard tenían razón cuando afirmaban que en ese momento yo era mejor corredor que Steve, el contraste en la montaña era abrumador. Luego pensé que la decisión final no tenía nada que ver con gráficas ni potenciómetros sino con la decencia. No iba a traicionar a mi hermano.

El arribo de Favre puso fin a los últimos intentos del coronel por persuadirme. El militar se despidió con ojos desolados; no lo había engañado, me conocía lo suficiente para darse cuenta de que yo ya había tomado una decisión. Lo vi alejarse por el pasillo con los hombros caídos y arrastrando los pies, toda prestancia militar abandonada. Recordé lo que había dicho Fiona sobre las enfermedades de mi tutor.

—Y esos que están afuera, ¿son de fiar? Le quité a los policías para evitar el tumulto —dijo Favre más divertido que alarmado una vez que entramos en el cuarto.

—Tan de fiar como pueden serlo un sarcófago y un robalo —dije; me miró con curiosidad y me pareció que iba a decir algo al respecto, pero al final decidió abordar lo que lo había traído aquí. Tenía prisa.

—¿Qué es esto? —inquirió, mostrándome la pantalla de su celular con el texto de mi mensaje: «Es Giraud, no Ferrara». Por un momento me sentí en la oficina de la directora de la escuela mientras ella señalaba un dibujo obsceno en mi cuaderno.

Le relaté la visita de Matosas, su confesión sobre el sabotaje a mi bicicleta en respuesta a lo que creían ataques de Fonar, el hombre de Protex que intentó arruinar los frenos del autobús de Lavezza, la hipótesis de que la explosión del tanque de gas había sido un ataque regulado, el pavor que mostraba Matosas de ser asesinado. Argumenté que la intoxicación de Conti y Leandro echaba por los suelos la tesis de que fueran ellos los culpables de los crímenes. Nada dije de Steve, del informe que recibía de Protex todas las noches o de su conocimiento de la red de vigilancia electrónica que la empresa había montado dentro del circuito.

El comisario no pareció sorprendido, pero tampoco convencido: rostro impávido, bigotito inmóvil, pupilas clavadas en mi boca. Al final callé mientras él mantenía una máscara impasible.

—Una cámara de vigilancia grabó una toma lejana del hombre que trabajaba sobre el autobús de Lavezza esa madrugada —dijo por fin—. Un tipo alto, de silueta alargada, pero no está claro que se trate de un ropero como ese que está afuera. No lo descartamos porque la toma es inconclusa, aunque uno de los mecánicos italianos también encajaría con la descripción, salvo que es más delgado.

«Radek o el Quijote también encajarían en la descripción», pensé. Abundaban los hombres altos e indefinidos en este babel de razas y nacionalidades.

—¿Entonces no cree en la versión de los italianos?

—No podemos descartar que ellos mismos hayan fabricado el atentado contra el autobús e incluso la intoxicación de Conti y de Leandro, aun cuando se les haya pasado la mano en esto último. Se trata de criminales *amateurs*; supongo que se asustaron cuando asesinaron a Fleming sin proponérselo, y con tal de evadir las sospechas están dispuestos a correr cualquier riesgo.

—Matosas no fingía, está espantado —reflexioné en voz alta. Lo que decía Favre podría ser cierto, pero yo había crecido como capitán de ruta leyendo las expresiones de mis rivales. El líder de Lavezza no mentía.

—Tampoco lo descarto —dijo ahora el comisario con un mohín displicente de labios—. El virus de espionaje instalado en las computadoras y los celulares de muchos de ustedes es de nueva generación, nuestros propios expertos quedaron sorprendidos. Al parecer cada uno lo instaló inadvertidamente al bajar un falso correo de la organización del Tour dirigido a todos los participantes.

—Parece que yo no lo tengo, ya me lo revisó Lombard.

—¿Él sabe de esto?

—Su hijo es experto cibernético —dije, y me arrepentí al instante; Favre tomó nota en una libreta. Lo dicho: para un sabueso, todo lo que tires es hueso.

—Por otro lado, la amplitud y complejidad de los atentados —reanudó el comisario con voz docta— que comenzaron semanas antes del Tour parecen exceder las capacidades de un grupo de ciclistas y mecánicos, metidos además en las exigencias de la carrera.

—Exacto —dije, pensando en que el comisario por fin caminaba en la dirección correcta.

—Pero explíqueme una cosa —dijo, y juraría que lo estaba disfrutando—. Ya me ha dicho por qué no son los italianos; ahora dígame por qué sí es Giraud.

—Tiene los motivos: ganar a cualquier costo el Tour para mantenerse como director deportivo de Fonar; tiene los medios gracias a su relación con Protex, y usted mismo ha dicho que esto parecería obra de una organización profesional. Además, para mi gusto, tiene el requisito que no cumplirían los demás miembros del circuito: una absoluta falta de escrúpulos.

—En mi profesión aprendemos que los escrúpulos son a las pasiones lo que una gota de perfume a un estercolero —dijo convencido. Traté de interpretar, sin éxito, la frase del detective, ahora en su fase filosófica; preferí seguir el ritmo de sus palabras—. Aunque en lo de Protex tiene razón, habrá que investigarlos con lupa y lo estamos haciendo. Y espero que esté consciente, sargento, de que si usted está en lo correcto, Steve necesariamente quedará bajo sospecha. Protex fue contratada por los patrocinadores de su compañero, no por Fonar ni Giraud, y eso por no hablar de que el gran beneficiario de todos estos crímenes es él.

—De acuerdo. Pero no tiene la culpa de que Giraud quiera hacerlo campeón, ni tiene que estar al tanto de lo que el director deportivo y esos mercenarios de Protex hayan negociado a sus espaldas, ¿o sí?

—Eso tendrá que ser demostrado.

—Lo hará, pierda cuidado —dije, aunque me habría gustado haberlo dicho con más firmeza.

—Lo cual nos lleva de regreso al par que está allá afuera —dijo—. Usted ha sido víctima de dos ataques. Uno de ellos, está claro, lo hicieron los italianos al sabotear la llanta de la bicicleta, aunque la autoría del tanque de gas sigue siendo un enigma. Si su tesis es correcta y Giraud y Protex son los responsables, ¿qué está haciendo Shrader afuera de su puerta?

—¿Así se llama Fritz?

—Un personaje con el que hay que irse con cuidado, miembro de las fuerzas especiales del ejército alemán antes de fichar con contratistas privados como Protex.

—El explosivo usado en la casa rodante era militar, ¿cierto?

—No está mal, sargento, considerando que dejó la investigación policiaca hace doce años —dijo condescendiente, aunque él y yo sabíamos que nunca la había ejercido.

—¿Cree que debo pedirle que se vaya?

—Eso sería tanto como mostrarles que sospechamos de ellos, sobre todo si lo hace tras una visita mía.

—Se supone que el gordo me cuida del otro. Es gente de Bimeo.

—Lo sé. Otro canalla.

—¿Quién, Bimeo o el Robalo?

—Los dos son siniestros, aunque Bimeo es el que tiene poder. Pero qué le vamos a hacer, logra que el Tour sea una máquina aceitada en materia de seguridad, y eso es lo que cuenta; por fortuna, en este caso lo considera a usted su aliado y no es poca cosa. En fin, sólo quedan dos noches. Pondré a un par de agentes en la escalera para que estén atentos a cualquier incidente; ya no caben más personas en el pasillo —dijo con sorna—, aunque estarán a un paso. Usted enciérrese bajo tres candados.

—No se preocupe, si en verdad Giraud es el culpable, ya consiguió lo que se proponía, no creo que haya más incidentes. Steve será campeón.

Lo que sucedió esa jornada pareció confirmarlo. Desde la alineación del pelotón en el punto de salida pude percibir que Matosas había dejado de ser una amenaza: su mirada cansina, la laxitud con que esperaba el aviso de arrancada eran de alguien que simplemente está en espera de que todo termine.

Padecimos algunas fugas en la primera mitad de la carrera de parte de ciclistas mal clasificados que no querían despedirse del Tour sin mostrarse en la televisión. A todos ellos los alcanzamos en el terrible *col* de la Croix de Fer; nadie tenía piernas para conseguir una escapada en pleno ascenso.

Giraud había ordenado correr de manera conservadora; yo traté de desobedecer sin que se notara. Sin aspavientos hice que Fonar imprimiera en la trepada un ritmo ligeramente mayor al necesario. Nada que rompiera de cuajo al pelotón, aunque lo suficiente para ir desgastándolo; tenía a mi favor el largo ascenso de veintidós kilómetros. Cuando por fin conquistamos esta primera cumbre, el grupo de punta apenas superaba la veintena. Fonar mantenía a seis corredores y prácticamente todo el *top ten* de la clasificación estaba presente; los líderes de los equipos podían tener los cuerpos destrozados y las piernas atenazadas, pero su disposición a luchar era indeclinable. El que estaba en octava posición dejaría el alma para desbancar al que le precedía, aunque sabía que tendría que defender con los dientes que el noveno no le quitara su lugar. Todos tenían algo por lo cual morir y matar en los últimos kilómetros, al menos en sentido figurado, quise creer.

Paniuk, tercer lugar en la clasificación general, mostró que estaba dispuesto a dejar algo más que el alma a cambio del *maillot*. Descendió a velocidad suicida entre barrancos y quebradas y tomó ventaja de unos veinticinco segundos sobre todos nosotros: Steve, un corredor portentoso en los descensos, quiso seguirlo y lo detuve. Si el checo quería romperse el cuello estaba en su derecho, pero no tenía caso que nosotros pusiésemos en riesgo el campeonato que ya estaba en nuestras manos. O en el palmarés de Steve, que era lo mismo.

Por lo demás, sin importar lo que hiciera Paniuk, sabía que lo alcanzaríamos en la trepada de la Toussuire; justamente los primeros dos kilómetros eran los más terribles. No pude dejar de admirar al checo por el heroico intento: una vez cada veinte años un corredor escala en solitario quince kilómetros y se hace del *maillot* amarillo ante la sorpresa de los otros punteros, que inexplicablemente no pueden alcanzarlo. Por uno que consigue la hazaña, doscientos sucumben inexorablemente, pero las ansias de gloria no tienen cálculo ni apelan a las probabilidades. Paniuk trepó cada cien metros como si fueran los últimos; en algún momento amplió su ventaja a treinta y cinco segundos y pude sentir el nerviosismo que sacudió al grupo cuando nos lo informó la pizarra montada en la moto que marchaba en la punta de nuestro grupeto.

Esa mañana yo había partido en cuarto lugar, treinta y un segundos atrás de Paniuk. Tras la ventaja que ahora había conseguido, el margen se había doblado. Un kilómetro más tarde nos sacaba cuarenta segundos. Comencé a preguntarme si estaríamos en presencia de una jornada legendaria y sentí un entumecimiento en las sienes, como si hubiera tragado un trozo de helado demasiado aprisa.

Se suponía que mi único desafío del día era dejar descolgado a Matosas para arrebatarle el segundo puesto de la clasificación, y ahora resultaba que tendría que batirme para no perder más terreno frente al tercero. Yo aún no forzaba la marcha con que pensaba atacar al italiano, pero había impuesto un ritmo acelerado para desgastarlo; dos de nuestros gregarios se fundieron luego de jalar en punta siguiendo mis instrucciones, y los otros dos pronto abandonarían el grupeto por la misma razón. Dentro de tres kilómetros sólo quedaríamos Steve y yo por parte de Fonar, y entonces atacaríamos a Matosas. Ese había sido el plan, pero Paniuk lo estaba destrozando.

Unos metros más adelante informaron que la distancia que nos separaba del checo era ahora de cuarenta y ocho segundos. ¿Cómo carajos conseguía Paniuk seguir ampliando la ventaja a pesar de ir en solitario? Traté de tranquilizarme pensando que aún faltaban doce de los dieciocho kilómetros de ascenso, me dije que el checo se estaba administrando mal, que no resistiría ese ritmo. En tal caso, uno no debe de desesperar ni emprender una persecución que no fructifique. Yo no podía partir antes de que se fundiera Guido, el último de nuestros gregarios; eso significaría desperdiciar el ahorro de energía que mi compañero nos ofrecía, pero estaba claro que Paniuk rodaba más rápido que Guido y comenzaba a convertirse en una desventaja.

Y ese era el menor de mis problemas. Si me lanzaba en pos del checo, Steve podría no estar en condiciones de seguir mi rueda, lo cual significaba en la práctica traicionar al líder, justo lo que Fiona me había pedido y yo había rehusado, pero no hacerlo me condenaba a perder definitivamente el podio a manos de Paniuk, quien no parecía tener problemas para sostener su fuga. Más tarde vería en la televisión las imágenes de su rostro en esos últimos kilómetros; una mueca de dolor congelada e inalterable, un alarido mudo como el de un cadáver de Pompeya. Un cadáver de Pompeya que estaba a punto de sepultar mis aspiraciones en el Tour.

Le pedí a Guido que dejara la punta, haciendo un gesto en dirección a su potenciómetro; el portugués ya no podía. Aún faltaban ocho kilómetros para llegar a puerto y Paniuk estaba a cincuenta y un segundos de todos, y ya me sacaba ochenta y dos en el tiempo acumulado en la general.

—Vámonos —le propuse a Steve y este denegó con la cabeza. Parecía estar en las últimas; tampoco yo estaba bien. Hacía rato que sentía un tirón en ambas caderas que me bajaba por la parte lateral de los muslos, la sensación de piernas descoyuntadas que podría tener alguien que ha sido obligado a probar el potro de la Santa Inquisición. Pero no iba a dejar escapar el primer podio de mi carrera por algo que tuviera que ver con mi viejo amigo, el sufrimiento.

Volví a hacer cuentas y me quedó claro que a este ritmo Paniuk podría tomar una distancia inalcanzable para el día de mañana, incluso hasta desbancar a Steve. Este último dato fue la clave.

—Si sigue esto así, hoy te quita el *maillot* —le grité como pude a mi compañero, porque los pulmones cada vez se mostraban más celosos con el escaso oxígeno que recibían.

Durante algunos segundos Steve no reaccionó, luego hizo algo que nunca me habría esperado: cambió la cadencia, se paró en los pedales e inició la persecución. Incluso a mí me dejó aturdido. Miré el rostro resignado y vacío de Matosas, la imagen de una oveja camino al matadero, y marché en solitario en pos de Steve. Más tarde le pregunté qué había pensado en esos instantes y no supo responderme. Supongo que simple y sencillamente su aversión a la derrota era absoluta. Por desgracia yo carecía de ese motor adicional; no sólo eso, había sido entrenado en la derrota. No obstante, tantos años de condicionamiento para rodar delante del líder no me permitían quedarme a ver su espalda trepando en solitario, no mientras me quedara un gramo de energía. Él obedeció a su naturaleza, yo a la mía, y lo seguí.

Me tomó casi medio kilómetro recuperar los treinta metros que me había sacado Steve con su empujón inicial; cuando me vio a su lado pareció salir de su trance y comprender dónde se encontraba. Me puse a la cabeza y dejamos que los automatismos de rodar en pareja remplazaran los impulsos épicos. Devoramos los siguientes kilómetros sin estridencias pero a buen ritmo, regulando la pérdida, o eso creíamos; resultó que logramos pescar a Paniuk un kilómetro antes de meta. El checo iba con lo último: se desmoronó al vernos pasar a su lado. Entró treinta y cuatro segundos después de nosotros. Esta vez dejé que Steve cruzara la meta primero. Para ser honesto, debí reconocer que él había sido el protagonista de la persecución gracias a su salto intempestivo.

Y lo más importante, casi sin darnos cuenta habíamos eliminado a Matosas del podio: zigzagueando y moribundo entró casi cinco minutos después que nosotros. De forma inesperada y apenas por siete segundos, ya sumadas las bonificaciones, yo superaba a Paniuk y me quedaba con el segundo lugar de la clasificación; a falta de una jornada para llegar a París, Steve y yo conseguíamos de nuevo convertirnos en el uno y dos de la competencia, y esta vez nada podría cambiarlo. Nos equivocábamos, pero no teníamos manera de saberlo cuando nos fusionamos en un prolongado abrazo que los reporteros tomaron como efusividad, aunque esencialmente era de fatiga.

Durante el camino al hotel, Giraud pronunció algunas palabras en el autobús en plan de líder motivacional. Nos felicitó por la faena, aunque aseguró que todavía faltaba un pequeño esfuerzo al día siguiente para culminar la proeza. Lo escuchamos sin ninguna gana; Steve y yo porque sabíamos lo que sabíamos, y el resto porque estaban demasiado exhaustos y sólo querían regresar a sus celulares y seguir diciendo a sus novias y amigos lo que minutos antes les estuvieran diciendo.

Apenas escuché a Giraud, pero lo miré con intensidad. Veía su boca mofletuda, sus manazas pesadas y la América del Sur que tenía por panza, preguntándome si algo de lo que veía había participado directamente en la tragedia de alguno de mis compañeros. ¿Habría atropellado a Lampar en aquella carretera solitaria unos días antes del Tour? ¿El dinero que se pagó a las putas que vaciaron durante tres noches las entrañas del equipo Baleares había salido de la mariconera que colgaba de su vientre? ¿Esos dedos gordos eran los que habían quedado marcados en el cuello del pobre Fleming?

Deseé con toda el alma que las investigaciones de Favre cerraran pronto el caso y culminaran con el arresto de ese miserable. Fantaseé con la posibilidad de que fuese detenido en el momento en que Steve y yo subiéramos al podio en la ceremonia de premiación en París; luego lanzaría mi ramillete a los brazos de Fiona, flanqueada al pie del estrado por Lombard y Ray, a manera de señal secreta de una petición de matrimonio de la que nunca habíamos hablado.

La presencia de Lombard en mi imagen idílica removió una sombra incómoda. Luego recordé el motivo: nunca me había reportado a los insistentes mensajes de Bernard. Verifiqué la intensidad de la señal y marqué directamente a su teléfono; supuse que su interés tendría que ver con las gráficas que su padre había desplegado sobre mi cama, así que bajé la voz y pasé el aparato a la oreja pegada a la ventana. Fonar sabía que Lombard e hijo me asesoraban personalmente, pero no tenían idea de que entraban clandestinamente a la base de datos del equipo y mucho menos que preparaban un asalto en contra de su líder.

Conversamos brevemente sobre el resultado de la etapa, me dijo que los datos confirmaban que mi estado físico y nivel competitivo eran los mejores de toda mi carrera. A diferencia de su padre, Bernard lo decía con poco entusiasmo pese a las muchas horas invertidas en el asunto. Pronto entendí el motivo.

—Pero no es eso por lo que te buscaba —dijo por fin con voz trémula—. Estoy muy preocupado por papá —recordé el comentario de Fiona y la sensación de mi mano al apretar sus bíceps fláccidos. Un sofoco subió a mi garganta, no muy distinto del que experimentaría un granjero medieval al escuchar el trepidar del galope de los jinetes que se avecinan. Me temí lo peor.

—¿Qué pasa? ¿Está enfermo?

—Trae algo, sí, aunque no suelta prenda. Y como sólo se deja atender en el hospital militar por sus amigos, no hay manera de saberlo. Pero no es eso lo que más me preocupa. Creo que está perdiendo la cabeza.

—Lo he notado más distraído, pero tiene setenta y ocho años, ¿no? Lo raro sería que no tuviera alguna falla senil.

—Es mucho más que eso. Está haciendo cosas absurdas —dijo, impaciente por hacerme entender—. Vendió La Ramoneda.

—¿Cuándo? ¿Por qué? —La revelación me impactó. La hermosa finca de Jurançon, cerca de Pau, había estado en manos de la familia Lombard durante varias generaciones; era un enorme chalet, casi un castillo, rodeado de unos afamados viñedos.

—A fines del año pasado, parece. Me enteré por casualidad hace unos días, cuando busqué al notario de la familia por otro motivo. Me lo comentó porque creía que yo estaba enterado.

—No lo entiendo, siempre habla de La Ramoneda como algo que seguirá pasando de hijo a hijo en la familia. Creo que justo por eso te da tanta lata para que le des un nieto.

—Y no sólo eso. El notario ya no quiso decirme en cuánto la vendió, al darse cuenta de que yo no estaba enterado del asunto. Pero me he puesto a investigar; el valor de mercado de fincas de ese tipo no baja de dos millones de euros, podría ser mucho más incluso. Temo que lo engañen, que lo engatusen con cualquier pretexto.

—¿Cómo? ¿En qué sentido?

—Siempre ha hablado de lo maravilloso que sería encontrar patrocinadores para financiar un equipo en torno tuyo. Supongo que mis análisis sobre tus rendimientos lo echaron a andar: durante meses no ha hablado de otra cosa que de las grandes carreras que conquistarías si fueras un líder. Asumo que dos o tres millones de euros no sirven ni para empezar, pero quizá cree que debe poner la primera piedra para incentivar la llegada de otros. ¿A ti no te ha dicho nada?

—En absoluto. Ahora simplemente está por la tarea de ponerme a buscar el *maillot* en la jornada de mañana —dije casi en un susurro, mirando alrededor. Nadie parecía prestarme atención.

—Mi padre no sabe de negocios, sería presa fácil para los tiburones que se mueven alrededor del circuito. Temo que termine perdiendo sus ahorros a manos de algún sinvergüenza que lo engañe.

—¿Y no has hablado con él sobre esto?

—Quisiera hacerlo en persona, pero no podía salir de París; este viernes presentamos el desarrollo de una nueva aplicación para Nokia, y yo fui el principal expositor. El fin de semana, cuando lleguen a la ciudad, podré verlo. ¿Quieres que hablemos juntos con él? El domingo por la noche ya estarás desocupado. Contigo será más fácil encararlo para averiguar qué está pasando.

Accedí, me deseó buena suerte en el Alpe d'Huez y colgó. Me pregunté si Bernard me estaría haciendo un reclamo en el fondo, y tendría razón. Su padre estaba a punto de invertir el patrimonio familiar en una aventura peregrina con tal de hacerme triunfar; yo mismo nunca me perdonaría ser el causante de un desastre de ese tamaño, todo por los desvaríos de un viejo cuyo único pecado había sido creer en mí. Tendríamos que hablar con él y parar esta locura; con un poco de suerte quizá podríamos revertir la operación.

Otra preocupación más para el fin de semana. Había creído que el único pendiente que tendría el domingo por la noche era fundirme en los brazos y piernas de Fiona. Eso me distrajo; me entretuve los siguientes minutos en el recuerdo del dulce sabor de su sexo, en la película turbia que vela sus ojos en el momento justo en que estalla el placer en ella. Bajé del autobús envuelto aún en sus brazos cuando me topé con Sancho al pie de la escalerilla. Las pulsiones de lujuria huyeron de mí como pájaros de un árbol violentamente sacudido; la libido y el Robalo constituían una mezcla absolutamente imposible.

Lo seguí hasta mi habitación maravillándome con la inesperada agilidad con que trotaba, todo un logro considerando la masa que desplazaba a cada paso. Me extrañó no ver en el pasillo al alemán: su lugar afuera del cuarto había sido tomado por la figura quijotesca del compañero de Sancho Panza. Cerré la puerta y los dejé intercambiando risas y frases en una extraña jerigonza. Me pregunté si el largo también procedía de la cárcel, y si tendría al igual que su compañero un apodo de pescado.

Poco más tarde Favre tocó a mi puerta; de haber sabido lo que venía a decirme no la hubiera abierto. Asumí, entusiasmado, que traería algún avance sobre la investigación abierta contra Giraud, alguna evidencia, un testimonio sorpresivo que lo incriminara. Lo que el comisario traía era un cadáver.

Me informó que esa mañana habían encontrado el cuerpo de Shrader, el sarcófago alemán que fuera mi sombra durante varios días. Lo hallaron con la cabeza enfundada en una bolsa de plástico dentro de un auto registrado a nombre de Protex, en un paraje abandonado a las afueras de Saint-Jean de Maurienne; algunos navajazos y numerosas excoriaciones en la piel indicaban que el alemán había luchado hasta el último momento. Recordando la mesa que tenía por espalda y los troncos de sus piernas, habría inspirado respeto cualquiera que lo hubiera mandado al otro mundo.

—Si Giraud y Protex están detrás de los crímenes, como usted dice, la muerte de Shrader es absurda —dijo cuando advirtió que yo había asumido la noticia. Como en muchas otras ocasiones, tuve la impresión de que el comisario no venía a reflexionar conmigo sino a auscultar mis reacciones.

—A no ser que estén borrando huellas. Supongamos que el alemán fue el que ejecutó a Fleming siguiendo instrucciones de Giraud; usted dijo que había sido un asesino solitario, ¿no? Si Giraud entró en pánico al darse cuenta de que la policía comenzaba a investigarlo, es posible que quisiera eliminar al autor material, el único que podía realmente incriminarlo.

—Puede ser —concedió—, aunque su lógica tiene un problema. Para despachar a Shrader seguramente se necesitaron al menos dos personas, si no es que más. En tal caso, ahora Giraud no tiene sólo un autor material sino dos o tres que pueden incriminarlo.

—Sí, pero son opacos para nosotros, pudo haber traído sicarios por encargo desde afuera. En cambio, Shrader ya estaba en la mira de la policía; los italianos mismos lo señalaron como el hombre que intentó sabotear los frenos del autobús.

—¿Y cómo podría haber sabido eso Giraud? —objetó Favre clavándome los ojos, todo él convertido en sabueso expectante.

—Protex tiene un informante en la policía.

—Ahora entiendo muchas cosas —dijo decepcionado el comisario tras una pausa larga; por primera vez me pareció que no estaba protagonizando el rol de detective que traía en la cabeza.

—Steve me lo dijo. Le pasan un reporte todas las noches, supuestamente sólo para sus ojos. Pero si Giraud está coludido con Protex a espaldas de Steve, doy por descontado que obtiene una copia. —No sé por qué sentí la necesidad de decírselo todo: quizá fue un impulso solidario al verlo tan afectado por la traición de un funcionario de la policía, probablemente alguno de sus superiores. O quizá era un acto de venganza de mi parte; un pequeño desquite por la manera en que había jugado conmigo.

—Tampoco podemos descartar a los italianos —dijo tratando de reponerse; estaba claro que no iba a discutir conmigo una fuga de información dentro de los cuerpos policiacos—. Ferrara estaba furioso con el alemán por el intento contra el autobús, está convencido de que algunos del equipo pudieron haberse matado de haber fallado los frenos.

—Ferrara está detenido, y por lo que pude ver de Matosas, parece que ya no quiere queso sino salir de la ratonera. Matar a Shrader después de hablar pestes de él en los interrogatorios no parecería algo muy inteligente, ¿no lo cree?

El comisario hizo otra larga pausa. Los dos habíamos quedado sin argumentos. El cansancio y la decepción hicieron del silencio una pesada lápida.

—O quizá nos estemos equivocando de asesino y no sea ninguno de los dos —dijo por fin. Sentí que el comisario me hablaba, quizá por vez primera, como si yo fuera un verdadero compañero. Intenté estar a la altura.

—En tal caso estamos jodidos; el Tour termina en día y medio. Supongo que será más difícil encontrar al culpable una vez que se desmonte el tinglado y todos los que estamos en el circo nos dispersemos.

—Supone usted bien, sargento Moreau.

Nos separamos en el pasillo con el ánimo por los suelos. Sentí un poco de lástima por el comisario: después de todo, yo tenía un podio al que subir el próximo domingo; él tendría que regresar con la cola entre las patas a París. Un duro golpe para su orgullo. Y sin embargo, al despedirnos me dijo con un brillo inesperado en los ojos que toda Francia subiría conmigo el Alpe d'Huez al día siguiente. Yo simplemente tragué saliva, sin saber qué responder.

Cuando por fin me quedé solo, vi dos mensajes de Steve en el celular. Le llamé de inmediato. Me preguntó si sabía lo que había pasado, y cuando comencé a decirle algo del alemán, me pidió que no comentara detalles por teléfono, que había que hablarlo en la cena. Quedamos de vernos en el comedor quince minutos más tarde.

Asumí que la insistencia de Steve para ser discretos al teléfono confirmaba que yo estaba intervenido y que él lo sabía; probablemente había sido una instrucción de su parte. Por alguna razón ni me extrañó ni me importó: podía interpretarse incluso como una medida tomada con la intención de protegerme.

Entró un mensaje de Fiona y olvidé a Steve por un momento. «Me urge verte». Como siempre, lo registró el cerebro aunque lo sentí en la entrepierna. Comencé a redactar una respuesta a la altura de su provocación, pero me cayó un balde con hielos: «Ray y yo subimos después de tu cena». Me resigné y bajé al comedor.

Mucho antes de llegar a la mesa me di cuenta del estado de ánimo en que se encontraba mi amigo; conté cuatro guardias apostados alrededor del comedor, aunque ninguno adentro por respeto a los otros equipos, supuse.

—Acabo de hablar con el responsable de la investigación que lleva Protex, *bro* —me dijo angustiado tan pronto tomé asiento a su lado—. Han llegado a la conclusión de que los italianos no mataron a Frederick.

«Claro que no fueron los italianos, fueron ellos mismos, fue Protex», pensé.

—¿Frederick? ¿Así se llamaba Shrader? —pregunté, por decir algo.

—Sí. Un buen tipo —dijo aunque sin énfasis, distraído—. El asunto es que esto abre todas las posibilidades, Fredy es la primera víctima que no forma parte del circuito, hasta ahora todos habían sido corredores. —Asumí que Fredy era el Sarcófago, Fritz, el alemán, Shrader, Frederick. Un hombre tan grande merece muchos nombres, supuse.

—No tiene ni pies ni cabeza —coincidí—. ¿Y Protex no tiene alguna hipótesis, algún sospechoso?

—Nada, sólo un dato extraño, pero no tiene que ver con Fredy. Hablaron con Lampar: dice que no acostumbraba correr en el camino en el que fue atropellado días antes de arrancar el Tour; lo hizo porque había quedado de reunirse con alguien de la organización en un restaurante sobre la carretera, hicieron la cita por teléfono. Protex cree que alguien lo puso allí para accidentarlo.

—Pero cualquiera pudo haberse hecho pasar por miembro de la organización del Tour.

—Se trataba de un asunto personal de Lampar, quería correr con los colores de Australia en su calidad de campeón nacional, salvo que había una controversia formal por alguna razón; el caso es que hizo la petición de manera muy reservada porque quería evitar una humillación pública en caso de que se lo negaran. Parece que sólo lo sabían su esposa y los organizadores.

—Extraño —por más que le daba vueltas, no parecía tener sentido—. Aunque si hay sicarios, envenenadores y saboteadores, significa que se trata de una operación grande y con recursos; perfectamente pudieron comprar a algún empleado de la organización, ¿no te parece?

—Sí, claro —respondió, otra vez distraído—. Pero ya me harté. Le dije a Giraud que hoy es la última noche que pasamos en un hotel del Tour. Benny rentó un vuelo privado de Grenoble a París mañana por la tarde, podemos irnos directamente de la meta del Alpe d'Huez.

Adidas me ha ofrecido un departamento en París con todas las comodidades y protecciones, lo usan para las celebridades, y allí me esperará Stevlana. Hay una habitación también para ti… y Fiona —agregó, tras un titubeo—. Lo importante es que no le demos oportunidad al criminal, no tenemos ni puta idea de dónde vienen los ataques.

—Se supone que el reglamento no lo permite, ¿no? Dormir fuera de los hoteles del Tour —objeté, aunque en realidad ya estaba convencido de aceptar su invitación; Benny, el representante de Steve, era un frívolo insufrible, aunque de un gusto refinado. Quedarse en una suite de lujo al menos por una noche, después de tres semanas de hoteles rústicos con tinas de tubos oxidados, era una propuesta irresistible.

—Benny dice que no nos preocupemos por eso: a Fleming lo mataron dentro de uno. Y tal como están las cosas, está seguro de que puede conseguir que los organizadores se pongan flexibles. Ellos mismos ya quieren que esto termine; imagínate el escándalo si le pasa algo al *maillot* amarillo. Sólo tenemos que avisar a los de la AMA que estaremos en París. Digo, por lo del examen *antidoping*.

—Perfecto, será un alivio dejar todo esto —dije pasando la vista por el comedor, abarrotado de ciclistas. Por lo general disfruto esta convivencia propia de colegios y cuarteles que deparan las vueltas largas, pero nunca antes había transcurrido entre acechanzas y traiciones—. Le comentaré a Fiona —añadí, aunque podía dar por anticipada su negativa; ser huésped de los Stevies figuraba en el *top ten* de sus peores pesadillas.

Satisfecho con mi respuesta, Steve dirigió la mirada a la mesa, golpeó un vaso con la cuchara y se hizo escuchar:

—Brindo por el triunfo de mañana, mi quinto *maillot* amarillo. Nunca olvidaré todo lo que les debo —pronunció conmovido, levantando una copa con leche; los demás lo secundaron con jugos, café, agua, y alguno con su tazón de cereales. Ninguno levantó el brazo con muchas ganas, pese a que el brindis entrañaba la promesa de un bono especial.

En todos nosotros, salvo en Steve, dominaba la incomodidad de hacer un festejo rodeados de compañeros a los que aún no habíamos vencido. Entendíamos que muchos de ellos lo tomarían como una falta de respeto e incluso como una burla; no obstante, sabía que mi *bro* lo hacía de buena fe, ciego al entorno, embelesado con su propia generosidad para con los miembros de su equipo.

Subí a la habitación seguido del binomio quijotesco, parloteaban alegres en un francés apenas reconocible por el peso de la jerga carcelaria, supuse. Minutos más tarde llegaron Ray y Fiona. Los puse al tanto de la muerte de Shrader y del papel de un funcionario de la organización en el caso del atropellamiento de Lamar; Fiona no podía creerlo, pero no descartaba alguna filtración. Ray, en cambio, tomaba notas asintiendo. Luego soltó una información reveladora.

—Lo de Lamar le da otro giro a un dato extraño, al que hasta ahora no le había dado importancia. ¿Recuerdan el hotel donde murió Fleming? —Asentimos en silencio, los dos conocíamos perfectamente El Galeón Azul, en el que se había hospedado el equipo Batesman; Fonar se había quedado en él dos o tres años antes.

El viejo sacó su libro de ruta, el grueso cuaderno que los miembros de la prensa reciben al inicio del Tour; buscó el capítulo de la etapa seis, y se detuvo en la página donde se enlistaban los hoteles designados por la organización y los equipos que debían ocuparlos esa noche de acuerdo al resultado del sorteo realizado semanas antes. El Galeón Azul no aparecía. Según el programa, Batesman se quedaba esa noche en el Madelaine, junto a otros cuatro equipos.

—No entiendo. Los del Brexit no habrían podido quedarse allí si el hotel no estaba en la lista oficial —dije, sorprendido.

—Lo mismo pensé, así que fui a preguntarles a los ingleses. El de prensa me dijo que unos días antes alguien de la organización les informó que el Madelaine tenía problemas en las instalaciones eléctricas de un ala del edificio, y se habían visto obligados a moverlos al Galeón Azul en el último instante. Siendo el Batesman el equipo más numeroso por la cantidad de auxiliares que tiene, la organización juzgó que asignarlos a ellos resultaba lo más práctico para todos. Nadie se opuso.

—Si alguien quería atacar a Fleming, El Galeón Azul era perfecto. Pequeño, modesto y aislado; prácticamente sin personal al caer la noche —reflexionó Fiona.

—¿Preguntó usted quién fue el funcionario que hizo el cambio de hotel? ¿Sabe si es verdad que el Madelaine tenía problemas en sus instalaciones?

—No volví a preguntar sobre el tema. La explicación me pareció razonable, hasta ahora que usted mencionó lo de Lamar.

—Es absurdo, Jitrik o la organización nunca atentarían contra el Tour —dijo Fiona confundida.

—No, pero los que han armado todo este desastre ya han mostrado que tienen los recursos para comprar a quien sea, incluso a algún funcionario de medio pelo de la estructura. No necesitan más.

—Esto no exculpa a Giraud, aunque comienzo a creer que está muy por encima de su liga —dijo Fiona.

—¿Sabe algo de esto el comisario? —inquirió Ray.

—¿De Lamar, y ahora lo del hotel? Nada, o eso creo. Nos separamos hace rato sintiendo que estábamos en un punto muerto. Tendría que decírselo ahora mismo; si la policía descubre la identidad del funcionario, podríamos rastrear a quienes lo sobornaron. Es la primera pista firme que tenemos desde que arrancó todo esto. —No se me escapó el hecho de que probablemente ya había dicho lo mismo a propósito de Giraud o de los italianos, pero un poco de autoengaño no perjudica a nadie.

—No llame a Favre. No todavía —dijo Ray—. Me he quedado varias veces en El Galeón Azul en estos treinta años cubriendo el Tour. Me gusta por las mismas razones que lo escogió el asesino: es silencioso y apartado. El dueño es un viejo desconfiado y cascarrabias al que le he tomado aprecio, puedo llamarle hoy mismo. Confío en sacarle más información de lo que podría conseguir cualquier policía —consultó su reloj y añadió—: Deme hasta las diez de la mañana antes de poner al tanto a su amigo, el comisario.

«¿Mi amigo?», pensé, y habría querido decirle que Favre había sido tan amigable como una ampolla en el culo a lo largo del Tour, pero no quería retener más al periodista, quien parecía a punto de irse. Necesitaba hablar con Fiona, quería informarle en privado de mi resolución final y sabía que no iba a gustarle.

Cuando por fin nos quedamos solos, le expliqué con todo detalle el plan de Steve de fundar un equipo con Snatch, su propuesta de hacerme líder en todas las carreras que no fueran el Tour; de la posibilidad, por fin, de dejar de ser gregario y explotar el potencial que ella creía ver en mí. Hablaba recostado en la cabecera, entre almohadas, y ella escuchaba en silencio sentada a la orilla de la cama. En algún momento se puso en pie, apagó las luces de la habitación y se recostó a mi lado.

Hablé largo y sin prisa, con más confianza y seguridad ahora que lo hacía a oscuras. Finalmente le dije que al día siguiente protegería a Steve contra lo que fuese necesario, y me aseguraría de que obtuviese su quinto *maillot* amarillo; las últimas frases las pronuncié, casi sin darme cuenta, como si fuesen un desafío.

El tono de mis palabras quedó flotando en el silencio de la habitación hasta adquirir un peso físico, ominoso. La cabeza de Fiona apenas rozaba mi costillar izquierdo, pero todos mis sentidos se agolpaban ávidos en el pedazo de piel alcanzado por el hilo de sus cabellos en espera de una respuesta, como si el resto de mi vida dependiera de ello.

Tras largos minutos, Fiona habló.

—Pocas cosas recuerdo de mi madre, salvo que me leía cuentos por las noches. Se fue al hospital cuando yo tenía cuatro años y nunca más regresó. Mi cuento favorito era el de san Jorge, quien salva a la princesa del dragón; contra lo que mamá creía, yo me apiadaba del pobre animal. La portada del libro era terrorífica; pintaba el rostro fiero de san Jorge al cargar con su lanza contra el vientre del dragón, que agonizaba entre dolores. Mi padre se llamaba George; apuesto a que no lo sabías, todo mundo le decía *Koky*. Era duro, irascible y a veces me parecía que el gesto que hacía cuando se enojaba era el mismo que el del dibujo y yo temblaba de miedo.

La escuchaba sin moverme, musitando esporádicamente algún sonido para animarla a continuar.

—Probablemente no lo recuerdes, pero en tu primer año de profesional entraste un día al autobús que mi papá usó como taller mecánico el año en que decidió convertirse en *freelance*; creía que sólo por su prestigio los ciclistas y mecánicos vendrían a él como si fuera el oráculo. Aunque la experiencia fue un fracaso, al menos ese día tú llegaste a hacer una consulta. Explicaste que habías recurrido a todo tipo de asientos pero ninguno parecía acomodarte, al final de la jornada te sentías descoyuntado, tasajeado; repentinamente te sonrojaste al darte cuenta de que estabas hablando del estado de tu culo enfrente de una joven de veinte o veintiuno. Agachaste la cabeza y pude observar un pequeño dragón en tu nuca, junto al nacimiento del cabello.

Yo reí por lo bajo, aunque no tenía la menor idea de lo que decía.

—Mi papá sugirió que no era un tema de asientos sino de los cojinetes de tu *culotte*, y que había que encontrar los que mejor te acomodaran. Yo venía de tomar cursos de anatomía del deporte y fisioterapia, y aventuré la posibilidad de que una de tus piernas fuese ligeramente más larga que la otra: él me insultó de manera fea, terrible. Te volviste a sonrojar y por cortesía aseguraste que también podría ser eso. Dos semanas más tarde regresaste con un examen anatómico, tu pierna izquierda era cinco milímetros más corta que la derecha, y se lo pusiste a mi padre en la cara con una sonrisa inocente. Yo sentí que, por fin, el dragón había invertido los papeles y puesto en su lugar al terrible san Jorge y salvado a la princesa.

—Por eso me llamas mi Dragón —dije por fin, recordando vagamente la escena que ella describía—. No lo sabía, no lo recordaba; pensé que lo hacías sólo por el tatuaje. ¿Por qué me lo dices hasta ahora?

—No sé —dijo reticente—. Estos días he estado pensando en nosotros; extraño a ese Dragón.

—Si lo dices por lo de Steve y el *maillot*... —comencé a decir, pero ella puso un dedo sobre mis labios. Tras unos instantes comenzó a acariciarme.

Hicimos el amor durante un largo rato, siempre guiados por sus arrebatos; a veces con fruición, en otras distendidos por breves remansos en los que ella sujetaba mi rostro y lo examinaba con atención, como si lo mirara por primera vez o como si nunca más quisiera olvidarlo. Un par de veces sentí sus lágrimas sobre mi cuello.

En algún punto de mi cabeza sonaba una alarma desatendida: era una locura hacer el amor en la víspera de la madre de todas las etapas, el ascenso al terrible Alpe d'Huez. Violaba todos los códigos profesionales por los que vivía, para los que vivía. Entendía que algo importante estaba pasando en esa cama, sin saber bien a bien el porqué.

Cuando terminamos ella se recostó y volvió a sumirse en el silencio. No la escuché dormir, pero preferí no interrumpir cualquier cosa que estuviera haciendo. Pasado un rato traté de conciliar el sueño con el repaso de la clasificación general, pero en esta ocasión y por primera vez en muchos años, pensé que no tenía sentido.

Clasificación general, etapa 19

1	Steve Panata	78:37:34	«No habrá poder humano que le quite el *maillot*».
2	Marc Moreau	+ 1' 33"	«¡Segundo lugar! ¿Por qué no estoy festejando?».
3	Milenko Paniuk	+ 1' 40"	«No debo permitir que este se escape mañana».
4	Alessio Matosas	+ 5' 42"	«Al final me da un poco de lástima».
5	Pablo Medel	+ 14' 26"	
6	Óscar Cuadrado	+ 17' 59"	
7	Luis Durán	+ 20' 31"	
8	Serguei Talancón	+ 21' 12"	
9	Rol Charpenelle	+ 27' 59"	
10	Richard Mueller	+ 32' 43"	

ETAPA 20

Cuando desperté Fiona no estaba, fiel a su costumbre. Pero aun sin espabilarme por completo, pude sentir que esta vez se había ido de un modo distinto: el denso silencio que siguió a nuestras revelaciones, la manera en que se aferró a mi cuerpo en las últimas horas, la falta de un beso en el hombro antes de emprender la retirada. Una nota sobre el teclado y algunos párrafos en la pantalla encendida de mi *laptop* me confirmaron que su partida esta vez era diferente. Comencé por la nota manuscrita:

Mi amado Dragón: esta tarde, mientras subes a los Alpes, yo iré volando a Dublín; ya hablé con la organización y a Ray le dije todo lo que sé. Tengo asuntos que arreglar allá y muchas cosas en qué pensar. Sencillamente no soportaría verte llegar una vez más detrás de Steve por voluntad propia; se me rompe el corazón imaginar la escena en París en que habrás de levantar su brazo en el podio; se me hace añicos el Dragón que he atesorado todos estos años. Pensé que podía vivir con eso y no es así. Ahora necesito estar sola.

Lombard está enfermo de muerte, le quedan pocas semanas, quizá días. No seas duro con él. Te lo íbamos a decir hasta el final del Tour para no distraerte, pero el desenlace puede darse en cualquier momento. Yo ya me he despedido, así lo ha querido él, decirme adiós cuando aún está de pie.

Estoy segura de que nunca has visto los correos que alguna vez me envió Steve cuando quería arrancarme de tus brazos a cualquier cos-

271

to, y si los has visto, no eres el hombre del que creí estar enamorada. Nunca te los mostré por decoro, por no hacerte sufrir. Ya no tiene sentido ocultarlos.

Te quiere,

FIONA

El mundo se oscureció, algo nauseabundo en mi vientre luchó por abrirse paso hasta la garganta, la habitación comenzó a girar en torno a la pequeña mesa. Lombard al pie de la tumba, Fiona despidiéndose de mí, ¿era una despedida? Steve atrapado en alguna infamia imperdonable, al menos a los ojos de mi amante. Las dos primeras noticias eran devastadoras: perder a mi viejo tutor y verla a ella desaparecer me condenaban de nuevo a la orfandad, a la soledad. Y como tantas otras veces, la amistad de Steve era mi único asidero.

Consideré la posibilidad de borrar sin leer lo que Fiona había dejado en la pantalla. Steve no era perfecto, ¿quién lo era?, pero había sido un hermano en las buenas y en las malas. ¿Necesitaba ver una evidencia más de alguna putada suya? Lo sabía capaz de cometer cualquier exceso con tal de ganar una batalla, y sin duda la disputa por Fiona había sido para él una conflagración mayor.

Me negué a enterarme de algo que pudiera ser irreversible, algo que también me hiciera perder a mi hermano. ¿Qué me quedaría entonces? Luego, lentamente, como si fuese una película de terror y desoyendo mi voluntad, mis ojos se dirigieron a la pantalla. Comencé a leer.

3 de diciembre de 2012

Marc:

He venido muchas veces al hospital en estos meses. Hace unas semanas los doctores me dijeron que estoy invadida de cáncer y no hay nada que hacer. Como enfermera, sé lo que me espera. La familia que yo creí que tenía me ha dejado tirada en una cama, abandonada. Sé que me lo merezco porque fui una mala madre; nunca podré perdonarme lo que te hice. Y tampoco espero que tú me perdones,

272

sólo creí que debía decirte que tu madre se está muriendo. Quería decírtelo desde hace mucho, pero me daba vergüenza después de ignorarte tanto tiempo. Te envío esto al correo de Steve, que es el único que tengo.

BEATRIZ RESTREPO

9 de diciembre de 2012

Marc, hijo querido:

Los dolores son terribles, ya no quieren darme morfina, aunque mis amigas a veces me consiguen alguna cosa. Quiero morirme pero no puedo hacerlo sin que me digas algo, sin que me perdones. Todos estos días los he pasado torturándome por el recuerdo de las muchas veces que te dejé llorando, por las caricias que nunca te quise dar. Odié a tu padre porque arruinó mi juventud y sé que me desquité contigo. No te pido que me comprendas, sólo que consideres que eres carne de mi carne y me dejes marchar en paz.

BEATRIZ RESTREPO

13 de diciembre de 2012

Llevo dos noches sin dormir y creo que el fin se acerca. Será un alivio partir pero sin tu perdón me siento sucia. Steve dice que te ha pasado mis mensajes y que tú no quieres hablarme. No me perdones, sólo dime algo, dos palabras. No me dejes ir así, te lo suplico.

TU MADRE

14 de diciembre de 2012

Marc, mi niño, por favor.

Fiona:

Luego me enteré de que la señora Beatriz murió el 14 diciembre en la noche, poco después de enviar este último correo. Aníbal nunca qui-

273

so responder. Cuando le informé de la muerte de su mamá se encogió de hombros. Te pregunto, ¿prefieres a este hombre, ahora que lo conoces? ¿O a este que te adora?

STEVE

Cuando terminé estaba anegado en lágrimas. Lloré por Beatriz, agonizando atormentada en su cama, por Steve y su inconcebible maldad, por Fiona y su lealtad capaz de ocultarme esta canallada para protegerme. Y lloré por mí y por la imposibilidad de regresar el tiempo, de correr a un hospital de Medellín a abrazar a mi mamá y decirle que nunca había dejado de quererla.

Pensé que tenía que buscar a mi viejo coronel, enterarme de su situación, recriminarle su silencio, acompañarlo. Si no había tenido oportunidad de despedirme de mi madre, al menos debería hacerlo del hombre que había sido como un padre.

Pero no podía moverme. Me sentía drenado, paralizado por las revelaciones. Tendría que detener a Fiona, decirle que nada en la vida era más importante que ella, y si para convencerla debía ganar el *maillot* amarillo, no habría poder humano que me lo impidiera. Luego pensé que debía moler a golpes a Steve ahora mismo, allí en el comedor, frente a todos, y gritar a quien la quisiera escuchar la lista de sus terribles pecados. Si le había hecho eso a su hermano, ¿qué le impedía asesinar, atropellar, envenenar a otros con tal de conseguir su quinto *maillot* e ingresar a la lista de los inmortales?

Tenía que hablar con el comisario. Todo indicaba que no era Giraud sino Steve quien había estado todo el tiempo atrás de los atentados. Era él quien había mandado a Shrader a vigilarme, él quien había amedrentado a Lombard para que no se acercara, y él también quien nos tenía intervenidos los teléfonos y los correos. Protex trabajaba para Steve, no para Giraud.

Tardé mucho en serenarme. Poco a poco me di cuenta de que la única respuesta posible era arrebatarle el *maillot*, la mejor y más terrible de las venganzas, aunque entendí que si quería vencer a Steve no podía decirle nada a nadie. Favre también había sido infiltrado por la gente de Protex; mis comunicaciones estaban intervenidas. Y si Steve llegaba a enterarse de mi decisión, seguramente tendría un

274

plan de contingencia para neutralizarme o de plano liquidarme. Si no lo había hecho, como con todos los demás rivales, era porque me necesitaba en la montaña y porque daba por descontada mi subordinación tras ofrecerme recompensas con sus planes de fundar Snatch. Como alguna vez dijo Fiona, compraba mi sumisión.

Hoy tendría que actuar fuera de la carretera con la cabeza que se me atribuía dentro de ella. Sobre la bicicleta yo era todo estrategia, un jugador de ajedrez que anticipaba los movimientos de mis rivales incluso antes de que ellos los concibieran, un artista que detectaba el momento preciso para amagar un ataque, fingir una pájara o dar una estocada final; pero cuando no estaba en ruta dejaba que la vida me sucediera, sin cálculo ni estrategia, simplemente acomodándome a lo que viniese. Me dije que a partir de entonces tendría que ser diferente.

Me demoré antes de bajar a desayunar, quería pasar el menor tiempo posible al lado de Steve por temor a delatar los demonios que me revolvían el estómago, y tampoco es que pudiera pasar alimento en el estado en que me encontraba aunque sabía que ese día, más que ningún otro de mi vida de ciclista, necesitaría de toda la energía posible para salir airoso del sacrilegio que me disponía a cometer.

Bajé al comedor flanqueado por el Robalo y su larguísimo compañero. Las instrucciones de Lombard los convertían en mi sombra cada segundo que yo pasaba fuera de la ruta y su jefe, Bimeo, había dispuesto un par de motociclistas adicionales alrededor del pelotón cuya función en realidad sería cuidarme y abrirme camino una vez en la cumbre. El momento más vulnerable para una agresión suele ser en los últimos kilómetros de una cuesta, cuando el público desborda la carretera para animar y tocar a los ciclistas, aunque termina cerrándose y engulléndolos como una boa constrictor.

Como muchas personas triunfadoras, Steve es un inconsciente capaz de flotar por encima de todo lo que no le atañe, pero en lo concerniente a sus intereses tiene un ojo más crítico que un modisto en pasarela. Le bastó verme unos instantes para darse cuenta de que algo estaba pasando; me recibió solícito, limpió de migajas el lugar que tomaría en la mesa y palmeó mi espalda preguntándome cómo me encontraba. No se trataba de una pregunta retórica: deseaba conocer mi estado de ánimo y, sobre todo, sondear si estaba dispuesto a cumplir el pacto de llevarlo a la meta en su calidad de líder del Tour.

—Es Lombard, está agonizando, acabo de enterarme —musité cabizbajo. No mentía, al menos no del todo, aunque una parte dentro de mí lamentó utilizar la dolorosa noticia para quitarme de encima las sospechas de Steve.

—¿Cómo? ¿Dónde está? ¿Qué tiene? —preguntó genuinamente sorprendido, alarmado; aunque no tenía ninguna estima por el coronel, sabía lo mucho que significaba para mí. Su rostro era la imagen misma de la mortificación. Por un momento, el gesto de solidaridad me conmovió y comenzó a distender el resentimiento acumulado en la última hora: luego recordé las muestras de dolor que Steve desplegó tras el anuncio de la muerte de mi madre y me regresó la rabia. Ahora sabía que en aquel momento «mi *bro*» lloraba sabiendo que él, más que nadie, había hecho un infierno de los últimos días de vida de Beatriz Restrepo.

Con todo, lo de Lombard salvó el vergonzoso encuentro; encerrado en mi pena, no tuve que decir mucho más. Ese día el llamado a la salida era temprano y no había tiempo para sobremesas.

Una vez en el cuarto, mientras me enfundaba en el entallado uniforme, intenté llamar a Fiona sin ningún éxito. Le dejé un mensaje a Lombard instándolo a vernos y respondió que me buscaría en la ceremonia de firmas a la salida de Modane. En cambio, recibí un texto de Ray que me dejó frío: «Hablé con los de El Galeón Azul, con los del Madelaine y con la mujer que pidió el cambio de hotel por parte de la organización, creo saber quién está detrás de esto. Si algo llega a pasarme, abra el sobre que envié a Dublín. Por ningún motivo hable con Favre. Repito, por ningún motivo». El mensaje del periodista me dejó más preguntas que respuestas; de hecho, ninguna respuesta. ¿Habría confirmado que un funcionario del Tour trabajaba para Protex? ¿Atentarían contra la vida de Ray? ¿Habrían interceptado este mensaje? ¿Podría estar Fiona en peligro, ahora que se mencionaba un sobre con las respuestas camino a Dublín?

Antes de que pudiera tirar más preguntas al viento, un segundo texto del periodista entró a mi pantalla: «Gane este maldito Tour, Aníbal, sólo eso revelará al culpable».

No supe cómo interpretar esto último. Vencer a Steve era hasta hace unos días la peor putada que podía cometerse contra un her-

mano, hoy era la vía para conservar el amor de Fiona, un acto patrió-
tico en aras de la gloria de Francia y, según el periodista, un recurso
para resolver el caso del asesino del Tourmalet, como diría la prensa.

Observé mis piernas laceradas de raspones, mis muslos exhaustos, mi rostro ajado por las preocupaciones y me pregunté si estarían
a la altura de todas esas responsabilidades; encima, tenía en mi contra los demonios del resentimiento que me consumían y nublaban
mi posibilidad de imaginar una estrategia, temía a los reflejos inter-
nalizados del gregario y, en su momento, a la máquina aceitada de
Fonar para neutralizar cualquier desafío de mi parte.

Saqué de mi maleta las gráficas de Lombard y las desplegué sobre
la cama una vez más. La ruta diseñada por los organizadores era una
salvajada: un puerto de primera en los primeros veinte kilómetros y
uno fuera de categoría, el legendario col de Galibier, a mitad de la
jornada. Después seguirían cuarenta y cinco kilómetros de vertiginoso descenso, el terreno de Steve, hasta llegar al pie del Alpe d'Huez,
una pared de quince kilómetros más propia para las cabras que para una bicicleta; allí se decidiría el Tour, a condición de llegar vivo a
ese punto. En total, apenas ciento diez kilómetros de ruta, una de las
más cortas de toda la competencia, pero la más prolongada en tiempo; casi cinco horas y media, lo cual decía todo.

Observé la cruz sobre el kilómetro ciento seis, cuatro antes de la
meta: el lugar donde me separaría de Steve y nuestras vidas cambia-
rían para siempre. Visualicé la imagen que captaría la televisión; yo
sobre los pedales, el rostro de mi líder descompuesto por la rabia, los
gritos desgañitados de los comentaristas, el frenesí del público ante
la victoria inconcebible. Me pregunté si Protex tendría algún plan
de contingencia para liquidarme en caso de una fuga de mi parte;
preferí asumir que Bimeo habría contemplado esa posibilidad y di-
seminado algunos hombres entre las filas de aficionados. Siempre lo
hacía, sobre todo en etapas decisivas como la de este día.

Volví a pensar en el coronel y me felicité por la posibilidad de
abrazar al viejo antes de emprender la ruta. Recordé la frase que me
endilgara unos días antes, «Moriré feliz cuando te vea enfundado en
el *maillot*», y ahora entendía que no se trataba de un sentimentalismo senil como había creído; era su agenda de trabajo para sus últimos días.

Seguí intentando, sin éxito, hablar por teléfono con Fiona casi hasta el momento de ir a la ceremonia de firmas. Aunque llegamos juntos todos los miembros del equipo, logré eludir a Steve con el pretexto de atender a un par de reporteros. Luego, por fin pude ver a Lombard y lo arrastré atrás del autobús de nuestro equipo para disfrutar de un poco de privacidad.

—Coronel, ¿cómo está? ¿Cómo se siente?

—Muy bien —dijo con un rictus que quiso hacer pasar por sonrisa. Ahora que lo examinaba con otros ojos, notaba el mortecino color amarillo de su piel—. No podría estar mejor, ahora que serás campeón.

Recordé que esta conversación ya la había tenido antes con el viejo militar, así que decidí no irme por las ramas.

—Fiona me lo ha dicho todo. Usted no debería estar aquí, tendría que estar luchando en el hospital. ¿Por qué no me lo dijo antes? ¡Ni siquiera Bernard lo sabe! —le reclamé.

—Estoy donde debo estar. Lo que hoy va a suceder no me lo perdería por nada del mundo; bien vale una vida, ¡muchas vidas! Tú en el *maillot* amarillo —dijo embelesado, y por un instante sus ojos fueron dos brasas encendidas en el fuego apagado de su rostro.

—Pero no entiendo por qué se deshizo de La Ramoneda; si necesitaba dinero para los tratamientos debió haberlo dicho, coronel, todos habríamos ayudado. No había necesidad de perder la casa —lo reconvine cariñosamente.

—Cuando tengas hijos entenderás lo que uno está dispuesto a hacer por ellos, Marc —respondió categórico, con el tono en el que soltaba sus refranes.

Habría querido preguntarle qué quería decir con eso; deshacerse de la finca familiar no era precisamente una manera de ayudar a su hijo. Y a la vista de su enfermedad terminal, dudo que estuviera pensando en usar el dinero para fundar un equipo profesional que me lanzara como líder; resultaba absurdo si sólo le quedaban algunos días de vida, ¿o no? Aunque Fiona me había advertido de sus arranques de demencia senil.

Nunca pude despejar esa duda. Axel interrumpió nuestra charla y tomándome del brazo me dijo que Giraud quería hablar con nosotros, me estaban esperando. Me despedí del coronel como pude y subí al autobús, donde el resto de los corredores rodeaban al director deportivo.

—Todo está cocinado y a punto, pero hay que saber cuándo retirar el guiso de la estufa y servir la sopa; ni muy fría ni muy caliente —nos dijo a todos, aunque sus ojos no se separaban de los míos. Las metáforas de cocina eran sus favoritas, vinieran o no al caso. Giraud era un glotón aun cuando hablaba.

Todos asentimos. En realidad no había mucho que decir, sólo que él estaba convencido de que como general en jefe debía arengar a las tropas antes de la madre de todas las batallas; si por él fuera, se pintaría el rostro de azul y cual Mel Gibson nos lanzaría a cortar las cabezas del enemigo. Una vez más me dije que ese payaso no podía ser la mente detrás de la sofisticada campaña de crímenes en contra del pelotón. ¿Lo era Steve?

Observé de reojo la pierna larga de mi amigo, extendida sobre el pasillo del autobús; cuatro pequeñas bicicletas corrían por su pantorrilla como el hilo de una media. Hoy me aseguraría de que la hilera no siguiera creciendo.

—Como ayer, muy conservadores; un ritmo firme pero nada que agote a Steve… o a Aníbal —dijo Giraud tras una pausa—. Vamos por el uno-dos. Salvo a Paniuk o a Matosas, dejen ir a cualquier otro que se fugue, no se trata de ganar la etapa. Y si es un grupo grande el que se va, doce o quince, váyanse dos de ustedes con ellos; Guido y Tessier preferiblemente, así Steve tendrá adelante corredores escalonados por si necesita remontar. Todos los demás alrededor de él, protegiéndolo de caídas y separándolo del pelotón. Hoy no quiero heroísmos, quiero el *maillot* y punto. ¿Está claro?

Pensé que no era un plan que me conviniese mucho. Si Steve llegaba acompañado de dos o tres gregarios al punto de inflexión marcado por Lombard, yo tendría dificultad para descontar el minuto y medio que necesitaba para arrebatarle la corona; en un buen día Guido, nuestro otro escalador, podía ser capaz de remolcarlo casi hasta la meta. El peor de los dos mundos consistía en lanzar un ataque que fuese interpretado como una traición, sólo para quedarme corto por medio minuto.

Cuando llegamos a la mitad del ascenso del terrible Galibier, me quedó claro que la mayoría de los equipos compartían la estrategia de Giraud. Sólo había batallas personales entre algunos ciclistas y sus correspondientes vecinos en la tabla general; corrían poniendo más atención a sus rivales que a sus propios pedales. El ritmo era preocupantemente lento. Dos o tres pequeños grupos, de escasa jerarquía en la clasificación, se habían escapado antes, entre ellos los dos corredores de Fonar solicitados por Giraud. Con toda seguridad los alcanzaríamos en la última montaña, aunque ni siquiera eso era importante. Si esto seguía así, buena parte del pelotón llegaría completo al Alpe d'Huez, un escenario fatal para mis planes.

Decidí jugarme el todo por el todo. En pleno ascenso coloqué a Fonar en la punta del pelotón, como si simplemente quisiera proteger a Steve separándolo del resto de los corredores. Una vez que Alanís, uno de nuestros gregarios, se puso a la cabeza, con un gesto le indiqué que acelerara el ritmo; aunque me obedeció, el cambio resultó casi imperceptible. Volví a gesticular para que incrementara la velocidad, y aunque me miró con extrañeza, aumentó ligeramente la cadencia. Yo trataba de no utilizar la radio interna para no alertar a Giraud. De cualquier manera mi estrategia no estaba dando resultado, a esa velocidad no íbamos a descolgar a nadie.

Quinientos metros más tarde, y faltando un par de kilómetros para alcanzar la primera cima, me impacienté y tomé yo mismo la punta. Si bien es cierto que en mi calidad de gregario principal del equipo suelo reservarme para la última cumbre, no es extraño que colabore con un relevo en algún puerto intermedio aunque en este caso, tratándose del número dos de la clasificación general, era una anomalía que no pasó inadvertida. Aproveché esos segundos para levantar la velocidad y eso pareció espabilar a algunos corredores importantes, que no querían quedar descolgados: hubo un frenesí momentáneo cuando varios de ellos intentaron subirse a la punta del pelotón, temiendo alguna jugarreta por parte de Fonar.

Mi estrategia dio resultado, al menos por un momento. El pelotón intensificó el ritmo, y lo que había sido una masa compacta comenzó a estirarse; la famosa serpiente de colores trepando sinuosa por los acantilados, pero acusando ya algunos espacios entre sus anillos.

—¿Qué estás haciendo, Aníbal? Regresa a rueda de Alanís, bajen el ritmo, carajo —vociferó Giraud por los auriculares.

—¿Eh? Sí, claro —dije, como si me hubiera dejado llevar por una distracción. Rodé vigoroso los últimos veinte metros y luego me hice a un lado para colocarme a un costado de Steve. Nunca debí hacerlo: mi *bro* me examinó de arriba abajo y leyó mis intenciones como si pudiera intervenir mis neuronas de la misma forma en que lo hacía con mis llamadas. La mirada de indignación y furia que me dirigió era la misma que cuando lo goleaba en el juego de FIFA de la PlayStation diez años antes.

Continuamos trepando como si nada, a un ritmo desesperantemente lento. Como se veía, las cosas iban a suceder tal como Giraud lo había previsto pero no fue así; sucedieron como Steve lo quiso.

Faltando unos ochenta metros para la cima del Galibier, escuché de parte de él un «Ahora» que no supe interpretar. Alanís se puso enfrente de mí y otros dos compañeros de Fonar me acorralaron contra la cuneta exterior, terminando por taponarme; adiviné lo que seguía. Steve aumentó la cadencia y nos dejó atrás para coronar la cumbre y comenzar el larguísimo descenso. Era una jugada maestra; a mí me tomaría segundos preciosos zafarme del cerco, y cuando lo consiguiera, Steve se habría perdido camino abajo a lo largo de los casi cincuenta kilómetros que nos conducirían al pie de la última cumbre: con su destreza en los descensos podría sacarme un par de minutos de ventaja adicionales, y una vez que alcanzara el Alpe d'Huez tendría el apoyo de los dos corredores de Fonar que habían partido con los primeros fugados.

Había sido un imbécil. Había dedicado tanto tiempo a analizar dónde y cómo traicionarlo, que nunca vi venir la posibilidad de que yo fuera la víctima de la traición. Steve me la había jugado completa, y probablemente al margen del propio Giraud. Con mi intentona de acelerar el ritmo en el Galibier había abierto mis cartas demasiado pronto y él simplemente puso en marcha su plan de contingencia. Y era un plan endiabladamente eficaz.

Paniuk y algún otro salieron en pos de Steve, también a ellos los había tomado por sorpresa. Cuando finalmente pude romper el candado de mis propios compañeros y alcancé la cumbre, ya había perdido las espaldas de todos ellos, aunque para mi sorpresa escuché que alguien rodaba a la mía: Radek y Matosas habían seguido mi rueda. El italiano me alcanzó y dijo algo de no dejar ganar a esos asesinos; Radek me rebasó musitando salmodias incomprensibles.

Juzgué que mis posibilidades no eran buenas pero podían ser peores. Matosas seguía siendo un gran escalador y Radek descendía como los dioses, por lo menos en el sentido de que se creía inmortal como ellos; se puso al frente del trío y comenzó a tomar las curvas como motociclista de carreras —cuerpo inverosímilmente inclinado y rodilla al piso—, con trazos casi perfectos. Sus ruedas probaron la arcilla del abismo frente a mis ojos en más de una ocasión, y su *maillot* terminó rasgado de un brazo por el roce de la montaña en las curvas hacia adentro.

Yo simplemente me dediqué a rodar detrás de él en una mímica perfecta, hollando su huella de manera milimétrica, como caminantes en fila india en un campo minado. Matosas hizo lo mismo a mis espaldas. Así recorrimos un tobogán interminable durante más de cuarenta kilómetros a velocidades imposibles; rebasamos a algunos de los corredores que se habían fugado en las primeras escapadas y encontramos al resto en el pequeño plano que anticipaba el ascenso al Alpe d'Huez. De Paniuk, Steve y sus dos gregarios, ni sus luces. Eso no pintaba nada bien. No sólo no pintaba amarillo, ya había perdido también el segundo lugar en la general a manos del checo.

Unos metros más tarde Matosas me dijo que Steve y su comitiva nos sacaban cincuenta segundos y que ya no había corredores entre ellos y nosotros. Mi audífono desde hacía un rato se mantenía silencioso; supuse que habían encontrado alguna manera de dejarme aislado. Sin ponernos de acuerdo, los tres comenzamos a alternar relevos cortos y a pleno pulmón. Un kilómetro más tarde rebasamos a Tessier, el Piadoso, el primero de los dos fusibles de Fonar, que se había fundido; sólo quedaban Steve y Paniuk además de Guido, quien seguramente iría remolcándolos. La distancia se había reducido a cuarenta y seis segundos, un pobre consuelo para los 2' 19" virtuales que en ese momento me llevaba el líder. El enemigo a vencer no sólo era el tiempo, ahora también la distancia. Habíamos consumido cinco de los 13.8 kilómetros del Alpe d'Huez: quedaban menos de cuatro para llegar a la marca que Lombard me señalara. Pero el coronel había presupuestado esa mojonera pensando que Steve y yo iríamos juntos al cruzarla, en ningún escenario se había previsto que yo me encontrase trescientos metros atrás.

Por si fuera poco, Steve gozaba de una ventaja adicional: mientras nosotros tres nos desgastábamos por igual, alternando los relevos, allá arriba Guido llevaba toda la carga ocupando la punta para ahorrarle energía a su líder. Asumí que todo estaba perdido. Rompiéndome el espinazo y saliendo en solitario podría quizá alcanzar a Steve antes de llegar a la meta, aunque sacarle una ventaja de un minuto con treinta y cuatro segundos para superar el acumulado con el que habíamos arrancado la mañana era imposible.

Como si Radek me hubiera escuchado, soltó una imprecación ininteligible, me rebasó e hizo un gesto para que lo siguiera.

—Dice que te da dos kilómetros —tradujo Matosas, y los dos nos pegamos a su rueda.

El polaco es un ciclista impredecible. Corredores como él son temibles porque compiten exclusivamente para ganar etapas sueltas; se reservan tres días viajando sin esfuerzo en la parte trasera del pelotón, permitiéndose llegar quince minutos más tarde que el ganador de la etapa, pero al siguiente día explotan con toda su fuerza, conscientes de que después de ese esfuerzo volverán a descansar las jornadas subsecuentes. Pero el día que estallan, pueden correr tan fuerte o más que el campeón del Tour.

Darme dos kilómetros significa que treparía como si fueran los últimos del Tour, más o menos como lo estaba haciendo Guido para Steve, con la diferencia de que Radek venía más descansado de los días anteriores. Arrancó con tanta fuerza que pensé que había sido demasiado optimista al prometer dos kilómetros; con tal cadencia creí que tronaría a la mitad de esa distancia. Tuve que pedirle que regulara un poco para no dejarnos atrás. Finalmente entramos en su ritmo y no supe más de mí, concentrado en cuerpo y alma como estaba en mantenerme a un palmo de la bicicleta del polaco, algo que a ratos parecía imposible.

No sé si fueron dos kilómetros, pero cuando Radek se echó a un lado y desbloqueó mi vista pude ver el *maillot* amarillo de Steve perderse en una curva a poco más de cien metros de distancia, quizá ciento treinta. Aún faltaba un kilómetro para llegar a la marca de Lombard y ya sólo me quedaba Matosas, o lo que restaba de él; el italiano también había pagado el precio del durísimo ritmo impuesto por Radek. Miré hacia atrás y vi al polaco detenido con la bicicleta entre las piernas, tratando de recuperar el resuello. Literalmente me había dado sus últimos kilómetros.

—Ya no puedo —dijo Matosas con un resoplido—. Nunca alcanzaré a Paniuk por el tercer lugar, pero te doy mi resto; tú alcanza al *fucking* americano.

Matosas se paró en los pedales, me adelantó y empujó algunos cientos de metros. En efecto, no tenía manera de quitarle el tercer lugar al checo, quien le llevaba cuatro minutos en la clasificación general. Y por otra parte, tampoco peligraba su cuarto lugar: Medel, quien ocupaba el quinto, se había desplomado muchos kilómetros atrás. Así que el líder de Lavezza, a quien convertí en un criminal durante más de la mitad del Tour, optó por ofrecerme su último depósito de combustible con tal de que los verdaderos asesinos no se salieran con la suya. Me arrastró unos pocos pero preciosos centenares de metros.

Se fundió poco antes de la marca fatídica y lo dejé atrás. Reconocí la roca con el trazo de pintura azul que Lombard había fotografiado: me pregunté si él mismo la habría manchoteado o aprovechó una pintada preexistente. Luego recordé que el azul era el color de fondo del escudo de dragón del regimiento, y por si hubiera alguna duda, diez metros más adelante se encontraba el propio coronel, tocado con un sombrero de palma.

—Veinticinco segundos, Aníbal, sólo te lleva veinticinco —dijo, y me entregó como pudo un pequeño radio con auriculares que colgué en el manubrio de la bicicleta de manera mecánica; los míos los había tirado hacía un buen rato. Lombard hizo un esfuerzo por seguirme, aunque apenas pudo dar dos pasos. Para entonces, la mitad del público gritaba mi nombre. Por fin era un francés entre franceses.

Según mis cálculos, estaba justo en el umbral de los cinco segundos de margen: eso significaba que tendría que alcanzar a Steve en el próximo kilómetro y luego tumbarle treinta segundos en cada uno de los tres restantes. Lo juzgué imposible, pero trepé en los pedales consciente de que lo hacía de cara al gentío que se había agolpado en el camino. Si iba a perder, quería mostrarles que había sido dejando el pellejo en el intento.

Al salir de una curva entre brazos y rostros, me topé casi de bruces con Guido; rodaba a duras penas, completamente desfondado.

Fue un golpe de ánimo inesperado. Significaba que Steve marchaba solo. Lo confirmé instantes más tarde, cuando se abrió un claro y pude verlo a veinte o treinta metros más adelante. Paniuk, mejor escalador que él, se había adelantado en busca de un triunfo de etapa, y por qué no, del Tour mismo.

Por fin tenía a Steve donde quería, sin defensas ni gregarios y en plena cuesta. Solo y su alma. Para mi desgracia, sólo faltaban poco más de dos kilómetros para que terminara la carrera, aún tendría que remontar el minuto y medio que me llevaba de ventaja en la clasificación general y además alcanzar a Paniuk; me iba a faltar montaña, después de todo. Acorté la distancia que me separaba de su bicicleta, y al momento de pasarlo cambié la cadencia del engrane para tomar el mayor impulso que me fue posible. Quería hacerlo sentirse torpe y desvalido, quería que el dragón que Fiona veía en mí lo quemara con la cauda de su paso fulminante. A mí tampoco me quedaba mucha energía, pero el estímulo que significaba rebasarlo y dejarlo atrás me habría sacado de un coma de hospital. «Beatriz te maldice, *prick*», le dije al pasar, y un metro más adelante grité: «¡Y Fleming!», aunque no supe si me escuchó.

Seguí pedaleando con vigor aún sobre los pedales, como si acabara de comenzar la carrera, hasta que al doblar una curva asumí que me había perdido de vista y pude acomodarme el asiento y recuperar algo de aire. Había violentado mi pulso mucho más allá de lo conveniente y quemado watts de potencia que necesitaría, pero el desplante había valido la pena.

Paniuk rodaba a setenta u ochenta metros más adelante aunque yo sabía que debía reponerme antes de siquiera hacer el intento de ir por él. La multitud que se cerraba sobre mi bicicleta tratando de animarme conseguía justo el efecto contrario: sentía que me faltaba el aire en esos túneles de torsos desnudos y de asfixiantes olores a bronceadores sudados. Observé los rostros desgañitados de los aficionados, la mayoría franceses, y pensé que si Steve tenía un segundo plan de contingencia ese sería el momento; cualquiera de los que intentaban palmearme la espalda o gritarle a mis piernas, exigiéndoles más potencia, podría tumbarme pretextando un accidente. Hubiera querido hablarle al conductor de la motocicleta que me precedía abriendo paso, para que hiciera algo al respecto.

Sabía que la montaña se me estaba acabando, tenía que lanzarme en pos de Paniuk; si no iba a ganar el Tour, por lo menos entraría el primero en la etapa reina y premiaría el fervor de los miles y miles que vitoreaban mi paso. No tenía manera de saber mis diferencias reales con Steve, lo único que podía hacer era correr desaforadamente y alcanzar la última camiseta que se interponía con la meta.

Sólo entonces recordé los auriculares que me había pasado Lombard en la mojonera azul: los tomé del manubrio y me los coloqué como pude. Escuché la voz de Bernard y me sentí menos solo. Y más importante que eso, comenzó a decirme la progresión de mi marcha con relación al líder; asumí que me veía en la televisión, porque lo primero que me dijo fue «¡Por fin te los pusiste, cabrón! Le has sacado catorce segundos a Steve, necesitas otros ochenta. Te queda kilómetro y medio».

Negué con la cabeza al escuchar la información. Eran números imposibles para el estado en que me encontraba. Mis pulmones intentaban jalar un oxígeno que no existía entre esas nubes de calor humano y el penetrante olor de los asaderos de carne y a cerveza derramada. Un calambre amenazaba con estallar en mi pierna izquierda, la más corta; pensé, con pavor, que podría estar padeciendo los primeros síntomas de una pájara. En tal caso todo estaría perdido. Steve mismo podría rebasarme en cualquier momento; imaginé su gesto de burla y desprecio, la humillación del gregario que quiso ser rey.

—Steve se encuentra peor —dijo Bernard—. Su ritmo cardiaco está a tope y apenas va a diecinueve kilómetros por hora. Tú vas a veintiuno, pero no te va a alcanzar; necesitas subir a veinticuatro por lo menos. Vamos, Aníbal, todavía tienes margen, lo estoy viendo en tus parámetros. —Por lo visto el hijo del coronel tenía a la vista y en tiempo real los datos que transmitía el potenciómetro de nuestras bicicletas.

El dato fue una dosis de adrenalina. Ya no sólo se trataba de lo que yo pudiera ganar sino también de lo que Steve pudiera perder. Acaricié la posibilidad de que fuera él quien padeciera el terrible desvanecimiento que es la pájara, volví a verme enfundado en el amarillo y trepé sobre los pedales en pos de Paniuk. La multitud bramó de entusiasmo.

—Eso es, Aníbal, tienes que rebasar al checo para entrar primero: vamos a necesitar la bonificación de los diez segundos. Todavía estamos a cuarenta y nueve segundos de Steve, faltan mil doscientos metros a meta.

Hay corredores que pedalean viendo el potenciómetro, pendientes de alcanzar las metas fijadas. En mi caso, tendría que vigilar los veinticuatro kilómetros por hora solicitados por Bernard: según sus ecuaciones, bastaba conseguirlo para que el cronómetro de alguna manera terminara por hacerme campeón, pero desde las montañas de Medellín yo había sido un perseguidor de espaldas y poseía el instinto del galgo en persecución de una liebre. Fijé mi vista en algún punto entre los omóplatos de Paniuk y lo perseguí como si intentara llevarse el patrimonio de mis hijos; lo rebasé faltando ochocientos metros para llegar a la meta. Cuando vi el potenciómetro, observé que rodaba a veinticinco por hora. Lo había conseguido, sería campeón.

El público también pareció entenderlo así porque el camino, ahora protegido por vallas, se había convertido en un cauce enmarcado por miles de banderas azules, como si el agua embravecida se hubiera salido de madre y circulara por las márgenes.

Me extrañó no saber nada de Bernard en los últimos minutos y supuse que tendría problemas de audio; lo último que había escuchado de él era «Diecinueve segundos», la distancia que aún me sacaba Steve en la clasificación general, pero eso había sido trescientos metros atrás. Probablemente esa diferencia no sería mayor a diez segundos en este momento y aún me quedaban quinientos metros por recorrer; obtendría diez segundos de bonificación por el primer lugar, y él cuatro segundos por el tercero. Eso me daba otros seis a favor. Juzgué que no tendría problema para fulminar el resto de la diferencia y me enfilé a la meta con todo lo que tenía.

Al cruzar la línea de los cuatrocientos metros escuché por fin la voz de Bernard; pude palpar su miedo cuando sentenció: «Trece segundos». Tardé en asumir las consecuencias. Steve se había recuperado, al menos lo suficiente para disminuir su sangría y defender su ventaja con los dientes.

—Subió su velocidad a veintitrés kilómetros, se viene rompiendo —dijo Bernard, y pude advertir un dejo de admiración además de sorpresa.

Debí suponerlo. Atrás de mí venía el adolescente poseso capaz de no dormir varias noches seguidas con tal de no perder en la PlayStation; la rabia furiosa que le provocaba la humillación de ser rebasado por su gregario había insuflado energía a sus depósitos vacíos.

—No te bastará con lo que estás haciendo, Aníbal, necesitas veintiocho en lo que falta y encomendarnos a los dioses —dijo Bernard, haciendo cálculos en su computadora.

Por un momento me cruzó la idea de que Bernard me estuviera mintiendo sólo para asegurar un margen mayor: era frecuente que los directores técnicos distorsionaran los datos para conseguir un esfuerzo adicional de sus corredores en los últimos metros. No obstante, concluí que el temor en la voz de Bernard era real.

A pesar de exprimir todo lo que me quedaba, el maldito indicador no subía de veintiséis; recordé a Carmen y pensé en Fiona, tratando de invocar la energía que no tenía. A pesar de estar rompiéndome igual que Steve, no conseguía recortar los segundos que necesitaba:

—Trece, doce, once —enunciaba Bernard con lastimosa lentitud.

Cuando pasé la marca de cien metros Steve me llevaba once segundos en la estimación virtual en la batalla por el *maillot*; pensé en Lombard agonizando y recordé a mi madre torturada hasta la muerte por mi indiferencia.

Tomé la última curva y enfilé la pequeña recta que subía a la meta. Entrecerré los ojos y corrí sintiendo que destrozaba muslos y tendones: ni siquiera pude alzar los brazos en señal de triunfo al cruzar la línea final. Al bajar la cabeza vi que el monitor registraba treinta y cuatro kilómetros de velocidad. Me detuve como pude, aunque del equipo Fonar sólo Axel me ayudó a sostenerme.

El público se entregaba a su propio delirio, embelesado con el fin de la maldición: por fin un francés vestiría el amarillo en París, aunque yo sabía que ahora comenzaba la segunda mitad de la batalla. Bernard lo confirmó.

—Bravo, Aníbal, enorme esfuerzo —el tono con el que lo dijo destilaba más resignación que entusiasmo. Axel me pasó mi celular y le marqué de inmediato.

—¿Cómo pinta? —dije espetando las palabras por el resuello, aún semidoblado, aunque mis ojos no se separaban de la enorme pantalla que proyectaba el paso de Steve por las curvas que yo acababa de sortear; un cronómetro sumaba los segundos transcurridos desde que yo cruzara la meta.

—Nos quedamos cortos unos segundos —dijo, generoso con el plural—, ahora todo depende de Steve. Pero el cabrón viene subiendo rápido.

—¿Y la bonificación? —dije, tratando de anclar en algún lugar una esperanza. Apenas reparé en la entrada a meta de Paniuk, la televisión tampoco se distrajo: el mundo tenía los ojos puestos en Steve y en su remontada y era claro que él lo sabía, se alimentaba de la admiración e incluso de la hostilidad del público, al que hendía como un cuchillo en mantequilla.

—Ya la incluí. Al ritmo que viene, mantendrá nueve o diez segundos de ventaja en la clasificación, menos los seis segundos de diferencia en las bonificaciones de primero y tercer lugar; se llevará el Tour por un margen de tres a cinco segundos.

Al arrancar la etapa Steve tenía una ventaja de 1' 36"; le bastaría entrar a meta 1' 26" después que yo para compensar mi bonificación y derrotarme. Yo veía el cronómetro de la pantalla avanzar lentísimo mientras él devoraba metros: 59"; 1'; 1' 01"; 1' 02"; pero ya estaba por salir de la última curva para coronar la recta final. Algo debió escuchar en los audífonos porque su cara esbozó una enorme sonrisa, Giraud le habría dicho que el *maillot* era suyo; se sabía ganador.

Lo vi enfilarse a meta y decidí retirarme: no quería ver su mirada desafiante, seguramente burlona. La conocía bien. Si hubiera tenido fuerzas, le habría soltado un puñetazo al hijo de puta del cámara que captaba mi rostro decepcionado y lo proyectaba en un recuadro en la enorme pantalla, debajo de la imagen triunfante de Steve.

Solidario, Axel me pasó un brazo por los hombros para mostrarme la salida. La nube de reporteros que me había puesto cerco ahora seguía en trance la aparición de Steve y su inminente arribo.

Una mano del masajista me oprimió el hombro e interrumpió mi marcha. Se mantuvo estático un segundo, como si oteara el viento; luego también yo lo capté. Un clamor, casi un bramido, ascendía desde el fondo de la montaña hacia la cumbre como una avalancha invertida. Los dos giramos hacia la meta y comprendimos el motivo: Matosas había surgido de la curva, impulsado por un público exultante, apenas a cinco u ocho metros atrás de Steve.

Este no parecía haberse dado cuenta de lo que sucedía, creyendo probablemente que el estruendo obedecía a la rendición final de la muchedumbre ante su hazaña. No entendí por qué Giraud no lo ponía sobre aviso, pero luego recordé que en los grandes triunfos mi compañero solía desprenderse de los auriculares al cruzar la meta para que no aparecieran en la foto con sus brazos en alto, como si el hecho de aceptar que escuchaba las instrucciones de otro hiciera de su triunfo algo menos meritorio.

No sé de dónde sacó Matosas su segundo aire ni qué tuvo que hacer para remontar la desventaja; ahora parecía un caballo desbocado, bamboleando cuerpo y bicicleta como un verdadero esprínter, parado sobre los pedales. Algo presintió Steve, o quizá simplemente observó que las miradas de los aficionados no estaban puestas en él sino en algo que pasaba a sus espaldas: volteó cuando el italiano se encontraba un par de metros atrás, faltando menos de diez para llegar a la meta. La cara de Matosas era espantosa, un monumento a la furia y a la desesperación.

Steve imitó también los movimientos del esprínter y empujó su cuerpo hacia la meta, como un corredor de atletismo: aunque había perdido impulso, cruzaron juntos. El cronómetro se detuvo en 1:25.

Durante algunos segundos el mundo también se detuvo, como si una explosión hubiera destrozado los tímpanos e impuesto un extraño silencio. Habría jurado que por unos instantes todo se movió en cámara lenta; luego, la imagen del *photo finish* congeló la enorme pantalla. Escuché un grito a mi lado, era Axel. La rueda de Matosas había entrado primero.

Un rumor comenzó a extenderse entre los miles que inundaban la montaña a medida que se desgranaban las implicaciones de esa foto. Matosas se quedaba con la bonificación de los cuatro segundos correspondientes al tercer lugar y yo obtenía diez segundos de ventaja sobre Steve, y no sólo seis. El italiano había hecho la diferencia con su increíble embate; el 1'33" con el que había arrancado esa mañana se transformaba en 1'23". Mi *bro* había entrado dos segundos más tarde. Le había arrebatado el *maillot* amarillo.

Lo que sucedió durante la siguiente hora lo recuerdo entre brumas. Un examen *antidoping*, una tumultuosa rueda de prensa improvisada durante la cual balbuceé no sé qué cosas, una ceremonia de premiación en la que mis dedos fueron incapaces de abrir la botella de champaña con la cual se baña a los que rodean el podio.

Luego, tratando de escapar del asedio de los reporteros, me enfilé hacia el autobús del equipo, siempre precedido por el buen Axel y escoltado por el Robalo y su espigado compañero; de Giraud o del resto de los compañeros de Fonar, ni sus luces. Al llegar al vehículo me paré en seco. Ni siquiera estaba seguro de que Fonar siguiera siendo mi equipo, al menos en términos anímicos. La mera posibilidad de sentarme de nuevo al lado de Steve, entre compañeros que habían intentado bloquearme una hora antes, me parecía inconcebible. Una mujer en burka en la playa de Saint Tropez habría resultado menos disonante que mi presencia en el camión.

—Ni lo intentes —me dijo Lombard tomándome del brazo, haciendo un gesto en dirección al autobús—. Ray te llevará al aeropuerto de Grenoble para que tomes el vuelo a París.

—¡Viejo! ¿Dónde estaba? Lo busqué en la premiación. ¡Lo conseguimos! ¡Usted lo consiguió! —rectifiqué—. Este *maillot* es de los dos; sí lo sabe, ¿verdad?

No dijo nada; me abrazó con fuerza y yo lo envolví con mi cuerpo. Nunca lo había sentido tan frágil. Se estremeció entre sollozos durante un par de minutos; decenas de cámaras picoteaban alrededor con el sonido de sus flashes. A mí me pareció que esa era la verdadera ceremonia de premiación. Finalmente, el claxon del coche de Ray interrumpió el abrazo.

—Valió la pena todo lo que hicimos, Aníbal. Valió la pena. Anda, ve con Ray.

—No tiene caso —respondí resignado—, de cualquier manera tengo que volar con Fonar. Los boletos de avión estarán agotados, todo el circo se mueve para allá.

—No tienes idea, Aníbal: no se habla de otra cosa que de tu *maillot* amarillo en toda Francia. Bernard intentó comprarte un boleto a cualquier costo para que no tuvieras que viajar con Giraud y compañía; le respondieron de la línea área que por ningún motivo aceptan tu dinero y que será un honor llevarte, así tengan que bajar al copiloto —dijo con orgullo—. Anda, vete.

—¿Y usted?

—Debo descansar un rato. Mañana te veo en París.

Asentí y me despedí con un saludo militar. Fue la última vez que lo vi.

Minutos más tarde, sentado en el coche de Ray, lo que pensé es que había una buena probabilidad de que no volviera a ver a nadie más en la vida. El maldito periodista tomaba las curvas con rencor, como si odiara la existencia. Nos separaban poco más de cien kilómetros del aeropuerto de Grenoble, la mitad de los cuales eran de caminos estrechos y sinuosos; mientras me aferraba a lo que podía con dedos de pies y manos durante el largo descenso, consideré la ironía que significaría devolverle el *maillot* amarillo a Steve debido a un accidente que me impidiera presentarme al paseo final por París de la última etapa. Porque sería un paseo, ¿o no? Una punzada de miedo me cruzó el esternón.

—Ray, ¿cuándo fue la última vez que alguien trató de arrebatarle el *maillot* amarillo al líder en París? ¿Crees que Steve lo intente?

—En 1989 Greg LeMond se lo quitó a Fignon en la última etapa, una contrarreloj Versalles-París.

—¡Maldición! Un gringo a un francés, mal augurio —dije en broma, aunque no del todo.

—Pero se trataba de una contrarreloj en la cual se compite aunque no se quiera. Despreocúpese, en la era moderna no hay antecedentes de que alguien haya intentado recuperar segundos en París, es un paseo diseñado para que el pelotón llegue pleno a la meta y los esprínteres se luzcan en los últimos metros. Lo único que usted debe hacer es evitar algún accidente. —Tras una pausa, agregó—: O una celada en la ruta.

Tras un derrape en una curva pensé que el accidente que debía evitar era salir disparados al abismo en el viejo coche del periodista. Aunque tenía razón, si Steve y Protex habían llegado tan lejos eliminando rivales, nada aseguraba que no intentaran un último zarpazo incluso antes de que arrancáramos la etapa en Sèvres, a las afueras de París.

—O fuera de la ruta —respondí, preocupado—, Steve ya ha mostrado que prefiere atacar de noche a sus rivales. Tendría que dormir con una silla atrancada contra la puerta en el hotel.

—Entiendo que el hijo de Lombard ya le reservó en el Chantelly de París, creo que lo esperan en la suite presidencial. Además, usted ya está fuera de peligro. Steve no es el asesino.

—¿Qué? Explíqueme, ¿encontró algo? —Sólo ahora recordé el mensaje que Ray me había puesto, en el que me pedía no comunicarme con el comisario. Con el frenesí de la carrera y la premiación había olvidado todo.

—Cuando hablé por teléfono con el gerente del hotel Madelaine, en el que debió quedarse Batesman la noche fatídica, este me comentó que fue alguien del equipo de seguridad del Tour quien le dijo que los ingleses no se hospedarían allí. Argumentó razones de seguridad, justamente.

—No era cierto lo de las fallas en la instalación eléctrica.

—En absoluto. Mi amigo, el dueño de El Galeón Azul, me dio el nombre de la mujer que le llamó para reservar un lugar para Fleming y sus compañeros; en realidad era una secretaria técnica de la organización. Hablé con ella, dice que simplemente siguió instrucciones.

—¿De parte de quién?

—El flaco alto que viene atrás en coche, en compañía del gordo. Nos vienen cuidando desde que salimos.

—¡El Robalo! Bueno, el compañero del Robalo —corregí.

—O sea Bimeo. Y asumo que fueron ellos también quienes citaron a Lampar en la carretera solitaria para atropellarlo.

—O lo de la casa rodante de Fiona, para obligarla a estacionarse en un lugar solitario —aventuré. Volví a pensar en ella. En cierta forma, en algún lugar de mi cabeza no había dejado de pensar en ella desde el momento en que me vi enfundado en el *maillot* amarillo. Había intentado llamarla mientras me hacían el examen *antidoping*, al terminar la carrera: su celular parecía estar apagado. Me tuve que consolar con el envío de mensajes. Revisé el teléfono en busca de alguna respuesta de su parte pero ahora era yo el que no tenía señal, algo explicable en esas montañas infernales.

—Fue ella la que terminó por resolver el entuerto —comenzó a decir Ray.

—¿Cuándo habló con ella? ¿Sabe dónde está? —interrumpí.

—Nos vimos esta mañana en la salida en Modane, me dijo que saldría a Dublín hoy por la noche, haciendo escala en París. Quizá sea lo mejor, luego de lo que descubrió.

—¿Y qué descubrió?

—Lombard —dijo.

293

—¿Qué dice? —Un zarpazo me perforó el abdomen.

—Es una conjetura, pero al final todo cuadra. Desde anoche me quedó en claro que Bimeo era la clave en varios de los atentados, si no es que en todos.

—¿Qué interés podría tener Bimeo en sabotear el Tour? Es el responsable de la seguridad.

—Dos millones de euros. Fiona ató cabos rápidamente cuando le confirmé el papel de Bimeo: me habló de la enfermedad terminal del coronel, de la venta de la casa, de su obsesión enfermiza por verlo ganar antes de morir, de sus extravíos de viejo.

—Lombard nunca habría aprobado la muerte de un ciclista.

—Asumo que eso no estaba acordado, seguramente se le pasó la mano a alguno de los dos que vienen atrás. Incluso Bimeo, supongo, acabó atrapado por su propia ambición. Habrá creído que se trataba de indisponer a tres o cuatro ciclistas en algunos incidentes aislados, un sacrificio aceptable a cambio de dos millones de euros.

—Si se trataba de hacerme ganar, el boicot a mi bicicleta no encaja por ningún lado —yo intentaba encontrar alguna fisura que permitiera salvar al coronel, aunque sabía la respuesta a esta objeción aun antes de escucharla.

—Lo del tubular fue cosa de los italianos. En eso Matosas no mentía, en verdad creyeron que los ataques eran cosa de Fonar y quisieron responder de la misma manera.

—Por eso Lombard llegó a mi cuarto tan preocupado de que fueran a hacerme algo. Temía a las represalias de los italianos —aventuré.

—Ahora que usted lo dice, apostaría a que el tipo alto que trató de sabotear los frenos del autobús de Lavezza no era el alemán sino el que acompaña al Robalo. ¿Cómo carajos se llamará el cabrón?

—Ni idea, pero el muerto se llamaba Shrader. ¿Por qué se lo habrán cargado?

—El gordo y él pasaron varias noches juntos afuera de su puerta. No sé, quizá tuvieron algún problema, usted los conoce mejor.

—Sí, no se amaban —dije, recordando el desprecio y la repugnancia que el Sarcófago sentía por el Robalo, algo que no se molestaba en disimular—. Pues sí, el gordo bien pudo hacer la faena sólo por darse el gusto —añadí, y le compartí la negra historia del excocinero de prisión que Favre me había relatado.

—Me pregunto qué pretenderán siguiéndonos ahora —dijo Ray con voz aprensiva y la mirada puesta en el retrovisor. Yo habría preferido que la pusiera al frente; en la última curva, un frenazo de último momento impidió que nos estrelláramos contra un terraplén. Lo único bueno de la conducción suicida del periodista era que el coche de los hombres de Bimeo había quedado atrás—. Supongo que cuidan su dinero; dudo que el coronel les haya dado todo. Cobrarán hasta que yo corone en París, me imagino.

Y solamente ahora, al decirlo, me di cuenta de la magnitud de la revelación y el lugar en el que me colocaba. Por mi culpa había muerto gente y habían sido lesionados varios compañeros; el destino del Tour mismo había sido alterado. Me dije que no debía ser campeón de esa manera.

—Tenemos que hablar con Favre, con Jitrik. El Tour no puede dar por bueno este resultado. Yo no puedo aceptarlo —concluí, desolado.

—Usted no tiene ninguna culpa, y venció a Steve en buena lid. Seamos realistas, más allá de lo que sucedió, el equipo Fonar era el más fuerte este año; con asesinos o sin ellos, ustedes eran los favoritos de las casas de apuestas. Y usted le ganó al favorito. Nunca demerite su triunfo.

—Eso tendrán que decirlo las autoridades, ¿no le parece?

—¿De veras quiere que Steve se quede con el *maillot*? Los abogados de Fonar se echarán encima de usted en cuanto se diga algo de Lombard.

—No, no quiero que ese cabrón se quede con el título —dije, recordando los correos que había visto esa mañana. Pensé en la manera angustiosa pero genuina en que había superado a Steve horas antes, a pesar del bloqueo de mis compañeros; lo había alcanzado y dejado atrás en la etapa que decidía todo. En una cosa tenía razón Ray: ese día había sido mejor que él y, bien mirado, lo había sido a lo largo de todo el Tour, salvo en las contrarreloj. Luego pensé en Fleming—. Aunque no se trata ya de un asunto de bicicletas; hay un asesinato por lo menos. La policía tiene que hacer pagar sus culpas a estos cabrones —dije, haciendo un gesto en dirección a los que nos seguían.

—Permítame hablar con Lombard antes, le suplico que no llame a Favre. Sólo deme unas horas. Quedamos de vernos en un hotel de

Grenoble después de que lo deje a usted en el aeropuerto. Hasta no hablar con él, todo esto no es más que una enorme conjetura.

Estaba a punto de responderle cuando entraron en rápida sucesión varios mensajes en WhatsApp; había recuperado por fin la señal.

«Dragón, vi lo que hiciste. Es lo más hermoso que haya vivido. Te amo», decía el primero, enviado a las 17:05, una media hora después de mi triunfo.

«Suspendí el viaje, estaba confirmando una hipótesis, no alcancé a llegar a la ceremonia, lo siento. Habla con Ray. Pierdo la señal», escribió a las 18:15, poco después de que me hubiera subido al coche con el periodista. Su estilo me recordó vagamente la prosa de Favre, aunque no podía pensar en dos personalidades más diferentes.

«Estoy con Lombard, lo estoy cuidando. Tú sólo descansa, mañana es el gran día. Apenas salimos a Grenoble, conduzco la casa rodante del coronel, luego tomaré un tren, trataré de llegar a París a la medianoche», rezaba otro enviado a las 18:45, apenas diez minutos antes.

«Dragón, te amo. Quiero traer a tus hijos al mundo. No, mejor quiero que ganes *maillots* de todos los colores. Tuya», agregó un minuto después.

Comencé a escribir una respuesta aunque luego me di cuenta de que, de nuevo, estaba desconectado. Pronto dejaríamos las montañas y podría escribirle con más calma; ahora, en cada curva mis manos se aferraban a lo que fuese que pudiera anclarme al asiento.

—¿Cree que ella corre algún peligro? —pregunté después de ponerlo al tanto de que Fiona se encontraba con Lombard.

—Hasta donde entiendo él la quiere como a una hija, usted lo sabrá mejor. El único peligro es que Bimeo se entere de que ella, o nosotros, lo hemos descubierto, pero no veo cómo. Esté tranquilo. Tome el vuelo, yo esperaré a Fiona y a Lombard en Grenoble.

El resto del trayecto transcurrió casi en silencio, cada cual metido en sus preocupaciones. Una vez en la autopista, le escribí varios mensajes seguidos a Fiona; luego apagué el teléfono para salvar la batería. Periodistas y amigos del circuito bombardeaban el aparato con mensajes y llamadas.

Me despedí de Ray con un abrazo en la acera del aeropuerto. Él lo extendió más tiempo de lo que habría esperado en un hombre tan controlado, hosco en ocasiones.

—Gracias, Aníbal. El ciclismo tiene una deuda con usted: la rebelión del gregario es una lección para el futuro. Logró imponerse a la maquinaria fría y a la red de intereses, armado sólo de su talento y su esfuerzo. Ha sido un honor conocerle.

Habría querido decirle que sin Radek, Matosas, Bernard, Fiona, y sí, Lombard también, nunca lo habría conseguido. No hubo oportunidad, docenas de personas comenzaron a rodearme. Sólo entonces me di cuenta de que seguía portando el *maillot* amarillo en el que me habían enfundado durante la ceremonia, que no traía maletas y ni siquiera un carnet para identificarme. No lo necesité: la gente aplaudió a mi paso hasta los mostradores de embarque, donde me estaban esperando.

Más tarde le envié un mensaje a Axel para que me hiciera llegar la maleta al hotel en París. Tampoco necesité dinero para el taxi en el aeropuerto Charles de Gaulle; una limosina del Chantelly me esperaba. Entré a la habitación a las 21:30, tomé un baño sabiendo que tenía que examinar muchas cosas, pero el cansancio no me dejó procesar nada que no fuese la idea de desplomarme sobre la cama. Cerré los ojos y di por terminado el día más largo de mi vida.

Una última imagen de la clasificación general pugnó por hacerse presente antes de que perdiera el conocimiento. Apenas pasé del segundo renglón; sonreí y me dormí enfundado en una pijama amarilla.

Clasificación general, etapa 20

1	Marc Moreau	81:56:36	«¡Toma eso, *bro*!».
2	Steve Panata	+ 02"	
3	Milenko Paniuk	+ 37"	
4	Alessio Matosas	+ 5' 38"	
5	Pablo Medel	+ 15' 46"	
6	Óscar Cuadrado	+ 21' 54"	
7	Luis Durán	+ 29' 34"	
8	Serguei Talancón	+ 37' 51"	
9	Rol Charpenelle	+ 40' 12"	
10	Richard Mueller	+46' 18"	

ETAPA 21
EPÍLOGO

La luz apenas asomaba tras las pesadas cortinas, pero el amarillo de mi pecho parecía iluminar la lujosa habitación. Sonreí, no había sido un sueño. Un brazo de Fiona, aún dormida, reposaba sobre mi cadera encima del *maillot*, como si también ella hubiera querido asegurarse de que era real, que no se desvanecería mientras dormíamos. Me mantuve inmóvil un largo rato atesorando el instante, como el hombre precavido que guarda sus ahorros sabiendo que en algún momento tendrá que regresar a ellos para afrontar las infamias que traerá el porvenir. Fiona y el *maillot* amarillo, una combinación insuperable.

Luego recordé a Lombard y a Bimeo, y la visión se hizo añicos. Me aferré durante algunos minutos a la posibilidad de que todo fuera un malentendido mayúsculo. Al menos en lo concerniente al coronel; no podía concebir que mi viejo amigo tuviese alguna responsabilidad en la muerte de Fleming. Me dije que la identidad del principal sospechoso había mudado tantas veces desde Radek hasta Steve, pasando por Matosas y Giraud, que bien podría suceder una vez más.

Fiona había llegado en algún momento durante la madrugada, supongo, aunque no la advertí. Ahora debía esperar a que despertase. Ella tenía un enorme ascendente sobre Lombard y había hablado la noche anterior con él; si el viejo tenía alguna responsabilidad en los crímenes, mi compañera habría sabido cómo hacérselo confesar.

Cuando por fin abrió los ojos a dos centímetros del ansiado amarillo, una enorme sonrisa le cruzó el rostro, aunque no fue precisamente el *maillot* lo que acarició. En cualquier otra circunstancia habría sido un momento memorable, pero la angustia se impuso al deseo.

—Fiona, ¿qué te dijo Lombard? ¿Le dijiste lo de Bimeo? —pregunté, odiándome por interrumpir lo que apenas había comenzado. Para mi sorpresa, siguió haciéndolo.

—Mi Dragón —musitó, y bien a bien no supe a quién le estaba hablando—. ¡Eres el campeón del Tour! —Su voz era un ronroneo que invitaba a la molicie y al placer. Ella parecía estar aún en el limbo entre un sueño nocturno y un sueño hecho realidad.

—Ray me lo dijo todo —dije, intentando conducirla al tema por otra vía—, ¿qué va a pasar con Lombard? Tendríamos que decírselo a Favre, enterar a Jitrik de lo que ha hecho su gente.

—¡Shhhh! —respondió, desplazando la mano a mi cara y poniendo un dedo sobre mi boca—. No pienses en eso, al menos no en las próximas horas. Steve intentará algo, de eso estoy segura, no querrá perder un Tour por dos segundos. Tienes que concentrarte en eso, mi amor.

—Pero tendríamos que parar a Bimeo, podría hacer alguna otra marranada.

—Bimeo ya no hará nada, él asume que ya cumplió con su parte.

—¿Y Lombard? ¿Qué vamos a hacer con Lombard? —insistí.

—Mojito —dijo mientras tomaba un costado de mi cara para obligarme a mirarla directamente a los ojos—, ¿tienes confianza en mí? —me habló en tono de epitafio, con la solemnidad que emplea alguien que pide a otro en matrimonio.

—Sí —respondí con la seriedad de quien dice «acepto».

—Entonces sólo te pido que te asegures de que este *maillot* amarillo siga contigo cuando caiga la noche. Piensa, Dragón, es el momento decisivo de tu carrera, de la vida quizá. Mientras, deja el asunto en Ray y en mí, nadie va a ir a ningún lado durante las próximas horas.

No supe qué responder. Y algo que había dicho comenzó a crecer como un tumor en mi cerebro: Steve no se permitiría perder un Tour por dos segundos. Afrontar ese desafío tendría que ser mi prioridad a lo largo del día.

—De acuerdo. Pero prométeme que al terminar me contarás todo y resolveremos juntos qué hacer. ¿De acuerdo?

—De acuerdo —dijo, me dio un beso y tan sonriente como desnuda caminó al baño.

Pedimos a la habitación un desayuno opíparo que despachamos enfundados en bata y ella con el pelo mojado, tirándonos migajas de pan y provocándonos con la fruta. Chapoteamos durante horas en la exaltación que provoca el éxito, en la excitación del sexo por consumar.

El arranque de la etapa estaba programado hasta las 16:00, así que pasamos el resto de la mañana leyendo la prensa y viendo películas viejas en la televisión. Aunque ninguno de los dos engañaba al otro: el gesto de preocupación instalado en el entrecejo de Fiona no guardaba relación con los peligros que afrontaba un Harrison Ford envejecido dando saltos inverosímiles en calidad de Indiana Jones. Cada pocos minutos encendía su teléfono, verificaba mensajes y volvía a apagarlo. Podía observar que al pasar las horas su tensión iba en aumento, algo desacostumbrado en ella.

Por mi parte, me obligué a cumplir el trato; saqué de mi cerebro todo lo que no tuviese que ver con la carrera, pero allí había muy poco para mantenerme concentrado. Ciento diez kilómetros en terreno plano que recorreríamos en algo más de dos horas: menos que un entrenamiento. Aunque habría intentos de fuga en París, sabía que el pelotón nunca permitía que los escapados ampliaran distancias; la costumbre había convertido a esta etapa en un desfile entre vítores del público para saludar a los sobrevivientes de los tres mil quinientos kilómetros de recorrido. Y todos ellos, los sobrevivientes, deseaban llegar juntos a la meta.

Ese era el concepto, salvo que nunca un segundo lugar había llegado a esta etapa con apenas dos segundos de desventaja. Y desde luego, no Steve Panata. Estaba convencido de que no se quedaría cruzado de brazos ni aceptaría su derrota por anticipado.

Pero por más que me obligaba a pensar como él, no se me ocurría qué otra cosa podría hacer. Como el gran contrarrelojista que era, quizá intentaría una fuga en solitario desde la partida; para su desgracia, nadie corre más rápido que el pelotón si este se lo propone. Por la misma razón, cualquier intento de Fonar sería neutralizado.

Concluí que el único recurso a su alcance sería una marrullería. Alguno de sus compañeros podría intentar tumbarme, o fingir una caída para arrastrarme en ella; hice una nota mental para asegurarme de correr lejos de cualquier miembro del equipo Fonar.

—Oye, ¿y si alteran mi bicicleta? Si llego a sufrir un desperfecto, ningún compañero me prestará la suya —le dije a Fiona en algún momento.

—Por allí despreocúpate, uno de mis inspectores va a revisar a fondo todo tu equipo; tenemos la potestad y la obligación, y con mayor razón tratándose del primer lugar.

—¿Y si Giraud me da de baja del equipo antes de iniciar la etapa? —pregunté media hora más tarde.

—No veo manera —respondió tras pensarlo unos instantes—. Los propios patrones de Fonar deben estar felices con tener otro campeón dentro del equipo y uno francés, por fin, para hacer honor a su escudo. Además, Giraud tampoco es tan imbécil, se pondría en riesgo de ser linchado por los aficionados.

En algún momento encendí el teléfono, eché un vistazo a la larga lista de llamadas y mensajes; sólo me atraparon dos que se repetían con obsesiva frecuencia. Unos eran de Favre y no los abrí. Los otros de Steve. «¿Por qué me hiciste eso, *bro*?», decía el primero. No continué, preferí apagar el aparato.

«Qué cara dura la de este cabrón; y encima de todo, todavía me lo reprocha». Luego consideré que esa también era una estrategia que podría esperar de su parte. Hacerme sentir culpable con la esperanza de que le devolviera su *maillot* voluntariamente, como el gregario disciplinado que debía ser.

Cinco minutos antes de salir del hotel, en un momento en que ella entró al baño, no resistí el impulso de abrir mi *laptop* y ponerle un correo a Steve. «¿Por qué te hice eso, hijo de puta? Por esto», escribí y metí en *copy-paste* los textos que me había transmitido Fiona sobre mi madre.

Cuando llegué al lugar de salida me encontré con una prolongación de la tanda de saludos y felicitaciones que había comenzado la tarde anterior. No me detuve ante ningún periodista, aunque me di cuenta de que tampoco es que ellos pudieran acercarse mucho: además del Robalo y el largo, al menos otros cuatro hombres —de Bimeo, supuse— me rodearon en cuanto bajé del auto. Participé en la ceremonia de firmas entre el ruido de las cámaras y preguntas lejanas, tomé la bicicleta que me entregó Axel y me apresuré a ocupar un lugar en el centro del pelotón.

Me tomó por sorpresa la bienvenida que me dieron los compañeros: cien manos palmotearon mi espalda y escuché felicitaciones en todos los idiomas. Quiero pensar que para la mayoría de ellos mi *maillot* era una suerte de reivindicación de los de abajo, de todos los que corríamos año con año condenados a perder, en sacrificio de sólo aquellos designados por los de arriba.

Antes de arrancar la carrera los organizadores me pidieron pasar al frente, igual que a los líderes de las categorías de esprínteres, montaña y jóvenes. Al hacerlo pasé a dos metros de Steve y cruzamos miradas. Por la pregunta en sus ojos, entre ofendido y confuso, asumí que no había visto mi correo. Su cara era la personificación lastimera del amigo traicionado.

Tan pronto comenzó la carrera, el equipo de Fonar mostró que Steve no había dado por perdido nada. Tomaron la punta derecha y de inmediato impusieron un ritmo de fuga; el pelotón simplemente aumentó su velocidad. A ese paso iba a convertirse en el recorrido más veloz de todos los tiempos de la etapa parisina. Pero estaba claro que en una distancia tan corta y sin ninguna pendiente de por medio, nadie del pelotón se iba a quedar descolgado.

Con todo, Fonar siguió intentándolo durante más de una hora. No sé qué habría prometido Steve a sus coequiperos, porque faltando diez kilómetros para terminar el recorrido, lanzó una violenta ofensiva por el lado derecho, a un ritmo más propio de un esprínter que de rodadores; en ese momento temí que el pelotón no pudiera resistirlo. No me quedó más remedio que lanzarme hacia delante por el lado opuesto. Yo ya no tenía equipo, así que pensé que tendría que defenderme en solitario, pero de inmediato Matosas y Radek se pusieron al frente para protegerme. Vistos desde un helicóptero, supuse que asemejábamos un escarabajo en movimiento; una antena formada por Fonar, la otra por mi improvisado y heterogéneo equipo. Otros dos o tres corredores importantes engrosaron mis filas.

Nos mantuvimos así durante tres o cuatro kilómetros sin que ninguna de las dos antenas cediera un ápice, y el resto del escarabajo aún menos. Luego sucedió algo inesperado que dio por terminado el intento de rebelión. Guido, el portugués, se montó sobre los pedales, se desprendió del equipo de Fonar y cruzó el espacio entre las dos puntas: por un momento pensé que se trataba de una agresión física y busqué resguardarme entre los míos. Lo que hizo fue ponerse al lado de Matosas, para proporcionarle un necesitado relevo.

No resistí observar la cara de Steve; siguió intentándolo con furia durante algunos minutos, pero resultó evidente que el resto de los miembros de Fonar comenzaban a sabotear a su propio líder. La reacción de Guido los dejaba exhibidos frente a sus compañeros; la mayoría de mis excompañeros corrían ahora con la vista sumida en el manubrio y a un ritmo visiblemente inferior al de antes.

El pelotón adelantó a su flanco derecho y Steve fue absorbido por la masa. No volvió a sacar cabeza; supongo que prefirió no ser enfocado por las cámaras en lo que debió ser el momento más humillante de su carrera.

Ahora sí, por fin, entendí que el *maillot* amarillo sería inexorablemente mío. Por primera vez en el día comencé a disfrutar del hermoso espectáculo de las aceras abarrotadas por miles de compatriotas, felices de celebrar esa victoria conmigo. Posteriormente me enteraría de que cerca de medio millón de personas salieron a la calle. A mí me pareció como si estuvieran festejando una segunda liberación de París; en todo caso, mi liberación.

El pelotón disminuyó la velocidad y me permitió ir al frente el resto del recorrido, por lo menos hasta los últimos quinientos metros, cuando los esprínteres saltaron en sus máquinas para competir por la última etapa.

Tras cruzar la meta me cayó una paletada interminable de abrazos, ceremonias y preguntas de reporteros; sólo recuerdo el momento en que subí a la punta del podio por encima de Steve, con quien no intercambié miradas o palabras. Tiré a los brazos de Fiona el ramillete de flores que me entregaron y me pregunté si en alguna tradición irlandesa eso significaría una petición de matrimonio. Para mi extrañeza, ella lo recibió con menos entusiasmo del que yo había esperado. En ese momento caí en cuenta de que su actitud durante toda la ceremonia de premiación había sido contenida, casi fría. Unos minutos más tarde descubrí el motivo.

La rueda de prensa transcurrió con preguntas obvias y reiteradas, aunque también hubo algunas morbosas sobre la relación fratricida entre Steve y yo; me di cuenta de que la prensa convertiría en un melodrama la batalla salvaje que habíamos protagonizado los dos excompañeros en los últimos dos días.

Lo que nunca me esperé fue la pregunta que me hizo el reportero de *El Periódico de Catalunya*.

—¿Alguna reacción sobre el accidente que sufrió su amigo y asesor, el coronel Lombard? ¿Le pesa que no esté aquí para celebrar su triunfo?

El periodista seguramente hizo la pregunta de buena fe, asumiendo que yo estaba al tanto de lo sucedido. De inmediato me levanté de la mesa, aturdido, preguntando a los que estaban a mi alrededor, Giraud incluido, qué era lo que había pasado. Por sus caras pude darme cuenta de que yo era el único que no estaba enterado.

Salí del salón en busca de Fiona; me abrazó y me arrastró a una cabina de transmisión desocupada.

—Sucedió cuando estaba por comenzar la carrera: Ray y él se desbarrancaron en el camino de regreso de Grenoble. El coche cayó en un barranco profundo, ninguno de los dos sobrevivió.

Pensé en la manera de conducir de Ray y entendí que la carretera le había cobrado por fin su imprudencia; con todo, no me hacía a la idea de que ya no estaban entre nosotros. Luego me golpeó una incongruencia.

—No entiendo por qué rodaban a esa hora. Por ninguna razón se habrían perdido el arranque de la última etapa, y menos en esta ocasión: Lombard habría dado su vida por verme en ese podio.

—Lo hizo —respondió resignada. Su expresión me confundió; recordé su rostro angustiado durante la mañana cada vez que consultó su teléfono.

—¿Tú sabías algo? —pregunté, temeroso.

—Fue idea de Ray, la única solución posible. Anoche Lombard nos confirmó lo que habíamos anticipado. Él contrató a Bimeo; él permitió la explosión de la casa rodante, sabiendo que el depósito estaba vacío, para desviar cualquier sospecha sobre ti o sobre Fonar. Y sí, la muerte de Fleming fue un exceso de La Sierra, el largo ese que te sigue pegado al gordo.

—¿Pero qué diablos pensaba Lombard? ¿Eliminar a todos para hacerme ganar? ¿Qué gloria hay en eso?

—Dijo que había respetado a Steve porque era el mejor de todos los líderes de equipo, y que al quedar aislados ustedes en la punta de la clasificación, confiaba en convencerte para que compitieras por el *maillot*. Toda la operación, según él, estaba destinada a sacudirte para sacarte del papel de gregario. Te dije de sus desvaríos, pero nunca creí que llegara a esto. Bimeo simplemente aprovechó la oportunidad.

—¡Bimeo! No podemos dejar que se salga con la suya.

—También te dije que confiaras en mí. —Luego me expuso su plan; accedí y lo pusimos en movimiento.

Me fui al hotel a preparar mi entrevista con Favre, tras enviarle un mensaje convocándolo a mi cuarto; ella fue a hablar con Jitrik. Fiona lo tuvo más fácil. Más tarde me relató que había mostrado al patrón del Tour la confesión firmada por Lombard, involucramiento de Bimeo incluido. Jitrik sintió que su mundo se derrumbaba; era un escándalo capaz de poner de rodillas al ciclismo profesional de ruta, por no hablar del Tour mismo.

Cuando sintió que estaba listo le hizo su propuesta: despedir de inmediato a Bimeo y facilitar las pruebas a la policía para procesarlo por corrupción y otros abusos. Se sabía de los cohechos y extorsiones que el jefe de seguridad hacía a diestra y siniestra con alcaldes que deseaban ser incluidos en la agenda del Tour, o la manera descarada en que ordeñaba el presupuesto y colocaba a familiares en posiciones clave, irregularidades que la organización pasaba por alto en reconocimiento a la efectividad del funcionario en materia de seguridad. A cambio, Fiona le ofreció sepultar la confesión de Lombard y evitar que alguna vez saliera a la luz pública. Jitrik se abalanzó sobre su oferta.

El comisario resultó un hueso mucho más duro de roer. En algún momento pensé abrir las mismas cartas que Fiona y apelar a la devoción del policía por el ciclismo, para que dejara las cosas como estaban. Pero sabía que su amor propio como detective terminaría imponiéndose a cualquier otra pasión. Lo conocía lo suficiente para saber que no le haría ninguna gracia que otro que no fuera él hubiera develado el entuerto.

Respondí a sus preguntas caminando sobre una delgada capa de hielo.

—Al final fue usted el ganador, sargento —me dijo.

—Me lo dice como si me lo reprochara, comisario. Creí que le daría gusto.

—Gusto me da. Que sea un francés y un compañero me llena de orgullo —dijo, aunque su mirada suspicaz indicaba otra cosa. Nos encontrábamos en una especie de salita de la suite que había ocupado la noche anterior. Por la ventana veía un tramo de los Campos Elíseos que había recorrido unas horas antes—. Sólo que es un poco desconcertante que todos estos incidentes y la muerte de Fleming hayan conducido a esto —añadió, lanzando una mirada al *maillot* amarillo que yo había colgado en el respaldo de una silla.

—Lo gané por dos segundos, comisario, y a la vista de todo el mundo. No vendrá a decirme que alguien pudo haberlo planeado así.

—Y encima este accidente tan inoportuno del periodista y su amigo, el coronel. Sé que Ray estaba investigando los siniestros anteriores, el gerente del hotel Madelaine me lo dijo. Estaba muy interesado en el papel de la oficina de Bimeo.

—¿Bimeo? —dije, como si en la vida hubiera escuchado el nombre.

—Bimeo, el mismo que lo ha estado protegiendo con sus guardaespaldas desde hace días —dijo con el tono del que advierte «no quieras joderme».

—Sé quién es Bimeo, lo que no entiendo es qué tiene que ver con esto. O, ahora que lo pienso, supongo que mucho, tratándose del jefe de seguridad del Tour.

El comisario iba a argumentar algo, pero cambió de parecer. Me lanzó una mirada torva y abrió sus cartas.

—Desde el principio me pareció que todo giraba en torno a usted, y ahora estoy más convencido que nunca. No son los italianos ni creo que haya sido la gente de Fonar. Su triunfo, la muerte de Lombard y Ray, con quien usted se venía reuniendo en las noches; demasiadas señales para ser ignoradas, ¿no le parece, sargento?

Asentí como si yo mismo lo estuviese considerando y luego, tras negar con la cabeza, agregué:

—Lo único que puedo decirle es que esta ha sido la final más competida en la historia del Tour y han sido estas piernas las que decidieron el *maillot* amarillo, a la vista de todo el mundo. Si usted tiene otras explicaciones, comisario, presente las pruebas.

Algo iba a decir Favre cuando tocaron a la puerta y esta se abrió, dejando ver a Fiona con una llave en la mano. La seguía Jitrik.

—Disculpen, no sabía que estaba usted aquí, comisario —mintió ella.

—Teniente Favre, venía a felicitar a Aníbal más en privado, pero qué gusto encontrármelo. Acabo de hablar con su jefe, le he pedido que retire la investigación que habíamos solicitado nosotros mismos. Al final todo ha terminado sin mayores contratiempos.

—Hay por lo menos un asesinato probable, el de Fleming —dijo Favre, incómodo.

—Ah, sí, eso. Muy lamentable   respondió Jitrik, consternado—. Algo me dijo el inspector en jefe de que piensan asignar la investigación a la policía de Rennes, donde sucedieron los hechos —agregó en tono casual.

—Ya la llevamos bastante avanzada, no habría motivo para que la dejáramos —objetó el policía.

—Bueno, es lo que decidió su jefe, no sabría qué decirle. Ustedes saben más sobre eso. Aunque sí me dijo que las oficinas centrales procesarán la denuncia que mañana a primera hora pondremos en contra de Bimeo, lo traíamos en la mira desde hace tiempo, ¿sabe?

Favre miró a Fiona, a mí y al final observó a Jitrik. Entendió que era víctima de una puesta en escena; el dueño del Tour no hacía esfuerzo alguno por ocultarlo. Probablemente pensaba que habiendo hablado con los de arriba no había necesidad de invertir demasiado tiempo o histrionismo en un policía de campo, así tuviera grado de comisario.

—Señores, señora —dijo el policía con una sonrisa irónica, inclinó la cabeza en mi dirección, y antes de salir de la habitación agregó—: que pasen buenas noches. —No volví a verlo en mucho tiempo.

Nos deshicimos de Jitrik tan pronto como pudimos y nos rehicimos en los brazos del otro; Fiona me enfundó en el *maillot* y luego me enfundó dentro de ella. Hicimos el amor con el desenfreno de los que creen que no habrá un mañana y luego volvimos a hacerlo con la ternura de los que saben que todos los mañanas aún están por llegar.

Dormitamos durante horas, me paré al baño y al regresar observé la pantalla de mi *laptop* sobre el escritorio; una alerta indicaba un correo de Steve en la bandeja de mensajes recibidos. Lo abrí.

«Tu mamá nunca escribió esos correos. Alguien te la ha jugado». Volví a leer las dos líneas, llevé el cursor a la papelera y eliminé el mensaje. Abatí la pantalla y regresé al lecho. Abracé a Fiona y me dormí.